玉堂閑話
옥당한화

〈지식을만드는지식 고전선집〉은
인류의 유산으로 남을 만한 작품만을 선정합니다.
읽을 수 없는 고전이 없도록 세상의 모든 고전을 출판합니다.
오랜 시간 그 작품을 연구한 전문가가
정확한 번역, 전문적인 해설, 풍부한 작가 소개, 친절한 주석을
제공합니다.

玉堂閑話
옥당한화

왕인유(王仁裕) 지음
김장환(金長煥) 옮김

대한민국, 서울, 지식을만드는지식, 2023

편집자 일러두기

- 이 책은 《태평광기(太平廣記)》와 조선 간본 《태평광기상절(太平廣記詳節)》을 비롯해 북송부터 청대까지 여러 전적에 산재되어 있는 《옥당한화(玉堂閑話)》의 일문을 집록해 183조로 확정하고, 우리말로 옮기고 주석을 달았습니다. 아울러 교감이 필요한 원문에 한해 해당 부분에 교감문을 붙였습니다. 부록에는 〈왕인유전(王仁裕傳)〉과 〈역대(歷代) 저록(著錄)〉을 첨부했습니다. 현대 집록본으로는 《오대사서휘편(五代史書彙編)》[항저우출판사(杭州出版社), 2004] 제4책에 수록된 천샹쥔(陳尙君) 집록본과 《옥당한화평주(玉堂閑話評注)》[중궈뎬잉출판사(中國電影出版社), 2007]의 푸샹밍(蒲向明) 집록본을 참고했습니다.
- 이 책은 국내에 처음으로 소개됩니다.
- 이 책의 해설 및 주석은 독자들의 이해를 돕기 위해 모두 옮긴이가 붙인 것입니다.
- 한글에 한자를 병기할 때 괄호 안의 말과 바깥 말의 독음이 다르면 [ ]를 사용하고, 번역어의 원문을 표시할 때는 ( )를 사용했습니다. 또 괄호가 중복될 때에도 [ ]를 사용했습니다.
- 고대 인명과 지명은 한자 독음으로 표기하고 현대 인명과 지명은 국립국어원의 중국어 표기법에 따라 표기했습니다.

- 이 책은 2022년도 연세대학교 학술연구비의 지원으로 이루어진 것입니다.

차 례

1. 안진경(顔眞卿) · · · · · · · · · · · · · · · 3
2. 이용창(伊用昌) · · · · · · · · · · · · · 24
3. 권사(權師) · · · · · · · · · · · · · · · · · 31
4. 조 성인(趙聖人) · · · · · · · · · · · · · 35
5. 법본(法本) · · · · · · · · · · · · · · · · · 39
6. 위빈 조자(渭濱釣者) · · · · · · · · · · 43
7. 췌육(贅肉) · · · · · · · · · · · · · · · · · 45
8. 서명사(西明寺) · · · · · · · · · · · · · 47
9. 이언광(李彦光) · · · · · · · · · · · · · 49
10. 후온(侯溫) · · · · · · · · · · · · · · · · 52
11. 마전절 비(馬全節婢) · · · · · · · · · 55
12. 유약시(劉鑰匙) · · · · · · · · · · · · 57
13. 유자연(劉自然) · · · · · · · · · · · · 59
14. 상공(上公) · · · · · · · · · · · · · · · · 62
15. 진 고조(晉高祖) · · · · · · · · · · · · 64
16. 손악(孫偓) · · · · · · · · · · · · · · · · 66
17. 대사원(戴思遠) · · · · · · · · · · · · 68
18. 장전(張銓) · · · · · · · · · · · · · · · · 71

19. 제주민(齊州民) · · · · · · · · · · · 72
20. 진성 파초(秦城芭蕉) · · · · · · · · 74
21. 예릉 승(睿陵僧) · · · · · · · · · · 77
22. 번중 육축(蕃中六畜) · · · · · · · · 80
23. 야고아(耶孤兒) · · · · · · · · · · 83
24. 호왕(胡王) · · · · · · · · · · · · 89
25. 방종(龐從) · · · · · · · · · · · · 96
26. 상유한(桑維翰) · · · · · · · · · · 101
27. 방지온(房知溫) · · · · · · · · · · 103
28. 두몽징(竇夢徵) · · · · · · · · · · 106
29. 허생(許生) · · · · · · · · · · · · 109
30. 음군 문자(陰君文字) · · · · · · · · 114
31. 빈부(貧婦) · · · · · · · · · · · · 117
32. 관원 영녀(灌園嬰女) · · · · · · · · 119
33. 왕휘(王暉) · · · · · · · · · · · · 123
34. 배도(裴度) · · · · · · · · · · · · 126
35. 발총도(發塚盜) · · · · · · · · · · 131
36. 정치옹(鄭致雍) · · · · · · · · · · 133
37. 왕은(王殷) · · · · · · · · · · · · 136
38. 유숭귀(劉崇龜) · · · · · · · · · · 138
39. 살처자(殺妻者) · · · · · · · · · · 143
40. 갈종주(葛從周) · · · · · · · · · · 147

41. 정창도(鄭昌圖) · · · · · · · · · · · · · 152
42. 양현동(楊玄同) · · · · · · · · · · · · · 155
43. 고연(高輦) · · · · · · · · · · · · · · · · 156
44. 장준(張濬) · · · · · · · · · · · · · · · · 161
45. 촌부(村婦) · · · · · · · · · · · · · · · · 166
46. 왕 재(王宰) · · · · · · · · · · · · · · · 168
47. 단성식(段成式) · · · · · · · · · · · · · 170
48. 강릉 서생(江陵書生) · · · · · · · · · 173
49. 진숙(陳琡) · · · · · · · · · · · · · · · · 176
50. 왕인유(王仁裕) 1 · · · · · · · · · · · · 180
51. 왕인유(王仁裕) 2 · · · · · · · · · · · · 182
52. 여귀진(厲歸眞) · · · · · · · · · · · · · 185
53. 고병(高駢) · · · · · · · · · · · · · · · · 187
54. 전영자(田令孜) · · · · · · · · · · · · · 190
55. 우구(于逑) · · · · · · · · · · · · · · · · 193
56. 안수(顏邃) · · · · · · · · · · · · · · · · 196
57. 신광손(申光遜) · · · · · · · · · · · · · 198
58. 전승조(田承肇) · · · · · · · · · · · · · 200
59. 사독(蛇毒) · · · · · · · · · · · · · · · · 202
60. 정손(程遜) · · · · · · · · · · · · · · · · 203
61. 진양관(眞陽觀) · · · · · · · · · · · · · 205
62. 비호 어자(陴湖漁者) · · · · · · · · · 209

63. 대안사(大安寺)・・・・・・・・・・・211
64. 이연소(李延김)・・・・・・・・・・・214
65. 배우인(俳優人)・・・・・・・・・・・218
66. 부조자(不調子)・・・・・・・・・・・222
67. 사마도(司馬都)・・・・・・・・・・・225
68. 이임위부(李任爲賦)・・・・・・・・・227
69. 진나자(陳癩子)・・・・・・・・・・・229
70. 징군(徵君)・・・・・・・・・・・・・234
71. 최육(崔育)・・・・・・・・・・・・・237
72. 호 영(胡令)・・・・・・・・・・・・239
73. 군목(郡牧)・・・・・・・・・・・・・243
74. 장함광(張咸光)・・・・・・・・・・・246
75. 도류(道流)・・・・・・・・・・・・・248
76. 시마(市馬)・・・・・・・・・・・・・251
77. 조사사삭방(朝士使朔方)・・・・・・・253
78. 경박사류(輕薄士流)・・・・・・・・・255
79. 최비(崔祕)・・・・・・・・・・・・・258
80. 조사관(趙思綰)・・・・・・・・・・・260
81. 안도진(安道進)・・・・・・・・・・・262
82. 추복 처(鄒僕妻)・・・・・・・・・・269
83. 가자 부(歌者婦)・・・・・・・・・・272
84. 하지 부인(河池婦人)・・・・・・・・274

85. 하씨(賀氏) · · · · · · · · · · · 276

86. 진기장(秦騎將) · · · · · · · · · 279

87. 이수란(李秀蘭) · · · · · · · · · 281

88. 진 소주(晉少主) · · · · · · · · 283

89. 원계겸(袁繼謙) 1 · · · · · · · · 285

90. 소원휴(邵元休) 1 · · · · · · · · 288

91. 목노수위소아(目老叟爲小兒) · · · · · 292

92. 적인걸사(狄仁傑祠) · · · · · · · 294

93. 갈씨 부(葛氏婦) · · · · · · · · 297

94. 방식(龐式) · · · · · · · · · · · 300

95. 복야피(僕射陂) · · · · · · · · · 303

96. 유호(劉皥) · · · · · · · · · · · 306

97. 최 연사(崔練師) · · · · · · · · 308

98. 소원휴(邵元休) 2 · · · · · · · · 311

99. 하사랑(何四郞) · · · · · · · · · 314

100. 양감(楊瑊) · · · · · · · · · · 318

101. 원계겸(袁繼謙) 2 · · · · · · · · 320

102. 빈주 사인(邠州士人) · · · · · · · 322

103. 왕은(王殷) · · · · · · · · · · 324

104. 사언장(謝彦璋) · · · · · · · · 327

105. 숭성사(崇聖寺) · · · · · · · · 330

106. 두종(杜悰) · · · · · · · · · · 332

107. 구양찬(歐陽璨) · · · · · · · · · 334

108. 동가원(東柯院) · · · · · · · · · 336

109. 왕수정(王守貞) · · · · · · · · · 340

110. 장종(張鍾) · · · · · · · · · 342

111. 종몽징(宗夢徵) · · · · · · · · · 344

112. 무족 부인(無足婦人) · · · · · · · · · 346

113. 백항아(白項鴉) · · · · · · · · · 348

114. 남중 행자(南中行者) · · · · · · · · · 351

115. 길주 어자(吉州漁者) · · · · · · · · · 353

116. 현종 성용(玄宗聖容) · · · · · · · · · 355

117. 여산 어자(廬山漁者) · · · · · · · · · 358

118. 최사팔(崔四八) · · · · · · · · · 360

119. 이복(李福) · · · · · · · · · 362

120. 신문위(申文緯) · · · · · · · · · 365

121. 법문사(法門寺) · · · · · · · · · 367

122. 상소봉(上霄峰) · · · · · · · · · 369

123. 맥적산(麥積山) · · · · · · · · · 371

124. 두산관(斗山觀) · · · · · · · · · 376

125. 대죽로(大竹路) · · · · · · · · · 379

126. 누택(漏澤) · · · · · · · · · 383

127. 구산탁(驅山鐸) · · · · · · · · · 385

128. 의춘 군민(宜春郡民) · · · · · · · · · 387

129. 변백단수(辨白檀樹) · · · · · · · · · · · · 389

130. 죽실(竹實) · · · · · · · · · · · · · · · 392

131. 윤호(尹皓) · · · · · · · · · · · · · · · 394

132. 계호(械虎) · · · · · · · · · · · · · · · 396

133. 상산로(商山路) · · · · · · · · · · · · · 398

134. 왕행언(王行言) · · · · · · · · · · · · · 400

135. 중소소(仲小小) · · · · · · · · · · · · · 403

136. 석종의(石從義) · · · · · · · · · · · · · 405

137. 원계겸(袁繼謙) 3 · · · · · · · · · · · · 407

138. 안갑(安甲) · · · · · · · · · · · · · · · 409

139. 서주 군인(徐州軍人) · · · · · · · · · · · 411

140. 융(狨) · · · · · · · · · · · · · · · · · 413

141. 민부(民婦) · · · · · · · · · · · · · · · 417

142. 선선장(選仙場) · · · · · · · · · · · · · 419

143. 구선산(狗仙山) · · · · · · · · · · · · · 422

144. 주한빈(朱漢賓) · · · · · · · · · · · · · 425

145. 우존절(牛存節) · · · · · · · · · · · · · 428

146. 서탄(徐坦) · · · · · · · · · · · · · · · 430

147. 장씨(張氏) · · · · · · · · · · · · · · · 433

148. 고수(顧遂) · · · · · · · · · · · · · · · 435

149. 구당협(瞿塘峽) · · · · · · · · · · · · · 437

150. 범질(范質) · · · · · · · · · · · · · · · 439

151. 남인 포안(南人捕鴈) · · · · · · · 441
152. 앵(鸎) · · · · · · · 443
153. 최절(崔梲) · · · · · · · 444
154. 노주(老蛛) · · · · · · · 447
155. 수와(水蛙) · · · · · · · 449
156. 종사(螽斯) · · · · · · · 450
157. 남화(蝻化) · · · · · · · 453
158. 신라(新羅) · · · · · · · 454
159. 번우(番禺) · · · · · · · 457
160. 남주(南州) · · · · · · · 459
161. 풍숙(馮宿) · · · · · · · 462
162. 맹을(孟乙) · · · · · · · 467
163. 진무 각저인(振武角抵人) · · · · · · · 469
164. 설창서(薛昌緖) · · · · · · · 472
165. 강의성(康義誠) · · · · · · · 475
166. 제파(帝㸰) · · · · · · · 477
167. 여마구(驢馬駒) · · · · · · · 479
168. 취입총중(醉入塚中) · · · · · · · 480
169. 어사대 고사(御史臺故事) · · · · · · · 482
170. 중별독(中鱉毒) · · · · · · · 483
171. 합조산(閤皂山) · · · · · · · 484
172. 우장(芋牆) · · · · · · · 485

173. 점수한(占水旱) · · · · · · · · · · · 486
174. 장수중 시(張守中詩) · · · · · · · · · 488
175. 차처여복두분계(此處與襆頭分界) · · · · · · · 490
176. 겁서식창(劫鼠食倉) · · · · · · · · · 491
177. 화정(火精) · · · · · · · · · · · 492
178. 사균(蛇菌) · · · · · · · · · · · 494
179. 가대(假對) · · · · · · · · · · · 495
180. 광왕 전욱(廣王全昱) · · · · · · · · · 497
181. 갈당도(葛䕫刀) · · · · · · · · · · 499
182. 외효궁(隗囂宮) · · · · · · · · · · 500
183. 방읍(縏揖) · · · · · · · · · · · 503

부록

1. 왕인유전(王仁裕傳) · · · · · · · · · · 507
2. 역대(歷代) 저록(著錄) · · · · · · · · · 510

해설 · · · · · · · · · · · · · · 513
지은이에 대해 · · · · · · · · · · · · 540
옮긴이에 대해 · · · · · · · · · · · · 542

옥당한화

1. 안진경(顏眞卿)

　　안진경[1]은 자가 청신(淸臣)이며 낭야(瑯琊) 임기(臨沂) 사람으로, 북제(北齊) 황문시랑(黃門侍郞) 안지추(顏之推)[2]

---

1) 안진경(709~784) : 자는 청신. 현종(玄宗) 개원(開元) 22년(734) 진사 출신으로 제과(制科)에도 급제했다. 전중시어사(殿中侍御史)로 있다가 재상 양국충(楊國忠)의 미움을 받아 평원태수(平原太守)로 좌천되었다. 755년에 안녹산(安祿山)의 난이 일어나자 사촌 형 안고경(顏杲卿)과 함께 군대를 일으켜 싸웠는데, 안고경은 안녹산에게 체포되어 처형당했고 안진경은 불리한 전세에도 불구하고 항전을 계속했다. 숙종(肅宗) 때 공부상서(工部尙書)·어사대부(御史大夫)·하북초토채방처치사(河北招討採訪處置使)·헌부상서(憲部尙書) 등을 지냈지만, 그 후로 당시 실권을 쥐고 있던 환관과 권신들에게 잘못 보여 자주 지방으로 폄적되었다. 대종(代宗) 때 형부상서(刑部尙書)에 임명되고 노군공(魯郡公)에 봉해졌기에 안노공(顏魯公)이라고도 불렸다. 782년 덕종(德宗)의 명으로 회서(淮西)의 반장(叛將) 이희열(李希烈)을 설득하러 갔다가 3년간 감금당한 끝에 살해되었다. 그는 서법(書法)에도 뛰어나 남성적인 기백이 넘치는 '안진경체(顏眞卿體)'를 이루어 이후 중국 서법사에 큰 영향을 끼쳤다.

2) 안지추(顏之推, 531~590 이후) : 북제의 문학가로 자는 개(介)다. 남조 양(梁)나라 원제(元帝) 때 산기시랑(散騎侍郞)을 지냈고, 554년에 서위(西魏)가 양나라를 정벌해 강릉(江陵)을 함락했을 때 포로로 잡혀갔다가 556년에 북제로 망명해 봉조청(奉朝請)·중서사인(中書舍人)·황문시랑(黃門侍郞)·평원태수(平原太守) 등을 지냈으며, 577년에 북제가 멸망하자 북주(北周)로 들어가 어사상사(御史上士)를 지냈

의 5대손이다. 어려서부터 학문에 정진했으며, 진사(進士)에 응시해 여러 차례 갑과(甲科)에 급제했다. 안진경은 18~19세 때 100여 일 동안 병들어 누워 있었는데 의원도 고칠 수 없었다. 어떤 도사가 그의 집에 들렀는데, 스스로 북산군(北山君)이라 칭하면서 좁쌀만 한 단사(丹砂)를 꺼내 치료했더니 곧바로 병이 나았다. 그 도사가 안진경에게 말했다.

"너의 청간(淸簡)한 이름은 이미 금대(金臺)에 기록되어 있으므로, 세상을 초탈해 천상에 올라 선관(仙官)에 보임될 수 있으니, 명리와 벼슬의 바다에 스스로 빠져서는 안 된다. 만약 속진의 그물에서 벗어날 수 없다면, 세상을 떠나는 날 너의 육신으로 연신음경(鍊神陰景)[3]한 연후에 득도할 수 있을 것이다."

도사는 다시 단약 한 알을 그에게 주고 경계시키며 말했다.

"굳은 절조를 지켜 군주를 보필하고 근검하며 몸을 바치

다. 수(隋)나라 때는 개황(開皇) 연간(581~600)에 동궁학사(東宮學士)로 초징되어 높은 예우를 받았으며 얼마 후 병으로 죽었다. 그는 여러 전적에 두루 통달하고 서간문에 뛰어났으며 독실하게 불교를 믿었다. 저작으로《안씨가훈(顏氏家訓)》이 유명하다.
3) 연신음경(鍊神陰景) : 도교의 내단 수련법(內丹修鍊法) 가운데 하나.

면, 100년 뒤에 이수(伊水)와 낙수(洛水) 사이에서 너를 기다리겠다."

안진경도 재주와 기량을 자부하면서 장차 크게 기용되기를 기다렸으며, 시 읊고 책 읽는 틈틈이 늘 선도(仙道)에 마음을 두었다. 안진경은 과거에 급제하고 나서 네 번이나 감찰어사(監察御史)에 임명되었으며, 하서농좌군성복둔교병사(河西隴左軍城覆屯交兵使)에 충임되었다. 오원(五原) 지방에 억울한 송사가 있어 오랫동안 판결이 나지 않았는데, 안진경이 도착해서 그것을 해결했다. 당시 날씨가 한창 가물었는데 송사가 해결되자 비가 내렸기에, 군민들은 그 비를 "어사우(御史雨)"라고 불렀다. 하동(河東)에 정연조(鄭延祚)라는 사람이 있었는데, 모친이 죽은 지 29년이나 되었는데도 시신을 사원의 빈 땅에 그냥 매장해 놓았다. 이 사실을 안진경이 탄핵 상주함으로써 정연조의 형제는 30년 동안 사람 축에 끼지 못했으며, 세상 사람들의 인망이 모두 안진경에게 쏠렸다. 안진경은 전중시어사(殿中侍御史)·무부원외(武部員外)로 승진되었지만, 양국충(楊國忠)[4]이 자기

---

4) 양국충(楊國忠, ?~756) : 본명은 쇠(釗). 당나라의 재상. 학문은 없었으나 계산에 밝았다. 양귀비(楊貴妃)의 친척으로 등용되어 재상 이임보(李林甫)와 결탁해 재정적 수완을 발휘함으로써 현종(玄宗)에게 중용되었다. 국충이란 이름도 현종으로부터 하사받았다. 천보(天寶)

를 따르지 않는다고 노해 평원태수(平原太守)로 전출시켰다. 안녹산(安祿山)5)의 반역 행보가 자못 드러나자, 안진경은 장맛비를 핑계 대면서 성을 수축하고 해자를 쳐내는 한편 남몰래 장정을 모으고 군량을 창고에 비축했다. 그리고

11년(752)에 이임보가 죽자 재상이 되어 정권을 장악했다. 그러나 뇌물로 인사(人事)를 문란하게 하고, 백성으로부터 재물을 수탈하는 등 실정을 계속했다. 안녹산(安祿山)과의 반목으로 나중에 안사(安史)의 난을 초래했다. 난이 일어나자 현종을 따라 촉(蜀)으로 달아났다가 도중에 마외역(馬嵬驛)에서 병사에게 살해되었다.

5) 안녹산(安祿山, 703~757) : 본성은 강(康), 본명은 알훈산(軋葷山). 호족(胡族) 출신으로, 어려서 부친을 여의고 모친이 돌궐 사람 안연언(安延偃)에게 개가하자 성명을 안녹산으로 바꾸었다. 용맹하고 전투에 뛰어났으며 아홉 번진(藩鎭)의 말에 능통했다. 일찍이 공을 세워 영주도독(營州都督)·평로군사(平盧軍使)에 제수되었다. 천보 연간 초에 평로범양절도사(平盧范陽節度使)와 하북채방사(河北採訪使)로 발탁되어, 여러 차례 해족(奚族)과 거란족의 침입을 물리쳐 현종의 신임을 얻었다. 조정에 들어와서는 양귀비(楊貴妃)의 양자가 되기를 청했으며, 현종으로부터 철권(鐵券)과 저택을 하사받고 동평군왕(東平郡王)에 봉해졌다. 천보 10년(751)에 하동절도사(河東節度使)가 되었다. 천보 14년(755)에 정적이었던 양국충(楊國忠)을 토벌한다는 명목으로 평로·범양·하동(河東) 세 진(鎭)의 15만 군사를 거느리고 범양에서 기병해 얼마 후 남하해서 낙양을 함락했다. 이듬해(766) 정월에 낙양에서 웅무황제(雄武皇帝)라 칭하고 국호를 연(燕)이라 하고 연호를 무성(武聖)이라 했다. 다시 동관(潼關)으로 진격해 현종이 촉으로 피난한 뒤 장안(長安)까지 점거했다. 얼마 후 아들 안경서(安慶緒)에게 살해되었다.

는 거짓으로 문사(文士)들에게 명해 배를 띄우고 술 마시면서 시를 짓게 했다. 안녹산은 은밀히 정탐한 뒤 서생들이므로 걱정할 게 없다고 생각했다. 얼마 후 안녹산이 반란을 일으켜 하삭(河朔) 지방이 모두 함락되었지만, 오직 평원성만은 방비하고 있었으므로 곧바로 사병참군(司兵參軍)을 보내 급히 상주하게 했다. 현종(玄宗 : 이융기)[6]이 기뻐하며 말했다.

"하북(河北)의 24군(郡) 중에 믿을 사람은 오직 안진경 한 명뿐이다! 짐이 미처 그의 진면목을 알아보지 못한 것이 한스럽다!"

안녹산은 낙양(洛陽)을 함락한 뒤 유수(留守) 이징(李

---

[6] 현종(玄宗) : 이융기(李隆基). 당나라의 제6대 황제(712~756 재위)로, 예종(睿宗)의 셋째 아들이다. 명황(明皇)이라고도 한다. 즉위한 후 당시 막강한 권세를 휘두르던 태평 공주(太平公主) 일파를 타도해 측천무후(則天武后) 이래 반세기에 걸친 여인의 정권 개입을 근절했다. 초기에는 정치를 잘해 개원(開元)과 천보(天寶) 연간 수십 년의 태평성세를 이루었다. 그러나 만년에는 정치를 소홀히 하고, 도교에 빠져 막대한 국고를 소비했으며, 며느리이자 34세 연하인 양귀비(楊貴妃)를 총애해 정사를 포기하고 권신 이임보(李林甫)에게 국정을 일임했다. 천보 14년(755)에 안녹산(安祿山)의 난이 일어나 촉(蜀)으로 피난 가던 도중에 양귀비는 호위 병사에게 살해되었으며, 현종은 이듬해에 아들 숙종(肅宗)에게 양위하고 상황(上皇)으로 있다가 장안(長安)으로 돌아온 뒤 죽었다. 음악에 뛰어나 직접 작곡까지 했으며, 서예에도 능해 명필로 일컬어졌다.

憕)7)을 살해해 그의 머리를 가지고 하북의 장수들에게 항복을 권유했다. 안진경은 인심이 동요할까 걱정해 안녹산이 보낸 사자를 살해하고 나서 장수들에게 말했다.

"나는 이징을 알고 있는데, 이 머리는 진짜가 아니다."

그러고는 한참 후에 이징의 머리에 관(冠)을 씌우고 짚으로 사지와 몸통을 만들어서 관에 넣어 매장해 주었다. 안녹산은 병사들에게 토문(土門)을 지키게 했는데, 상산태수(常山太守)로 있던 안진경의 사촌 형 안고경(顔杲卿)8)이 함께

---

7) 이징(李憕) : 당나라의 대신. 양무소왕(涼武昭王) 이고(李暠)의 11대손이고 감찰어사(監察御史) 이희천(李希倩)의 아들이다. 총명하고 영리했다. 명경(明經) 출신으로 함양현위(咸陽縣尉)에 임명되었고, 상주자사(相州刺史) 장열(張說)의 외조카딸을 아내로 맞이해 병주장사(並州長史)에 제수되었다. 그 후 감찰어사・급사중(給事中)・하남소윤(河南少尹)을 지냈으며, 주천현후(酒泉縣侯)에 봉해졌다. 천보(天寶) 연간에 청하태수(淸河太守)가 되었다가 상서우승(尙書右丞)・경조윤(京兆尹)으로 승진했으며, 광록경(光祿卿)・동도유수(東都留守)・검교예부상서(檢校禮部尙書)로 전임되었다. 천보 14년(755)에 안녹산이 낙양을 점령한 뒤 살해되었다. 사도(司徒)・태위(太尉)에 추증되었고 시호는 충렬(忠烈)이다.

8) 안고경(顔杲卿, 692~756) : 자는 흔(昕). 당나라의 대신으로, 비서감(秘書監) 안사고(顔師古)의 5대손이다. 처음에는 범양(范陽)의 호조참군(戶曹參軍)이 되어 안녹산의 부하로 있었다. 하지만 안녹산이 난을 일으키자 아들 안계명(顔季明)과 함께 상산(常山)을 지켰고 사촌 동생 안진경은 평원(平原)을 지켰는데, 계획을 세워 안녹산의 부장 이흠

토문을 격파했다. 이에 17군이 같은 날 귀순해 안진경을 원수로 추대함으로써, 안진경은 병사 20만을 얻고 연(燕)·조(趙) 일대를 가로질러 차단다. 현종은 조서를 내려 안진경에게 호부시랑(戶部侍郞)과 평원태수를 더해 제수했다. 당시 청하군(淸河郡)의 막객 이악(李萼)이 군막 앞에서 배알하자, 안진경은 그와 함께 전략을 숙의해 안녹산의 도당 2만여 명을 당읍(堂邑)에서 함께 격파했다. 숙종(肅宗 : 이형)9)이 영무(靈武)로 행차해 안진경을 공부상서(工部尙書)와 어

주(李欽湊)를 살해하고 고막(高邈)과 하천년(何千年)을 사로잡았다. 이에 하북의 17군이 그에게 호응해 현종의 칭찬을 받았다. 천보 15년(756)에 반군이 상산을 포위해 안계명을 살해하고 얼마 후 성이 함락되었다. 안고경은 낙양으로 압송되어 안녹산을 심하게 꾸짖다가 결국 살해되었다. 태자태보(太子太保)에 추증되었고 시호는 충절(忠節)이다.

9) 숙종(肅宗) : 이형(李亨). 당나라의 제7대 황제(756~762 재위). 현종의 셋째 아들이다. 처음에 섬왕(陝王)에 봉해졌다가 개원 15년(727)에 충왕(忠王)으로 옮겨 봉해졌으며, 개원 26년(738)에 황태자로 책봉되었다. 755년에 안사(安史)의 난이 일어나자 현종은 그를 천하병마대원수(天下兵馬大元帥)로 삼아 삭방(朔方)·하동(河東)·평로(平盧) 절도사를 이끌고 난을 평정하게 했다. 현종과 함께 촉(蜀)으로 피난하던 도중에 마외파(馬嵬坡)에서 금군(禁軍)의 일부를 이끌고 북상해 영무(靈武)에서 스스로 제위에 올랐다. 숙종은 관군을 정비해 곽자의(郭子儀)와 이광필(李光弼) 등의 장수를 앞세워 난을 평정하고 이듬해(756)까지 장안과 낙양을 수복했다. 보응(寶應) 원년(762)에 병사했다.

사대부(御史大夫)에 제수하라는 조서를 내렸다. 안진경이 지름길로 가서 봉상(鳳翔)에서 숙종을 알현하자, 숙종은 그를 헌부상서(憲部尙書 : 형부상서)에 임명하고 뒤이어 어사대부를 더해 제수했다. 그는 부정한 관리를 탄핵해 파직시키고 훌륭한 관리를 상주해 승진시킴으로써, 조정의 기강을 크게 바로잡았다. 또한 연달아 포주(蒲州)와 동주(同州)를 다스려 모두 백성에게 은애(恩愛)를 남겼다. 그는 어사 당실(唐實)[10]에게 모함받고 재상에게 시기받아 요주자사(饒州刺史)로 좌천되었다가, 다시 승주절서절도사(昇州浙西節度使)에 임명되고 형부상서(刑部尙書)로 초징되었다. 또 이보국(李輔國)[11]에게 참소당해 봉주장사(蓬州長史)로 좌천

---

10) 당실(唐實) : "당민(唐旻)"의 오기로 보인다. 《구당서(舊唐書)》 권128 〈안진경전〉과 《신당서(新唐書)》 권153 〈안진경전〉에는 "당민"이라 되어 있다.

11) 이보국(李輔國, 704~762) : 당나라 숙종(肅宗)과 대종(代宗) 때 권력을 전횡한 환관으로, 본명은 정충(靜忠)이다. 어려서 환관인 고역사(高力士)의 시종으로 입궁했는데, 외모는 추했지만 머리가 좋았고 자신의 직무에 충실했으며, 황태자 이형(李亨 : 숙종)의 측근이 되었다. 안사(安史)의 난이 일어난 뒤 숙종이 등극하는 데 공을 세워, 숙종이 즉위한 뒤 원수부행군사마(元帥府行軍司馬)에 발탁되어 병권을 장악했으며, 성국공(郕國公)에 봉해지고 병부상서(兵部尙書)에 임명되었다. 대종(代宗)이 즉위한 후에는 상보(尙父)로 받들어지고 사공(司空)과 중서령(中書令)을 더해 받았으며 박륙군왕(博陸郡王)에 봉해졌다. 하

되었다. 대종(代宗 : 이예)12)이 제위를 이었을 때, 이주자사(利州刺史)에 제수되었고, 조정에 들어와 호부시랑·형남절도사(荊南節度使)가 되었으며, 얼마 뒤 우승(右丞)에 제수되고 노군공(魯郡公)에 봉해졌다. 재상 원재(元載)13)는

지만 전횡이 더욱 심해지자 대종이 자객을 보내 살해했다.

12) 대종(代宗) : 이예(李豫). 당나라의 제8대 황제(762~779 재위). 숙종(肅宗)의 장남이다. 《주역(周易)》과 《예기(禮記)》에 정통했다. 열다섯 살 때 광평왕(廣平王)에 봉해졌다. 숙종 지덕(至德) 2년(757)에 천하병마원수(天下兵馬元帥)가 되어 곽자의(郭子儀) 등과 함께 병사를 이끌고 안경서(安慶緖)를 격파하고, 양경(兩京 : 장안과 낙양)을 수복했다. 건원(乾元) 원년(758)에 태자가 되었으며, 보응(寶應) 원년(762)에 환관의 옹립으로 제위에 올랐다. 재위하는 동안 환관들이 정권을 장악하고 번진들이 발호했지만 제어하지 못했다.

13) 원재(元載, ?~777) : 자는 공보(公輔). 당 대종 때의 재상. 출신은 한미했지만 독서를 좋아하고 총명했으며 도가의 전적에 정통했다. 현종 천보 연간 초에 진사에 급제해 신평현위(新平縣尉)에 제수되었으며, 대리사직(大理司直)·사부원외랑(祠部員外郞)·홍주자사(洪州刺史)·호부시랑(戶部侍郞)·탁지낭중(度支郞中)·제도염철전운사(諸道鹽鐵轉運使)를 역임했다. 대종이 즉위한 후에는 환관 권신 이보국(李輔國)에게 붙어 중서시랑(中書侍郞)·동평장사(同平章事)에 임명되고 허창현자(許昌縣子)에 봉해졌으며 재상이 되었다. 나중에는 이보국과 또 다른 환관 권신 어조은(魚朝恩)을 제거하는 데 참여해 대종의 총애를 받아 영천군공(潁川郡公)에 높여 봉해졌다. 그 후로 조정의 정권을 장악하고 전횡을 일삼다가 점점 대종의 미움을 받아 결국 사약을 받고 자결했다.

사사로이 붕당을 세운 뒤, 조정의 신하들이 그의 결점을 지적할까 두려운 나머지 상주해, 백관에게 무슨 일을 논하려면 모두 먼저 장관에게 아뢰고 장관은 재상에게 아뢴 연후에 천자께 아뢰도록 했다. 그러나 안진경이 상소문을 올려 극간하는 바람에 그만두었다. 나중에 안진경이 태묘(太廟)에 올리는 제사를 보좌하다가 제기가 제대로 갖춰지지 않은 사실을 조정에서 언급했는데, 원재는 그것으로 시정(時政)을 비방했다고 꼬투리 잡아 안진경을 협주별가(硤州別駕)로 좌천시켰지만, 안진경은 다시 무주자사(撫州刺史)와 호주자사(湖州刺史)가 되었다. 원재가 주살되고 나서 형부상서에 임명되었다. 대종이 붕어했을 때 예의사(禮儀使)가 되었다. 또한 고조(高祖 : 이연) 이하 7대 성상(聖上)의 시호가 번잡하자 건의문을 올려 처음 시호로 결정하자고 주청했는데, 재상 양염(楊炎)[14]이 꺼려 시행하지 못했다. 양염은 안

---

14) 양염(楊炎, 727~781) : 자는 공남(公南). 당 덕종(德宗) 때의 재상. 당시에 소양산인(小楊山人)이라 불렸다. 사훈원외랑(司勳員外郎)과 중서사인(中書舍人)을 지냈으며, 상곤(常袞)과 함께 지제고(知制誥)가 되어 웅려(雄麗)한 문필로 당시에 '상양(常楊)'으로 병칭되었다. 원재가 재상으로 있을 때 이부시랑(吏部侍郎)·사관수찬(史館修撰)으로 발탁되었다가, 원재가 주살된 후 도주사마(道州司馬)로 폄적되었다. 덕종 때 문하시랑(門下侍郎)·동평장사(同平章事)로 재상이 된 후 권력을 전횡하자 덕종이 점차 그를 밀리했다. 상서좌복야(尙書左僕射)

진경을 태자소부(太子少傅)로 전임시켜 은밀히 그의 권세를 빼앗았으며, 또 태자태사(太子太師)로 전임시켰다. 당시 이희열(李希烈)15)이 여주(汝州)를 함락했는데, 재상 노기(盧杞)16)는 평소 안진경의 강직함을 꺼렸기에 장차 그에게

로 전임되었다가 다시 애주사마(崖州司馬)로 폄적되어 임지로 가던 중에 사약을 받고 죽었다.

15) 이희열(李希烈, 750?~786) : 당나라 번진(藩鎭)의 장수. 젊어서 평로군(平盧軍)에 참여해 많은 전공을 세웠다. 덕종이 즉위한 후 회녕군절도사(淮寧軍節度使)가 되었다. 건중(建中) 2년(781)에 산남서도절도사(山南西道節度使) 양숭의(梁崇義)가 일으킨 반란을 토벌해 남평군왕(南平郡王)에 봉해졌다. 건중 3년(782)에 이희열은 회서절도사(淮西節度使)에 임명되어 이납(李納)의 난을 평정하러 갔으나, 오히려 이납・왕무준(王武俊)・전열(田悅)・주도(朱滔)와 결탁해 반란을 일으키고, 명신 안진경을 구금했다. 이듬해(783) 변주(汴州)를 점령하고 스스로 황제를 칭하고 국호를 초(楚)라 했다. 784년에는 끝까지 뜻을 굽히지 않은 안진경을 결국 살해했다. 나중에 유흡(劉洽)과 번택(樊澤) 등에게 패해 회서로 도망갔다가 정원(貞元) 2년(786)에 부장 진선기(陳仙奇)에게 독살당했다.

16) 노기(盧杞, ?~785) : 자는 자량(子良). 당 덕종 때의 재상이자 간신이다. 언변이 좋았고 성격이 음험해 국정을 담당할 때 권력을 전횡하면서 많은 사람을 죽였다. 덕종이 그 재주를 아껴 어사대부(御史大夫)・경기관찰사(京畿觀察使)에 제수하고 문하시랑(門下侍郎)・동평장사(同平章事)에 임명했다. 시기심이 많고 현능한 사람을 미워해 양염(楊炎)・두우(杜佑)・안진경 등을 모함했다. 건중(建中) 4년(783)에 경원(涇原)의 병사들이 반란을 일으켜 도성이 함락되자 삭방절도사(朔方節度使) 이회광(李懷光)이 여러 차례 상소해 그의 죄를 성토했다. 결국

해를 입히려고 했다. 그래서 안진경은 덕망이 높아 사방에서 우러러보는 인물이므로 그를 보내 이희열에게 고유(告諭)하면 칼에 피를 안 묻히고도 큰 역적을 평정할 수 있다고 상주하자 황상이 따랐다. 일이 시행되자 조야의 사람들은 실색했다. 이면(李勉)17)은 그 소식을 듣고 나라의 원로 한 명을 잃는 것은 조정에 수치를 끼치는 일이라고 생각해 은밀히 표문을 올려 그를 붙잡기를 청했으며, 또한 사람을 보

노기는 신주사마(新州司馬)로 폄적되고 다시 풍주별가(灃州別駕)로 폄적되었다가 죽었다.

17) 이면(李勉, 717~788) : 자는 현경(玄卿). 당 대종과 덕종 때의 재상이자 청관(淸官)이다. 경사(經史)를 열심히 공부했으며, 성품이 청렴하고 강직했다. 처음에 개봉현위(開封縣尉)가 되어 많은 치적을 세웠다. 숙종 때 감찰어사(監察御史)와 태상소경(太常少卿)에 제수되었는데, 이보국에게 배척받아 분주자사(汾州刺史)로 전출되었다가 하남윤(河南尹)과 강서관찰사(江西觀察使)로 전임되었다. 대종이 즉위한 후 경조윤(京兆尹)과 어사대부(御史大夫)에 임명되었는데, 환관 어조은(魚朝恩)에게 배척받아 영남절도사(嶺南節度使)로 전출되었다가 다시 공부상서(工部尙書)에 임명되고 견국공(汧國公)에 봉해졌다. 변송절도사(汴宋節度使)가 되어 전열(田悅)을 대파하고 검교좌복야(檢校左僕射)·동평장사(同平章事)로 재상이 되었다. 덕종 건중(建中) 4년(783)에 회서(淮西)의 반적 이희열이 변주(汴州)를 점령하자, 조정으로 들어와 검교사도(檢校司徒)·동평장사(同平章事)로 재상이 되었지만, 표문을 올려 사직을 청하고 태자태사(太子太師)로 벼슬을 마쳤다. 정원(貞元) 4년(788)에 72세로 병사했다. 태부(太傅)에 추증되었으며 시호는 정간(貞簡)이다.

내 길에서 그를 미리 맞이하도록 했지만 미치지 못했다. 안진경은 이희열을 만나고 나서 한창 조지(詔旨)를 선독(宣讀)하고 있었는데, 이희열의 양자 1000여 명이 시퍼런 칼날을 들고 다투어 나아가 그를 죽이려 했으며 빽빽이 둘러싸고 욕을 해 댔지만, 안진경은 안색조차 변하지 않았다. 이희열이 몸으로 그를 막고서 관사로 데리고 갔다. 이희열이 그 무리에게 연회를 베풀면서 안진경을 불러 앉히고 구경하게 했다. 그리고 배우에게 조정을 비방하게 해 놀이로 삼자 안진경이 노해 말했다.

"상공(相公)도 신하인데 어찌하여 소인배들에게 이런 짓을 하게 하시오!"

그러고는 자리에서 일어났다. 이희열이 사람을 보내 안진경에게 의식과 제도에 대해 물었더니 안진경이 대답했다.

"이 늙은이는 늙어 빠졌소. 일찍이 국가의 의례를 관장하긴 했지만, 기억하는 것은 제후의 조근례(朝覲禮)[18]뿐이오."

그 후 이희열은 마당에 장작을 쌓고 기름을 붓게 한 뒤, 사람을 보내 안진경에게 말했다.

---

18) 조근례(朝覲禮) : 천자를 조알(朝謁)하는 예법. 봄에는 '조'라 하고, 가을에는 '근'이라 했다.

"절조를 굽힐 수 없다면 마땅히 스스로 타 죽는 수밖에 없다."

안진경이 몸을 던져 불 속으로 뛰어들자, 역당들이 그를 구해 냈다. 안진경은 이에 스스로 유표(遺表)·묘지(墓誌)·제문(祭文)을 지어 필사의 각오를 보여 주었다. 마침내 역당이 그를 목매달게 했으니, 그때는 흥원(興元) 원년(784) 8월 3일이었고 그의 나이 77세였다. 조정에서는 그 소식을 듣고 5일 동안 조회를 멈추었으며, 문충공(文忠公)이란 시호를 내렸다. 안진경은 사조(四朝 : 현종·숙종·대종·덕종)에 걸쳐 덕망이 높았고, 정직함으로 과감히 직언했으며, 나이가 들수록 더욱 강직해졌다. 노기에게 배척받아 역적에게 죽임을 당했기에 천하 사람들이 원통해했다.

《별전(別傳)》에서는 다음과 같이 전하고 있다.

안진경이 목매달릴 때 금대(金帶)를 풀어 사자에게 주면서 말했다.

"나는 일찍이 도술을 수련했으므로 육신이 온전한 것을 우선으로 여긴다. 내가 죽은 뒤 내 관절의 혈맥을 잘라 목구멍에 혈맥을 만들어 이어 준다면, 나는 죽더라도 여한이 없겠다."

목매다는 사람이 그의 말대로 했으며, 그가 죽은 뒤에 다시 거두어 묻어 주었다. 역적이 평정되자, 안진경의 집안에서 그의 시신을 도성으로 옮겨 왔는데, 관을 열고 보았더니 관목은 썩었지만 시신은 그대로였다. 피부와 살은 살아 있는 듯했고 손과 발은 부드러웠으며 수염과 머리카락은 검푸르렀는데, 주먹은 꽉 쥐어 펴지지 않았고 손톱이 손등을 뚫고 나와 있었다. 원근의 사람들이 그 기이함에 놀랐다. 운구(運柩) 행렬이 중간쯤 갔을 때부터 널판이 점점 가벼워지더니 나중에 장지에 도착해서 보니 텅 빈 관뿐이었다. 《개천전신기(開天傳信記)》[19]에 상세히 기재되어 있다.

《별전》에서는 또 다음과 같이 전하고 있다.

안진경이 장차 채주(蔡州)로 가려 하면서 그의 아들에게 말했다.

"나는 원재와 함께 최상의 선약을 복용했는데, 그는 주색에 의해 손상되었기 때문에 나에게 미치지 못한다. 이번에 채주로 떠나면 틀림없이 역적에게 해를 당할 것이니, 그 후에 화음(華陰)에서 내 시신을 맞이해 관을 열고 보면 반드시 일반 사람과는 다를 것이다."

그때가 되어 관을 열어 보았더니 과연 기이한 것을 목격했다. 도사 형화박(邢和璞)[20]이 말했다.

---

[19] 《개천전신기(開天傳信記)》: 당나라의 정계(鄭棨)가 찬한 필기 문헌으로 1권이다. "《개천전신록(開天傳信錄)》"이라고도 한다. '개천'은 현종(玄宗) 때 사용한 연호인 개원(開元)과 천보(天寶)를 말하고, '전신'은 전해 오는 믿을 만한 일을 말한다.

"이것은 형선(形仙)이라는 것이다. 비록 쇠나 돌 속에 갇혀 있더라도 신체 수련의 기일이 다 차면 스스로 깨부수고 날아가게 된다."

10여 년 후에 안씨의 집안은 옹주(雍州)에서 가복(家僕)을 정주(鄭州)로 보내 장원의 세금을 징수하게 했는데, 돌아오는 길에 낙경(洛京 : 낙양)에 이르렀을 때, 그 가복이 우연히 동덕사(同德寺)에 이르러 보았더니, 노공(魯公 : 안진경)이 흰 장삼을 입고 우개(羽蓋)를 펼쳐 들고서 불전(佛殿) 위에 앉아 있었다. 가복이 급히 가까이 나아가 절을 하려고 하자 노공은 몸을 돌려 버렸으며, 가복이 불전 벽을 처다보고 또한 좌우로 쫓아다녔지만 노공은 끝내 가복에게 얼굴을 보여 주지 않았다. 노공이 마침내 불전을 내려와 절 밖으로 나가자 가복 역시 그를 따라갔는데, 노공은 곧장 성(城) 동북쪽 모퉁이의 황량한 채마밭 속으로 돌아갔다. 거기에는 두 칸짜리 부서진 집이 있었고 문 위에 발이 걸려 있었는데, 노공은 곧장 발을 걷어 올리고 들어갔다. 가복이 발 너머에서 인사를 올리자 노공이 말했다.

---

20) 형화박(邢和璞) : 당나라 때의 도사. 황노술(黃老術)과 추산술(推算術)에 뛰어났으며, 영양(潁陽)의 석당산(石堂山)에 은거하면서 《영양서(潁陽書)》를 지었다. 사람의 수명과 길흉화복을 귀신처럼 알아맞혔다고 한다.

"뉘시오?"

가복이 이름을 대답하자 노공이 말했다.

"들어오게."

가복이 들어가 절하고 나서 곧바로 울려고 하자, 노공은 급히 그를 제지했으며 한두 명의 아들과 조카에 대해서만 간략히 물었다. 노공은 품속을 더듬어 황금 10냥을 꺼내 가복에게 주고 집안 살림에 보태라고 하면서 속히 떠나보내며 말했다.

"돌아가거든 다른 사람에게 말하지 말게. 나중에 집안 살림이 궁핍해지거든 곧바로 다시 오게."

가복이 옹주로 돌아가서 그간의 일을 얘기했더니 집안사람들이 크게 놀랐다. 노공이 준 황금을 내다 팔았는데 진짜 황금이었다. 안진경의 아들은 곧바로 말과 안장을 사서 이전의 가복과 함께 부친을 뵈러 급히 갔는데, 이전의 장소에 다시 도착했더니 보이는 것은 우거진 덤불뿐이었고 아무것도 남아 있지 않았다. 당시 사람들은 모두 노공이 시해득선(尸解得仙)[21]했다고 말했다.

---

21) 시해득선(尸解得仙) : 육신은 남겨 두고 혼백만 빠져나가 신선이 되는 도술을 말한다.

顏眞卿字清臣，瑯琊臨沂人也，北齊黃門侍郎之推五代孫[1]．幼而勤學，舉進士，累登甲科．眞卿年十八九時，臥疾百餘日，醫不能愈．有道士過其家，自稱北山君，出丹砂粟許救之，頃刻卽愈．謂之曰："子有淸簡之名，已誌金臺，可以度世，上補仙官，不宜自沉於名宦之海．若不能擺脫塵網，去世之日，可以爾之形鍊神陰景，然後得道也．"復以丹一粒授之，戒之曰："抗節輔主，勤儉致身，百年外，吾期爾於伊洛之間矣．"眞卿亦自負才器，將俟大用，而吟閱之暇，常留心仙道．既中科第，四命爲監察御史，充河西隴左軍城覆屯交兵使．五原有寃獄，久不決，眞卿至，辨之．天時方旱，獄決乃雨，郡人呼爲"御史雨"．河東有鄭延祚者，母卒二十九年，殯於僧舍壖垣地．眞卿劾奏之，兄弟三十年不齒，天下聳動．遷殿中侍御史‧武部員外，楊國忠怒其不附己，出爲平原太守．安祿山逆節頗著，眞卿託以霖雨，修城浚壕，陰料丁壯，實儲廩．佯命文士泛舟，飲酒賦詩．祿山密偵之，以爲書生，不足虞也．無幾，祿山反，河朔盡陷，唯平原城有備焉，乃使司兵參軍馳奏．玄宗喜曰："河北二十四郡，唯眞卿一人而已！朕恨未識其形狀耳！"祿山既陷洛陽，殺留守李憕，以其首招降河北．眞卿恐搖人心，殺其使者，乃謂諸將曰："我識李憕，此首非眞也．"久之爲冠飾，以草續支體，棺而葬之．祿山以兵守土門，眞卿兄杲卿，爲常山太守，共破土門．十七郡同日歸順，推眞卿爲帥，得兵二十萬，橫絕燕趙．詔加戶部侍郎‧平原太守．時淸河郡客李萼，謁於軍前，眞卿與之經略，共破祿山黨二萬餘人於堂邑．肅宗幸靈武，詔授工部尙書‧御史大夫．眞卿間道朝于鳳翔，拜憲部尙書，尋加御史大夫．彈奏黜陟，朝綱大擧．連典蒲州‧同州，皆有遺愛．爲御史唐旻所搆，宰臣所忌，貶饒州刺史，復拜昇州浙西節度使，徵爲刑部尙書．又爲李輔國所譖，貶蓬州長史．代宗嗣位，拜利州刺史,入爲戶部侍郎‧荊南節度使,尋除右丞,封魯郡公.宰相元載,私樹朋黨,懼朝臣言其長短,奏令百官凡欲論事,皆先白長官,長官白宰相,然後上聞. 眞卿奏疏極言之,乃止. 後因攝祭太廟,以祭器不修言於朝. 元載以爲誹謗時政,貶硤州別駕,復爲撫州‧湖州刺史. 元載伏誅,拜刑部尙書. 代宗崩,爲禮儀使. 又以高祖已下七聖諡號繁多,上議請取初諡爲定,爲宰相楊炎所忌,不行. 改太子少傅,潛奪其權,又改太子太師. 時李希烈陷汝州,宰相盧杞,素忌其剛正,將中害之. 奏以眞卿重德,四方所瞻,使往諭希烈,可不血刃而平大寇矣,上從之. 事行,朝野失色. 李勉聞之,以爲失一國老,貽朝廷羞,密表請留,又遣人逆之於路,不及. 旣見希烈,方宣詔旨,希烈養子千餘人,雪刃爭前欲殺之,叢遶詬罵,神色不動. 希烈以身蔽之,乃就舘舍. 希烈因宴其黨,召眞卿坐觀之. 使倡優蕭朝政以爲戲,眞卿怒曰:"相公人臣也,奈何使小輩如此!" 遂起. 希烈使人問儀制於眞卿,答曰:"老夫耄矣. 曾掌國禮,所記者諸侯朝覲禮耳." 其後,希烈使積薪庭中,以油沃之,令人謂曰:"不能屈節,當須自燒." 眞卿投身赴火,其逆黨救之. 眞卿乃自作遺表‧墓誌‧祭文,示以必死. 賊黨使縊之,興元元年八月三日也,年七十七. 朝廷聞之,輟朝五日,諡文忠公. 眞卿四朝重德,正直敢言,老而彌壯,爲盧杞所排,身殞於賊,天下寃之.《別傳》云,眞卿將縊,解金帶以遣使者曰:"吾嘗修道,以形全爲先. 吾死之後,但割吾支節血,爲吾吭血,以紿之,則吾死無所恨矣." 縊者如其言,旣死,復收瘞之. 賊平,眞卿家遷喪上京,啓殯視之,棺朽敗而尸形儼然,肌肉如生,手足柔軟,髭髮靑黑,握拳不開,爪透手背. 遠近驚異焉. 行及中路,旅櫬漸輕,後達葬所,空棺而已.《開天傳信記》詳而載焉.《別傳》又云,眞卿將往蔡州,謂其子曰:"吾與元載俱服上藥,彼爲酒色所敗,故不及吾. 此去蔡州, 必爲逆賊所害, 爾後可迎吾喪於華陰, 開棺視之, 必異於衆." 及是開棺, 果覩其異. 道士邢和璞曰: "此謂形仙者也. 雖藏於鐵石之中, 鍊形數滿, 自當擘裂飛去矣." 其後十餘年, 顔氏之家, 自雍遣家僕往鄭州, 徵庄租, 廻及洛京, 此僕偶到同德寺, 見魯公衣長白衫, 張蓋, 在佛殿上坐. 此僕遽欲近前拜之, 公遂轉身去, 仰觀佛壁, 亦左右隨之, 終不令僕見其面. 乃下佛殿, 出寺去, 僕亦步隨之, 徑歸城東北隅荒菜園中. 有兩間破屋, 門上懸箔子, 公便揭箔而入. 僕遂隔箔子唱喏, 公曰: "何人?" 僕對以名, 公曰: "入來." 僕旣入拜, 輒擬哭, 公遽止之, 遂略問一二兒姪了. 公探懷中, 出金十兩付僕, 以救家費, 仍遣速去: "歸勿與人說. 後家內闕, 卽再來." 僕還雍, 其家大驚. 貨其金, 乃眞金也. 顔氏子便市鞍馬, 與向僕疾來省觀, 復至前處, 但滿眼榛蕪, 一無所有. 時人皆稱魯公尸解得道焉.

出처《태평광기(太平廣記)》[중화서국(中華書局) 배인본(排印本)] 권32 〈신선(神仙)·안진경〉,《유설(類說)》 권54 〈옥당한화·안노공시해(顔魯公尸解)〉. 본래《태평광기》에 수록된 고사에는 "출《선전습유》급《융막한담》·《옥당한화》(出《仙傳拾遺》及《戎幕閑譚》·《玉堂閒話》)"라 되어 있는데, 실제로 어느 부분이《옥당한화》에서 나온 것인지는 분명하지 않다. 하지만《유설》에 수록된 고사는《태평광기》에 수록된 고사 중에서 "기후십여년(其後十餘年) … 시인개칭노공시해득도언(時人皆稱魯公尸解得道焉)" 부분을 간추린 것이므로, 이 부분이《옥당한화》의 문장으로 보인다.《유설》에 수록된 고사는 다음과 같다. 안노공이 난리를 만나고 나서 10여 년 후에 가복이 낙중에서 노공을 보았는데, 노공은 흰 장삼을 입고 우개를 펼친 채 성 모퉁이의 채마밭으로 돌아갔다. 그곳에 몇 칸짜리 부서진 집이 있었는데, 가복이 노공을 따라 들어가서 절을 올렸다. 노공은 품속에서 황금 10냥을 꺼내 집에 부치면서 아울러 가복에게 다른 사람에게 말하지 말라고 당부했다. 노공의 아들 노함이 노공이 있던 이전 장소에 갔더니, 보이는 것은 온통 우거진 덤불뿐이었다. 당시 사람들은 모두 노공이 시해득선했다고 말했다(顏魯公遭難後十餘年, 家僕於洛中見公, 衣白衫張蓋, 歸城隅菜園. 有破屋數間, 僕隨之入拜. 公懷中出金十兩, 以寄其家, 仍戒僕勿與人說. 公之子頵至前處, 但見滿目榛蕪而已. 時人皆云魯公尸解得道).

1 북제황문시랑지추오대손(北齊黃門侍郎之推五代孫):《구당서》권128〈안진경전〉에는 "오대조지추(五代祖之推), 북제황문시랑(北齊黃門侍郎)"이라 되어 있고,《신당서》권153〈안진경전〉에는 "비서감사고오세종손(秘書監師古五世從孫)"이라 되어 있는데,《신당서》의 기록이 타당하다. 실제로 안진경은 당나라 초의 경학자 안사고(顏師古)의 5대손이고, 안사고는 안지추(顏之推)의 적손(嫡孫)이다.

2. 이용창(伊用昌)

보궐(補闕) 웅교(熊嶠)22)가 다음과 같은 이야기를 했다.
근년에 이용창23)이란 자가 있었는데 어디 사람인지는 모른다. 그의 처는 매우 젊고 용모가 빼어났으며, 음악이나 바느질 등 모든 것에 아주 뛰어났다. 남편이 비록 굶주리고 추위에 떨며 먹을 것을 구걸했지만 끝내 부끄러워하는 마음이 없었다. 간혹 부유한 집안의 자제가 말이나 웃음으로 희롱할 때면 언제나 범접할 수 없는 안색을 지었다. 그녀의 남편은 술을 잘 마시고 곧잘 미쳐 날뛰었기에 당시 사람들이 모두 그를 "이풍자(伊風子 : 미치광이 이씨)"라고 불렀다. 자주 강남(江南)의 여릉(廬陵)과 의춘(宜春) 등 여러 군(郡)을 노

---

22) 웅교(熊嶠) : 오대(五代)의 문인. 오대 후당(後唐) 청태(淸泰) 2년(935)에 진사에 급제했으며, 연주(延州) 유경암(劉景巖)의 종사(從事)로 초징되었다. 후진(後晉) 때 보궐(補闕)에 임명되었다가 상주(商州) 상진현령(上津縣令)으로 폄적되었다. 시를 잘 지었으며 특히 고율시(古律詩)에 뛰어났다.

23) 이용창 : 《십국춘추(十國春秋)》 권76의 기록에 따르면, 이용창은 남악(南嶽)의 도사로 기이한 도술을 지니고 있었으며, 일찍이 학사 요광도(廖匡圖)의 모친을 위해 법술을 부려 커다란 물고기를 잡아 회를 떴다고 한다.

닐었는데, 경박하고 뜬금없는 말을 하다가 곧잘 사람들에게 얻어맞았다. 〈망강남(望江南)〉이란 사(詞)를 짓길 좋아해 부부가 함께 불렀다. 간혹 오래된 사원이나 버려진 사당에 묵으면서 어떤 사물을 보면 바로 읊조렸는데, 그 가사에 모두 뜻이 담겨 있었다. 옹교는 〈영고사(詠鼓詞)〉만을 기억했는데 이러했다.

"강남의 북, 베틀 북처럼 불룩한 배는 양쪽이 둥글다네. 못이 박혀도 골수에 파고드는 줄 모르고, 때려도 그저 아무 속이 없다네. 그 빈 배를 사람들이 함부로 다룬다네."

나머지는 대부분 기억하지 못했다. 강남에는 망초(芒草)가 있는데 가난한 백성은 이것을 캐서 신발을 짰다. 그곳의 땅은 낮고 습하고 이 풀은 내수성(耐水性)이 있었기에 가난한 백성이 대부분 이 풀로 짠 신발을 신었다. 이풍자는 다릉현(茶陵縣)의 성문에 이르러 큰 글씨로 이렇게 썼다.

"다릉의 정말 긴 거리, 양쪽 길가엔 버드나무를 심고 홰나무를 심지 않았네. 밤이 깊어진 후로 오경(五更)을 알리는 북소리는 들리지 않고, 그저 망초 두드려 짚신 짜는 소리만 들리네."

당시 현의 관리와 서리들은 그 시를 크게 못마땅해했으며, 이풍자는 결국 사람들에게 두들겨 맞고 현의 경계 밖으로 쫓겨났다. 강남 사람들은 경박한 가사를 "복과(覆窠)"라고 불렀는데, 이용창의 처가 말했다.

"늘 말했듯이 작은 고을에서는 복과를 하지 말아야 하는데, 당신은 굳이 복과를 하는군요. 이는 비유하자면 나쁜 말을 타고 가다가 말에서 떨어졌지만 발이 등자(鐙子)에 끼어 있는 것과 같으니, 그냥 떨어져 다친 것과는 같지 않습니다. 당신은 애쓸 필요가 없습니다."

이처럼 부부가 모두 경박한 태도를 지니고 있었다. 천우(天祐) 계유년(癸酉年)24)에 이풍자 부부는 무주(撫州) 남성현(南城縣)으로 갔는데, 어떤 마을 사람의 송아지 한 마리가 죽었다. 부부는 쇠고기 10~20근을 구걸해 얻어서 향교(鄕校) 안에서 삶고 구워서 하룻밤에 다 먹었다. 다음 날이 되자 부부는 쇠고기 때문에 배가 부풀어 모두 향교 안에서 죽어 있었다. 현의 관리와 주민이 갈대 자리로 시체를 싸서 현의 남로(南路)에서 왼쪽으로 100여 걸음 떨어진 곳에 묻어 주었다. 그곳의 진장(鎭將) 정씨(丁氏)는 강서염사(江西廉使) 유 공(劉公)의 심복이었는데, 1년 뒤에 교체되어 유 공의 막부로 돌아갔더니 유 공이 이미 죽어 있었다. 그는 갑자기 어느 날 아침에 북시(北市)의 천막 무대 아래서 이풍자

---

24) 천우(天祐) 계유년(癸酉年) : '천우'는 당나라의 소종(昭宗)과 애제(哀帝)가 사용한 연호로, 갑자년(甲子年 : 904)에서 정묘년(丁卯年 : 907)까지이며 '계유년'은 없다. 가장 가까운 계유년은 오대 후량(後梁) 건화(乾化) 3년(913)이다. 따라서 '천우'는 '건화'의 착오로 보인다.

부부가 〈망강남〉 사를 부르며 돈을 구걸하는 것을 보았다. 그들은 서로 만난 것을 매우 기뻐하며 지난 일을 얘기했다. 이풍자는 정씨의 손을 잡고 주루(酒樓)에 올라 세 사람이 함께 몇 말의 술을 마셨다. 정씨가 크게 취해 잠들자 이풍자는 붓을 찾아 주루의 벽에 이렇게 썼다.

"이 몸은 이 몸 이전에도 살았는데, 어쩐 일로 현묘한 선도를 따라도 더 이상 현묘해지지 않는가? 이미 회남(淮南)에서 닭과 개가 된 후로,[25] 지금은 바로 옥황상제 앞에 이르러 있도다."

다 쓰고 난 뒤에 부부는 팔짱을 끼고 소리 높여 노래 부르며 성을 나가서, 강을 건너 유유관(遊帷觀)에 이르러 진군전(眞君殿)의 뒤에 글씨를 썼는데 첫머리에 이렇게 썼다.

"정억만조항사군국주남방적룡신왕(定億萬兆恒沙軍國主南方赤龍神王) 이용창(伊用昌)."

그 가사는 이러했다.

"날마다 상서로운 구름과 기운이 이어지니, 나는 응당 큰 신선이 되리라. 붓을 흩뿌리니 바람 일고 천둥 치며, 검 아래

---

25) 회남(淮南)에서 닭과 개가 된 후로 : 전하는 말에 따르면, 한(漢)나라의 회남왕(淮南王) 유안(劉安)이 선약을 먹고 신선이 되었는데, 남은 선약을 닭과 개가 먹고 역시 승천했다고 한다. 여기서는 이용창 자신이 전생에 그때의 닭이나 개였다는 뜻이다.

모든 잡귀 쫓아내니 조화의 권능 있도다. 더욱이 오랑캐에게 예악을 더해 주어, 영원히 오랑캐에게 전쟁의 봉화 없게끔 하리라. 여러 신선의 공적이 그저 이와 같을 뿐이라면, 나는 곧장 삼청(三淸)26)의 제일천(第一天)으로 오르리라."

다 쓰고 나서 부부는 팔짱을 끼고 서산(西山)으로 들어갔다. 당시 사람들은 모두 그들이 허공을 밟고 다니는 것을 보았는데, 이후로는 더 이상 나타나지 않았다. 진장 정씨가 주루 위에서 취했다가 깨어났더니 품속에 자금(紫金) 10냥이 있었는데, 그는 그 금을 모두 회해(淮海)의 남성현으로 보냈다. 나중에 사람들이 이풍자 부부의 무덤을 열고 보았더니 단지 갈대 자리 두 장과 그것에 싸여 있는 썩어 문드러진 쇠고기 10여 근만 있었는데, 악취 때문에 가까이 갈 수 없었고 그 밖에 다른 물건은 없었다. 웅교는 당시 예닐곱 살 때였는데 아직도 이풍자를 기억한다고 말했다. 그가 간혹 도복(道服)을 입을 때는 이 존사(伊尊師)라고 불렸다. 웅교는 일찍이 정수리에 종기가 나서 그 통증을 참을 수 없었는데, 이 존사가 세 번 물을 머금어 그 종기에 뿜었더니 곧바로 종기가 문드러졌으며 이후로는 절대로 종기를 앓지 않았다. 지금까

---

26) 삼청(三淸) : 도교의 최고 이상향인 삼청경(三淸境), 즉 옥청성경(玉淸聖境)·상청진경(上淸眞境)·태청선경(太淸仙境)을 말한다. '청'은 하늘을 뜻한다.

지도 그 흉터가 남아 있다. 웅교는 이 일을 직접 목격했으므로 황당한 얘기가 아니다.

熊皦補闕說: 頃年, 有伊用昌[1]者, 不知何許人也. 其妻甚少, 有殊色, 音律女工之事, 皆曲盡其妙. 夫雖饑寒丐食, 終無愧意. 或有豪富子弟, 以言笑戲調, 常有不可犯之色. 其夫能飲, 多狂逸, 時人皆呼爲"伊風子". 多遊江左廬陵·宜春等諸郡, 出語輕忽, 多爲衆所毆擊. 愛作〈望江南〉詞, 夫妻唱和. 或宿於古寺廢廟間, 遇物卽有所詠, 其詞皆有旨. 熊只記得〈詠鼓詞〉云: "江南鼓, 梭肚兩頭欒. 釘着不知侵骨髓, 打來只是沒心肝. 空腹被人漫." 餘多不記. 江南有芒草, 貧民採之織屨. 緣地土卑濕, 此草耐水, 而貧民多着之. 伊風子至茶陵縣門, 大題云: "茶陵一道好長街, 兩畔栽柳不栽槐. 夜後不聞更漏鼓, 只聽鎚芒織草鞋." 時縣官及胥吏大爲不可, 遭衆人亂毆, 逐出界. 江南人呼輕薄之詞爲"覆窠", 其妻告曰: "常言小處不要覆窠, 而君須要覆窠之. 譬如騎惡馬, 落馬足穿鐙, 非理傷墮一等. 君不用苦之." 如是夫妻俱有輕薄之態. 天祐癸酉年, 夫妻至撫州南城縣所, 有村民斃一犢. 夫妻丐得牛肉一二十觔, 於鄉校內烹炙, 一夕俱食盡. 至明, 夫妻爲肉所脹, 俱死於鄉校內. 縣鎭吏民, 以蘆蓆裹尸, 於縣南路左百餘步而瘞之. 其鎭將姓丁, 是江西廉使劉公親隨, 一年後得替歸府, 劉公已薨. 忽一旦於北市棚下, 見伊風子夫妻, 唱〈望江南〉詞乞錢. 旣相見甚喜, 便敍舊事. 執丁手上酒樓, 三人共飮數斝. 丁大醉而睡, 伊風子遂索筆題酒樓壁云: "此生生在此生先, 何事從玄不復玄? 已在淮南鷄犬後, 而今便到玉皇前." 題畢, 夫妻連臂高唱而出城, 遂渡江至遊帷觀, 題眞君殿後, 其銜云: "定億萬兆恒沙軍國主南方赤龍神王伊用昌." 詞云: "日日祥雲瑞氣連, 應儂家作大神仙. 筆頭灑起風雷力, 劍下驅馳造化權. 更與戎夷添禮樂, 永敎胡虜絶烽烟. 列仙功業只如此, 直上三淸第一天." 題罷, 連臂入西山. 時人皆見躡虛而行, 自此更不復出. 其丁將於酒樓上醉醒, 懷內得紫金一十兩, 其金並送在淮海南城縣. 後人開其墓, 只見蘆蓆兩領, 裹爛牛肉十餘觔, 臭不可近, 餘更無別物. 熊言六七歲時, 猶記識伊風子. 或着道服, 稱伊尊師. 熊嘗於頂上患一癰癤, 疼痛不可忍, 伊尊師含三口水, 噀其癰便潰, 並不爲患. 至今尙有痕在. 熊言親覩其事, 非謬說也.

출처《태평광기》권55 〈신선·이용창〉.

1 이용창(伊用昌):《태평광기》진전(陳鱣) 교본(校本)에는 "이(伊)"가 "윤(尹)"이라 되어 있다. 고사 제목과 이하의 본문에서도 마찬가지다.

3. 권사(權師)

 당(唐)나라 장도현(長道縣)의 산골에 권사라는 무당이 있었는데, 죽음을 점치는 데 뛰어났다. 사악한 귀신이나 요괴, 사람이 숨거나 도망치는 것, 땅속이나 산속에 비밀리에 감춰져 있는 보물, 사람이 태어날 때와 죽을 때에 대해 미리 알지 못하는 경우가 없었다. 한번은 어떤 사람이 운명에 대해 묻자 권사는 향을 사르고 신을 불렀는데, 요 위에서 쓰러져 갑자기 숨이 넘어갔다가 한참 만에야 겨우 숨을 몰아쉬더니 눈을 감고 그 사람의 일을 말해 주었다. 그 사람이 권사에게 자신의 친척 곽구구(郭九舅)에 대해 말했는데, 곽구구는 호협(豪俠)에 힘이 세고 아주 많은 돈을 가지고 있었지만, 그 처가 몇 년간 병석에 누워서 치료하지 못하고 있었다. 그래서 권사를 불러 점치게 했더니, 권사가 눈을 감고 말했다.

 "당신의 집 뒤에 시체가 묻혀 있는데 그 수가 아홉 구입니다."

 이에 곽구구가 그곳을 파게 했더니, 권사가 말한 거리에 따라 하나도 어긋남 없이 시체를 모두 찾아내자, 곧바로 사람을 보내 시체를 치웠다. 처의 병이 즉시 낫자 곽구구는 권사에게 100만 냥의 돈을 주었는데, 권사는 물리치며 받지 않았다. 억지로 주었더니 권사는 겨우 1만~2만 냥만을 받으며 말했다.

"신께서 재물을 많이 취하지 말라고 합니다."

또 하루는 권사가 민가에 누워서 눈을 감고 열 손가락을 짚으며 말했다.

"천하의 생사부(生死簿)를 살펴보니 원근의 주현(州縣)에서 죽을 사람의 수가 매우 많고, 다음으로 우리 주현의 마을을 살펴보니 또한 10여 명이 죽게 될 것인데, 호방한 선비인 장행유(張行儒) 선생도 그 명부에 들어 있소."

어떤 사람이 이 사실을 급히 장행유에게 알려 주었더니, 장행유는 그 소식을 듣고 두려워하면서 권사를 불러오게 했다. 권사가 장행유에게 말했다.

"삼가 당신을 위해 염라대왕께 편지를 써서 당신의 죽음을 면하게 해 주겠습니다."

그러고는 눈을 감고 종이에 글씨를 썼는데, 그 절반은 전서(篆書)와 주문(籒文) 같았다. 권사는 빌면서 그 종이를 살랐다. 일을 마치자 장행유가 새끼 밴 말을 바쳤더니 무당권사이 말했다.

"신께서 그 어미 말만 허락하셨으니 새끼는 바로 돌려드리겠습니다."

다른 날을 기다렸더니 권사가 말한 대로 그 주현에서 10여 명이 수명을 다했는데, 모두 그가 말한 날짜에 죽었으며 장행유만 죽음을 면했다. 암말이 망아지를 낳자 권사는 망아지를 그 주인에게 돌려주었다. 권사는 암말을 "화상(和尙)"이라 부르면서 말했다.

"이 말은 일찍이 스님의 삶을 마치지 못했기에 이런 업보가 있는 것입니다."

이후로 권사는 사람들을 위해 수명을 점치는 일이 적지 않았고, 사람들을 위해 땅속에 숨겨져 있는 것을 찾아내는 일도 많았다. 또한 누군가의 수명이 다했다고 말하는 경우 그 시각에 틀림이 없었다. 권사는 이렇게 해서 큰 부자가 되었고, 민가에서 얻은 우마와 재산이 산과 집에 가득했다.

唐長道縣山野間, 有巫曰權師, 善死卜. 至於邪魅鬼怪, 隱伏逃亡, 地祕山藏, 生期死限, 罔不預知之. 或人請命, 則焚香呼請神, 僵仆於茵褥上, 奄然而逝, 移時方喘息, 瞑目而言其事. 奏師之親曰郭九舅, 豪俠强梁, 積金甚廣, 妻臥病數年, 將不濟. 召令卜之, 閉目而言曰: "君堂屋後有伏屍, 其數九." 遂令斸之, 依其尺寸, 獲之不差其一, 旋遣去除之. 妻立愈, 贈錢百萬, 却而不受, 強之, 方受一二萬, 云: "神不令多取." 又一日, 臥於民家, 瞑目輪十指, 云: "算天下死簿, 數其遐邇州縣死數甚多, 次及本州村鄕, 亦十餘人合死者, 內有豪士張夫子名行儒與焉." 人有急告行儒者, 聞而懼, 遂命之至. 謂張曰: "可以奉爲, 牒閤羅山[1]免之." 於是閉目, 於紙上書之, 半如篆籀, 祝焚之. 旣訖, 張以含胎馬奔奉之, 巫曰: "神只許其母, 子卽奉還." 以俟異日, 所言本州十餘人算盡者, 應期而歿, 惟張行儒免之. 及牝誕駒, 遂還其主. 其牝呼爲"和尙", 云 : "此馬曾爲僧不了, 有是報." 自爾爲人廷算者 不少, 爲人掘取地下隱伏者亦多. 言人算盡者, 不差晷刻. 以至其家大富, 取民家牛馬資財, 遍山盈室.

출처《태평광기》권79〈방사(方士)·권사〉.

1 죄산(罪山) :《태평광기》명초본(明鈔本)에는 "나산(羅山)"이라 되어 있고,《사고전서(四庫全書)》본에는 "나출(羅出)"이라 되어 있는데, 문맥상 "나출"이 타당하다.

4. 조 성인(趙聖人)

[오대십국] 위촉[僞蜀 : 전촉(前蜀)]에 조온규(趙溫圭)란 사람이 있었는데, 원허술(袁許術 : 관상술)[27]에 뛰어났고 사람의 길흉을 점쳐서 신묘하게 적중하지 않은 적이 없었기에 촉 지방에서 그를 "조 성인"이라 불렀다. 무장(武將) 왕휘(王暉)[28]는 전촉의 선주(先主 : 왕건)[29]를 섬길 때 여러 차

---

27) 원허술(袁許術) : 관상술(觀相術)을 말한다. '원허'는 당나라의 원천강(袁天綱)과 허장비(許藏秘)를 말하는데, 두 사람 모두 관상술에 뛰어났다. 그래서 후대에 관상술을 '원허술(袁許術)'이라고도 한다. 한편 허장비 대신에 한나라 때 관상술에 뛰어났던 허부(許負)를 꼽기도 한다.

28) 왕휘(王暉) : 오대십국 때 사람이다. 전촉(前蜀)에서 벼슬해 선주(先主) 왕건(王建) 때 여러 차례 전공(戰功)을 세웠으며, 후주(後主) 왕연(王衍)이 즉위하자 집주자사(集州刺史)로 있다가 진주절도사(秦州節度使)가 되었다. 전촉이 망하자 후당(後唐)으로 들어가 능주자사(陵州刺史)가 되었으며, 얼마 후 후촉(後蜀)으로 귀항했다. 함양(咸陽)에서 늙어 죽었다.

29) 선주(先主) : 왕건(王建). 자는 광도(光圖). 오대십국 전촉의 개국 황제(907~918 재위)다. 당나라 말에 충무군(忠武軍)에 가입해 충무팔도(忠武八都)의 도장(都將) 가운데 하나가 되었다. 황소(黃巢)의 난 때 당 희종(僖宗)을 보호한 공으로 신책군(神策軍)의 장군이 되었다. 그 후로 계속 세력을 확장해 마침내 서천(西川)을 점거했으며, 서천절도

례 군공(軍功)을 세웠는데, 성품이 몹시 거칠고 사나웠다. 후주(後主 : 왕연)30) 때에 이르러 한두 고관 귀족에게 억눌려 오랫동안 낮은 직위에 있었기에 왕휘는 깊은 원한을 품었다. 일찍이 하루는 궁문에서 조 공(趙公 : 조온규)을 만났는데, 조 공이 그를 보고 몹시 놀라며 주위 사람을 물리치고 그에게 말했다.

"오늘 당신의 얼굴을 보니 살기가 있으니, 칼을 품고 음

사(西川節度使)에 봉해졌다. 이어서 무태절도사(武泰節度使) 왕건조(王建肇), 동천절도사(東川節度使) 고언휘(顧彦暉), 무정절도사(武定節度使) 탁발사경(拓跋思敬)을 잇달아 물리쳐 양천(兩川)과 삼협(三峽)을 손에 넣고 산남서도(山南西道)를 차지했으며, 천복(天復) 3년(903)에 당 소종(昭宗)에 의해 촉왕(蜀王)에 봉해져 당시 최대의 할거 세력이 되었다. 천우(天祐) 4년(907)에 당나라가 후량(後梁)에게 멸망하자, 왕건은 후량에 복종하지 않고 스스로 황제에 올라 국호를 '대촉(大蜀)'이라 했는데, 역사에서는 이를 '전촉'이라 한다. 묘호는 고조(高祖)다.

30) 후주(後主) : 왕연(王衍). 자는 화원(化源). 오대십국 전촉의 마지막 황제(918~925 재위)로, 고조 왕건의 아들이다. 즉위 후 환관과 간신에게 정치를 맡긴 채 사치와 향락을 일삼고 대대적으로 궁전을 건축해 나라의 재정을 파탄시켰다. 동광(同光) 3년(925)에 후당(後唐) 장종(莊宗) 이존욱(李存勖)이 위왕(魏王) 이계급(李繼岌)과 곽숭도(郭崇韜) 등을 파견해 전촉을 공격하자 왕연은 항복했다. 왕연이 낙양으로 압송되는 도중에 이존욱이 사람을 보내 그와 그의 친족을 한꺼번에 살해했다. 왕연은 문재(文才)가 있어서 염사(艷詞)를 잘 지었는데, 〈감주곡(甘州曲)〉과 〈취장사(醉妝詞)〉 등이 세상에 전한다.

모를 행하려 하는군요. 그러나 당신은 장차 틀림없이 세 번 군수에 임명되고 한 번 절제(節制 : 절도사)에 임명될 것입니다. 본래 늦게 현달할 운명이니, 남을 해쳐 재앙을 자초해서는 안 될 것입니다."

왕휘는 매우 놀라며 품속에서 비수 하나를 꺼내 땅에 던지고 울면서 말했다.

"오늘 그자를 찔러 죽이고 자결하려 했는데, 뜻밖에도 당신을 만나 의혹을 풀게 되었으니 이제는 이런 짓을 그만두겠습니다."

왕휘는 진심으로 감사의 절을 올리고 물러갔다. 왕휘는 나중에 군수가 되었다가 진주절도사(秦州節度使)로 승진했다. 전촉이 망한 후에 왕휘는 함양(咸陽)에서 노년을 보내고 있었는데, 재상 범질(范質)31)이 친히 왕휘를 만났더니 왕휘

---

31) 범질(范質, 911~964) : 자는 문소(文素). 오대와 북송 초의 대신으로, 후당(後唐)·후진(後晉)·후한(後漢)·후주(後周)·북송의 다섯 조대에서 벼슬했다. 어려서부터 학문을 좋아해 박학다식했다. 후당 장흥(長興) 4년(933)에 진사에 급제해 호부시랑(戶部侍郎)을 지냈으며, 후주 조정에서는 광순(廣順) 원년(951)에 재상에 오르고 참지추밀(參知樞密)을 겸했다. 송 태조 조광윤(趙匡胤)을 천자로 옹립하는 데 힘썼으며, 태조가 즉위한 뒤 재상에 임명되었다. 건덕(乾德) 원년(963)에 노국공(魯國公)에 봉해졌다. 그가 편찬한 후주의 《현덕형률통류(顯德刑律統類)》는 송나라의 첫 법전인 《송형통(宋刑統)》의 직접적인 바탕이 되었다.

가 이 일을 애기해 주었다.

僞蜀有趙溫圭, 善袁許術, 占人災祥, 無不神中, 蜀謂之"趙聖人". 武將王暉事蜀先主, 累有軍功, 爲性凶狠. 至後主時, 爲一二貴人擠抑, 久沈下位, 王深銜之. 嘗一日, 於朝門逢趙公, 見之驚愕, 乃屛人告之曰: "今日見君面有殺氣, 懷兵刃, 欲行陰謀. 但君將來當爲三任郡守, 一任節制. 自是晚達, 不宜害人, 以取殃禍." 王大駭, 乃於懷中探一匕首擲於地, 泣而言曰: "今日比欲刺殺此子, 便自引決, 不期逢君爲開釋, 請從此而止." 勤勤拜謝而退. 王尋爲郡, 遷秦州節度. 蜀亡, 老於咸陽. 宰相范質親見[1]王, 話其事.

출처《태평광기》권80〈방사·조성인〉.

1 견(見):《태평광기》중화서국(中華書局)본에는 이 자가 없지만, 문맥상 필요하므로 명초본에 의거해 보충했다.

5. 법본(法本)

[오대] 후진(後晉) 천복(天福) 연간(936~944)에 고공원외(考功員外) 조수(趙洙)가 이야기했다.

근래에 어떤 승려가 상주(相州)에서 와서 말했다.

"빈도는 양주(襄州)의 선원(禪院)에서 법본이라는 한 승려와 함께 하안거(夏安居)를 했는데, 아침저녁으로 같이 지내면서 마음이 서로 잘 맞았습니다. 법본이 일찍이 말하길, '빈도는 상주 서산(西山)의 죽림사(竹林寺)에서 주지로 있는데 그 절 앞에 돌기둥이 있습니다. 다른 날 한가할 때 반드시 방문해 주시길 청합니다'라고 했습니다."

그 승려는 이 말을 마음에 두고 있다가 나중에 그곳으로 가서 법본을 찾았다. 그는 서산 아래의 마을에 도착해 한 난야(蘭若: 절)에 투숙했다. 그가 그 마을의 승려에게 물었다.

"여기에서 죽림사까지는 거리가 얼마나 됩니까?"

마을의 승려는 멀리 외로이 서 있는 봉우리의 옆을 가리키며 말했다.

"저기가 죽림사입니다. 예로부터 노인들이 전하는 말에 따르면, 옛 성현이 살던 곳이라고 합니다. 지금은 이름만 남아 있을 뿐이고 그 절은 없습니다."

그 승려는 이상하다고 여기며 아침이 되자마자 그곳으로

갔다. 대나무 숲속에 이르렀더니 과연 돌기둥이 있었지만 아득하니 그 끝을 알 수 없었다. 예전에 법본이 작별할 때 말했었다.

"그 기둥을 두드리기만 하면 곧 사람이 나타날 것입니다."

그래서 그 승려가 작은 지팡이로 기둥을 몇 번 두드렸더니, 비바람이 사방에서 일어나 지척의 거리도 보이지 않았다. 하지만 금세 눈과 귀가 확 트이더니 누대가 마주 서 있었고 자신은 산문(山門) 아래에 있었다. 잠시 후 법본이 안에서 나오더니, 그를 보고 매우 기뻐하며 남중(南中 : 양주)의 옛일을 물었다. 그러고는 그 승려를 데리고 중문(重門)을 지나 비전(秘殿)에 올라가서 존숙(尊宿)32)을 배알했다. 존숙이 법본에게 그를 데려온 이유를 묻자 법본이 말했다.

"예전에 상주에서 함께 하안거를 할 때 여기로 찾아오라고 약속했기 때문에 그가 산문에 이른 것입니다."

존숙이 말했다.

"식사한 후에 가시라고 청하게. 여기에는 자리가 없으니."

식사를 마친 후 법본은 그를 산문까지 배웅하고 헤어졌

---

32) 존숙(尊宿) : 수행이 뛰어나고 덕이 높은 노승을 말한다.

다. 이윽고 천지가 어두워져 어디로 가야 할지 알 수 없었다. 잠시 후에 그는 대나무 숲속의 돌기둥 옆에 그대로 있었고 그 밖에 아무것도 보이지 않았다. 이로써 성현이 세상에 있지만 그 숨음과 나타남은 헤아리기 어렵다는 것을 알게 되었으니, 어찌 금속여래(金粟如來)33)만이 화신(化身)해 현현할 수 있겠는가!

晉天福中, 考功員外趙洙言：近日有僧自相州來, 云：＂貧道於襄州禪院內與一僧名法本同過夏, 朝昏共處, 心地相洽. 法本常言曰：＇貧道於相州西山中住持竹林寺, 寺前有石柱. 他日有暇, 請必相訪.＇＂其僧追念此言, 因往彼尋訪. 洎至山下村中, 投一蘭若寄宿. 問其村僧曰：＂此去竹林寺近遠?＂僧乃遙指孤峯之側曰：＂彼處是也. 古老相傳, 昔聖賢所居之地. 今則但有名存焉, 故無院舍.＂僧疑之, 詰朝而往. 旣至竹林叢中, 果有石柱, 罔然不知其涯涘. 當法本臨別云：＂但扣其柱, 卽見其人.＂其僧乃以小杖扣柱數聲, 乃風雨四起, 咫尺莫窺. 俄然耳目豁開, 樓臺對峙, 身在山門之下. 逡巡, 法本自內而出, 見之甚喜, 問南中之舊事. 乃引其僧, 度重門, 升祕殿, 參其尊宿. 尊宿問其故, 法本云：＂早年相州同過夏, 期此相訪, 故及山門也.＂尊宿曰：＂可飯後請出, 在此無座位.＂食畢, 法本送至山門相別. 旣而天地昏暗, 不知所進. 頃

---

33) 금속여래(金粟如來)：과거불(過去佛)의 명칭으로, 유마 거사(維摩居士)의 전신(前身)이다.

之, 宛在竹叢中石柱之側, 餘並莫覩. 卽知聖賢之在世, 隱顯難涯, 豈金粟如來獨能化見者乎!

출처《태평광기》권98〈이승(異僧)·법본〉.

6. 위빈 조자(渭濱釣者)

 맑은 위수(渭水) 가에 낚시를 좋아하는 어떤 평민의 아들이 있었다. 그는 농사도 짓지 않고 장사도 하지 않고 고기 낚는 것을 생업으로 삼았는데, 장성해서부터 중년에 이르기까지 그가 잡은 물고기는 헤아릴 수 없이 많았다. 또한 그는 임공자(任公子)[34]의 기술을 터득해, 대부분 기름에 볶은 제비 고기를 가느다란 낚싯바늘에 꿰었는데, 그가 싱싱한 물고기를 잡는 것은 마치 물고기를 못에 맡겨 놓았다가 찾아오는 듯했다. 그 집 여러 식구의 입을 것과 먹을 것은 모두 낚싯줄과 낚싯대에 의존했다. 그러던 어느 날 큰 물가에서 낚시했는데 종일토록 고기를 잡지 못했다. 거의 날이 저물어 갈 즈음에 문득 낚싯줄을 당겼더니 묵직하기에 자못 의아해했다. 이리저리 잡아채며 당겼더니 구리 불상 하나가 걸려 나왔다. 그는 깊이 고민한 뒤에 그것을 못 한가운데로 던져 버리

---

34) 임 공자(任公子) : 전설 속의 물고기를 낚는 데 뛰어난 사람으로, 임공(任公)·임보(任父)라고도 한다. 《장자(莊子)》〈외물(外物)〉 편에 따르면, 그는 굵은 동아줄에 커다란 갈고리를 달아 소 50마리를 미끼로 회계산(會稽山)에 걸터앉아 동해로 낚시를 드리웠다고 한다. 속세를 초탈한 사람을 뜻하기도 한다.

고 다른 물가로 옮겨 가서 낚시했는데 역시 물고기를 잡지 못했다. 그런데 얼마 후 또 구리 불상 하나가 걸려 나왔다. 그래서 그는 낚싯대를 꺾고 낚싯줄을 끊어 버리고 종신토록 더 이상 고기 낚는 일을 하지 않았다.

淸渭之濱, 民家之子, 有好垂釣者. 不農不商, 以香餌爲業, 自壯及中年, 所取不知其紀極. 仍得任公子之術, 多以油煎燕肉置於纖鉤, 其取鮮鱗如寄之於潭瀨. 其家數口衣食, 綸竿是賴. 忽一日, 垂釣於大涯硤, 竟日無所得. 將及日晏, 忽引其獨繭, 頗訝沉重. 迤邐挽之, 獲一銅佛像. 旣悶甚, 擲之於潭心, 遂移釣於別浦, 亦無所得. 移時, 又牽出一銅佛. 於是折其竿, 斷其綸, 終身不復其業.

출처《태평광기》권101〈석증(釋證)·위빈조자〉.

7. 췌육(贅肉)

불교의 인과에는 때때로 보응이 따른다. 근년에 가난하고 천한 한 남자가 있었는데, 윗입술에서 난데없이 두 손을 펼쳐 놓은 만큼이나 큰 덧살 한 조각이 자라나 그의 입을 내리덮어, 그 추악하고 기이한 모습은 말로 할 수 없을 정도였다. 그 사람은 배고프고 목마를 때면 덧살을 들어 올리고서 먹고 마셨는데 몹시 고통스러웠다. 어떤 사람이 그에게 그렇게 된 원인을 물었더니 그 사람이 말했다.

"젊었을 때 건달 노릇을 하다가 군대에 들어갔소. 한번은 사원에 주둔하고 있다가 동료 병사들과 함께 양 한 마리를 잡은 적이 있었는데, 그때 고기를 약간 떼어서 옆에 있던 불상의 윗입술에 놓아두었소. 그 후로 며칠 안 되어 병이 들더니 마침내 이 덧살이 자라났소."

釋氏因果, 時有報應. 近歲有一男子, 旣貧且賤, 於上吻忽生一片贅肉, 如展兩手許大, 下覆其口, 形狀醜異, 殆不可言. 其人每飢渴, 則揭贅肉以就飮啜, 頗甚苦楚. 或問其所因, 則曰:"少年無賴, 曾在軍伍. 常於佛寺安下, 同火共刲一羊, 分得少肉, 旁有一佛像, 上吻間可置之. 不數日嬰疾, 遂生此贅肉焉."

출처《태평광기》권116〈보응(報應)·췌육〉,《설부(說郛)》권48 하〈옥당한화·생췌육(生贅肉)〉.

8. 서명사(西明寺)

 장안성(長安城)의 서명사란 사원에 종이 있었는데, 도적이 난을 일으킨 후로 승려들이 떠나 버려 그 사원은 몇 년 동안 텅 비어 있었다. 어떤 가난한 백성이 그 종의 구리를 탐낸 나머지 망치와 끌을 소매에 숨겨 가지고 가서 몰래 깎아 내 날마다 한두 근씩을 시장에 내다 팔았다. 이렇게 1년이 지나자 사람들이 모두 그 사실을 알게 되었지만 관리는 금하지 않았다. 나중에 그 사람이 갑자기 온데간데없이 사라졌는데, 시장에서 구리를 사던 사람도 그가 오지 않는 것을 이상하게 여겼다. 그 후에 관아에서 그 종을 다른 사원으로 옮기려고 가서 보았더니, 종이 종각 바닥 위에 똑바로 떨어져 있었다. 그 종을 뒤집어서 보았더니 종 도둑이 망치와 끌을 품은 채로 그 안에 그대로 앉아 있었는데, 이미 말라 죽은 지 오래였다.

長安城西明寺鐘, 寇亂之後, 緇徒流離, 闃其寺者數年. 有貧民利其銅, 袖鎚鑿往竊鑿之, 日獲一二斤, **鬻於闤闠**. 如是經年, 人皆知之, 官吏不禁. 後其家忽失所在, 市銅者亦訝其不來. 後官欲徙其鐘於別寺, 見寺鐘平墮在閣上. 及仆之, 見盜鐘者抱鎚鑿, 儼然坐於其間, 旣已乾枯矣.

출처《태평광기》권116 〈보응 · 서명사〉,《설부》권48 하 〈옥당한화 · 서명사〉.

9. 이언광(李彦光)

이언광은 [오대십국 때] 진주(秦州)의 내외도지휘사(內外都指揮使)35)가 되었는데, 주수(主帥 : 절도사)인 중서령(中書令) 이계숭(李繼崇)36)이 그에게 모든 일을 위임했다. 이언광은 살생을 제멋대로 하고 포악하고 잔혹했으며 부정한 재물을 축적해, 억울하게 해를 당한 사람이 매우 많았다. 그의 부장(部將) 번(樊) 아무개는 아주 훌륭한 노새 한 마리를 가지고 있었다. 이언광이 사람을 시켜 그것을 달라는 뜻을 전달했으나 번 아무개가 아까워하며 내주지 않았는데, 이로 인해 이언광은 앙심을 품고 있다가 다른 일로 그를 모함해 가두었다. 그러고는 거짓으로 죄상을 날조해 주수가 취한 틈을 타서 올렸는데, 주수는 더 이상 자세히 살펴보지

---

35) 내외도지휘사(內外都指揮使) : 절도사(節度使)에 소속된 도지병마사(都知兵馬使)로 병마를 관장했다.
36) 이계숭(李繼崇) : 당 말 오대 초에 진주(秦州)를 근거지로 한 군벌로, 당나라 말에 봉상농우절도사(鳳翔隴右節度使)·농서군왕(隴西郡王)·기왕(岐王)·진왕(秦王)이었던 이무정(李茂貞)의 양자다. 후량(後梁) 정명(貞明) 원년(915)에 진주절도사(秦州節度使) 이계숭이 진주를 들어서 전촉(前蜀)에 투항하자, 전촉에서 그를 무태절도사(武泰節度使) 겸 중서령(中書令)에 제수하고 농서왕(隴西王)에 봉했다.

않았다. 이언광은 즉시 거짓으로 명령을 내려 그를 참수했다. 번 아무개는 처형에 임해 말했다.

"죽어서 지각이 없으면 그만이겠지만 만약 죽어서도 지각이 있다면, 반드시 빠른 시일에 보복하겠다!"

번 아무개가 죽은 뒤 열흘도 되지 않아서 이언광은 병에 걸렸는데, 번 아무개가 모습을 드러내 밤낮으로 떠나지 않았다. 어떨 때는 지붕 위에서 내려오기도 하고 어떨 때는 담장 사이에서 나오기도 했는데, 지팡이를 짚고 앞으로 다가와서 직접 이언광을 채찍으로 때리자, 주변의 어른과 아이들이 모두 흩어져 달아났다. 또한 "죄인을 처결하라"는 소리가 들리자, 이언광은 참을 수 없어서 오직 죽을죄를 지었다고만 말하다가 이렇게 달포쯤 지나서 죽었다. 이후로 권세를 가진 자들은 이 일을 자못 경계로 삼았다.

李彦光爲秦內外都指揮使, 主帥中書令李崇[1]委任之. 專其生殺, 虐酷黷貨, 遭枉害者甚衆. 部將樊某者, 有騾一頭, 甚駿. 彦光使人達意求之, 樊悋之不與, 因而蓄憾, 以他事搆而囚之. 僞通辭款, 承主帥醉而呈之, 帥不復詳察. 光卽矯命斬之. 樊臨刑曰: "死若無知則已, 死若有知, 當刻日而報!" 及死未浹旬, 而彦光染疾, 樊則形見, 晝夜不夫. 或來自屋上, 或出自牆壁間, 持杖而前, 親行鞭箠, 左右長幼皆散走. 于是便聞"決罪"之聲, 不可勝忍, 唯稱死罪, 如是月餘方卒. 自爾持權者頗以爲戒.

출처《태평광기》권124〈보응・원보(冤報)・이언광〉.

1 이숭(李崇) : "이계숭(李繼崇)"의 착오로 보인다.《구오대사(舊五代史)》권132〈이무정전(李茂貞傳)〉,《신오대사(新五代史)》권63〈전촉세가(前蜀世家)〉,《자치통감(資治通鑑)》권269〈후량기(後梁紀)〉등에는 모두 "이계숭"이라 되어 있다.

10. 후온(侯溫)

　　[오대] 후량(後梁)이 하북(河北)의 번진들[37]과 서로 대치하고 있을 때 [후량의] 편장(偏將 : 별장) 후온이라는 사람이 있었는데, 군중(軍中)에서 "효용(驍勇 : 날래고 용맹하다는 뜻)"이라 불렀다. 당시 군대를 통솔하고 있던 하괴(賀瓌)[38]

---

37) 하북(河北)의 번진들 : 당나라 말에 하북 지역을 할거하고 있던 번진들로, 위박덕창영오주도방어사(魏博德滄瀛五州都防御使) 전승사(田承嗣), 상위형낙패자육주절도사(相衛邢洛貝磁六州節度使) 설숭(薛嵩), 유주노룡절도사(幽州盧龍節度使) 이회선(李懷仙), 승덕절도사(承德節度使) 이보신(李寶臣)을 말한다. 나중에 이 중에서 설숭이 일찍 죽어 그 지역을 전승사가 점차 차지했는데, 이를 "하북삼진(河北三鎭)"이라 했다.

38) 하괴(賀瓌, 858~919) : 자는 광원(光遠). 당 말 오대의 장군이다. 처음에는 운주절도사(鄆州節度使) 주선(朱瑄)을 섬겨 마보군도지휘사(馬步軍都指揮使)가 되었다. 당 소종(昭宗) 건녕(乾寧) 2년(895)에 양왕(梁王) 주온(朱溫 : 주전충)의 공격에 대항하다가 패해 투항하고 검교좌복야(檢校左僕射)에 제수되었다. 청주(靑州)와 형양(荊襄)을 평정하는 데 참여했으며, 형남설도사유후(荊南節度使留後)·우용호통군(右龍虎統軍)·형주단련사(邢州團練使)·택상이주자사(澤相二州刺史)를 역임했다. 후량 정명(貞明) 2년(916)에 경주(慶州) 이계척(李繼陟)의 반란을 평정해 선의군절도사(宣義軍節度使)·검교태부(檢校太傅)에 제수되었으며, 진왕(晉王) 이존욱(李存勖)을 대패시켰다. 정명 5년(919)에 62세로 병사했으며, 시중(侍中)에 추증되었다.

는 독단적으로 행동하며 자기보다 앞서는 자를 시기해 다른 일로 후온을 살해했다. 그 후에 하괴가 병으로 앓아누워 위중해졌을 때, 좌우 사람들은 단지 하 공(賀公 : 하괴)이 며칠 동안 "후구(侯九 : 후온)"를 부르는 것을 들었는데, 사뭇 살려 달라고 비는 말 같았으며 심하게 자신을 책망했다. 시종이 보았더니 한 장부가 벽 사이에서 나와 하괴를 땅에서 끌고 다녔다. 시종이 놀라 소리치자 좌우 사람들이 모두 왔는데, 하괴는 이미 죽어 있었다. 옛날에 한(漢)나라의 두영(竇嬰)39)과 관부(灌夫)40)가 무안후(武安侯) 전분(田蚡)41)에게

---

39) 두영(竇嬰, ?~BC 131) : 자는 왕손(王孫). 서한(西漢) 문제(文帝) 두 황후(竇皇后)의 조카다. 문제 때 오상(吳相)을 지냈고, 경제(景帝) 때 첨사(詹事)를 지냈으며, 오초칠국(吳楚七國)의 난이 일어나자 대장군(大將軍)으로서 난을 진압하는 데 공을 세워 위기후(魏其侯)에 봉해졌다. 무제(武帝) 초에 승상에 임명되었다가 파직되었다.

40) 관부(灌夫, ?~BC 131) : 자는 중유(仲孺). 부친 관맹(灌孟)을 따라 오초칠국의 난을 진압하는 데 공을 세워 중랑장(中郞將)에 임명되었다. 무제 때 회양태수(淮陽太守)·태복(太僕)·연국상(燕國相)을 역임했다. 나중에 술에 취해 승상 전분을 모욕했다가 불경죄로 탄핵당해 일족이 주살당했다.

41) 전분(田蚡, ?~BC 131) : 경제 왕 황후(王皇后)의 동생이다. 외척의 신분으로 무제의 총애를 받아 무안후에 봉해졌고 태위(太尉)를 거쳐 승상이 되었다. 미천할 때는 두영을 섬겼지만, 두영이 세력을 잃자 무고해 두영과 관부를 살해했다.

모함당해 죽었는데, 전분이 병들었을 때 귀신을 보는 무당이 보았더니, 두영과 관부가 전분을 붙잡고 매질해 전분이 마침내 죽었다. 이 일과 서로 비슷하다.

梁朝與河北相持之時, 有偏將侯溫者, 軍中號爲"驍勇". 賀瓌爲統率, 專制忌前, 以事害之. 其後瓌寢疾, 彌留之際, 左右只聞公呼"侯九"者數日, 頗有祈請之詞, 深自克責. 有侍者見一丈夫自壁間出, 曳瓌於地. 侍者驚呼, 左右俱至, 瓌已死矣. 昔漢竇嬰・灌夫爲武安侯田蚡所搆而死, 及蚡疾, 巫者視鬼, 見竇・灌夾而笞之, 蚡竟卒. 事相類耳.

출처《태평광기》 권124〈보응・원보・후온〉.

11. 마전절 비(馬全節婢)

위수(魏帥 : 위주절도사)인 시중(侍中) 마전절42)에게 일찍이 여종이 있었는데, 우연히 마음에 들지 않자 직접 때려 죽였다. 몇 년 후에 마전절은 중병에 걸렸는데, 갑자기 그 여종이 앞에 서 있는 것이 보였다. 가족들은 단지 마전절이 혼잣말하는 것을 의아해했는데, 마치 누군가와 서로 묻고 대답하는 것 같았다. 그는 처음에 말했다.

"너는 왜 왔느냐?"

또 말했다.

"너에게 돈과 재물을 주겠다."

다시 말했다.

"너를 위해 불상을 만들고 불경을 쓰겠다."

---

42) 마전절(891~945) : 자는 대아(大雅). 오대의 대신. 처음에 후당(後唐)에서 벼슬해 착생지휘사(捉生指揮使)를 지냈으며, 박단이주자사(博單二州刺史)·금주방어사(金州防御使)·창주유후(滄州留後)를 역임했다. 후진(後晉)에 들어가서는 횡해군절도사(橫海軍節度使)에 임명되어 이금전(李金全)을 격파하고 이승유(李承裕)의 목을 베었으며, 안중영(安重榮)을 토벌하고 거란군을 격퇴하는 등 많은 공을 세웠다. 안원(安遠)·소의(昭義)·안국(安國)·의무(義武) 등의 군진(軍鎭)을 지켰다. 사람됨이 근면하고 겸손했으며 효성이 지극했다.

마전절이 한참 동안 애걸하며 빌었으나, 그 죽은 여종은 받아들이지 않고 단지 목숨만 내놓으라고 했다. 마전절은 열흘이 안 되어 죽었다.

魏帥侍中馬全節, 嘗有侍婢, 偶不愜意, 自擊殺之. 後累年, 染重病, 忽見其婢立於前. 家人但訝全節之獨語, 如相問答. 初云: "爾來有何意?" 又云: "與爾錢財." 復曰: "爲爾造像書經." 哀祈移時, 其亡婢不受, 但索命而已. 不旬日而卒.

출처 《태평광기》 권130 〈보응 · 비첩(婢妾) · 마전절비〉, 《설부》 권48 하 〈옥당한화 · 마전절비〉.

12. 유약시(劉鑰匙)

　농우(隴右) 수문촌(水門村)에 유약시라는 상점 주인이 있었는데, 그 이름은 기억나지 않는다. 그는 돈을 빌려주는 것으로 가업을 삼아 집에는 천금의 재산이 쌓여 있었다. 그는 재물을 탐내 취하는 것에 수완이 좋아서 얻기 어려운 보화를 잘 모았다. 사람들의 재산을 취하는 것이 마치 열쇠를 쥐고 사람들의 궤짝과 창고를 열어 그 진주와 보석을 훔치는 것과 다를 바 없었기 때문에 "약시(鑰匙 : 열쇠)"라는 별명을 얻었다. 그의 이웃에 있던 부유한 사람이 유약시의 사냥감이 되었는데, 유약시는 그에게 돈을 빌려주고 몇 년이 지나도록 아무 말이 없다가 어느 날 갑자기 차용증을 가지고 계산했더니, 몇 배로 불어나 있었다. 그 사람은 돈을 다 갚지 못하고 해마다 이자가 붙어서 거의 갚을 기약이 없었기에 결국 재물과 가산이 모두 유약시에게 돌아갔으며, 빚을 졌던 사람은 그를 원망해 마지않았다. 나중에 유약시가 죽었을 때 빚을 졌던 사람의 집에서 송아지 한 마리가 태어났는데, 송아지의 옆구리에 유약시의 성명이 먹으로 써 놓은 것처럼 검은 털로 돋아 있었다. 그 송아지는 빚을 졌던 사람에게 채찍질당하고 혹사당해 성한 가죽이 없었다. 유약시의 처와 아들 유광(劉廣)은 많은 재물로 그 송아지를 사서

집 안에 두고 살아 있을 때처럼 모셨으며, 그 송아지가 죽자 염하고 관에 넣어 들에서 장사 지냈다. 대개 이 일은 유자연(劉自然)의 일[43]과 비슷하다. 이는 바로 보응의 법칙이니 거짓이 아니다.

隴右水門村有店人曰劉鑰匙者, 不記其名. 以擧債爲家, 業累千金. 能於規求, 善聚難得之貨. 取民間資財, 如秉鑰匙, 開人箱篋帑藏, 盜其珠珍不異也, 故有"鑰匙"之號. 鄰家有殷富者, 爲鑰匙所餌, 放債與之, 積年不問, 忽一日, 執券而算之, 卽倍數極廣. 旣償之未畢, 卽以年繫利, 略無期限, 遂至資財物産, 俱歸鑰匙, 負債者怨之不已. 後鑰匙死, 彼家生一犢, 有鑰匙姓名, 在膞肋之間, 如毫墨書出. 乃爲債家鞭箠使役, 無完膚. 鑰匙妻·男廣, 以重貨購贖之, 置於堂室之內, 事之如生, 及斃, 則棺斂葬之于野. 蓋與劉自然之事髣髴矣. 此則報應之道, 其不誣矣.

출처《태평광기》권134〈보응·숙업축생(宿業畜生)·유약시〉.

---

43) 유자연(劉自然)의 일 : 바로 다음 조에 나온다.

13. 유자연(劉自然)

　당(唐)나라 천우(天祐) 연간(904~907)에 진주(秦州)에 유자연이라는 사람이 있었는데, 그는 의군(義軍)의 문서를 주관했다. 당시 연수(連帥 : 절도사) 이계숭(李繼崇)은 전촉(前蜀)을 막으려고 향병(鄕兵)44)을 징집했다. 성기현(成紀縣)의 백성 황지감(黃知感)은 아름다운 머리카락을 가진 처가 있었는데, 유자연은 그 머리카락이 탐나서 황지감에게 말했다.

　"자네 처의 머리카락을 바칠 수 있다면, 즉시 이번 행군에서 빼 주겠네."

　그러자 황지감의 처가 말했다.

　"나는 연약한 몸을 당신에게 의지하고 있는데, 머리카락은 다시 자라면 되지만 사람은 죽으면 영원히 이별입니다. 당신이 만약 남쪽 정벌에 갔다가 돌아오지 않는다면, 나에게 아름다운 머리카락이 있은들 무얼 하겠습니까?"

　그녀는 말을 마친 뒤 머리카락을 잡고 잘랐다. 황지감은

---

44) 향병(鄕兵) : 지방 각지에서 선발해 조직하고 훈련한 민병(民兵)을 말한다.

마음속 깊이 애통해했지만, 이미 향병으로 징집될 날이 닥쳐왔으므로 마침내 유자연에게 처의 머리카락을 바쳤다. 그러나 황지감은 결국 수자리 서는 부역을 면하지 못해 얼마 후 금사(金沙)의 전장에서 죽었다. 황지감의 처는 밤낮으로 하늘에 기도하며 호소했다. 그해에 유자연도 죽었다. 나중에 황지감 집의 암나귀가 갑자기 새끼 한 마리를 낳았는데, 왼쪽 옆구리 아래에 "유자연"이라는 글자가 있었다. 마을 사람들이 그 일을 전해 마침내 군수(郡守)에게까지 알려졌는데, 군수가 유자연의 처자를 불러 알아보게 했더니 유자연의 큰아들이 말했다.

"저의 부친은 평생 술과 고기를 드시길 좋아했으니, 만약 이 나귀가 술을 마시고 고기를 먹을 수 있다면 바로 저의 부친입니다."

그 나귀는 즉시 술 몇 되를 마시고 고기 몇 점을 먹었으며, 다 먹고 나서 몸을 떨치고 길게 울면서 몇 줄기 눈물을 떨구었다. 유자연의 아들은 10만 전을 준비해 그 나귀를 사려고 했는데, 황지감의 처는 그 돈을 받지 않고 매일 그 나귀에게 채찍질하면서 말했다.

"이것으로 내 남편의 복수를 하기에 충분하다."

나중에 난리를 겪으면서 그 나귀는 어떻게 되었는지 알 수 없었고, 유자연의 아들은 결국 부끄럽고 한스러워하다가 죽었다.

唐天祐中, 秦州有劉自然者, 主管義軍桉. 因連帥李繼宗[1]點鄉兵捍蜀. 成紀縣百姓黃知感者, 妻有美髮, 自然欲之, 謂知感曰: "能致妻髮, 卽免是行." 知感之妻曰: "我以弱質託於君, 髮有再生, 人死永訣矣. 君若南征不返, 我有美髮何爲焉?" 言訖, 攬髮剪之. 知感深懷痛憾, 旣迫于差點, 遂獻于劉. 知感竟亦不免綵戍, 尋歿于金沙之陣. 黃妻晝夜禱天號訴. 是歲, 自然亦亡. 後黃家牝驢, 忽産一駒, 左脇下有字, 云"劉自然". 邑人傳之, 遂達于郡守, 郡守召其妻子識認, 劉自然長子曰: "某父平生好飮酒食肉, 若能飮啖, 卽是某父也." 驢遂飮酒數升, 啖肉數臠, 食畢, 奮迅長鳴, 淚下數行. 劉子請備百千贖之, 黃妻不納, 日加鞭捶, 曰: "猶足以報吾夫也." 後經喪亂, 不知所終, 劉子竟慙憾而死.

출처 《태평광기》 권134 〈보응·숙업축생·유자연〉. 《태평광기》에는 본래 이 고사의 출처가 "《경계록(徼戒錄)》"이라 되어 있다. 리젠궈(李劍國)의 《당오대지괴전기서록(唐五代志怪傳奇叙錄)》[난카이(南開)대학출판사, 1993]에서는 이 고사가 바로 앞의 〈유약시〉 조에서 언급한 "유자연의 일"이고, 《옥당한화》의 찬자 왕인유는 진주(秦州) 사람으로 진주의 일을 얘기하길 좋아했으며, 또한 오대 하광원(何光遠)이 찬한 《감계록(鑒誡錄)》 권10에 이 고사가 수록되어 있는데, 이는 당연히 《옥당한화》에서 전재(轉載)한 것이므로, 《태평광기》에서 출처로 밝힌 "《경계록》"은 바로 《감계록》의 착오라고 주장했는데, 타당하다고 생각해 《옥당한화》의 일문에 포함했다.

1 이계종(李繼宗): "이계숭(李繼崇)"의 착오로 보인다. 《자치통감(資治通鑑)》 권269 〈후량기(後梁紀)〉에는 "이계숭"이라 되어 있는데 타당하다. 본서 제9조 〈이언광(李彦光)〉의 교감기 참조.

14. 상공(上公)

  의춘군(宜春郡) 동쪽 안인진(安仁鎭)에 제각사(齊覺寺)라는 절이 있는데, 그 절에 90여 세의 한 노승이 있었다. 그 문하 제자들은 한두 세대에 걸쳐 있었기에 스님과 속인은 모두 그를 "상공"이라고만 불렀고 그의 법명은 기억하지 못했다. 그 절에는 절의 재산45)으로 장원이 있었고, 아주 많은 가축을 길렀다. 어느 날 밤에 상공은 우연히 꿈을 꾸었는데, 푸른 베옷을 입은 한 노파가 나타나 작별의 절을 하고 떠나면서 말했다.
  "제가 절에 800전을 빚졌습니다."
  상공은 깨어나 이상해하면서 직접 붓을 들어 침실 벽에 그 일을 써 놓았는데, 같이 지내는 스님 중에도 그 일을 아는 사람이 없었다. 그로부터 3~5일도 되지 않아서 절의 재산 가운데 늙은 암소 한 마리가 아무런 이유 없이 죽었다. 그래서 주사승(主事僧 : 절의 일을 주관하는 승려)이 시장에서 그 죽은 소를 팔았는데, 값이 800전밖에 나가지 않았다. 이

---

45) 절의 재산 : 원문은 "상주(常住)". 사원이 소유한 모든 재산을 말한다.

렇게 여러 곳을 다녔지만 이전 가격에서 변동이 없었다. 주사승이 상공에게 자세히 아뢰었다.

"절의 재산인 소가 죽어서 그것을 팔려고 했더니, 백정 여러 명이 모두 고깃값으로 800전을 주겠다고 합니다."

상공이 감탄하며 말했다.

"빚을 갚기에 충분하다."

그러고는 주사승에게 침실로 들어오게 해서 벽 위에 적어 놓은 곳을 읽어 보게 했는데, 이를 본 스님 중에 감탄하지 않는 이가 없었다.

宜春郡東安仁鎭有齊覺寺, 寺有一老僧, 年九十餘. 門人弟子有一二世者, 彼俗皆只呼爲"上公", 不記其法名也. 其寺常住莊田, 孳畜甚多. 上公偶一夜, 夢見一老姥, 衣靑布之衣, 拜辭而去, 云:"只欠寺內錢八百." 上公覺而異之, 遂自取筆書于寢壁, 同住僧徒亦無有知之者. 不三五日後, 常住有老牸牛一頭, 無故而死. 主事僧於街市鬻之, 只酬錢八百. 如是數處, 不移前價. 主事僧具白上公云:"常住牛死, 欲貨之, 屠者數輩, 皆酬價八百." 上公歎曰:"償債足矣." 遂令主事僧入寢所, 讀壁上所題處, 無不嗟歎.

출처《태평광기》 권134〈보응·숙업축생·상공〉.

15. 진 고조(晉高祖)

[오대 후당] 청태(淸泰) 연간(934~936)에 후진(後晉) 고조(高祖 : 석경당)46)는 병부(幷部 : 병주자사부)에서 아직 제위에 오르지 않은 상태였는데, 하루는 막료들에게 조용히 말했다.

"근자에 낮잠을 자다가 갑자기 꿈을 꾸었는데, 마치 몇 년 전 낙경(洛京 : 낙양)에 있을 때 같았소. 내가 천자와 함께 말 재갈을 나란히 하고 길을 가다가 천자의 옛 저택을 지나갔는데, 천자가 나에게 그 저택으로 들어가자고 청했소.

---

46) 고조(高祖) : 석경당(石敬瑭). 오대 후진의 개국 황제(936~942 재위). 후당(後唐) 명종(明宗)을 섬겨 전공을 세웠으며, 그 딸을 부인으로 맞았다. 금군장관(禁軍長官)으로서 하동절도사(河東節度使)와 북경유수(北京留守)를 겸임해 후당 최고의 세력가가 되었다. 그 후 명종의 후계자와 반목이 생기자 자립을 도모했으며, 거란(契丹)에 대해 신하를 칭하고 세공(歲貢)을 바쳤다. 그리하여 연운(燕雲) 16주(州)를 할양한다는 조건으로 원소를 받아 반란을 일으켰다. 즉위 후에는 굴종 외교를 취하면서 주로 국내 통일에 주력했으며, 절도사를 억압해 중앙 집권화를 도모했다. 그러나 석경당이 죽은 뒤 후진의 제2대 황제가 된 출제(出帝 : 석경당의 조카 석중귀)는 거란에 반기를 들어 전쟁을 일으켰는데, 그 결과 947년에 거란에게 도성 개봉(開封)이 점령당하고 멸망했다.

나는 서너 번 겸손히 사양하다가 하는 수 없이 고삐를 당겨 들어갔소. 청사에 이르러 말에서 내려 동쪽 계단47)으로 올라가 서쪽을 향해 앉았는데, 그때 천자는 이미 수레를 급히 몰아 떠났소. 그 꿈이 이러했소."

여러 막료는 감히 대답하지 못했다. 그해 겨울에 과연 정혁(鼎革)48)의 일이 일어났다.

淸泰中, 晉高祖潛龍于幷部也, 常一日從容謂賓佐云:"近因晝寢, 忽夢若頃年在洛京時. 與天子連鑣于路, 過舊第, 天子請某入其第. 其遜讓者數四, 不得已, 卽促轡而入. 至廳事下馬, 升自阼階, 西向而坐, 天子已馳車去矣. 其夢如此." 群僚莫敢有所答. 是年冬, 果有鼎革之事.

출처《태평광기》권136〈징응(徵應)·제왕휴징(帝王休徵)·진고조〉.

47) 동쪽 계단 : 원문은 "조계(阼階)". 주인이 당(堂)에 올라가는 동쪽 섬돌로, 천자의 보위(寶位)를 상징한다.
48) 정혁(鼎革) : 제왕을 상징하는 구정(九鼎)이 바뀐다는 뜻으로, 왕조가 바뀌는 것을 말한다.

16. 손악(孫偓)

장안성(長安城)에 손씨(孫氏) 가문의 저택이 있었는데, 여러 세대를 살았으므로 건물이 매우 오래되었다. 그 집 앞의 기둥 하나에서 갑자기 홰나무 가지가 자라나자, 손씨는 처음에 오히려 이를 가려서 사람들이 보지 않게 하려 했다. 만 1년 후에 홰나무 가지가 점점 무성해져서 기둥까지 통째로 변하더니, 그 집의 지붕을 부수고 위로 뻗어 도저히 숨길 수 없었다. 관리와 사서인(士庶人)들이 와서 구경하느라 수레와 말이 집에 가득했다. 오래지 않아 손악49)이 암랑(巖廊 : 재상)에 오르고 손저(孫儲)50)가 절제(節制 : 절도사)가 되

---

49) 손악(840~916) : 자는 용광(龍光). 당나라 때 낙안(樂安) 손씨 가문 중에서 가장 출세한 사람이다. 당 의종(懿宗) 함통(咸通) 4년(863)에 진사과에 장원 급제했으며, 소종(昭宗) 건녕(乾寧) 3년(896)에 중서시랑(中書侍郎) · 동중서문하평장사(同中書門下平章事)에 임명되어 재상에 올랐고 낙안현후(樂安縣侯)에 봉해졌다. 건녕 4년(897)에 상소해 간신에 대해 극간하다가 형주사마(衡州司馬)로 폄적되었다. 그 후로 호부시랑(戶部侍郎) · 봉상사면행영도통(鳳翔四面行營都統) · 예부상서(禮部尙書) 등을 역임했다.

50) 손저(孫儲) : 자는 문부(文府). 손악의 동생이다. 당 희종(僖宗) 때 공부낭중(工部郎中) · 호주자사(湖州刺史) · 좌산기상시(左散騎常侍)를 지냈고, 소종 광화(光化) 연간(898~901) 초에 진주절도사(秦州節

자, 사람들은 삼괴(三槐)51)의 조짐에 응했다고 여기면서 매우 기이해했다. 근자에 손악의 후사인 손위(孫煒)가 이 일을 자세히 말해 주었다.

長安城有孫家宅, 居之數世, 堂室甚古. 其堂前一柱, 忽生槐枝, 孫氏初猶障蔽之, 不欲人見. 碁年之後, 漸漸滋茂, 以至柱身通體而變, 壞其屋上衝, 祕藏不及. 衣冠士庶之來觀者, 車馬塡咽. 不久, 偓處巖廊, 儲居節制, 人以爲應三槐之朕, 亦甚異也. 近有孫煒, 乃偓之嗣, 備言其事.

출처 《태평광기》 권138 〈징응・인신휴징(人臣休徵)・손악〉.

度使)에 제수되고 낙안군공(樂安郡公)에 봉해졌으며, 병부상서(兵部尙書) 겸 경조윤(京兆尹)을 역임했다.

51) 삼괴(三槐) : 주(周)나라 때 조정의 바깥에 '회(懷)'와 발음이 같은 홰나무[槐] 세 그루를 심어서, 인재를 기다려 함께 국사를 논의하고자 하는 의미로 삼았는데, 삼공(三公)이 홰나무를 향해 앉은 후로 '삼괴'는 삼공을 뜻하게 되었다.

17. 대사원(戴思遠)

 [오대] 후량(後梁)의 장수 대사원52)이 부양(浮陽)을 다스리고 있을 때53) 부곡(部曲)54) 모장(毛璋)55)이 있었는데, 성

---

52) 대사원(?~935) : 당 말 오대의 무장. 처음 후량에서 벼슬해 무재(武才)로 이름이 알려져, 진주자사(晉州刺史)·화주방어사(華州防禦使)·천평군절도사(天平軍節度使)·북면초토사(北面招討使)·횡해군절도사(橫海軍節度使) 등을 역임했다. 나중에 후당 장종(莊宗) 이존욱(李存勗)에게 투항해 선화군유후(宣化軍留後)에 제수되었고, 명종(明宗) 이사원(李嗣源)이 즉위한 후 양주절도사(洋州節度使)로 전임되었으며, 태자소보(太子少保)로 벼슬을 마쳤다.

53) 부양(浮陽)을 다스리고 있을 때 : 대사원이 횡해군절도사로 있을 때를 말한다. 오대 때 부양현은 창주(滄州) 경성군(景城郡) 횡해군절도(橫海軍節度)에 속했다.

54) 부곡(部曲) : 위진 남북조 시대에는 가병(家兵)이나 사병(私兵)을 가리켰는데, 대부분 도망자들로 충당됐다. 수당 시대에는 노비와 양민의 사이에 있던 하층 계급을 가리켰다. 나중에는 노복의 뜻으로 쓰였다.

55) 모장(毛璋, ?~929) : 당 말 오대의 권리. 창주(滄州) 사람으로, 후량 말에 대사원이 횡해군절도사로 있을 때 그를 섬겨 군교(軍校)가 되었다. 이존욱(후당 장종)이 위박(魏博) 지역으로 내려오자 대사원이 창주를 버리고 도망갔는데, 모장이 창주를 들어서 이존욱에게 투항해 그 공으로 패주자사(貝州刺史)에 제수되었다. 후당이 건국된 후 화주절도사(華州節度使)에 임명되었고, 또 촉(蜀)을 평정한 공으로 빈주절

격이 민첩하고 용맹스러웠다. 한번은 대사원이 수십 명의 군졸과 함께 도적을 추격해 체포했는데, 돌아오다가 여관에서 묵을 때 모장은 검을 베고 잠을 잤다. 그런데 한밤중에 그 검이 갑자기 크게 울더니 칼집 밖으로 튀어나왔다. 따르던 군졸 중에 그 소리를 들은 자들이 기이함에 놀랐다. 모장도 신기해하면서 검을 들고 빌며 말했다.

"내가 만약 훗날 이 산하를 얻게 된다면 너는 마땅히 다시 울며 튀어나오고, 그렇지 않다면 잠자코 있어라."

모장이 다시 누워 아직 깊이 잠들지 않았을 때, 검이 이전처럼 울면서 튀어나오자 모장은 크게 자부했다. 그 후에 대사원이 진(鎭)을 떠날 때 모장이 그곳에 머물겠다고 청했더니 대사원이 허락했다. 얼마 되지 않아 모장이 주(州)를 바치고 후당(後唐)의 장종(莊宗 : 이존욱)56)에게 귀의하자, 장

도사(邠州節度使)에 제수되었다. 군진(軍鎭)을 다스리면서 많은 불법을 저질렀으며 지나치게 사치를 부렸다. 명종 때 죄를 지어 유배되었다가 사약을 받고 죽었다.

56) 장종(莊宗) : 이존욱(李存勖). 오대 후당의 개국 황제(923~926 재위)로, 진왕(晉王) 이극용(李克用)의 아들이다. 당나라 말에 검교사공(檢校司空)과 진주자사(晉州刺史)를 지냈으며, 나중에 부친의 작위를 이어받아 하동절도사(河東節度使)와 진왕(晉王)이 되었다. 용맹하고 전술에 뛰어나 남쪽으로 후량(後梁)을 공격하고 북쪽으로 거란(契丹)을 물리쳤으며 동쪽으로 하북(河北)을 취하고 서쪽으로 하중(河中)을

종은 모장을 그 주의 자사(刺史)로 삼았다. 나중에 모장은 결국 창해절도사(滄海節度使)가 되었다.

梁朝將戴思遠, 任浮陽日, 有部曲毛璋, 爲性輕悍. 常與數十卒追捕盜賊, 還宿於逆旅, 毛枕劒而寢. 夜分, 其劒忽大吼, 躍出鞘外. 從卒聞者, 愕然驚異. 毛亦神之, 乃持劒呪曰 : "某若異日有此山河, 爾當更鳴躍, 否則已." 毛復寢未熟, 劒吼躍如初, 毛深自負之. 其後戴離鎭, 毛請留, 戴從之. 未幾, 毛以州歸命於唐莊宗, 莊宗以毛爲其州刺史. 後竟帥滄海.

출처《태평광기》권138〈징응·인신휴징·대사원〉.

차지했다. 동광(同光) 원년(923)에 마침내 위주(魏州)에서 황제를 칭하고 국호를 '낭'이라 했는데, 역사에서 이를 '후당'이라 한다. 같은 해에 후량을 멸망시키고 하남(河南)과 산동(山東) 지역을 모두 차지했으며 낙양에 도읍을 정했다. 하지만 나중에 정사를 돌보지 않은 채 영인(伶人)과 환관을 중용하고 공신을 살육했으며 폭정을 일삼다가, 동광 4년(926)에 일어난 흥교문(興敎門)의 변란에서 죽었다. 묘호는 장종이다.

18. 장전(張籛)

　밀주목(密州牧) 장전57)이 젊었을 때, 일찍이 메추라기처럼 생긴 새 한 마리가 날아와서 입에 물고 있던 청동전 하나를 장전의 품과 소매 사이에 떨어뜨렸다. 장전은 기이하게 여겨 늘 그 동전을 의관에 묶고 다녔다. 그 후로 수만금의 재물이 쌓여 죽을 때까지도 재력이 줄지 않았다. 날아가던 새가 동전을 떨어뜨린 것은 바로 장차 부유하게 될 상서로운 조짐이었다.

密牧張籛少年時, 常有一飛鳥, 狀若尺鷃, 銜一靑銅錢, 墮於張懷袖間. 張異之, 常繫錢於衣冠間. 其後累財巨萬, 至死物力不衰. 卽飛鳥墮錢, 將富之祥也.

출처《태평광기》권138〈징응·인신휴징·장전〉.

---

57) 장전 : 자는 모팽(慕彭). 오대 후진(後晉)의 관리. 일찍이 서경유수사(西京留守事)를 지냈으며, 전촉(前蜀) 후주(後主) 왕연(王衍)의 금은보화와 기악(妓樂)을 모두 차지해 이로써 거부가 되었다. 나중에 사건에 연루되어 분해하다가 병이 들어 죽었다.

19. 제주민(齊州民)

 제주(齊州)에 한 부자 노인이 있었는데 군민들은 그를 "유십랑(劉十郎)"이라 불렀다. 유십랑은 식초와 기름 파는 일을 생업으로 삼았다. 그가 스스로 말했다.

 "장년 때까지 지극히 곤궁하고 빈천해서 아내와 함께 남의 집 절구질을 해 주며 먹고살았소. 그러던 어느 날 밤에 절구질을 다 마치지 못했는데, 그 절굿공이에서 갑자기 소리가 나기에 살펴보았더니 이미 가운데가 부러져 있었소. 우리 부부는 서로 바라보며 근심하고 탄식하다가 한참이 지나서야 겨우 잠이 들었소. 날이 밝을 무렵에 깨어났더니 새 절굿공이 하나가 절구 옆에 있었는데, 어디서 왔는지 알 수 없었소. 우리 부부는 다가가서 살펴보면서 놀라고 기뻐했소. 그 후부터 땅을 파다가 숨겨진 보화를 꽤 많이 얻었소. 그래서 그 절굿공이를 귀신이 내려 준 것으로 생각해 보물로 여기며 잘 보관했소. 마침내 절구질하는 일을 그만두고 점차 장사를 익혔소. 몇 년 안에 재산은 100배로 불어났고 집에는 수많은 돈이 쌓였소. 우리 부부는 그 절굿공이를 신통한 물건이라고 생각해, 수놓은 비단으로 싸서 상자 안에 넣어 두고 사시사철 제사를 올렸소."

 그 후로 유십랑 부부는 부유하게 지내며 늙어 갔는데, 그들이 죽자 재물은 점차 줄어들었고 지금 그의 자손은 가난하게 살고 있다.

齊州有一富家翁, 郡人呼曰"劉十郎", 以鬻醋油爲業. 自云: "壯年時, 窮賤至極, 與妻傭舂以自給. 忽一宵, 舂未竟, 其杵忽然有聲, 視之, 已中折矣. 夫婦相顧愁歎, 久之方寐. 凌旦旣寤, 一新杵在臼旁, 不知自何而至. 夫婦前視, 且驚且喜. 自是因穿地, 頗得隱伏之貨. 以碓杵爲神鬼所傷[1], 乃寶而藏之. 遂棄舂業, 漸習商估. 數年之內, 其息百倍, 家累千金. 夫婦神其杵, 卽被以文繡, 置於匱匣中, 四時致祭焉." 自後夫婦富且老, 及其死也, 物力漸衰, 今則兒孫貧乏矣.

출처《태평광기》 권138〈징응·인신휴징·제주민〉.

1 상(傷):《태평광기》명초본에는 "사(賜)"라 되어 있는데 문맥상 타당하다.

20. 진성 파초(秦城芭蕉)

천수(天水)[58] 지역은 변방에 가깝고 땅이 차가워서 파초가 자라지 않았다. 그곳 군대의 원수가 사람을 시켜 흥원부(興元府)에서 파초를 구해 두 그루를 정자 사이에 심었다. 매번 겨울로 접어들 때가 되면 파초를 뿌리의 흙까지 캐내 땅속 굴에 보관해 두었다가 따뜻한 봄날을 기다려 다시 심었다. 경오년(庚午年 : 910)과 신미년(辛未年 : 911)[59] 사이에 이런 동요가 있었다.

"꽃이 필 때 감싸고, 꽃이 질 때 감싸네."

또한 기후가 변해 춥지 않고 겨울에도 온화했으며 여름에는 무척 더워서 남중(南中)[60]보다 심해지자 파초가 꽃을 피웠다. 진주(秦州) 사람들은 이 꽃을 알지 못했기에 원근의

---

58) 천수(天水) : 본서의 찬자 왕인유(王仁裕)의 고향으로 당나라 때는 진주(秦州)라고 했다. 지금의 간쑤성(甘肅省) 톈수이시(天水市)다.

59) 경오년(庚午年)과 신미년(辛未年) : '경오년'은 후량(後梁) 태조(太祖) 개평(開平) 4년(910)이고, '신미년'은 그 이듬해인 태조 건화(乾化) 원년(911)이다.

60) 남중(南中) : 지금의 윈난성(雲南省)·구이저우성(貴州省)과 쓰촨성(四川省) 서남부 지역을 말한다.

남녀들이 와서 구경하느라 큰길이 사람들로 가득 찼다. 얼마 후에 전촉(前蜀) 사람들이 우리 강역[천수 지역]을 침범했는데, 이후로는 해마다 한 번씩 왔으며 파초의 꽃이 폈다 지는 시기를 놓치지 않았다. 을해년(乙亥年 : 915)[61]에는 기주(岐州)와 농주(隴州)에서 원군이 오지 않았기에 농주의 서쪽 지역은 결국 전촉 사람들이 차지했다. 이곳의 덥고 습한 기후가 파주(巴州)·공주(邛州)와 같게 된 것은 아마도 검외(劍外)[62] 지역의 기후가 먼저 진주성(秦州城)에 퍼졌기 때문일 것이다. 동요의 노랫말[63]은 살펴보지 않으면 안 된다.

天水之地, 遍於邊陲, 土寒, 不産芭蕉. 戎師¹使人於興元求之, 植二本于亭臺間. 每至入冬, 卽連土掘取之, 埋藏于地窟, 候春暖, 卽再植之. 庚午·辛未之間, 有童謠曰 : "花開來裹, 花謝來裹." 而又節氣變而不寒, 冬卽和煦, 夏卽暑毒, 甚於南中, 芭蕉於是花開. 秦人不識, 遠近士女來看者, 塡咽衢路. 尋則蜀人犯我封疆, 自爾年年一來, 不失芭蕉開謝之

---

61) 을해년(乙亥年) : 후량 말제(末帝) 정명(貞明) 원년(915)이다.
62) 검외(劍外) : 검각현(劍閣縣) 북쪽에 있는 검문산(劍門山)의 바깥 지역. 일반적으로 촉 지방을 가리킨다.
63) 동요의 노랫말 : 앞의 동요에서 "감싼대裹"는 말은 '포위한다'는 뜻이 담겨 있다. 즉, 천수 지역이 전촉에게 점령당한 것을 암시한다.

候. 乙亥歲, 岐隴援師不至, 自隴之西, 竟爲蜀人所有. 暑濕之候, 一如巴邛者, 蓋劍外節氣, 先布於秦城. 童謠之言, 不可不察.

출처《태평광기》권140〈징응·방국구징(邦國咎徵)·진성파초〉,《경적일문(經籍佚文)》〈자편(子編)·옥당한화일문(玉堂閒話佚文)〉.

1 사(師):《경적일문》에는 "수(帥)"라 되어 있는데, 문맥상 타당하다.

21. 예릉 승(睿陵僧)

　　예릉64)의 옆에 한 가난한 스님이 살고 있었다. 그는 풀옷에 짚신을 신고 인간사에 관여하지 않았다. 그는 일찍이 나무를 태워 재를 모아 쌓아 두었으며, 재물과 돈을 보시하는 사람이 있으면 얻은 것을 잿더미 속에 감춰 두고 사용하지 않았다. 그는 출입할 때 반드시 손수레 하나를 끌면서 사람들에게 말했다.
　　"이것은 네 필의 말이 끄는 수레인데 그대는 알겠소? 훗날 틀림없이 임금님의 수레와 가마가 이곳에 모일 것이오."
　　그곳에 사는 사람들은 그가 그렇게 말하는 연유를 헤아리지 못했다. 나중에 [오대] 후한(後漢)의 고조 황제(高祖皇帝 : 유지원)65) 때에 이르러 이곳에 황제를 장사 지냈는데,

---

64) 예릉 : 예릉은 여러 곳에 있는데, 여기서는 오대 후한(後漢) 고조(高祖) 유지원(劉知遠)의 능을 말한다. 지금의 허난성(河南城) 덩펑현(登封縣)에 있다.

65) 고조 황제(高祖皇帝) : 유지원(劉知遠). 오대 후한의 개국 황제(947~948 재위). 일찍이 이사원(李嗣源)의 부하였는데, 926년에 이사원이 후당(後唐)의 제2대 황제로 즉위한 뒤에는 그의 사위인 석경당(石敬瑭)의 부하 장수로 있었다. 석경당이 후당을 멸망시키고 후진(後晉)을 건국한 뒤에는 충무군절도사(忠武軍節度使)가 되었으며, 941년에는

능침(陵寢)에 사용할 도자기를 부장하는 데 필요한 재는 스님이 쌓아 놓은 재가 아주 많았기 때문에 일을 마칠 때까지 쓰는 데 부족하지 않았다. 또한 잿더미 속에서 많은 재물과 돈을 얻었다. 임금님의 가마와 수레에 대한 응험이 조금의 차이도 없었다. 산릉(山陵)을 마치고 나서 스님도 입적했다. 예릉에서 장례를 행한 관료 중에 그를 모르는 사람이 없었다.

睿陵之側, 有貧僧居之. 草衣芒屨, 不接人事. 嘗燔木取灰貯之, 亦有施其資鏹者, 得卽藏於灰中, 無所使用. 出入必輓一拖車, 謂人曰: "此是駟馬車, 汝知之乎? 他日, 必有龍輿鳳輦, 萃於此地." 居人罔測其由. 及漢高祖皇帝, 因山於此, 陵寢陶器, 所用須灰, 僧貯灰甚多, 至于畢功, 資用不闕. 又於灰積中頗獲資鏹. 輦輅之應, 不差毫釐. 因山旣畢, 僧亦化滅. 睿陵行禮官寮, 靡不知者.

대명부유수(大名府留守) 겸 하동절도사(河東節度使)가 되었다. 942년 석경당이 죽고 출제(出帝) 석중귀(石重貴)가 후진의 제2대 황제로 즉위한 뒤에는 중서령(中書令)이 되었으며, 944년에는 유주도행영초토사(幽州道行營招討使)에 임명되고 태원왕(太原王)에 봉해졌으며 이듬해에 다시 북평왕(北平王)에 봉해졌다. 947년에 도성 개봉(開封)이 거란에 함락되어 후진이 멸망하자, 유지원은 태원(太原)에서 스스로 황제를 칭하고 국호를 '대한(大漢)'이라 했는데, 역사에서 이를 '후한'이라 한다. 묘호는 고조.

출처《태평광기》권140〈징응·방국구징·예릉승〉.

22. 번중 육축(蕃中六畜)

[오대] 후당(後唐) 갑오년(甲午年 : 934)과 을미년(乙未年 : 935)66)에는 국경이 서쪽으로 토번(吐蕃)과 닿았고 동쪽으로 험윤(獫狁)과 이어졌다. 그런데 1~2년 사이에 토번 지역의 낙타·말·소·양 등이 크고 작은 놈을 막론하고 모두 머리를 남쪽으로 향한 채 누웠다. 새로 태어난 놈은 미처 눈을 뜨고 젖을 빨기도 전에 곧장 머리를 남쪽으로 향했다. 그러자 그 지역의 이민족들이 크게 꺼리며 말했다.

"우리 번중(蕃中)에서는 이것을 보고 성쇠(盛衰)의 조짐을 살피는데, 여러 가축이 머리를 남쪽으로 향하는 것은 장차 북쪽 지방에 기근이 들 조짐이다. 소나 말의 값이 싸져 한족(漢族)에게 먹을 것을 구해야 할 것이다."

그래서 이민족들이 다투어 채찍으로 때리면서 가축들을 끌어 북쪽으로 머리를 향하게 했지만, 금세 다시 남쪽을 향했다. 그중에서 머리가 허연 노인이 탄식하며 말했다.

"단지 서번(西蕃)에만 기근으로 흉년이 들 뿐 아니라 동

---

66) 갑오년(甲午年)과 을미년(乙未年) : '갑오년'은 후당 폐제(廢帝) 이종가(李從珂) 청태(淸泰) 원년(934)이고, '을미년'은 청태 2년(935)이다.

이(東夷)도 중국을 잠식(蠶食)할 조짐이 나타날 것이다. 이는 대개 수백 년 전부터 전해 오는 것으로 틀림이 없으니, 반드시 선비족(鮮卑族)이 중원을 침입하게 될 것이다."

[후진] 갑진년(甲辰年 : 944)과 을사년(乙巳年 : 945)67)에 이르러 과연 서번에 큰 기근이 들어 땅에 풀 한 포기도 없었으므로 모두 남쪽으로 떠났다. 가축으로 기르던 말의 값이 싸지자 이민족들은 늙은이와 어린이를 이끌고 진롱(秦隴) 지방으로 가서 먹을 것을 구걸했는데, 굶어 죽은 자들이 아주 많았다. 중국은 마침내 귀방(鬼方)68) 이민족에게 잠식당했다. 대개 여러 가축이 남쪽으로 머리를 향했던 것은 북융(北戎)이 피폐해질 명백한 조짐이었다.

後唐甲午乙未之歲, 西距吐蕃, 東連獫狁. 一二年間, 其蕃中馳馬牛羊, 無巨細, 皆頭南而臥. 乃有新産者, 目未開, 口未乳, 便南其頭. 戎人大惡之, 云 : "我蕃中, 以此爲盛衰則候, 六畜頭南者, 北地將飢饉. 賤貨牛馬, 索食于漢家矣." 則競加箠撻, 牽而向北, 旋又向南. 其華髮者歎曰 : "不唯西蕃飢

67) 갑진년(甲辰年)과 을사년(乙巳年) : '갑진년'은 후진 출제(出帝) 석중귀(石重貴) 개운(開運) 원년(944)이고, '을사년'은 개운 2년(945)이다.
68) 귀방(鬼方) : 옛날 서북방의 융적(戎狄)이 거주하던 지역. 춘추 시대에 적인(狄人)의 성(姓)이 '외(隗)', 즉 '귀(鬼)'인 데서 유래했다.

歟, 抑東夷亦有荐食中國之兆. 蓋自數百年來, 相傳有谶, 必恐鮮卑入華矣." 至甲辰乙巳之歲, 果西蕃大飢, 地無寸草, 皆南奔. 賤貨畜馬, 携挈老幼, 丐食於秦隴之間, 殍踣者甚衆. 中國爲鬼方荐食. 蓋六畜先南其首, 爲北戎之弊兆明矣.

出처 조선간본(朝鮮刊本) 《태평광기상절(太平廣記詳節)》 권10 〈징응·번중육축〉. 본 고사는 현존하는 《태평광기》의 제본(諸本)에는 보이지 않는다. 《태평광기상절》 권10에 실려 있는 〈번중육축〉·〈야고아(耶孤兒)〉·〈호왕(胡王)〉 3조는 〈왕봉(汪鳳)〉과 〈서경(徐慶)〉의 사이에 있다. 그런데 〈왕봉〉은 《태평광기》의 권140에 실려 있고, 〈서경〉은 권143에 실려 있다. 따라서 이 3조의 고사는 송간본(宋刊本) 《태평광기》의 권140에서 권143 사이에 들어 있었을 것이다. 하지만 이 3조의 고사는 모두 '방국구징(邦國咎徵)'에 관한 것이므로, 이 고사들은 송간본 《태평광기》의 권140에 실려 있었을 가능성이 매우 크다.

23. 야고아(耶孤兒)

[오대] 후진(後晉)의 석고조(石高祖 : 석경당)는 융왕(戎王 : 거란 왕)을 아비로 섬기면서[69] 극진한 예의를 갖추었다. 이쪽에서 중국의 고혈을 짜내 나환(羅紈)·옥백(玉帛)·서금(瑞錦)·명주(明珠) 등을 바치면, 저쪽에서는 담비 가죽, 털 벗긴 짐승 가죽, 여윈 말, 병든 소 따위로 답례했다. 경자

---

[69] 융왕(戎王 : 거란 왕)을 아비로 섬기면서 : 934년에 노왕(潞王) 이종가(李從珂)가 스스로 제위에 올라 후당의 폐제(廢帝)가 되었는데, 석경당(石敬瑭)을 화근으로 여겨 군대를 동원해 토벌에 나섰다. 청태(淸泰) 3년(936)에 후당군이 진양성(晉陽城)에 이르러 석경당과 대치했는데, 석경당은 거란(契丹 : 요나라)에 연운(燕雲) 16주(州)를 할양하고 해마다 비단 30만 필을 공물로 바치며 거란 군주 야율덕광(耶律德光)을 부황제(父皇帝)로 인정하는 것을 조건으로 구원병을 요청했다. 거란 군주는 크게 기뻐하며 구원병을 보내 후당군을 대패시켰다. 같은 해 11월에 거란 군주는 석경당을 대진황제(大晉皇帝)로 책봉하고 연호를 천복(天福)으로 바꾸고 국호를 진(晉)이라 했다. 역사에서는 이를 후진이라 한다. 석경당은 거란에 매사에 순종했으며, 표문을 올려 태종(太宗 : 야율덕광)을 "부황제"라 칭하고 자신을 "신(臣)"이라 칭하면서 "아황제(兒皇帝)"를 자처했다. 또한 매번 거란에서 사신이 오면 석경당이 직접 절하고 조칙을 받았으며, 비단 30만 필을 세폐(歲幣)로 바치는 것 외에 거란에 경조사가 있을 때마다 성대한 예물을 보내 예물을 실은 수레가 끊이지 않았다.

년(庚子年 : 940)[70]에 융왕이 사신을 보내면서 기이한 짐승 10여 마리를 바쳤는데, 그것은 너구리보다는 크고 담비보다는 작으며 토끼 같은 머리에 여우 같은 꼬리를 하고 긴팔원숭이 같은 이마에 긴꼬리원숭이 같은 발바닥을 하고 있었다. 그 이름은 "야고아"라고 하는데 북방의 기이한 동물로 중국에는 없는 것이었다. 그 고기는 신선하고 살이 많아서 음식상에 올릴 만했다. 그러나 후진의 고조는 그것을 차마 불에 구울 수 없어서 사대원(沙臺院)[71]에 두고 굴을 파서 기르게 하고 아울러 산승(山僧)에게 잘 보살피라고 명했다. 그 후로 야고아가 번성해 그 수가 점점 많아지자 사대원에 더 많은 구멍을 파다 보니 구멍이 사대원의 거의 절반을 차지했다. 도성에서 야고아를 구경하려고 찾아오는 사람들 때문에 수레가 꼬리를 물고 이어졌다. 사봉낭중(司封郎中) 왕인유(王仁裕 : 본서의 찬자)[72]는 그것을 상서롭지 못한 동물

---

70) 경자년(庚子年) : 후진 고조(高祖) 천복(天福) 5년(940)이다.

71) 사대원(沙臺院) : 양사대(量沙臺) 또는 창주양사대(唱籌糧沙臺)라고도 힌디. 지금의 안후이성(安徽省) 멍청현(蒙城縣) 탄청진(檀城鎭)에 있다. 남북조 시대에 유송(劉宋)의 태위(太尉) 단도제(檀道濟)가 북위(北魏)를 정벌할 때, 모래 돈대를 쌓아 군량을 쌓아 놓은 것처럼 보이게 해서 적군을 속임으로써 승리했는데, '사대'라는 명칭이 여기에서 유래했다.

72) 왕인유(王仁裕, 880~956) : 자는 덕련(德輦). 당 말 오대의 관리이

이라 여기고 가행(歌行) 한 편을 지어 사대원의 서쪽 담에 써서 기록했는데, 그 노래는 다음과 같다.

"북방의 한 짐승이 불모지에서 자랐으니, 기괴한 그 모습 이상하기 그지없네. 너구리나 담비 같지만 너구리나 담비는 아니고, 긴꼬리원숭이의 손가락에 토끼 머리와 원숭이 이마를 했네. 낚아채길 잘하고, 뛰어오르기에 능하니, 중국에서는 일찍이 보지 못한 놈이라네. 천교(天矯)73)의 귀족이 음식으로 충당하니, 봉황의 골수나 용의 간인들 어찌 비싸겠는가? 저쪽 군주가 맹약을 중히 여겨, 양국 우호 다지려고 선물로 가져왔네. 나무 우리 속에서 목에 쇠사슬을 찬 채, 아

자 문인으로, 본서의 찬자다. 오대십국의 전촉(前蜀)·후당(後唐)·후진(後晉)·후한(後漢)·후주(後周)에서 문장으로 명성이 높았다. 전촉에서는 중서사인(中書舍人)·한림학사(翰林學士)를 지냈고, 후당에서는 진주절도판관(秦州節度判官)·도관낭중(都官郎中)·한림학사를 지냈다. 후진에서는 사봉좌사낭중(司封左司郎中)·간의대부(諫議大夫)를 지냈고, 후한에서는 한림학사승지(翰林學士承旨)·호부상서(戶部尚書)·병부상서(兵部尚書)·태자소보(太子少保)를 지냈다. 시문(詩文)에 능했고 음률에 밝았으며, 화응(和凝)과 함께 오대 때 문장으로 이름이 알려졌다. 필기 저작으로《옥당한화》외에《개원천보유사(開元天寶遺事)》와《당말견문록(唐末見聞錄)》등이 있다.

73) 천교(天矯) : 천교(天驕)라고도 하는데, 천지교자(天之驕子 : 하늘의 버릇없는 아들)의 준말이다. 한나라 때 흉노족(匈奴族)의 왕을 일컫던 말인데, 나중에는 강성한 이민족의 군주를 가리킨다.

득히 만 리 밖에서 황성으로 들어왔네. 황제의 궁전 앞에 처음으로 풀어놓으니, 천자의 위엄에 기가 죽어 사지를 벌벌 떠네. 그 몸은 더 이상 생존할 가망이 없어, 돌아보니 모두 음식상 위의 신세라네. 솥과 도마가 무서워라! 희생으로 바쳐질까 두려워라! 천자께서 인자하셔서 차마 요리하지 못했네. 사대(沙臺)의 깊은 굴속으로 보내져, 한가한 그곳에 방생해 길이 살게 했네. 교외의 산승이 동물의 정을 잘 알아, 성명(聖明)하신 뜻을 따라 아침저녁으로 잘 길렀네. 은택은 두텁고 그물은 성기고 천지는 너그러우니, 이제부턴 목숨 상할까 걱정하지 않는다네. 화이(華夷)가 하나 되고, 호월(胡越)이 함께해, 쌀밥 먹고 편히 사니 얼마나 즐거운가! 군왕의 깊은 은혜에 감격하지만, 언어가 통하지 않아 드릴 말이 없네. 담장을 뚫고, 능묘에서 사니, 아들 낳고 손자 낳아 끊임이 없네. 이렇게 번식하며 세월이 오래되면, 중원 땅이 모두 네 소굴 될까 두렵구나. 야고야! 야고야! 이름은 천박하나 그 깊은 뜻을 어떻게 알겠는가?"

내[74]가 일찍이 사사로이 그 일에 대해 논했다.

"'야(耶)'는 호왕(胡王)이고,[75] '아(兒)'는 후진의 군주다.

---

74) 내 : 본서의 찬자 왕인유를 말한다.
75) '야(耶)'는 호왕(胡王)이고 : '야는 거란(契丹 : 요나라)의 국성(國姓)인 야율씨(耶律氏)를 말한다. 또한 '야'에는 아버지라는 뜻도 있다.

'야고아(耶孤兒)'라는 말은 아비가 그 아들을 처벌한다[辜][76)]는 뜻이다. 그 후에 융왕이 궁궐을 침범하고 후진의 군주를 협박해 신주(神州 : 중국)를 차지했으니,[77)] 사해의 모든 고을이 견융(犬戎)의 소굴이 되었다. 야고아의 조짐은 분명하다고 이를 만하다."

晉石高祖, 父事戎王, 禮分甚至. 此則以羅紈・玉帛・瑞錦・明珠, 竭中華之膏血以奉之, 彼則以貂皮・獸韡・瘦馬・疲牛爲酬酢. 庚子歲, 遣使獻異獸十數頭, 巨於狟, 小於貉, 兎頭狐尾, 猱顙狄掌. 其名"耶孤兒", 北方異類, 華夏所無. 其肉鮮肥, 可登鼎俎. 晉祖不忍炮燔, 勅使實於沙臺院, 穴而蓄之, 仍令山僧豢養. 自後蕃衍, 其數漸多, 沙臺爲其穿穴, 迨將半矣. 都下往而觀者, 冠盖相望. 司封郎中王仁裕, 爲其不祥之物, 因著歌行一篇, 題于沙臺院西垣以誌之, 其歌曰: "北方有獸生寒磧, 怪質奇形狀不得. 如狟如貉不狟貉, 狄指兎頭猴顙額. 善挈攫, 能跳躑, 中華有眼未曾識. 天矯貴族用充庖, 鳳髓龍肝何所直? 彼中君長重歡盟, 藉手將

---

76) 처벌한다[辜] : '고(辜)'가 '고(孤)'와 발음이 같기 때문에 이렇게 풀이한 것이다.

77) 융왕이 궁궐을 침범하고 후진의 군주를 협박해 신주(神州 : 중국)를 차지했으니 : 후진 출제(出帝) 개운(開運) 3년(946)에 거란 군주 야율덕광(耶律德光 : 태종)이 후진을 공격해 도성 변경(汴京)을 점거하고 출제 석중귀(石重貴)를 위협해 금주(錦州) 황룡부(黃龍府)로 잡아간 일을 말한다. 이로써 후진은 멸망했다.

通兩國情. 方木匣身皮鏁項, 萬里迢迢歸帝城. 黃龍殿前初放出, 乍對天威爭股慄. 形軀無復望生全, 相顧皆爲机上物. 懼鼎俎! 畏犧牲! 天子仁慈不忍烹. 送在沙臺深穴裏, 永教閑處放生長. 郊外野僧諳物情, 朝晡豢養遵明聖. 澤廣羅踈天地寬, 從此不憂傷性命. 同華夷, 共胡越, 粒食陶居何快活! 雖感君王有密恩, 言語不通無所說. 鑿垣墻, 寘陵闕, 生子生孫更無歇. 如是孳蕃歲月多, 兼恐中原揔爲穴. 耶孤兒! 耶孤兒! 語淺義深安得知?" 愚嘗竊議之, 曰: "'耶'者, 胡王也, '兒'者, 晉主也. 言'耶孤兒', 乃父辜其子也. 其後戎王犯闕, 劫晉主, 據神州, 四海百郡, 皆爲犬戎之窟穴. 耶孤兒先兆, 可謂明矣."

출처 《태평광기상절》 권10 〈징응·야고아〉. 본 고사는 현존하는 《태평광기》의 제본에는 보이지 않는다.

24. 호왕(胡王)

[오대 후진] 병오년(丙午年 : 946)[78] 12월에 오랑캐[거란]의 군대가 궁궐을 침범했다. 그 이듬해 3월 17일에는 호왕(胡王 : 거란 왕)이 변경(汴京)에서 북쪽으로 갔다. 그날은 적강(赤岡)에서 머물렀는데, 저녁때가 지날 무렵에 문득 호왕의 장막 안에서 무슨 소리가 요란하게 울렸다. 그 소리는 마치 땅속에서 천둥이 치는 것 같더니 얼마 뒤에 마침내 그쳤다. 호왕이 두려워하며 술사(術士)를 불러 그 길흉을 점쳐 보게 했더니 술사가 속여서 말했다.

"이는 토지신이 일으킨 것입니다."

호왕은 곧 제사를 올려 기도하게 했다. 4월 중에 호왕이 형주(邢州)를 지나가다가 병에 걸렸다. 어느 날 저녁 무렵에 큰 별이 장막 속으로 떨어지자, 호왕은 그것을 보고 꺼림칙해하며 침을 뱉고 욕을 해 댔다. 수행하던 이민족과 한족의 관리 중에서 그 기이한 광경을 보지 않은 자가 없었다. 16일에는 호왕이 난성(欒城)에서 머물렀는데, 병세가 마침내 심해지더니 21일에 결국 숨을 거두었다. 그가 죽은 땅의 이름

---

78) 병오년(丙午年) : 오대 후진 출제(出帝) 개운(開運) 3년(946)이다.

을 물어보았더니 "살호림(殺胡林)"이라고 했다. 처음에 호왕이 남쪽으로 가려 할 때 진주(陳州)와 정주(鄭州) 사이의 여러 고을에 명을 내려 빠짐없이 얼음을 저장해 놓게 했다. 그곳에 이르러 호왕이 병들어 열이 나자 그 고통을 견딜 수 없어 가까운 고을에 명해 얼음을 실어 오게 한 뒤, 팔·다리·가슴·겨드랑이 사이에 모두 얼음을 올려놓게 했으나 끝내 죽고 말았다. 그가 숨을 거두자 좌우의 신하들은 그의 배를 가르고 창자를 꺼낸 뒤 소금 몇 말을 그 안에 집어넣고 수레에 실어 북쪽으로 갔다. 한족 사람들은 그것을 "제파(帝羓)"[79]라고 불렀다. 내[80]가 일찍이 시험 삼아 그 일에 대해 논했다.

"이적(夷狄)은 다른 부류이지만 같은 기운을 받고 태어났기 때문에 유사 이래로 서로 번갈아 흥성했다. 그러므로 주(周)나라 문왕(文王) 때는 서쪽에 곤이(昆夷 : 견융)의 환난이 있었고 북쪽에 험윤(玁狁 : 적융)의 환난이 있었다. 진(秦)나라 항우(項羽) 이후에는 흉노(匈奴)가 비로소 강성해 백만의 궁수(弓手)를 이끌고 중국에 대항했다. 후한(後漢 : 동한) 중엽에는 여러 강족(羌族)이 환난을 일으켰고, 환제

---

79) 제파(帝羓) : 북방 민족이 군주가 죽으면 그 창자를 꺼내고 소금을 넣어 만드는 일종의 미라다.

80) 내 : 본서의 찬자 왕인유를 말한다.

(桓帝)와 영제(靈帝)의 쇠약한 시대에는 두 오랑캐가 더욱 위세를 떨쳤다. 위(魏)나라와 진(晉)나라 이후로는 혼란한 시대가 아주 많았으니, 천명을 사칭하고 나라를 도적질한 경우가 한두 번이 아니었다. 북주(北周)와 수(隋)나라 사이에는 토혼(吐渾)[81]이 포악을 부렸고, [수나라] 대업(大業) 연간(605~617) 이후로는 돌궐(突厥)이 천자의 명을 사칭했다. 당(唐)나라가 천명을 받은 뒤로는 여러 융족(戎族)이 자못 근심을 끼쳤다. 정관(貞觀) 연간(627~649) 초에는 연타(延陁 : 설연타)[82]가 모욕했고, 천후(天后 : 측천무후)[83]

---

81) 토혼(吐渾) : 토욕혼(土谷渾). 선비족(鮮卑族)의 한 갈래가 지금의 칭하이성(靑海省) 북부와 신장성(新疆省) 동남부에 세운 나라.

82) 연타(延陁) : 설연타(薛延陀). 수당(隋唐) 시대 북방 유목 민족인 철륵(鐵勒)의 일파로, 설부(薛部)와 연타부(延陀部)로 구성되었다. 설연타는 철륵의 여러 부족 중에서 가장 강성했으며, 풍속은 돌궐(突厥)과 비슷했다. 일찍이 당나라를 도와 동돌궐(東突厥)을 멸했다. 태종(太宗) 정관(貞觀) 4년(630)에 설연타 칸국(汗國)을 세우고 기회를 틈타 남하했는데, 정관 15년(641)에 당나라 장수 이적(李勣)에게 격파당해 결국 쇠망했다.

83) 천후(天后) : 측천무후(則天武后, 624~705). 당나라의 여황제(690~705 재위)로, 무사확(武士彠)의 딸이다. 14세에 태종(太宗)의 재인(才人)이 되었고, 고종(高宗) 때 소의(昭儀)가 되었다가 뒤에 황후가 되어 천후로 불렸다. 683년부터 690년까지 중종(中宗)과 예종(睿宗)의 황태후가 되어 조정을 장악하고 섭정했다. 이 기간에 이름을 조(曌)로 개명했다. 690년에 스스로 황제가 되어 도성을 낙양(洛陽)으로 정하고

때에는 해습(奚霫)84)이 변경을 침범했다. 이어서 토번(吐蕃)이 크게 일어났고, 그 뒤에는 회흘(回紇 : 위구르족)이 재앙을 일으켰다. 황채(黃蔡)의 난85)이 일어난 당나라 말에는 사타(沙陁)86)가 뜻을 얻었고, 후세에 이르러서는 거란(契丹)이 가장 강성했다. 현명하고 어진 군주가 신령하고 성스러운 공덕을 지니지 않았더라면, 하화(夏華 : 중국)를 어지럽힌 무리를 무찔러 마구 타오르는 재난의 불길을 막을 수 없었을 것이다. 거란을 살펴보건대, 저들은 수십 년 이래로 중국을 침범하려는 뜻을 품고 주변의 여러 나라를 병합해 그 강토를 빼앗았다. [오대 후당] 청태(淸泰) 연간(934~936) 말에 저들은 중원을 횡행하면서 후당(後唐)을 멸망시

무주(武周) 왕조를 개국해 705년까지 통치했다. 705년 정변으로 중종이 복위된 후 병사했다.

84) 해습(奚霫) : 흉노족(匈奴族)의 일파로, 지금의 네이멍구(內蒙古) 시라무룬하(西拉木倫河) 유역에 분포했던 민족.

85) 황채(黃蔡)의 난 : 당나라 말에 황소(黃巢)와 채결(蔡結)이 일으킨 반란. 황소는 희종(僖宗) 중화(中和) 원년(881)에 모반해 장안(長安)을 함락하고 스스로 제제(齊帝)라 칭하다가, 중화 4년(884)에 이극용(李克用)에게 패해 자살했다. 채결은 황소가 장안을 함락한 때를 틈타 모반해 도주(道州)를 점거했다가, 소종(昭宗) 광화(光化) 원년(898)에 마은(馬殷)에게 패해 전사했다.

86) 사타(沙陁) : 서돌궐(西突厥)의 별부(別部)인 처월종족(處月種族)을 말한다. '사타돌궐'이라고도 한다.

키고 후진(後晉)을 일으켰으며 가짜로 황제를 참칭했다. 유연(幽燕)과 운삭(雲朔)[87] 지방까지 모두 저들의 수중에 들어갔으며 옥백과 비단이 사막에 가득했다. 석씨(石氏 : 후진)[88]가 나라를 통제하지 못해 간신이 나라를 팔아먹으니, 용맹한 장수와 굳센 병졸이 손발이 묶여 항복했고, 갓난아이와 백성이 줄줄이 살육당했으며, 군주가 나라를 지켜 내지 못해 장수와 재상이 사로잡히는 신세가 되었다. 마침내 궁정에서는 가시나무가 자라나고, 능침(陵寢)에서는 여우와 토끼가 뛰어다녔다. 구름이 자욱하고 햇빛이 참담해 귀신이 구슬프게 울었다. 천지가 개벽한 이래로 그와 같은 난리는 일찍이 없었다. 어찌 시운(時運)이 불행해 하늘이 간웅(奸雄)을 낳은 탓이 아니겠는가? 그렇지 않다면 짐승 가죽을 몸에 걸치고 옷깃을 왼쪽으로 여미는 저들이 어떻게 갈고리 같은 발톱과 톱니 같은 어금니로 함부로 물고 뜯으면서 멋대로 교만을 부릴 수 있었겠는가? 대저 한 여인이 원한을 품으면 3년 동안 가뭄이 들고, 한 사내가 하늘에 원통함

---

[87] 유연(幽燕)과 운삭(雲朔) : '유연'은 유주와 연주로, 지금의 허베이성(河北省) 북부와 랴오닝성(遼寧省) 남부에 있던 두 주를 말한다. '운삭'은 지금의 산시성(山西省) 북부에 있던 운중군(雲中郡)과 지금의 산시성(陝西省) 북부에 있던 삭방군(朔方郡)을 말한다.

[88] 석씨(石氏) : 석경당(石敬瑭)이 세운 후진(後晉) 조정을 말한다.

을 호소하면 오뉴월에 된서리가 내린다. 수많은 백성이 창칼로 도륙당하는데 어찌 저 높이 계시는 상제께서 보호하려는 생각이 들지 않았겠는가? 만물은 끝까지 불운하지 않으며 도(道)는 끝까지 막히지 않는 법이다. 하늘이 바야흐로 중국을 도와 진인(眞人)이 우뚝 일어나자, 저들의 괴수가 죽음을 맞고 더러운 기운이 저절로 사라졌다. 천둥이 요란하게 울린 변괴, 얼음을 저장한 조짐, '살호림'의 참언(讖言), 별이 떨어진 요망한 일을 자세히 살펴보건대, 호왕의 죽음이 어찌 우연이겠는가? 어찌 우연이겠는가?"

丙午歲十二月, 戎師犯闕. 明年三月十七日, 胡王自汴而北. 是日, 路次於赤岡, 日過晡, 忽於胡王廬帳之中, 有聲殷殷然. 若雷起於地下, 有頃乃止. 胡王懼, 召術數者, 占其吉匈, 占者紿曰: "此土地神所作." 乃命祭禱焉. 四月中, 過邢州, 胡王遇疾. 嘗一日向夕, 有大星墜於穹廬之中, 胡王見而惡之, 但唾呪而已. 藩漢從官, 無不視其異. 十六日, 行次欒城, 其疾遂亟, 二十一日, 乃殂. 訪其所殂之地, 則曰 "殺胡林" 也. 初, 胡王之將南也, 下令陳鄭間數州, 悉使藏氷. 至是, 嬰疾熱作, 不勝其苦, 命近州輸氷, 於手足心腋之間, 皆多置氷, 已至於絶. 及其殂也, 左右破其腹, 損其腸胃, 用塩數斗以內之, 載而北去. 漢人目之爲'帝杷'焉. 嘗試論之曰: "夷狄異類, 一氣所生, 歷代以來, 互興迭盛. 故周文王之時, 西有昆夷之患, 北有獫狁之難. 秦項之後, 匈奴始强, 控絃百萬, 抗衡中國. 後漢中葉, 患在諸羌, 桓靈之衰, 二虜尤熾. 魏晉已降, 衰亂弘多, 竊命盜國, 盖非一焉. 周隋之間, 吐渾爲暴,

大業之後, 突厥稱制. 皇唐受命, 頗患諸戎. 貞觀之初, 延陁
內侮, 天后之際, 奚霫犯邊. 次則吐藩大興, 後則回紇作孽.
黃蔡之末, 沙陁得志, 爰及後世, 契丹最雄. 自非明主賢君,
神功聖德, 則不能攘獪夏亂華之類, 拯橫流熾爕之災. 觀夫
契丹, 自數十年以來, 頗有陵跨之意, 呑倂諸國, 奄有疆土.
淸泰之末, 橫行中原, 興晉滅唐, 假號稱帝. 幽燕雲朔, 盡入
堤封, 玉帛綺紈, 悉盈沙漠. 石氏失馭, 奸臣賣國, 雄師毅卒,
束手送降, 赤子蒼生, 連頭受君, 戮父失守[1], 將相爲俘. 荊棘
鞠於宮庭, 狐兔遊於寢廟. 雲昏日慘, 鬼哭神悲. 開闢已還,
未有若此之亂也. 豈非時鍾剝道, 天産奸雄? 不然則安得鉤
爪鋸牙, 恣行呑噬, 毛嘼裘左袵, 專爲桀鷔? 且夫一女銜寃,
三年赤地, 一夫仰訴, 五月嚴霜. 豈有百萬黎庶, 膏鋒血刃,
而蕩蕩上帝, 竟無意於覆燾乎? 物不可以終否, 道不可以終
窮. 天方啓漢, 眞人堀起, 渠魁殞斃, 腥穢自除. 詳其殷雷之
怪, 藏氷之兆, 殺胡之讖, 星墜之妖, 則胡王之死也, 豈偶然
哉? 豈偶然哉?"

출처《태평광기상절》권10〈징응・호왕〉. 본 고사는 현존하는《태평광
기》의 제본에는 보이지 않는다.

1 연두수군(連頭受君), 육부실수(戮父失守) : 문맥상 "연두수륙(連
   頭受戮), 군부실수(君父失守)"의 착오로 보인다.

25. 방종(龐從)

당(唐)나라 소종(昭宗 : 이엽)[89] 건녕(乾寧) 병진년(丙辰年 : 896)에 주량(朱梁 : 후량) 태조(太祖 : 주온)[90]가 자신을

---

89) 소종(昭宗) : 이엽(李曄). 당나라의 제19대 황제(888~904 재위)로, 의종(懿宗)의 일곱째 아들이자 희종(僖宗)의 동생이다. 당시 실권을 잡고 있던 환관 양복공(楊復恭)에 의해 옹립되었다. 즉위 후 당나라의 재건을 추진하면서 양복공을 추방하고 군비 증강 등을 추진했다. 900년에 재상 최윤(崔胤)과 함께 환관에 대한 대숙청을 기도했다가 환관에 의해 실권을 빼앗겼으나, 이듬해 환관들의 내분으로 권력을 되찾았다. 이무정(李茂貞)을 중심으로 하는 반란군이 장안(長安)을 압박하자, 환관 한전해(韓全海)가 진언해 봉상(鳳翔)으로 피신했다. 903년에 이무정이 한전해와 장언홍(張彥弘) 등을 살해하고 조정의 군대를 맡은 이온도(李溫度)와 화의를 맺어 소종은 장안으로 돌아올 수 있었다. 그 뒤 이무정은 주온(朱溫 : 주전충)에 의해 실각하고, 주온이 최대 번진 세력이 되었다. 904년 1월에 주온은 대신들의 반대를 누르고 낙양(洛陽)으로 천도했고, 소종은 그해 8월에 결국 주온이 보낸 사람에 의해 시해당했다.

90) 태조(太祖) : 주온(朱溫). 오대 후량(後梁)의 개국 황제(907~912 재위). 당나라 말에 황소(黃巢)의 난에 참가해 그 부장이 되었으나, 882년에 형세의 불리함을 간파하고 관군에 항복해 희종(僖宗)으로부터 '전충(全忠)'이라는 이름을 하사받았다. 이후 황소의 잔당과 그 밖의 군웅을 평정해 양왕(梁王)에 봉해지고 각지의 절도사를 겸하는 등 화북(華北) 제일의 실력자가 되었다. 그 후 천복(天復) 4년(904)에 소종을 협박해 낙양으로 옮겨 가게 했다가 얼마 후 소종을 살해하고 애제(哀

따르지 않는 자들을 주살했다. 연수(兗帥 : 연주절도사) 주근(朱瑾)91)이 회해(淮海 : 회남)로 망명하자, 후량 태조는 서수(徐帥 : 서주절도사) 방종92) 옛 이름은 사고(師古)다. 에게

帝)를 세웠으며, 다시 907년에 애제로부터 제위를 넘겨받아 후량을 세우고 변경(汴京 : 개봉)에 도읍을 정함으로써 당나라를 멸망시켰다. 그러나 그의 세력 범위는 화북 일부에 한정되었고, 이후 50년에 걸친 오대십국의 분쟁이 시작되는 계기가 되었다. 즉위 후 6년 만에 아들 주우규(朱友珪)에게 살해되었다. 묘호는 태조다.
91) 주근(朱瑾, 867~918) : 당 말 오대의 군벌로, 천평절도사(天平節度使) 주선(朱瑄)의 동생이다. 일찍이 운주군교(鄆州軍校)로 있다가 나중에 연주(兗州)를 탈취해 당나라 조정에 의해 태녕군절도사(泰寧軍節度使)에 제수되었으며, 주선과 함께 산동(山東) 지역의 맹주가 되었다. 그러나 군벌들의 혼전 중에 주온(朱溫 : 주전충)에게 여러 차례 패한 끝에 회남(淮南)의 양행밀(楊行密)에게 귀의해, 청구(淸口)의 전쟁에서 후량의 군대를 격퇴했다. 양행밀이 오대십국의 오국(吳國)을 건국하는 것을 도왔고 여러 차례 군대를 이끌고 후량을 공격했으며, 동면제도행영부도통(東面諸道行營副都統)·동평장사(同平章事)·평로절도사(平盧節度使)가 되었다. 918년에 권신(權臣) 서온(徐溫)의 아들 서지훈(徐知訓)을 살해하려다가 오히려 서온 일당의 포위 공격을 받고 자살했다.
92) 방종 : 방사고(龐師古, ?~897). 당 말 오대의 장수. 일찍이 주온(朱溫 : 주전충)을 섬겨 그의 심복이 되었다. 나중에 장군이 되어 여러 차례 정벌 전쟁에 참여해 저주(滁州)를 공략하고 천장(天長)을 격파하고 고우(高郵)를 점령해 많은 전공을 세웠으며, 다시 서주(徐州)를 공략해 시부(時溥)를 참살했다. 건녕 4년(897) 정월에 운주(鄆州)에서 주선(朱瑄)을 사로잡은 공으로 천평군절도유후(天平軍節度留後)·서주절

명해 군사 5만을 청구(靑口)93)에 집결하게 했다. 동진(東晉) 때 사안(謝安)에게 청주(靑州)를 정벌하라고 명하면서, 여량수(呂梁水)에 둑을 쌓아 목책(木柵)을 세우고 일곱 개의 보를 세워서 고(沠 : 물 흐름을 조절하는 장치)를 만들어 강물을 막아 조운(漕運)을 이롭게 했기 때문에 이것을 "청주고(靑州沠)"라 했는데, 그것은 사실 사수(泗水)다. 경쇠를 만들 때 사용하는 부경석(浮磬石)이 사수 근처 하비(下邳)에 있다. 그 주둔지는 대개 병서(兵書)에서 "절지(絶地 : 매우 험준한 요새)"라고 하는 곳이다. 그곳은 수레나 가마가 다닐 수 없었고 1사(舍 : 30리)를 가야 비로소 평탄한 곳에 이르렀다. 당시 후량 태조는 심복에게 명해 방종을 감시하게 했으므로 통수(統帥 : 방종)는 감히 스스로 군대를 움직일 수 없었다. 이틀도 안 되어 주근이 과연 수만의 군대를 거느리고 들이닥쳤다. 주근이 직접 나섰다는 소식이 들리자, 방종의 전군은 혼비백산했으며 전투할 때 감히 싸울 의지가

도사 · 검교사도(檢校司徒)가 되었고, 8월에 갈종주(葛從周)와 함께 대군을 나누어 통솔해 회수(淮水)를 건너 양행밀(楊行密) 정벌에 나섰으며, 11월에 청구에 주둔하고 있다가 군중에서 죽었다.

93) 청구(靑口) : 청구(淸口)라고도 한다. 사수(泗水)가 회수(淮水)로 들어가는 입구로, 지금의 장쑤성(江蘇省) 화이인현(淮陰縣) 서남쪽에 있다. 사수를 청수(淸水)라고도 하기 때문에 붙은 명칭이다. 남북 교통의 요충지였기 때문에 역대로 이를 차지하기 위한 전쟁이 자주 일어났다.

생기지 않아 혹자는 물에 빠지고 혹자는 물에 떠다니다 한 두 명만이 죽음을 면할 수 있었다. 그에 앞서 주근의 군대가 이르기 전부터 방종의 군대는 괜히 놀라고 특히 괴이한 일이 많이 일어났는데, 조두(刁斗)[94]를 걸어 두는 시렁이 저절로 군영 앞을 돌아다니기도 했다. 서주에 있던 방종의 가족들도 괴이한 일을 자주 목격했다. 절도사의 저택 뒤에는 평소 여우 요괴의 굴이 있었는데, 혹 부주[府主 : 주군(州郡)의 장관]에게 재앙이 생길 때면 그 여우 요괴가 나타났다. 그래서 당시 승려에게 조당(鵰堂 : 독수리를 그려 놓은 대청)에 도량(道場)을 만들게 했다. 대개 여우 요괴가 많았기 때문에 당 안에 독수리를 그린 것이다. 통수가 죽기 전에 그의 가족들이 연자루(燕子樓) 위를 바라보았더니, 붉은 옷을 입은 부인이 대낮에 난간에 기대서 있었는데, 그녀는 사람들이 자신을 엿보는 것을 보고 점차 몸을 옮겨 뒤로 물러나더니 사라졌다. 당시 연자루로 올라가는 문은 모두 빗장이 걸려 있었다. 며칠이 안 되어 방종이 죽었다는 소식이 당도했다.

唐昭宗乾寧丙辰歲, 朱梁太祖誅不附己者. 兗師[1]朱瑾亡命淮海, 梁祖命徐師龐從 舊名師古, 會軍五萬于青口, 東晉命謝

---

94) 조두(刁斗) : 구리로 만든 솥 모양의 기구로, 군중에서 낮에는 음식을 만들고 밤에는 이것을 두드려 경계하는 데 사용했다.

安伐靑州, 堰呂梁水, 樹柵, 立七埭爲觚², 擁其流以利運漕, 故謂之 "靑州觚", 其實泗水也. 浮磬石在下邳. 所屯之地, 蓋兵書謂之 "絶地". 人不駕肩, 行一舍, 方至夷坦之處. 時梁祖命腹心者 監護之, 統師莫之能禦³. 未信宿, 朱瑾果自督數萬而至. 從 聞瑾親至, 一軍喪魄, 及戰, 無敢萌鬪志, 或溺或浮, 唯一二 獲免. 先是瑾軍未至前, 部伍虛驚, 尤多怪異, 刁斗架自行於 軍帳之前. 家屬在徐州, 亦凶怪屢見. 使宅之後, 素有妖狐 之穴, 或府主有災卽見. 時命僧於鸝堂建道場. 蓋多狐妖, 故 畫雕於中. 統未亡之前, 家人望見鸛子樓上, 有婦人衣紅, 白 晝凭欄而立, 見人窺之, 漸移身退後而沒. 時登樓之門, 皆扃 鐍之. 不數日, 凶問至.

출처《태평광기》권144〈징응·인신구징(人臣咎徵)·방종〉.

1 사(師) : 문맥상 "수(帥)"의 오기로 보인다. 《태평광기》 사고전서본에는 "수"라 되어 있다. 뒤에 나오는 "서사(徐師)"와 "통사(統師)"의 "사"도 마찬가지다.

2 고(觚) : 문맥상 "과(堝)"의 오기로 보인다. 이하도 마찬가지다.

3 지능어(之能禦) : 《태평광기》 명초본에는 "감자주(敢自主)"라 되어 있는데, 문맥상 보다 타당하다.

26. 상유한(桑維翰)

　　위공(魏公) 상유한[95]은 개봉부윤(開封府尹)이 되었다. 하루는 한밤중에 침실에 혼자 앉아 있었는데, 갑자기 크게 놀라며 마치 무엇을 본 듯이 허공에 대고 버럭 소리를 질렀다.

　　"네가 어찌 감히 이곳에 왔느냐!"

　　이렇게 네댓 번을 했다. 상유한은 열흘 동안 분을 삭이지 못했는데, 비록 그의 부인[96]이라 할지라도 감히 물어보지 못했다. 얼마 되지 않아서 상유한은 꿈에 의관을 정제하고 수레를 재촉해서 어디론가 가려고 했는데, 그가 막 수레에

---

95) 상유한(898~947) : 자는 국교(國僑). 오대 후진(後晉)의 대신. 후당(後唐) 동광(同光) 연간(923~926) 진사 출신으로, 하양절도사(河陽節度使) 석경당(石敬瑭)의 막료가 되었다. 석경당이 거란(契丹)과 결탁해 나라를 찬탈하려 했을 때, 적극적으로 그를 도와 거란의 협조를 얻어 냄으로써 큰 공을 세웠다. 936년에 석경당이 후진을 건국한 후로 상유한은 두 번 재상을 지냈고 권력이 조야를 기울일 정도였다. 나중에 거란이 후진을 멸했을 때 후진의 항장(降將) 장언택(張彥澤)에게 살해되었다.

96) 부인 : 원문은 "제체(齊體)". 남편과 한 몸이라는 뜻으로 부인을 말한다.

탔을 때 갑자기 수레의 말이 도망가서 쫓아가 찾았지만 온 데간데없었다. 그는 꿈에서 깬 뒤 몹시 꺼림칙했는데, 며칠 되지 않아서 환난이 닥쳤다.

魏公桑維翰, 尹開封. 一日, 嘗中夜於正寢獨坐, 忽大驚悸, 如有所見, 向空厲聲云: "汝焉敢此來!" 如是者數四. 旬日憤懣不已, 雖齊體亦不敢有所發問. 未幾, 夢已整衣冠, 嚴車騎, 將有所詣, 就乘之次, 忽所乘馬亡去, 追尋莫之所在. 旣寤, 甚惡之, 不數日及難.

출처《태평광기》권145〈징응·인신구징·상유한〉.

27. 방지온(房知溫)

옛 청수(靑帥 : 청주절도사) 방지온97)은 젊었을 때 외사촌 동생 서인(徐裀)과 함께 연주(兗州)와 운주(鄆州)의 경계에서 도적질하면서 낮에는 오래된 무덤에 숨어 지냈다. 어느 날 저녁에 비가 와서 아직 바깥에 나가지 않았을 때, 귀신 둘이 무덤으로 왔다. 한 귀신이 말했다.

"이곳에 절도사 나리가 계시니 기다려야겠다."

방지온은 외사촌 동생과 함께 그 말을 들었다. 두 사람이 서로 물었다.

"바깥에서 하는 이야기 들었지?"

서인이 말했다.

"들었습니다."

방지온이 말했다.

---

97) 방지온(?~936) : 자는 백옥(伯玉). 오대 후당(後唐)의 무장. 젊어서 용맹했다. 위주(魏州)의 양사후(楊師厚) 휘하에 있다가 친수군지휘사(親隨軍指揮使)가 되었다. 후당(後唐) 장종(莊宗)이 위주를 점령하고 나서 그에게 이소영(李紹英)이란 이름을 하사했다. 단주(澶州)・조주(曹州)・패주(貝州) 자사를 역임했다. 명종(明宗) 천성(天成) 원년(926)에 태녕군절도사(泰寧軍節度使)에 임명되고, 무녕(武寧)・천평(天平)・평로(平盧)를 진수(鎭守)했으며, 동평왕(東平王)에 봉해졌다.

"나와 너 중에 누구를 말하는지 알 수 없으니, 내일 밤에 네가 다른 곳에서 자고 나 혼자 이곳에 있으면서 확인해야 겠다."

다음 날 저녁이 되자 귀신 둘이 또 왔다. 한 귀신이 다시 말했다.

"어젯밤의 귀인이 아직 계신다."

방지온은 그 말을 듣고 기뻐했다. 그는 나중에 과연 여러 진(鎭)의 절제(節制 : 절도사)를 지냈으며, 벼슬은 태사(太師)·중서령(中書令)·동평왕(東平王)에 이르렀다. 그러므로 《진서(晉書)》98)에서 위양원(魏陽元 : 위서)99)이 귀신이 자신을 삼공(三公)이라고 부르는 것을 들었다고 한 이야기는 거짓이 아님을 알 수 있다.

---

98) 《진서(晉書)》: 《진서》 권41 〈위서전(魏舒傳)〉에 나온다.

99) 위양원(魏陽元) : 위서(魏舒, 209~290). 자는 양원. 위진(魏晉)의 대신. 일찍 부모를 여의고 외조부 영씨(寧氏)에 의해 양육되었다. 용모가 준수하고 체격이 우람했지만, 성격이 느긋하고 질박해 보통 사람의 예의범절을 차리지 않았기에 향리에서 중시받지 못했다. 40세가 넘어서야 스스로 경전을 공부해 준의현령(浚儀縣令)·상서랑(尚書郎)·후장군장사(後將軍長史)·상국참군(相國參軍)을 지내고 극양자(劇陽子)에 봉해졌다. 당시 위나라의 실권을 쥐고 있던 사마소(司馬昭)의 중시를 받았다. 서진이 건국된 후 사도(司徒)와 연주중정(兗州中正)을 지냈다. 위서는 청빈하게 관직 생활을 했으며 위엄과 명망이 있었다.

故靑帥房公知溫, 少年與外弟徐裀¹爲盜於兗・鄆之境, 晝則匿於古冢. 一夕遇雨未出間, 二鬼至. 一鬼曰:"此有節度上²主, 宜緩之." 與外弟俱聞之. 二人相問曰:"適聞外面語否?" 徐曰:"然." 房曰:"吾與汝未知孰是. 來宵汝當宿於他所, 吾獨在此以驗之." 迨夕, 二鬼又至. 一鬼復曰:"昨夜貴人尙在矣." 房聞之喜. 後果節制數鎭, 官至太師・中書令・東平王. 則知《晉書》說魏陽元聞鬼以三公呼之, 爲不謬矣.

출처《태평광기》권158〈정수(定數)・방지온〉.

1 인(裀):《태평광기》중화서국본에는 이 자가 빠져 있는데, 명초본에 의거해 보충했다.
2 상(上):《태평광기》명초본에는 "토(土)"라 되어 있다.

28. 두몽징(竇夢徵)

    주량(朱梁 : 후량)의 한림학사(翰林學士) 두몽징100)은 문장과 학술로 세상에 이름났다. 당시 양절(兩浙 : 절동과 절서)의 전상보(錢尙父 : 전유)101)가 원수(元帥)에 임명되

---

100) 두몽징 : 오대 후량(後梁)과 후당(後唐)의 대신. 진사 출신으로, 교서랑(校書郎)과 한림학사(翰林學士)를 지냈다. 후량 말에 지방관으로 좌천되었다가, 오래지 않아 다시 한림학사로 복직했다. 후당 장종(莊宗) 때는 기주(沂州)에 폄적되어 있다가, 명종(明宗) 천성(天成) 2년(927)에 조정에 들어와 중서사인(中書舍人)에 임명되고 다시 한림학사와 공부시랑(工部侍郎)이 되었다. 문명(文名)이 매우 높았으며 전계(箋啓)에 뛰어났다.

101) 전상보(錢尙父) : 전유(錢鏐). 자는 구미(具美). 오대십국 오월(吳越)의 개국 황제(907~932 재위). 당나라 말에 동창(董昌)을 따라 농민 봉기군을 진압해 진해절도사(鎭海節度使)가 되었다. 나중에 동창이 당나라에 반기를 들고 황제를 칭하자, 전유는 조서를 받고 동창을 토벌해 진동군절도사(鎭東軍節度使)를 더해 임명되었다. 그 후로 점차 세력을 확장해 항주(杭州)를 비롯한 양절(兩浙) 13주(州)를 점거했으며, 중원(中原) 왕소인 낭·후당·후낭으로부터 차례로 월왕(越王)·오왕(吳王)·오월왕(吳越王)에 봉해졌다. 재위 중에 전당강(錢塘江)과 태호(太湖) 유역의 수리 시설을 정비해 가뭄과 홍수를 방지함으로써 농업 경제가 발전해 양절 일대의 백성이 그를 "해룡왕(海龍王)"이라 칭송했다. 오월국은 지역이 협소하고 주변 오국(吳國)과 민국(閩國)의 위협을 받았기에 줄곧 중원 왕조에게 의지했다. 묘호는 태조다.

었다. 두몽징은 전 공(錢公 : 전상보)이 조정에 공적도 없고 구석진 지역을 다스리고 있으면서 가만히 앉아서 은택을 받았으니 임명이 부당하다고 생각해, 조복(朝服)을 끌어안고 조정에서 곡을 했다. 다음 날 두몽징은 동남[東州 : 제남(齊南)]의 속관으로 폄적되었다. 실의한 채 쫓겨나자 두몽징은 늘 울적해하면서 즐거워하지 않았다. 하루는 그의 꿈에 어떤 사람이 나타나서 말했다.

"그대는 스스로 괴로워하지 마시오. 오래지 않아 틀림없이 예전의 벼슬로 복귀할 것이오. 그러나 장래에 절대로 승상(丞相)이 되어서는 안 되오. 만약 승상에 임명된다면 온갖 수단을 써서 그 명을 피하시오."

그 후에 두몽징은 다시 조정의 관직에 복직되었고, 얼마 후 공부시랑(工部侍郎)[102]에 올랐다. 두몽징은 갑자기 꿈속의 말을 기억하고 시랑으로 임명된 일을 매우 꺼렸으나, 이미 명을 받았으므로 피할 수 없었다. 얼마 되지 않아 두몽징은 과연 죽었다.

朱梁翰林寶學士夢徵, 以文學稱於世. 時兩浙錢尙父有元帥之命. 寶以錢公無功於本朝, 僻在一方, 坐邀渥澤, 不稱是

---

102) 공부시랑(工部侍郎) : 공부의 부장관으로, 당시 부승상(副丞相)에 해당했다.

命, 乃抱厥哭於朝. 翌日, 竇謫掾於東州. 及失意被譴, 嘗鬱鬱不樂. 曾夢有人謂曰:"君無自苦. 不久當復故職. 然將來愼勿爲丞相. 苟有是命, 當萬計避之." 其後竇復居禁職, 有頃, 遷工部侍郎. 竇忽憶夢中所言, 深惡其事, 然已受命, 不能遜避. 未幾果卒.

출처《태평광기》권158〈정수·두몽징〉.

29. 허생(許生)

 변주(汴州)의 도압아(都押衙)103) 주인충(朱仁忠)의 집에 허생이라는 문객이 있었는데, 갑자기 죽어서 사자를 따라 저승으로 들어갔다. 허생이 지나가는 곳은 모두 군성(郡城)과 같았다. 허생은 문득 땅 위에 곡식 1000석(石)이 쌓여 있는 것을 보았는데, 그 가운데에 "금오장군(金吾將軍)104) 주인충의 식록(食祿)"이라고 쓴 팻말이 세워져 있었다. 허생은 매우 의아해했다. 관청에 도착하자 사자가 허생을 데리고 한 관서로 들어갔다. 주무관(主務官)이 장부를 살피더니 말했다.

 "이 사람은 잘못 잡아 왔다."

 그러면서 허생에게 말했다.

 "네가 여기에 머물러 있으면 내가 음군(陰君 : 염라대왕)

---

103) 도압아(都押衙) : 절도사 휘하의 최고위직으로, 압아에는 좌우도압아(左右都押衙) · 정압아(正押衙) · 동압아(同押衙) 등의 구분이 있었다.

104) 금오장군(金吾將軍) : 한나라 때 황제의 호위와 의장, 도성의 순찰, 치안을 관장하던 무관으로, 집금오(執金吾)라고도 한다. 당송 시대 이후로 금오위(金吾衛) · 금오장군 · 금오교위(金吾校尉) 등이 생겨났다.

께 아뢰겠다. 하지만 절대로 내 장부를 훔쳐봐서는 안 된다."

관리가 나간 후 허생은 문득 서가 위에서 "인간식료부(人間食料簿)"라는 제목이 붙은 책을 보았다. 허생은 속으로 주인인 주인충이 장을 먹지 않는 것을 떠올리며 [장부를 보면] 그 이유를 알 수 있을 것으로 생각했다. 그는 마침내 장부를 펼쳐 그 이유를 찾아보았지만 기록된 글자를 대부분 알아볼 수 없었다. 잠시 후 주무관이 크게 성을 냈는데, 그는 이미 허생이 삼가지 않은 사실을 알고 눈을 부릅뜨며 허생을 질책했다. 허생은 두려움에 떨면서 사죄하며 관리에게 말했다.

"저는 평생 주인충의 은혜를 입었는데, 그가 본래 장을 먹지 않는다는 사실을 알고 있었으므로, 이에 감히 몰래 식료부에서 그 일을 확인하려 했습니다. 부디 제 죄를 용서해 주시길 바랍니다."

관리는 화가 약간 풀어지더니 스스로 식료부를 가져와 주인충의 이름 아래에 "콩 세 홉"이라고 적었다. 관리는 마침내 이전에 허생을 데려온 사자를 보내 그를 데리고 나가 돌려보내 주게 했다. 돌아가는 길은 아주 좁았고 허생은 사자를 따라서 걸었다. 허생은 모습이 초췌하고 의복이 남루한 한 부인을 문득 보았는데, 그녀는 어린아이 하나를 끌어안고 길가에서 절하며 허생에게 말했다.

"저는 주인충의 죽은 아내인데 근년에 아이를 낳다가 죽어서 결국 아직 환생하지 못하고 있습니다. 굶주림과 추위가 너무 심하니 당신이 수천 관(貫)의 돈으로 저를 구제해 주셨으면 합니다."

허생이 돈이 없다고 거절하자 부인이 말했다.

"제가 바라는 것은 지전(紙錢)입니다. 당신의 혼이 이승으로 돌아간 후에 지전을 살라 주시면 됩니다. 아울러 주인충이 저를 위해 《금광명경(金光明經)》 한 부를 베껴 써서 참회하게 해 주길 바라니, 그렇게 하면 제가 환생할 길을 얻을 수 있습니다."

이윽고 허생이 앞서가다가 곧바로 상국사(相國寺)에 도착했는데, 막 문턱을 넘으려 할 때 사자가 밀치는 바람에 땅에 넘어져 깨어났다. 주인충은 희비가 엇갈리며 저승의 일을 물었다. 허생이 말했다.

"당신은 오래지 않아 반드시 금오장군에 임명될 것입니다."

허생은 곡식 위에 세워져 있던 팻말의 일을 얘기해 주었다. 또 주인충의 죽은 부인의 일을 얘기했는데, 그가 말한 부인의 모습이 정말 틀림없었다. 그 후에 허생이 주인충과 함께 식사할 때 주인충이 말했다.

"그대가 죽은 후에 갑자기 장 냄새를 맡았는데, 지금은 장을 아주 좋아하오."

그것은 바로 "콩 세 홉"이라고 적어 넣은 효험이었다. 그 후에 주인충이 《금광명경》을 베껴 쓰고 허생이 지전 수천 관을 사르자, 꿈속에 그 부인이 나타나 감사하고 떠났다. 주인충은 과연 금오장군이 되었다. 이승과 저승의 일은 털끝만큼의 차이도 없다.

汴州都押衙朱仁忠家有門客許生, 暴卒, 隨使者入冥. 經歷之處, 皆如郡城. 忽見地堆粟千石, 中植一牌曰"金吾將軍朱仁忠食祿". 生極訝之. 洎至公署, 使者引入一曹司. 主吏按其簿曰: "此人乃誤追之矣." 謂生曰: "汝可止此, 吾將白於陰君. 然愼勿窺吾簿." 吏既出, 生潛目架上有簽牌曰"人間食料簿". 生潛憶主人朱仁忠不食醬, 可知其由. 遂披簿求之, 多不曉其文. 逡巡, 主吏大怒, 已知其不愼, 瞋目責之. 生恐懼謝過, 告吏曰: "某乙平生受朱仁忠恩, 知其人性不食醬, 是敢竊食簿驗之. 願恕其罪." 吏怒稍解, 自取食簿, 於仁忠名下, 注"大豆三合". 吏遂遣前使者引出放還. 其徑路微細, 隨使者而行. 忽見一婦女, 形容顦顇, 衣服襤褸, 抱一孩子, 拜於道傍, 謂生曰: "妾是朱仁忠亡妻, 頃年因產而死, 竟未得受生. 飢寒尤甚, 希君濟以資緡數千貫." 生以無錢辭之, 婦曰: "所求者楮貨也. 君還魂後, 可致而焚之. 兼望仁忠與寫《金光明經》一部懺之, 可指生路也." 既而先行, 直抵相國寺, 將踰其闑, 爲使者所推, 踣地而寤. 仁忠既悲喜, 問其冥間之事. 生曰: "君非久, 必任金吾將軍." 言其牌粟之事. 又話見君亡妻, 言其形實無差. 後與仁忠同食, 乃言: "自君亡後, 忽覺醬香, 今嗜之頗甚." 乃是注"大豆三合"之驗也. 自爾朱寫經畢, 許生燔紙數千, 其婦於寐中辭謝而去.

朱果爲金吾將軍. 顯晦之事, 不差毫釐矣.

출처《태평광기》권158〈정수・허생〉.

30. 음군 문자(陰君文字)

근년에 한 선비가 일찍이 잠을 자다가 마치 관리에게 붙잡힌 것 같더니 사자를 따라 떠났다. 길을 걷다가 진주(鎭州)라는 한 성을 지나갔는데 그 안에는 사람이 매우 적었다. 다시 유주(幽州)라는 성을 지나갔는데 그 안에는 사람이 매우 많았다. 선비가 이에 사자에게 물었다.

"진주는 적막하고 유주는 번화한데, 어째서 그렇게 다릅니까?"

사자가 말했다.

"진주에는 비록 사람이 적지만 오래지 않아 역시 유주와 비슷하게 될 것이오."

얼마 후 한 곳에 이르렀는데 마치 관부(官府)인 듯했다. 그 안에 있던 한 고관이 선비가 온 것을 보고 곧장 말했다.

"그 사람은 잘못 데려왔으니 속히 놓아주어라."

선비는 그곳이 저승임을 알고 앞으로 나아가 저승 관리에게 아뢰었다.

"저는 비록 은혜를 입어 돌아가게 되었으나 평생 어떤 관직과 작록을 얻게 되는지 알고 싶습니다."

저승 관리는 종이 한 장을 가져오게 하더니 종이에 붓으로 아홉 개의 원을 그렸고, 따로 푸른색 붓을 들어 첫 번째원 안에 점 하나를 찍어 선비에게 주었다. 선비는 그것을 품속에 넣고 감사의 절을 올린 뒤 물러갔다. 깨어나서 보니 저승 관리가 하사한 문자는 여전히 품속에 있었으므로, 선비는 그것을 아주 비밀스럽게 보관했다. 그 후에 진주의 병사들이 계속해서 많은 사람을 살상했다. 그러므로 저승의 진주에 곧 사람이 많아질 것이라는 말이 거짓이 아님을 알게 되었다. 그 선비는 벼슬이 기주(冀州)의 녹사참군(錄事參軍)에 이르렀으며 가난하게 살다가 죽었다. 저승 관리가 그려 준 아홉 개의 원은 바로 구주(九州)였으며, 기주가 구주 가운데 첫 번째이므로 그곳에 점을 찍었던 것이다. 그 점이 푸른색이었던 것은 선비의 벼슬이 녹사참군에 그치고 녹색 관복을 입게 됨을 뜻하는 것이었다.

頃歲有一士人, 嘗於寢寐間若被官司追攝, 因隨使者而去. 行經一城, 云是鎭州, 其間人物稀少, 又經一城, 云是幽州, 其間人物衆廣. 士人乃詢使者曰: "鎭州蕭疎, 幽州繁盛, 何其異乎?" 使者曰: "鎭州雖然少人, 不日亦當似幽州矣." 有頃至一處, 有若公府. 中有一大官, 見士人至前, 卽曰: "誤追此人來, 宜速放去." 士人知是陰司, 乃前啓陰官曰: "某雖蒙放還, 願知平生官爵所至." 陰官命取紙一幅, 以筆墨畫紙, 作九箇圍子, 別取靑筆, 於第一箇圍子中, 點一點而與之. 士人置諸懷袖, 拜謝而退. 及寤, 其陰君所賜文字, 則宛然在懷袖間, 士人收藏甚秘. 其後鎭州兵士, 相繼殺傷甚衆. 故知陰間鎭州, 卽日人衆, 當不謬耳. 其士人官至冀州錄事參軍, 襤縷而卒. 陰官畫九圍子者, 乃九州也, 冀州爲九州之 第一, 故點之. 其點靑者, 言士人只止於錄事參軍, 綠袍也.

출처《태평광기》권158〈정수·음군문자〉.

31. 빈부(貧婦)

　속담에 이르길, "한 모금 마시고 한 입 먹는 것은 운명에 달려 있다"라고 했는데, 이 말은 비록 작지만 또한 헛된 말이 아니다.
　일찍이 이전에 빈객이었던 장징(張澄)을 만났는데, 그가 이런 이야기를 했다.
　그가 근래에 진주판관(鎭州判官)으로 있을 때 마을 민가에 한 부인이 있었는데, 그녀는 가난하고 늙었으며 평생 온전한 옷 한 벌을 입어 본 적이 없었다. 어떤 사람이 그녀가 빈천해 몸이 다 드러나는 것을 불쌍히 여겨 홑옷 한 벌을 주었다. 그녀가 옷을 받아 막 펼쳐서 아직 몸에 걸치기도 전에 마치 누군가가 뒤에서 잡아챈 듯했는데, 손을 들어 보니 이미 옷은 어디론가 사라져 버렸다. 이는 아마도 귀신에게 빼앗겼을 것이다.

諺云:"一飮一啄, 繫之於分." 斯言雖小, 亦不徒然. 常見前張賓客澄言 : 頃任鎭州判官日, 部內有一民家婦, 貧且老, 平生未嘗獲一完全衣. 或有哀其窮賤, 形體袒露, 遺一單衣. 其婦得之, 披展之際, 而未及體, 若有人自後掣之者, 擧手已不知衣所在. 此蓋爲鬼所奪也.

출처《태평광기》 권158 〈정수 · 빈부〉,《경적일문》〈자편 · 옥당한화일문〉.

32. 관원 영녀(灌園嬰女)

근래에 한 수재(秀才)가 있었는데 약관의 나이에 이르자 결혼해서 아내를 얻고 싶은 마음이 간절했다. 그는 수십 곳에 중매쟁이에게 부탁해 구혼했지만 끝내 어울리는 짝을 얻지 못했다. 그래서 역술에 밝은 사람을 찾아가서 해결책을 물었더니 점쟁이가 말했다.

"부부가 되는 도리는 역시 전생의 인연에 달려 있습니다. 당신의 부인은 막 태어나서 두 살 되었습니다."

수재가 다시 물었다.

"어느 주현(州縣)에 있습니까? 성씨가 무엇입니까?"

점쟁이가 말했다.

"활주(滑州)의 성곽 남쪽에 있으며 아무개 성씨입니다. 부모는 채소밭에 물 대는 것을 생업으로 삼고 있으며 딸 하나만을 낳았는데, 그 딸이 당신의 좋은 배우자가 될 것입니다."

그 수재는 스스로 이름 있는 집안의 촉망받는 인재라고 생각해 문벌 귀족을 찾고 있던 차에 점쟁이의 말을 듣자 마음이 답답하고 원망스러웠지만 그 말을 깊이 믿지는 않았다. 그는 마침내 활주를 찾아가서 그 일을 확인하고자 했는데, 활주 성곽의 남쪽에 가서 찾아보니 과연 한 채소밭이 있었다. 그가 채소밭지기의 성씨를 물어보니 점쟁이의 말과 같았다. 또 자식이 있는지 물었더니 채소밭지기가 말했다.

"딸 하나를 낳았는데 이제 두 살입니다."

수재는 더욱 불쾌했다. 하루는 그 여자아이의 부모가 외출하기를 기다렸다가 그 집으로 가서 여자아이를 앞으로 다가오도록 꾀어낸 다음 정수리의 숨구멍 안에 가는 침을 꽂아 놓고 떠났다. 그는 곧 활대(滑臺)를 떠나면서 그 여자아이가 죽었을 것으로 생각했다. 당시 여자아이는 비록 잔혹한 일을 당했지만 결국 아무런 탈이 없었다. 그녀가 대여섯 살쯤 되었을 때 부모가 모두 죽었는데, 그 현에서 그녀를 부모 없는 고아라고 염찰사(廉察使)에게 보고하자 염찰사가 그녀를 길렀다. 1~2년 사이에 염찰사는 그녀의 슬기로움을 어여삐 여겨 자신의 딸로 삼아 기르면서 온갖 애정을 다 쏟았다. 염찰사가 전임되어 다른 주(州)를 다스리게 되었을 때 그녀도 장성해 있었다. 점쟁이에게 물었던 수재는 이미 과거에 합격한 뒤 주부(主簿)직을 지냈다. 그는 평소 염찰사와 서로 만난 적이 없었는데, 여행하면서 염찰사가 다스리는 주를 지나가다가 명함을 전하고 염찰사를 배알했다. 염찰사는 그를 보자마자 풍채가 마음에 들어서 더욱 예를 갖춰 대우했다. 염찰사가 그에게 결혼했는지 묻자 그는 아직 결혼하지 않았다고 대답했다. 염찰사는 그가 관리의 자제임을 알고 또한 그의 사람됨이 마음에 들어서 어린 딸을 그에게 시집보내려고 생각했다. 염찰사가 은밀히 자기의 뜻을 전하게 했더니 수재는 흔쾌히 허락했다. 얼마 지나지 않아 혼례를 치렀는데, 염찰사는 매우 많은 예물을 보내 주었고 그 딸도 자색이 뛰어났다. 수재는 바라던 바를 훨씬 넘어서는 혼인이었기에 점쟁이의 말을 떠올리면서 그의 터무니없음을 자못 책망했다. 그 후로 매번 날씨가 흐릴 때면 부인이 두통을 앓았는데, 몇 년 동안 그치지 않았다. 이름난 의원을 찾아갔더니 의원이 말했다.

"정수리 사이에 병이 있습니다."

의원은 즉시 부인의 정수리 위에 약을 붙였는데, 얼마 후 살이 곪아 터지면서 침 하나가 빠져나오자 질병이 마침내 나았다. 그는 염찰사의 친구를 몰래 찾아가서 딸의 출생에 대해 물어보고 비로소 그녀가 채소밭지기의 딸임을 알게 되었다. 진실로 점쟁이의 말은 틀림이 없었다. 양주종사(襄州從事) 육헌(陸憲)이 일찍이 이 일을 얘기해 주었다.

頃有一秀才, 年及弱冠, 切於婚娶. 經數十處, 託媒氏求間[1], 竟未諧偶. 乃詣善易者以決之, 卜人曰 : "伉儷之道, 亦繫宿緣. 君之室, 始生二歲矣." 又問 : "當在何州縣? 是何姓氏?" 卜人曰 : "在滑州郭之南, 某姓某氏. 父母見灌園爲業, 只生一女, 當爲君嘉偶." 其秀才自以門第才望, 方求華族, 聞卜人之言, 懷抱鬱怏, 然未甚信也. 遂詣滑質其事, 至則於滑郭之南尋訪, 果有一疏圃. 問老圃姓氏, 與卜人同. 又問有息否, 則曰 : "生一女, 始二歲矣." 秀才愈不樂. 一日, 伺其女嬰父母外出, 遂就其家, 誘引女嬰使前, 卽以細針內於囟中而去. 尋離滑臺, 謂其女嬰之死矣. 是時, 女嬰雖遇其酷, 竟至無恙. 生五六歲, 父母俱喪, 本鄉縣以孤女無主, 申報廉使, 廉使卽養育之. 一二年間, 廉使憐其黠慧, 育爲己女, 恩愛備至. 廉使移鎭他州, 女亦成長. 其間卜秀才, 已登科第, 兼歷簿官. 與廉使素不相接, 因行李經由, 投刺謁廉使. 一見慕其風采, 甚加禮遇. 問及婚娶, 答以未婚. 廉使知其衣冠子弟, 且慕其爲人, 乃以幼女妻之. 潛令道達其意, 秀才欣然許之. 未幾成婚, 廉使資送甚厚, 其女亦有殊色. 秀才深過所望, 且憶卜者之言, 頗有責其謬妄耳. 其後每因天氣陰晦, 其妻輒患頭痛, 數年不止. 爲訪名醫, 醫者曰: "病在頂腦間." 卽以藥封腦上, 有頃, 內[2]潰出一針, 其疾遂愈. 因潛訪廉使之親舊, 問女子之所出, 方知囧者之女. 信卜人之不謬也. 襄州從事陸憲嘗話此事.

출처 《태평광기》 권160 〈정수・혼인(婚姻)・관원영녀〉, 《태평광기상절》 권11 〈정수・관원영녀〉.

1 간(間): 《태평광기상절》에는 "문(問)"이라 되어 있는데, 문맥상 타당하다.

2 내(內): 《태평광기상절》에는 "육(肉)"이라 되어 있는데, 문맥상 보다 타당하다.

33. 왕휘(王暉)

[오대십국] 서촉(西蜀 : 전촉)의 장군 왕휘105)는 일찍이 집주자사(集州刺史)에 임명되었다. 집주성 안에는 샘이 없었기 때문에 백성은 모두 야외에서 물을 길어 왔다. 때마침 기주(岐州)의 군대106)가 집주성을 급습하는 바람에 물을 길으러 가는 길이 끊어져, 성안의 사람들은 몹시 목이 말라 열흘 사이에 많은 사람이 죽었다. 그래서 왕 공(王公 : 왕휘)은

---

105) 왕휘 : 본서 제4조 〈조 성인(趙聖人)〉의 주 28 참조.
106) 기주(岐州)의 군대 : 기왕(岐王) 이무정(李茂貞)의 군대를 말한다. 이무정(856~924)은 자가 정신(正臣)이고, 본래 성명은 송문통(宋文通)이다. 황소(黃巢)의 난을 진압한 공으로 신책군지휘사(神策軍指揮使)에 올랐다. 희종(僖宗)을 호종한 공으로 이무정이란 성명을 하사받았다. 광계(光啓) 3년(887) 봉상절도사(鳳翔節度使)가 되어 농서군왕(隴西郡王)에 봉해졌다. 소종(昭宗) 때 조정에서 병권(兵權)을 장악했다. 일찍이 환관 양복공(楊復恭) 등을 살해했고, 여러 차례 군사를 이끌고 도성에 들어와 재상 위소도(韋昭度) 등을 살해하고 궁실과 시장에 불을 질렀다. 천복(天復) 원년(901)에 소종이 환관 한전해(韓全海)의 건의로 봉상으로 가자 소종을 끼고 주온(朱溫 : 주전충, 후량 태조)에 대항했다. 천복 3년(903)에 산남(山南) 지역을 잃고 고립되자 한전해를 죽이고 주온과 화해했다. 후량이 건국되자 기왕(岐王)이라 자칭하며 기주 지역에서 할거했다. 후당(後唐) 장종(莊宗) 동광(同光) 2년(924), 후당에 신하를 칭하고 진왕(秦王)에 봉해졌다.

한밤중에 신에게 애절하게 고하면서 빌었다. 왕 공이 잠잘 때 꿈에 한 노인이 나타나 말했다.

"주의 감옥 아래에 틀림없이 좋은 샘이 있을 것이오."

노인은 말을 마치고 떠났고, 왕 공도 잠에서 깨어났다. 왕 공은 날이 밝기를 기다렸다가 삼태기와 가래를 준비하라고 명해서 노인이 가르쳐 준 곳을 몇 장(丈) 파게 했더니 샘물이 흘러나왔다. 사람들은 그 물을 마셨고 덕분에 살아난 이들이 아주 많았다. 기주의 군대는 성안에 물이 없다는 사실을 알고 그들이 죽기를 앉아서 기다릴 생각이었다. 왕 공이 샘물 수십 동이를 길어 성 위에서 뿌리며 보여 주게 했더니 적들이 곧 물러갔다. 그날 신령한 샘물도 고갈되었다. 혹시 왕 공의 정성에 신령이 감응한 것일까? 그러니 소륵성(疎勒城)에서 우물에 절한 일[107]은 진실로 거짓이 아니다. 나중에 왕 공은 벼슬을 마치고 옹주(雍州)에서 살았는데, 일찍이 이 일을 얘기해 주었기에 기록했다.

---

107) 소륵성(疎勒城)에서 우물에 절한 일 : 동한 때 무기교위(戊己校尉) 경공(耿恭)이 군대를 거느리고 소륵성을 진수했는데, 흉노가 성을 포위하고 수원(水源)을 끊어 버렸다. 경공은 15장(丈) 깊이까지 우물을 팠지만 물이 나오지 않자 우물을 향해 절하면서 간절하게 빌었더니 우물에서 물이 솟아 나왔다. 흉노는 신령한 일이라고 여겨 포위를 풀었다. 《후한서》 권19 〈경공열전〉에 나온다. '소륵'은 '소륵(疏勒)'이라고도 하며, 지금의 신장성(新疆省) 카스(喀什 : 카슈가르) 지방이다.

西蜀將王暉嘗任集州刺史. 集州城中無水泉, 民皆汲於野外. 值岐兵急攻州城, 且絶其水路, 城內焦渴, 旬日之間, 頗有死者. 王公乃中夜有所祈請, 哀告神祇. 及寐, 夢一老父告曰: "州獄之下, 當有美泉." 言訖而去, 王亦驚寤. 遲明, 且命畚鍤, 於所指之處掘數丈, 乃有泉流. 居人飲之, 蒙活甚衆. 岐兵比知城中無水, 意將坐俟其斃. 王公命汲泉水數十甖, 於城上揚而示之, 其寇乃去. 是日神泉亦竭. 豈王公精誠之所感耶? 踈勒拜井之事, 固不虛耳. 王後致仕, 家於雍州, 嘗言之, 故記耳.

출처《태평광기》권162〈감응(感應)·왕휘〉.

34. 배도(裵度)

[당나라] 원화(元和) 연간(806~820)에 새로 호주(湖州)의 녹사참군(錄事參軍)에 제수된 사람이 있었는데, 임지에 도착하기 전에 도적을 만나 임명장과 다른 증빙 문서까지 하나도 남김없이 몽땅 털렸다. 그는 결국 근처 고을에서 헌 옷을 구걸하고 여기저기 돈을 빌려서 도로 여관으로 돌아왔다. 여관은 배진공(裵晉公 : 배도)108)의 저택 근처에 있었다. 때마침 휴가 중이던 배진공은 미복(微服) 차림으로 저택을 나와 근처를 노닐다가 호규(湖紏 : 호주 녹사참군)109)가

---

108) 배진공(裵晉公) : 배도(裵度, 765~839). 자는 중립(中立). 당나라의 대신이자 문학가. 정원(貞元) 연간 진사 출신으로 굉사과(宏辭科)와 현량방정직언극간과(賢良方正直言極諫科)에도 등과했다. 원화(元和) 10년(815)에 중서시랑(中書侍郎)·동중서문하평장사(同中書門下平章事)로 재상이 되어 번진을 평정하는 데 힘썼다. 원화 12년(817)에는 오원제(吳元濟)를 평정한 공으로 진국공(晉國公)에 봉해졌으며, 원화 14년(819)에는 하동절도사(河東節度使)에 제수되었다. 그 후로 여러 차례 조정을 들고 나면서 재상과 절도사를 지냈다. 문종(文宗) 때 산남동도절도사(山南東道節度使)를 그만두고 낙양(洛陽)으로 돌아와 녹야당(綠野堂)이라는 별당을 짓고 백거이(白居易)·유우석(劉禹錫) 등과 함께 시와 술을 즐겼다. 시호는 문충(文忠)이다.

109) 호규(湖紏) : '호'는 호주를 말하고 '규'는 녹사참군을 말한다. '규'

머무는 여관에 이르렀다. 서로 인사하고 앉아서 함께 이런 저런 얘기를 하다가 배진공이 호규의 행적에 대해 물었더니 호규가 말했다.

"저의 고달픈 사연은 사람들이 차마 들을 수 없을 정도입니다."

그는 말을 하면서 눈물을 줄줄 흘렸다. 배진공이 그를 불쌍히 여겨 그 일을 자세하게 물었더니 그가 대답했다.

"저는 도성에서 몇 년간 머물다가 먼 지방의 관직에 제수되었는데, 도적을 만나 가진 것을 몽땅 털리고 미천한 목숨만 겨우 건졌습니다. 그래도 이것은 작은 일일 뿐입니다. 저는 장차 장가를 들려고 했지만 아내를 맞이하기 전에 군목(郡牧 : 태수)이 그녀를 억지로 데려가서 상상(上相 : 재상에 대한 존칭) 배 공(裵公 : 배도)에게 바쳤는데, 그 지위가 국호[國號 : 국부인(國夫人)의 봉호(封號)]에 버금갑니다."

배 공이 말했다.

"그대 처의 성씨는 어떻게 되오?"

그 사람이 대답했다.

"성은 아무개이고, 자는 황아(黃娥)입니다."

는 규조(糾曹)로 녹사참군의 별칭이다. 육조(六曹)를 규찰해 그 과오를 적발하는 일을 맡았다.

그때 배 공은 자주색 바지와 저고리를 입고 있었는데, 그에게 말했다.

"나는 바로 배진공의 측근 교위(校尉)이니, 그대를 위해 한번 알아보겠소."

그러고는 그의 성명을 물어보고 나서 갔다. 호규는 그 일을 말한 것을 후회하면서, 이 사람이 혹시 정말로 중서령(中書令 : 배도)의 측근이어서 들어가 이 사실을 아뢴다면 틀림없이 화가 닥칠 것이라는 생각에 밤새도록 편히 자지 못했다. 날이 밝자 호규는 배 공의 저택 근처로 가서 살펴보았는데, 배 공은 이미 집으로 들어간 뒤였다. 날이 저물자 붉은 옷을 입은 관리가 여관으로 와서 자못 급하게 영공(令公 : 배도)께서 부르신다고 했다. 호규는 그 말을 듣고 두려워하면서 황급히 관리와 함께 갔다. 호규는 배 공의 저택에 도착해서 잠시 기다리다가 작은 대청으로 불려 들어갔는데, 절을 하고 엎드린 채 땀을 흘리면서 감히 배 공을 쳐다보지 못했다. 배 공이 그를 맞이해 자리에 앉으라고 했는데, 그가 몰래 보았더니 어제 본 자주색 옷을 입은 압아(押牙 : 절도사 휘하의 무관)였다. 호규가 머리를 조아리며 재삼 사과하자 중서령이 말했다.

"어제 그대가 말하는 것을 보고 진실로 마음이 아팠기에 지금 잠시 그대의 근심을 위로해 주고자 하네."

그러고는 상자 안에서 임명장을 가져오게 해서 그에게

주면서 그를 다시 호주 녹사참군에 제수했다. 호규가 뛸 듯이 기뻐해 마지않았을 때 배 공이 또 말했다.

"황아와 부부가 되어도[110] 좋네."

배 공은 특별히 황아를 그 여관으로 보내 주고 행장을 꾸릴 돈 1000관(貫)을 주어 함께 임지로 가게 했다.

元和中, 有新授湖州錄事參軍, 未赴任, 遇盜, 齎剽殆盡, 告敕歷任文薄[1], 悉無子遺. 遂於近邑求丐故衣, 迤邐假貸, 却返逆旅. 旅舍俯逼裴晉公第. 時晉公在假, 因微服出遊側近邸, 遂至湖㪺[2]之店. 相揖而坐, 與語周旋, 問及行止, 㪺曰 : "某之苦事, 人不忍聞." 言發涕零. 晉公憫之, 細詰其事, 對曰 : "某主京數載, 授官江湖, 遇寇蕩盡, 唯殘微命. 此亦細事爾. 其如某將娶而未親迎, 遭郡牧强以致之, 獻於上相裴公, 位亞國號矣." 裴曰 : "子室之姓氏何也?" 答曰 : "姓某, 字黃娥." 裴時衣紫袴衫, 謂之曰 : "某卽晉公親校也, 試爲子偵." 遂問姓名而往. 㪺復悔之, 此或中令之親近, 入而白之, 當致其禍也, 寢不安席. 遲明, 詣裴之宅側偵之, 則裴已入內. 至晚, 有赬衣吏詣店, 頗怱遽, 稱令公召. 㪺聞之惶懼, 倉卒與吏俱往. 至第斯須, 延入小廳, 拜伏流汗, 不敢仰視. 卽延之坐, 竊視之, 則昨日紫衣押牙也. 因首過再三, 中令曰

---

110) 부부가 되어도 : 원문은 "우비(于飛)". 봉황이 짝을 지어 나는 것처럼 부부가 화목한 것을 비유한다. 《시경(詩經)》〈대아(大雅) · 권아(卷阿)〉의 "봉황우비(鳳凰于飛)"라는 구절에서 비롯했다.

: "昨見所話, 誠心惻然, 今聊以慰其憔悴矣." 卽命箱中官誥授之, 已再除湖斜矣. 喜躍未已, 公又曰 : "黃娥可于飛之任也." 特令送就其逆旅, 行裝千貫, 與偕赴所任.

출처《태평광기》권167〈기의(氣義)・배도〉.

1 박(薄) : 《태평광기》사고전서본에는 "부(簿)"라 되어 있는데 타당하다.
2 두(斜) : 《태평광기》사고전서본에는 "규(糾)"라 되어 있는데 타당하다.

35. 발총도(發塚盜)

[당나라] 광계(光啓) 연간(885~888)과 대순(大順) 연간(890~891) 사이에 포중현(襃中縣)에 무덤을 파헤친 도둑이 있었다. 한참 동안 수색해도 범인을 잡지 못하자 장리(長吏)111)는 그 사건을 매우 엄하게 다그쳤다. 그러던 어느 날 갑자기 범인을 잡아 관아에 가두었는데, 그 범인이 1년이 지나도록 사실을 자백하지 않자, 그에게 온갖 모진 고문을 했다. 결국 자백 문서가 갖춰지고 몇 사람이 그 일에 연루되자, 사람들은 모두 사건 처리가 잘못되지 않았다고 생각했다. 범인을 처형하려 할 때, 옆에 있던 한 사람이 소매를 걷어붙이며 크게 소리쳤다.

"왕법이 어찌 무고한 사람을 억울하게 죽이는 일을 용납할 수 있단 말이오! 무덤을 파헤친 자는 나요. 나는 날마다 사람들 속에 있었지만 잡히지 않았는데, 이 사람이 무슨 죄를 지었다고 그를 죽이려 하시오? 속히 그를 석방해 주시오."

---

111) 장리(長吏) : 현령의 보좌관으로 지위가 비교적 높은 현승(縣丞)이나 현위(縣尉)를 말한다.

곧 그는 무덤에서 얻은 장물(臟物)을 꺼냈는데 검사해 보니 거의 차이가 없었다. 옥에 갇혔던 자도 장물을 꺼냈는데 검사해 보니 차이가 없었다. 번수(藩帥 : 절도사)가 직접 유도하며 심문했더니 옥에 갇혔던 자가 말했다.

"저는 비록 스스로 죄가 없음을 알고 있지만 모진 매질을 이겨 낼 수 없어서, 마침내 식구들에게 이 장물을 위조하게 해 차라리 죽기를 바랐습니다."

번수는 크게 놀라 이 일을 조정에 알렸다. 조정에서는 옥리의 죄를 묻고 억울하게 갇혔던 자를 방면했으며, 스스로 자신의 죄를 밝힌 자는 아전의 직책을 주고 포상했다.

光啓·大順之際, 襃中有盜發塚墓者. 經時搜索不獲, 長吏督之甚嚴. 忽一日擒獲, 實於所司, 淹延經歲, 不得其情, 拷掠楚毒, 無所不至. 款古[1]旣具, 連及數人, 皆以爲得之不謬矣. 及臨刑, 傍有一人攘袂大呼曰 : "王法豈容枉殺平人者乎! 發塚者我也. 我日在稠人之中, 不爲獲擒, 而斯人何罪, 欲殺之? 速請釋放." 旋出丘中所獲之贓, 驗之, 略無差異. 具獄者亦出其贓, 驗之無差. 及藩帥躬自誘而問之, 曰 : "雖自知非罪, 而受箠楚不禁, 遂令骨肉僞造此贓, 希其一死." 藩帥大駭, 具以聞於朝廷. 坐其獄吏, 枉陷者獲免, 自言者補衙職而賞之.

출처 《태평광기》 권168 〈기의·발총도〉.

1 고(古) : 《태평광기》 사고전서본에는 "점(占)"이라 되어 있는데 문맥상 타당하다.

36. 정치옹(鄭致雍)

한림학사(翰林學士) 정치옹112)은 과거에 급제하기 전에 백주(白州)의 상공(相公) 최원(崔遠)113)의 딸에게 청혼했다. 최원이 막 청혼을 허락했을 때 박릉(博陵)에 사건이 발생해 최원의 딸은 관례에 따라 궁녀가 되었다. 주량(朱梁 :

---

112) 정치옹(880?~915?) : 당 말 오대 후량(後梁) 때의 인물로, 후량 개평(開平) 3년(909)에 예부시랑(禮部侍郞) 봉순경(封舜卿)이 지공거(知貢擧)로 있을 때 진사에 장원 급제했다. 봉순경을 따라 출사(出使)했다가 돌아와서 봉순경과 함께 한림학사(翰林學士)에 제수되었다.

113) 최원(崔遠, ?~905) : 자는 창지(昌之). 박릉(博陵) 안평(安平) 사람으로, 당나라의 재상이다. 소종(昭宗) 용기(龍紀) 원년(889) 진사 출신으로, 대순(大順) 연간(890~891) 초에 지제고(知制誥)·한림학사·중서사인(中書舍人)을 지냈다. 건녕(乾寧) 3년(896)에 호부시랑(戶部侍郞)에 제수되고 박릉현남(博陵縣男)에 봉해졌으며, 병부시랑(兵部侍郞)·동평장사(同平章事)로 재상이 되었다가, 다시 중서시랑(中書侍郞) 겸 이부상서(吏部尙書)로 전임되었다. 천우(天祐) 원년(904)에 소종을 따라 낙양(洛陽)으로 가서 재상을 그만두고 상서우복야(尙書右僕射)가 되었다. 천우 2년(905)에 유찬(柳璨)이 주온(朱溫 : 주전충)의 뜻에 영합해 최원을 백주(白州)의 사호참군(司戶參軍)으로 폄적했는데, 주온이 조서를 위조해 활주(滑州) 백마역(白馬驛)에서 그에게 사약을 내리고 그의 시체를 황하에 던져 버렸다. 본문에서 언급한 '박릉의 사건'은 이 일을 말한다.

후량) 개평(開平) 연간(907~911) 전에 최씨(崔氏)가 궁중에서 병이 들었다고 핑계를 대자, 조정에서 칙명을 내려 그녀를 출궁시켜 본가로 돌아가게 했다. 이에 정옹은 다시 매파에게 부탁해 혼인의 뜻을 전하고 길일을 골라 신부를 맞이했다. 정옹은 사대부의 혼례에 따라 형편에 맞추면서도 빠뜨린 바가 없었다. 얼마 후에 부인이 죽자[114] 정옹은 또 상복을 입고 1주년을 보냈는데, 예법에 부합하지 않는 바가 없었다. 사림(士林)에서는 이 일로 정옹을 높이 평가했고 그에 대한 칭송이 자자했다. 과거 시험장에서 사람들은 발돋움해 정옹을 바라보았으며, 그는 단번에 진사(進士) 갑과(甲科)에 급제했다. 봉 상서(封尙書 : 봉순경)의 문하(門下)다. 정옹은 상복을 벗은 후 비교(秘校 : 비서성 교서랑) 겸 내한(內翰 : 한림학사)에 제수되었으며, 구문(丘門 : 봉순경)[115]과 함께 칙명을 받고 입조(入朝)했다. 그 후로 몇 년 되지 않아

---

114) 부인이 죽자 : 원문은 "장분(莊盆)". '장자고분(莊子鼓盆)'의 전고를 말한다. 장자의 부인이 죽자 혜시(惠施)가 조문하러 갔는데, 장자가 다리를 뻗은 채 물동이를 엎어 놓고 두드리면서 노래했다. 《장자(莊子)》〈지락(至樂)〉편에 나온다.

115) 구문(丘門) : '은문(恩門)'과 같은 뜻으로, 과거에 급제한 자가 자기를 뽑아 준 주고관(主考官)인 지공거(知貢擧)를 존경해 부르는 말이다. 여기서는 봉순경(封舜卿)을 가리킨다. 급제자는 지공거의 '문하(門下)' 또는 '문생(門生)'이라 했다.

죽었다.

鄭雍[1]學士未第時, 求婚於白州崔相公遠. 纔允許, 而博陵有事, 女則隨例填宮. 至朱梁開平之前, 崔氏在內託疾, 敕令出宮, 還其本家. 鄭則復託媒氏致意, 選日親迎. 士族婚禮, 隨其豐儉, 亦無所闕. 尋有莊盆之感, 又杖經朞周, 莫不合禮. 士林以此多之, 美稱籍甚. 場中翹足望之, 一擧中甲科. 封尙書榜下. 脫白, 授秘校, 兼內翰, 與丘門同敕入. 不數載而卒.

출처 《태평광기》 권168 〈기의 · 정옹〉.

1 정옹(鄭雍): 《구오대사》 권68 〈당서(唐書) · 봉순경전(封舜卿傳)〉에는 "정치옹(鄭致雍)"이라 되어 있는데 타당하다. '정옹(1030~1098)'은 송나라 사람이므로 시대가 부합하지 않는다.

37. 왕은(王殷)

왕은116)은 후량(後梁)의 개봉윤(開封尹) 왕찬(王瓚)117)의 조카다. 건화(乾化) 연간(911~915)에 서주연수(徐州連率 : 서주절도사)가 되었는데, 반란을 일으켜 조정의 명을 거부하고 사신(使臣)을 살해했으며, 저잣거리의 사람들을 점검해 갑옷을 지급했다. 왕은의 측근인 묘온(苗溫)과 몇몇 무리는 그 반란이 결코 성공할 수 없다고 생각해 몰래 난을

---

116) 왕은(?~953) : 오대의 무장. 젊어서 군졸로 있다가 나중에 후량·후당(後唐)·후진(後晉)에서 절도사와 주자사(州刺史)를 역임했다. 후한(後漢) 고조(高祖 : 유지원) 때 두중위(杜重威)를 토벌하다가 머리에 맞은 화살이 입으로 나왔는데도 죽지 않았으며, 시위보군도지휘사(侍衛步軍都指揮使)로 발탁되었다. 후주(後周) 태조(太祖) 곽위(郭威)가 군사를 일으켰을 때 천웅군절도사(天雄軍節度使)에 임명되어 친위군을 이끌었다. 대신(大臣) 왕준(王峻)이 죄를 지어 폄적되자 왕은이 불안해했는데, 태조는 그에게 다른 뜻이 있다고 의심해 그를 살해했다.

117) 왕찬(王瓚, ?~924) : 오대의 무장. 당나라 말 하중절도사(河中節度使) 왕중영(王重盈)의 아들이나. 처음에 후량 태조 주온(朱溫 : 주진충)을 섬겨 막료로 있다가 개봉부윤(開封府尹)이 되었다. 후당(後唐) 장종(莊宗) 이존욱(李存勖)의 군대가 변주(汴州 : 개봉)를 습격하자 성문을 열고 투항해, 개봉부윤과 선무군절도사(宣武軍節度使)에 제수되었다. 얼마 후 후량에서 귀항한 신하들이 줄줄이 죽임을 당하자 깊이 근심하다가 병사했다.

일으키려 했는데, 일이 새어 나가는 바람에 사로잡혀 심장이 도려내져 죽었다. 묘온의 아내는 별부군(別部軍)의 장교에게 배속되자, 몹시 달가워하지 않더니 단도를 가지고 젖가슴을 잘라 죽였다. 이 일을 들은 사람 가운데 감탄하지 않는 자가 없었다.

王殷, 梁開封尹瓚之猶子也. 乾化中, 爲徐州連率, 衆叛拒命, 殺害使臣, 點閱市井而授甲焉. 有親隨苗溫與數輩, 度其必不濟, 竊謀作亂, 吏[1]泄被擒, 刳心而死. 其妻配隷別部軍校, 殊不甘, 挾短刃, 割乳而殞. 聞者無不嗟尙.

출처《태평광기》 권168〈기의 · 왕은〉.

1 이(吏) :《태평광기》 명초본과 사고전서본에는 "사(事)"라 되어 있는데 문맥상 타당하다.

38. 유숭귀(劉崇龜)

　　유숭귀118)가 남해군(南海郡)을 진수하던 해에 한 부자 상인에게 젊고 뽀얗게 생긴 아들이 있었는데, 그는 보통 장사치들과는 사뭇 달랐다. 하루는 그가 강에 배를 정박시켜 놓았는데 언덕 위에 문루(門樓)가 있었다. 문루 안에 스무 살 남짓 된 한 여자가 보였는데, 그 고운 자태와 아리따운 용

---

118) 유숭귀 : 자는 자장(子長). 당나라의 관리. 그는 성품이 청렴결백했다. 함통(咸通) 6년(865) 진사 출신으로, 일찍이 기거사인(起居舍人)과 예부(禮部)·병부(兵部) 원외랑(員外郎)을 지냈다. 광명(廣明) 원년(880)에 하동절도사(河東節度使) 정종당(鄭從讜)이 태원(太原)을 진수할 때, 그의 주청으로 탁지판관(度支判官)·검교이부낭중(檢校吏部郎中)·어사중승(御史中丞)에 제수되었다. 중화(中和) 3년(883)에는 병부낭중(兵部郎中)과 급사중(給事中)에 임명되었고, 대순(大順) 연간(890~891)에는 좌산기상시(左散騎常侍)·집현전학사(集賢殿學士)·호부시랑(戶部侍郎)·검교호부상서(檢校戶部尙書)를 지냈다. 그 후로 광주자사(廣州刺史)·청해군절도사(淸海軍節度使)·영남동도관찰처지사(嶺南東道觀察處置使) 등의 요직을 억임했다. 그는 서화(書畫)에도 뛰어나, 중화(中和) 5년(885)에 소구(蕭遘)가 짓고 유숭귀가 쓴 소각사비(昭覺寺碑)는 문인들의 추앙을 받았다. 유숭귀는 오랜 관직 생활을 하면서 풍부한 경험을 바탕으로 어려운 사건을 명철하게 판결해 사람들의 칭송을 받았는데, 특히 '유숭귀환도(劉崇龜換刀)'로 알려진 본 고사는 민간에 널리 유전되었다.

모는 흔히 볼 수 있는 바가 아니었다. 그 여자도 사람을 피하지 않고 상인의 아들이 엿보도록 그냥 놓아두었다. 그래서 그는 기회를 틈타 여자에게 말했다.

"황혼 무렵에 제가 댁으로 찾아가겠습니다."

여자는 난색을 보이지 않고 그저 고개를 끄덕이며 미소만 지을 뿐이었다. 날이 저문 뒤에 여자는 과연 사립문을 열어 놓고 상인의 아들을 기다렸다. 상인의 아들이 약속에 맞춰 가기 전에 어떤 도둑이 도둑질하러 곧장 그 집으로 들어갔는데, 한 방에 촛불이 켜져 있지 않은 것을 보고 그 방으로 곧바로 들어갔다. 여자는 [상인의 아들이 온 줄로 알고] 기뻐하면서 다가섰는데, 도둑은 여자가 자신을 잡으려는 줄 알고 푸줏간 칼로 그녀를 찌른 뒤 칼을 버리고 달아났다. 그 집에서는 아무도 그 사실을 몰랐다. 잠시 후 도착한 상인의 아들은 막 방을 들어서다가 피를 밟고 미끄러져 방바닥에 넘어졌다. 그는 처음에는 물이라 생각했는데 손으로 만져 보았더니 피 냄새가 그치지 않았다. 또한 손으로 더듬었더니 누군가가 누워 있자 밖으로 도망쳐 나와 곧장 배를 타고 그 밤으로 닻줄을 풀고 달아났다. 동이 틀 무렵에는 이미 100여 리를 가 있었다. 여자의 집에서는 핏자국을 추적해 강 언덕까지 이르렀으며, 마침내 관아에 그 사실을 알렸다. 담당 관리가 강 언덕에 사는 사람들을 추궁하자 어떤 사람이 말했다.

"아무 날 밤에 아무개의 객선(客船)이 그 밤으로 곧장 출발했습니다."

담당 관리는 즉시 사람을 보내 상인의 아들을 추격해 잡아 왔으며, 그는 감옥에서 형틀을 찬 채 온갖 고문을 받았다. 그는 모든 것을 사실대로 말했지만 살인죄만은 인정하지 않았다. 여자의 집에서 푸줏간 칼을 부주(府主 : 유숭귀)에게 바치자 부주가 명을 내렸다.

"아무 날에 크게 잔치를 벌일 것이니 온 경내의 백정은 마땅히 구장(毬場)에 모여 짐승을 도살할 준비를 해라."

백정들이 모이고 나자 또 명을 전했다.

"오늘은 그만두고 내일 다시 오너라."

그러고는 각자 주방에 칼을 놔두고 돌아가게 했다. 부주는 곧바로 사람들의 칼을 가져오게 해서 살인에 쓰인 칼을 그 가운데 한 칼과 바꿔 놓았다. 이튿날 아침에 백정들에게 관아에 와서 칼을 가져가게 했더니, 다른 사람들은 모두 자신의 칼을 알아보고 가지고 갔는데, 오직 한 백정만이 맨 뒤까지 남아서 칼을 가져가려 하지 않았다. 부주가 왜 그러느냐고 묻자 그 백정이 대답했다.

"이것은 제 칼이 아닙니다."

다시 누구의 칼이냐고 묻자 그 백정이 말했다.

"이것은 분명 아무개의 것입니다."

이에 그 사람이 사는 곳을 물어보아 즉시 잡아 오게 했는데, 범인은 이미 달아난 뒤였다. 그래서 부주는 마땅히 처형해야 할 다른 죄수를 상인의 아들 대신에 저잣거리에서 밤중에 죽였다. 달아난 범인의 집에서는 아침저녁으로 사람을 시켜 살펴보게 했는데, 가짜 범인이 죽고 나서 이틀도 지나지 않아 과연 집으로 돌아왔다. 이에 즉시 그를 사로잡아 살인죄를 자백받고 법에 따라 처형했다. 상인의 아들은 밤에 남의 집으로 들어가서 간통하려 했다는 죄로 곤장만 맞고 끝났다. 팽성공(彭城公 : 유숭귀)이 사건을 판결한 것은 명철하다고 할 만하다.

劉崇龜鎭南海之歲, 有富商子少年而白晳, 稍殊於稗販之伍. 泊船於江, 岸上有門樓. 中見一姬, 年二十餘, 艶態妖容, 非常所覩. 亦不避人, 得以縱其目逆. 乘便復言 : "某黃昏當詣宅矣." 無難色, 頷之微哂而已. 旣昏暝, 果啓扉伺之. 比¹子未及赴約, 有盜者徑入行竊, 見一房無燭, 卽突入之. 姬卽欣然而就之, 盜乃謂其見擒, 以庵刀刺之, 遺刀而逸. 其家亦未之覺. 商客之子旋至, 方入其戶, 卽踐其血, 泆而仆地. 初謂其水, 以手捫之, 聞鮮血之氣未已. 又捫着有人臥, 遂走出, 徑登船, 一夜解維. 比明, 已行百餘里. 其家跡其血至江岸, 遂陳狀之. 主者訟窮詰岸上居人, 云 : "某日夜, 有某客船一夜徑發." 卽差人追及, 械於圜室, 拷掠備至. 具實吐之, 唯不招殺人. 其家以庵刀納于府主矣, 府主乃下令曰 : "某日大設, 合境庵丁, 宜集于毬場, 以候宰殺." 屠者旣集, 乃傳令曰 : "今日旣已, 可翌日而至." 乃各留刀於廚司而去. 府主乃命取諸人刀, 以殺人之刀, 換下一口. 來早, 各令詣衙請刀,諸人皆認本刀而去, 唯一屠最在後, 不肯持刀去. 府主乃詰之, 對曰 : "此非某刀." 又詰以何人刀, 卽曰 : "此合是某乙者." 乃問其住止之處, 卽命擒之, 則已竄矣. 於是乃以他囚之合處死者, 以代商人之子, 侵夜斃之於市. 竄者之家, 旦夕潛令人伺之, 旣斃其假囚, 不一兩夕, 果歸家. 卽擒之, 具首殺人之咎, 遂置於法. 商人之子, 夜入人家, 以姦罪杖背而已. 彭城公之察獄, 可謂明矣.

출처 《태평광기》 권172 〈정찰(精察)·유숭귀〉, 《태평광기상절》 권12 〈정찰·유숭귀〉.

1   비(比) : 《태평광기》 사고전서본에는 "차(此)"라 되어 있는데 문맥상 타당하다.

39. 살처자(殺妻者)

한 노인장에게서 들은 이야기다.

옛날에 어떤 사람이 다른 곳에 갔다가 돌아와서 그 처가 도둑에게 살해된 것을 보았는데, 그 머리는 보이지 않고 사지만 그대로 남아 있었다. 그 사람은 슬프기도 하고 두렵기도 해 처가에 그 사실을 알렸다. 처가에서는 그 소식을 듣고 사위를 붙잡아 관아로 들어가서 사위를 무고하며 말했다.

"이자가 내 사랑하는 딸을 죽였습니다."

옥리가 그에게 혹독하게 매질하자, 그는 스스로 해명할 수 없고 고통을 감당할 수 없었기에 결국 자신이 처를 죽였다고 거짓으로 자백하면서 차라리 죽기를 바랐다. 사건에 대한 조서가 마무리되자 사람들은 그 판결이 잘못되지 않았다고 생각했다. 군주(郡主 : 태수)는 종사(從事)에게 그 사건 처리를 맡겼는데, 종사는 의심하면서 판결을 내리지 않은 채 사군(使君 : 태수)에게 말했다.

"저는 외람되이 막료의 자리를 차지하고 있으니 진실로 충절을 다함이 마땅합니다. 삼가 사람의 목숨을 다루고 있는데, 사람은 한번 죽으면 다시 살아날 수 없습니다. 만약 혹시라도 형법을 잘못 적용한다면 후회한들 무슨 소용이 있겠습니까? 그러니 반드시 판결을 늦추고 자세히 살펴보길 청합니다. 또한 남편 된 도리로 누가 자신의 처를 잔인하게 살해하겠습니까? 하물며 부부의 도의는 제미(齊眉)119)에 있는데, 어찌 그 목을 자를 수 있겠습니까? 설령 갈등이 있어서 처를 살해했다 하더라도 어찌하여 화를 피할 방법을 생각하지 않았겠습니까? 병으로 죽었다고 핑계 대거나 갑자기 죽었다고 둘러대도 되는데, 하필이면 시신은 남겨 두고 그 머리만 버렸을까요? 그 이유는 매우 분명합니다."

이에 사군은 그 사건을 다시 심리하라고 허락했다. 종사는 곧장 따로 집 한 채를 구해 임시로 감옥을 만들었다. 그러고는 신중히 담당 관리를 골라 범인을 그곳으로 옮기게 하고, 자세하게 사건을 조사하면서 술과 밥을 주고 목욕하게 하면서 보통 사람처럼 대해 주었다. 또한 문을 잠그고 담장에 가시나무를 심어 외부와 연락하지 못하게 했다. 그런 연후에 성(城)의 오작항인(伍作行人)120)을 두루 조사하고 각자에게 근래에 다른 사람을 위해 안치한 무덤의 숫자와 장

---

119) 제미(齊眉) : '거안제미(擧案齊眉)'를 말한다. 한(漢)나라 때 양홍(梁鴻)의 처가 눈썹 높이로 밥상을 들어 공손히 남편을 모셨다고 한다. 부부가 서로 존경하는 것을 뜻한다.

120) 오작항인(伍作行人) : '오작항인(作作行人)'이라고도 한다. 시신을 수습해 매장하거나 시신을 검사하는 일을 직업으로 하는 사람을 말한다.

소를 문서로 보고하게 했다. 얼마 후에 그들을 한차례 만나 캐물었다.

"너희들이 다른 사람을 위해 일을 할 때 혹시 의심 가는 자가 있었느냐?"

한 사람이 말했다.

"저는 한 부호 집에서 일을 했는데, 모두 한 유모가 피살되었다고 말하면서 담장 위로 관을 들어 넘겨주었습니다. 관 안에는 그다지 들어 있는 것이 없는 것 같았는데, 지금 아무 동네에 묻혀 있습니다."

그 관을 열었더니 여자 머리 하나가 나왔다. 그 머리를 가지고 시신에 맞춘 뒤 사위를 고소한 자에게 확인하게 했더니 고소한 자가 말했다.

"제 딸이 아닙니다."

그래서 부호를 체포해 심문했더니 부호가 죄를 자복하고 조서에 서명했다. 알고 보니 부호가 한 유모를 죽이고 머리를 관에 넣어 묻은 뒤 그녀의 시신을 이 양갓집 부인의 시신과 바꾸어 자기 집에 두었던 것이었다. 결국 부호는 온 가족이 기시형(棄市刑)에 처해졌다. 아! 오작항인의 말로 사건을 살폈으니 신중하지 않은가!

聞諸耆舊云 : 昔有人因他適回, 見其妻爲姦盜所殺, 但不見其首, 支體具在. 旣悲且懼, 遂告於妻族. 妻族聞之, 遂執壻而入官丞, 行加誣云 : "爾殺吾愛女." 獄吏嚴其鞭捶, 莫得自明, 洎不任其苦, 乃自誣殺人, 甘其一死. 款案既成, 皆以爲不繆. 郡主委諸從事, 從事疑而不斷, 謂使君曰: "某濫塵幕席, 誠宜竭節. 奉理人命, 一死不可再生. 苟或悞擧典刑, 豈能追悔也? 必請緩而窮之. 且爲夫之道, 孰忍殺妻? 況義在齊眉, 曷能斷頸? 縱有隙而害之, 盍作脫禍之計也? 或推病殞, 或託暴亡, 必存屍而棄首? 其理甚明." 使君許其讞義. 從事乃別開其第, 權作狴牢. 愼擇司存, 移此繫者, 細而劾之, 仍給以酒食湯沐, 以平人待之. 鍵戶棘垣, 不使繫於外. 然後遍勘在城伍作行人, 令各供通, 近來應與人家安厝墳墓多少去處文狀. 既而一面詰之曰 : "汝等與人家擧事, 還有可疑者乎?" 有一人曰 : "某於一豪家擧事. 共言殺卻一奶子, 於牆上舁過. 凶器中甚似無物, 見在某坊." 發之, 果得一女首級. 遂將首對屍, 令訴者驗認, 云 : "非也." 遂收豪家鞠之, 豪家伏辜而具款. 乃是殺一奶子, 函首而葬之, 以屍易此良家之婦, 私室蓄之. 豪土¹乃全家棄市. 吁! 伍辭察獄, 得無愼乎!

출처《태평광기》 권172 〈정찰·살처자〉.

1 호토(豪土) :《태평광기》사고전서본에는 "토호(土豪)"라 되어 있다.

40. 갈종주(葛從周)

[오대] 후량(後梁)의 시중(侍中) 갈종주121)가 연주(兗州)를 진수할 때, 일찍이 종차정(從此亭)을 유람한 적이 있었다. 갈 공(葛公 : 갈종주)에게는 아무개라는 청두(廳頭)122)가 있었는데, 장년이 되었는데도 아직 장가들지 않았다. 그는 풍채가 멋있고 말타기와 활쏘기에 뛰어났으며 담력이 대단했다. 그가 우연히 일을 아뢰러 갔더니 갈 공이 그를 불러들였다. 그때 마침 여러 첩이 갈 공의 주위에서 함께 시중들고 있었다. 그 가운데 경국지색의 한 애첩이 있었는데, 그녀

---

121) 갈종주(?~915) : 자는 통미(通美). 당 말 오대 주온(朱溫 : 주전충) 휘하의 장수다. 처음에는 황소(黃巢)의 반군에 참여했다가, 희종(僖宗) 중화(中和) 4년(884)에 주온이 황소를 대파하자, 갈종주는 주온에게 투항해 그를 따라 진종권(秦宗權)·주선(朱瑄)·시부(時溥)를 격파하고 명주(洺州)·형주(刑州)·자주(磁州)를 점령하는 데 누차 전공을 세워, 태녕군절도사(泰寧軍節度使)와 검교태부(檢校太傅)에 제수되었다. 주온이 후량을 건국한 후 좌금오위상장군(左金吾衛上將軍)에 임명되었는데 병으로 그만두었다. 주우정(朱友貞)이 즉위한 후 노주절도사(潞州節度使)와 검교태사(檢校太師) 겸 시중(侍中)에 제수되고 진류군왕(陳留郡王)에 봉해졌다.

122) 청두(廳頭) : 번진의 청사를 수비하는 군사로, 번수(藩帥)의 경호를 책임지는 정예병이다.

는 갈 공의 총애를 독차지하면서 늘 갈 공 곁에 있었다. 아무개는 그 애첩을 훔쳐보며 눈을 떼지 못했다. 갈 공이 물어볼 것이 있어 두세 번이나 질문했지만, 아무개는 그녀의 미색을 곁눈질하느라 결국 대답하는 것을 잊어버렸다. 갈 공은 그저 머리를 숙이고 있을 뿐이었다. 그가 나가고 난 뒤에 갈 공은 빙그레 웃었다. 어떤 사람이 아무개에게 그 사실을 알려 주자 아무개는 그제야 두려워하면서, 그저 정신이 팔려 있던 바람에 갈 공이 분부한 일도 기억나지 않는다고 말했다. 며칠 동안 아무개는 자신이 무슨 벌을 받을지 몰라 걱정했다. 그러나 갈 공은 그가 몹시 근심하고 있다는 것을 알고 온화한 얼굴로 그를 대해 주었다. 얼마 지나지 않아 조정에서 조서를 내려 갈 공에게 출정해 황하(黃河) 가에서 후당(後唐)의 군사를 막으라고 명했다. 당시 적군과 결전하면서 며칠 동안 싸웠지만 적군의 견고한 진지는 요지부동이었다. 날이 저물자 군사들은 굶주림과 목마름에 거의 사람 꼴이 아니었다. 이에 갈 공이 아무개를 불러 말했다.

"너는 적군의 진지를 함락할 수 있겠느냐?"

아무개가 말했다.

"할 수 있습니다."

그러고는 곧장 말고삐를 쥐고 말에 뛰어올라 기병 수십 명과 함께 적군으로 돌진해 수십 명의 머리를 잘랐다. 갈 공이 대군을 이끌고 그 뒤를 따라 들어가자 후당의 군사는 대

패했다. 갈 공은 전쟁에서 이기고 돌아온 뒤 그 애첩에게 말했다.

"아무개가 이렇게 큰 전공을 세워서 마땅히 상을 주어야 하니 너를 그의 아내로 주려고 한다."

애첩이 눈물을 흘리며 명을 거절하자 갈 공이 그녀를 달래며 말했다.

"다른 사람의 처가 되는 것이 다른 사람의 첩이 되는 것보다 낫지 않겠느냐?"

그러고는 그녀를 단장시키고 재물을 주었는데 그 값이 수천 민(緡 : 1민은 1000냥)이나 되었다. 갈 공이 아무개를 불러 말했다.

"너는 황하의 전투에서 공을 세웠다. 나는 네가 아직 결혼하지 않은 것을 알고 있으니 지금 아무개를 아내로 주고, 아울러 너를 열직(列職)123)에 임명하겠다. 그 여자는 바로 네가 눈여겨보았던 사람이다."

아무개는 한사코 죽을죄를 지었다고 하면서 감히 갈 공의 명을 받들려 하지 않았다. 그러나 갈 공이 한사코 주자 아무개는 그제야 받아들였다. 아! 옛날에 갓끈이 잘린 신하124)

---

123) 열직(列職) : 열장(列將), 즉 편장(偏將)을 말한다. 절도사 휘하의 장수다.
124) 갓끈이 잘린 신하 : 춘추 시대 초(楚)나라 장왕(莊王)이 신하들에

와 말을 훔친 신하125)가 어찌 이보다 낫겠는가! 갈 공은 후량의 명장으로 그 위엄 있는 명성이 적군에서도 드러났다. 하북(河北)의 속담에 "산동(山東)에는 한 줄기 칡[葛]126)이 있으니 이유 없이 건드리지 마라"라는 말이 있다.

梁葛侍中周¹鎭兗之日, 嘗遊從此亭. 公有廳頭甲者, 年壯未塙. 有神彩, 善騎射, 膽力出人. 偶因白事, 葛公召入. 時諸姬妾並侍左右. 內有一愛姬, 乃國色也, 專寵得意, 常在公側. 甲窺見愛姬, 目之不已. 葛公有所顧問, 至于再三, 甲方流眄於殊色, 竟忘其對答. 公但俛首而已. 旣罷, 公微哂之. 或有告甲者, 甲方懼, 但云神思迷惑, 亦不計憶公所處分事. 數日之間, 慮有不測之罪. 公知其憂甚, 以溫顔接之. 未幾, 有詔命公出征, 拒唐師於河上. 時與敵決戰, 交鋒數日, 敵軍堅陣不動. 日暮, 軍士飢渴, 殆無人色. 公乃召甲謂之曰:

게 연회를 베풀었을 때 불이 꺼진 틈을 타서 한 신하가 장왕의 미인(美人)의 옷자락을 잡아당겼는데, 미인은 그 신하의 갓끈을 잘라 표식을 해 놓고 장왕에게 불을 켜서 그자를 찾아내 처벌하라고 청했으나, 장왕은 모든 신하에게 갓끈을 자르게 해 그 신하를 처벌하지 않았다. 그 신하는 후에 전쟁에 나가 큰 공을 세움으로써 장왕의 아량에 보답했다.

125) 말을 훔친 신하 : 춘추 시대 진(秦)나라 목공(穆公)이 사냥하러 갔다가 말 한 마리를 잃어버렸는데, 어떤 사람이 그 말을 잡아먹고 있는 것을 본 목공은 오히려 그에게 술을 내려 주며 책망하지 않았다. 그 사람은 후에 전공을 세움으로써 목공의 아량에 보답했다.

126) 칡[葛] : '갈(葛)'은 갈종주를 비유한다.

"汝能陷此陣否?" 甲曰 : "諾." 卽攬轡超乘, 與數十騎馳赴敵軍, 斬首數十級. 大軍繼之, 唐師大敗. 及葛公凱旋, 乃謂愛姬曰 : "大立戰功, 宜有酬賞, 以汝妻之." 愛姬泣涕辭命, 公勉之曰 : "爲人之妻, 可不愈於爲人之妾耶?" 令具飾資粧, 其直數千緡. 召甲告之曰 : "汝立功於河上. 吾知汝未婚, 今以某妻, 兼署列職. 此女卽所目也." 甲固稱死罪, 不敢承命. 公堅與之, 乃受. 噫! 古有絶纓·盜馬之臣, 豈逾於此! 葛公爲梁名將, 威名著於敵中. 河北諺曰 "山東一條葛, 無事莫撩撥" 云.

출처 《태평광기》 권177 〈기량(器量)·갈주〉, 《태평광기상절》 권13 〈기량·갈주〉, 《경적일문》 〈자편·옥당한화일문〉.

1 주(周) : 《태평광기》 사고전서본에는 "종주(從周)"라 되어 있는데 타당하다. 고사 제목도 "갈종주(葛從周)"라 되어 있다. 《경적일문》에도 "종주"라 되어 있다.

41. 정창도(鄭昌圖)

[당 희종] 광명(廣明) 연간(880~881)에 봉상절도부사(鳳翔節度副使)인 시랑(侍郎) 정창도[127]는 과거에 급제하기 전에 일찍이 작은 예절에 얽매이지 않는 넓은 도량을 자부하고, 곳곳을 유람하면서 늘 마음 내키는 대로 했다. 그는 사람들의 비난이 들끓자 또한 과거도 보지 않으려 했다. 그때 같은 마을에 사는 친척 집의 하인이 송주(宋州)와 박주(亳州)의 장원에서 돌아와 그 주인에게 말했다.

"어제 낙경(洛京: 낙양)을 지나다가 곡수점(穀水店) 근처에서 서쪽으로 가는 누런 옷 입은 두 사자를 만나 저는 그들과 동행하게 되었습니다. 화악묘(華嶽廟: 서악묘) 앞에

---

[127] 정창도(?~887): 자는 광업(光業). 당나라의 재상. 의종(懿宗) 함통(咸通) 13년(872) 진사 출신으로, 희종(僖宗) 광명 원년(880)에 봉상절도부사·사훈원외랑(司勳員外郎)·호부시랑(戶部侍郎)을 역임했으며, 중화(中和) 4년(884)에 병부시랑(兵部侍郎)·동평장사(同平章事)로 재상이 되었다. 광계(光啓) 2년(886)에 희종이 변란으로 흥원(興元)으로 옮겨 갔을 때 정창도는 미처 수행하지 못했는데, 그 틈에 빈녕절도사(邠寧節度使) 주매(朱玫)가 양왕(襄王) 이온(李熅)을 황제로 옹립하고 정창도를 판호부사(判戶部事)에 임명했다. 주매의 거사가 실패하자 정창도는 이온을 모시고 하중(河中)으로 도망쳤다가 왕중영(王重榮)에게 붙잡혀 기산(岐山)에서 참수되었다.

이르러 누런 옷 입은 두 사자는 저와 작별했는데, 곡수점 뒤에서 서로 읍(揖)한 후에 그들이 제게 말하길, '당신 집안의 자제 가운데 진사(進士) 시험에 응시하는 사람이 있소?'라고 하기에, 제가 말하길, '저희 주인님은 벼슬이 이미 높으시고 여러 자제분은 학문을 닦고 계십니다'라고 했습니다. 사자가 또 묻길, '친척 집의 젊은 자제 가운데 응시하는 사람은 없소?'라고 해서, 제가 말하길, '있습니다'라고 했습니다. 그러자 사자가 말하길, '우리 두 사람은 올해 급제자의 방문(榜文)을 전하는 관리요. 태산(泰山)에서부터 금천왕(金天王 : 화악신)128)이 계신 곳까지 그 방문을 봉인해서 가져오는 중인데 당신과 다행히 만나게 된 것이오'라고 했습니다. 제가 그 방문을 엿보게 해 달라고 청하자 사자가 말하길, '안 되오. 당신은 그저 이것만 기억하시오'라고 하면서, 땅에 글씨를 쓰길, '올해 장두(狀頭 : 장원)의 성은 편방에 읍(阝)이 있고 이름은 두 글자이며 두 번째 글자는 위(囗) 자 안에 들어 있소. 마지막으로 급제한 사람의 성은 편방에 역시 읍(阝)이 있고 이름은 두 글자이며 두 번째 글자 역시 위(囗) 자 안에 들어 있소. 잘 기억하시오, 잘 기억하시오'라고 했습니다.

---

128) 금천왕(金天王) : 화악신(華嶽神 : 서악신)을 말한다. 당 현종(玄宗)이 선천(先天) 2년(713)에 화악신을 금천왕에 봉했다.

그러고는 마침내 떠났습니다."

정 공(鄭公 : 정창도)의 친척은 이 일을 자못 기이하다고 여겨, 마침내 기부(岐副 : 기주절도부사, 즉 봉상절도부사 정창도)를 찾아가서 자세히 얘기해 주면서 과거에 응시하라고 간곡하게 권했다. 정창도는 그해에 장원으로 급제했고 마지막으로 급제한 사람은 추희회(鄒希回)였으니, 성명의 획이 사자가 알려 준 것과 모두 같았다.

廣明年中, 鳳翔副使鄭侍郎昌圖未及第前, 嘗自任以廣度弘襟, 不拘小節, 出入遊處, 悉恣情焉. 洎至輿論喧然, 且欲罷擧. 其時同里有親表家僕, 自宋·亳莊上至, 告其主人云 : "昨過洛京, 於穀水店邊, 逢見二黃衣使人西來, 某遂與同行. 至華嶽廟前, 二黃衣使與某告別, 相揖於店後面, 謂某曰 : '君家郞君應進士擧無?' 僕曰 : '我郞主官已高, 諸郞君見修學次.' 又問曰 : '莫親戚家兒郞應無?' 曰 : '有.' 使人曰 : '吾二人乃是今年送牓之使也. 自泰山來到金天處, 押署其牓, 子幸相遇.' 僕遂請竊窺其牓, 使者曰 : '不可. 汝但記之.' 遂畫其地曰 : '此年狀頭姓, 偏傍有阝, 名兩字, 下一字在口中. 牓尾之人姓, 偏傍亦有此阝, 名兩字, 下一字亦在口中. 記之, 記之.' 遂去." 鄭公親表頗異其事, 遂訪岐副具話之, 其勉以就試. 昌圖其年狀頭及第, 牓尾鄒希回也, 姓名畫點皆同.

출처《태평광기》권183 〈공거(貢擧)·정창도〉.

42. 양현동(楊玄同)

    당(唐)나라 천우(天祐) 연간(904~907)에 하중부(河中府)의 진사(進士) 양현동은 과거 시험장에서 늙어 갔는데, 그해도 역시 방황하고 있었다. 급제할 조짐이 보이지 않자, 그는 마땅히 길몽을 꾸길 빌면서 그것으로 앞날을 점쳐 보려 했다. 그날 저녁에 용이 하늘을 나는 꿈을 꾸었는데, 용의 다리가 여섯 개였다. 나중에 급제자의 방문을 보았더니, 그의 이름이 여섯 번째에 있었다. 그래서 양현동은 운명이 진실로 미리 정해져 있다는 것을 알았다.

唐天祐年, 河中進士楊玄同老於名場, 是歲頗亦彷徨. 未涯兆朕, 宜祈吉夢, 以卜前途. 是夕, 夢龍飛天, 乃六足. 及見牓, 乃名第六. 則知固有前定矣.

출처 《태평광기》 권184 〈공거·양현동〉, 《영락대전(永樂大典)》 권 13139.

43. 고연(高輦)

 예부(禮部)의 과거 시험장에 붙이는 급제자 방문은 글씨가 담묵(淡墨)으로 쓰여 있다. 어떤 사람이 말했다.

 "급제자의 순위는 저승에서 정한 것을 이승에서 받은 것이므로, 담묵으로 쓴 글씨는 귀신의 자취와 같기에 이를 '귀서(鬼書)'라고 한다."

 범질(范質)이 말했다.

 "그 말은 아직 사실로 밝혀지지 않은 것으로, 길거리에서 주워들은 말이니 감히 옳다고 할 수 없다. 일찍이 과거에 응시하기 전에 급제한 사람들이 나에게 알려 주었는데, 거자(擧子 : 과거 응시생)가 장차 급제할 때면 반드시 특이한 꿈을 꾼다고 했던 기억이 난다. 지금 내가 기억하고 있는 서너 가지 꿈을 여기에 기록한다."

 고연[129]이 과거에 응시할 때 꿈을 꾸었는데, 천둥 번개가

---

[129] 고연(?~933) : 오대 때의 관리. 진사 출신으로 후당(後唐) 명종(明宗) 천성(天成) 연간(926~930)에 진왕(秦王) 이종영(李從榮)의 초징으로 하남부추관(河南府推官)과 자의참군(咨議參軍)이 되었다. 장흥(長興) 4년(933)에 이종영이 반란을 일으키자 모반에 참여했다가, 이종영이 패하자 도망쳐서 승려가 되었지만 얼마 후 체포되어 주살 당했다. 고연은 시에 뛰어나 당시 여러 명사와 시를 주고받았다.

치는 어두운 날에 작은 용 한 마리가 그의 앞에서 돌멩이 하나[一石子]를 토하자 자신이 그것을 받았다. 점쟁이가 말했다.

"천둥 번개가 치는 어두운 날은 변화의 상(象)이며, 1석(石)은 10과(科)130)입니다. 장래에 급제하면 열 번째일 것입니다."

장차 방문을 붙일 때 한 관리가 주문[主文 : 주고관(主考官)]의 첩지를 들고 왔기에, 고연이 그 관리의 성을 물었더니 용씨(龍氏)라고 말했으며 또 자신의 등수가 몇 번째인지 물었더니 열 번째라고 말했다.

또 곽준(郭俊)이 과거에 응시할 때, 꿈에 한 노승이 나타나 나막신을 신고 침상 위를 비틀거리며 걸었다. 그는 깨고 나서 몹시 꺼림칙했는데 점쟁이가 말했다.

"노승은 상좌(上座)이고, 나막신을 신고 침상 위를 걸어간 것도 나막신의 굽이 높으니, 당신은 높이 오를 것입니다."

방문을 보았더니 과연 장원이었다.

또 왕정(王汀)이 과거에 응시할 때 활주(滑州)의 객점에

---

130) 과(科) : 여기서는 두(斗)의 뜻으로 쓰였다. '과' 자에 '두' 자가 들어 있기에 이렇게 풀이한 것이다.

갔다가 꿈을 꾸었는데, 왕신징(王愼徵)이라는 사람을 활로 쏘아 단발에 명중시켰다. 장차 방문을 붙일 때 어떤 사람이 그에게 말했다.

"당신의 급제 등수는 아주 낮을 것입니다."

그러자 왕정이 대답했다.

"만약 급제하게 된다면 틀림없이 여섯 번째일 것이오."

방문을 보았더니 과연 그의 말과 같았다. 어떤 사람이 그에게 물었더니 그는 꿈 이야기를 해 주면서 말했다.

"왕신징은 전년도에 여섯 번째로 급제했는데, 지금 꿈에 그를 쏘아 맞혔으므로 역시 그렇게 급제할 것을 알았소."

범질은 계사년(癸巳年 : 933)[131]에 과거에 응시했는데, 시험을 마치고 나서 자신이 어린 나이에 처음으로 과거를 보았기에 감히 급제할 것이라고 바라지는 않았지만, 그래도 근심스러운 나머지 술을 마셔 취한 듯했다. 그는 객점에서 낮잠을 자다가 갑자기 꿈을 꾸었다. 잠에서 아직 깨지 않았을 때 구경(九經)에 능한 장지재(蔣之才)가 찾아오자, 그는 놀라 일어나 앉아 꿈 이야기를 해 주었다. 그는 꿈에서 어떤 사람에 의해 머리에 붉은 붓으로 마구 점이 찍혔으며, 자기

---

131) 계사년(癸巳年) : 오대 후당(後唐) 명종(明宗) 장흥(長興) 4년(933)이다.

는 나귀만큼 커다란 호손(胡孫 : 원숭이)132) 한 마리를 끌고 갔다. 장지재가 곧 그 꿈을 점치고 말했다.

"당신은 장차 반드시 급제할 것이며, 아울러 세 번째일 것이오."

범질이 그렇게 말한 이유를 물으니 장지재가 말했다.

"머리에 마구 점을 찍은 것은 여러 번 얻는다는 뜻이고, 붉은 것은 일이 분명하다는 뜻이오. 호손은 원(猿)인데 [그것과 발음이 같은 원(圓)은 산법(算法)으로 따지면 원주가 3이면 그 직경이 1이므로 곧 3이라는 숫자임을 알 수 있소."

방문이 붙었을 때 보았더니 범질은 열세 번째였다.

禮部貢院, 凡有牓出, 書以淡墨. 或曰 : "名第者, 陰注陽受, 淡墨書者, 若鬼神之跡耳, 此名'鬼書'也." 范質云 : "未見故實, 塗說之言, 未敢爲是. 嘗記未應擧日, 有登第者相告, 擧子將策名, 必有異夢. 今聊記憶三數夢, 載之於此." 高輦應擧, 夢雷電晦冥, 有一小龍子在前, 吐出一石子, 輦得之. 占者曰 : "雷電晦冥, 變化之象, 一石十科也. 將來科第, 其十數矣." 及將放牓, 有一吏持主文帖子至, 問小吏姓名, 則曰姓龍, 詢其名第高卑, 則曰第十人. 又郭俊應擧時, 夢見一老僧展於臥榻上, 蹣跚而行. 旣寤, 甚惡之, 占者曰 : "老僧上座也, 著展於臥塌上行, 展高也, 君其巍峩矣." 及見榜, 乃狀

---

132) 호손(胡孫) : 호손(猢猻)과 같다. 원숭이를 말한다.

元也. 王汀應擧時, 至滑州旅店, 夢射王愼徵, 一箭而中. 及將放榜, 或告曰: "君名第甚卑." 汀答曰: "苟成名, 當爲第六人." 及見榜, 果如所言. 或者問之, 則告以夢: "王愼徵則前年第六人及第, 今射而中之, 故知亦此科第也." 質於癸巳年應擧, 考試畢場, 自以孤平[1]初擧, 不敢決望成名, 然憂悶如醉. 晝寢於逆旅, 忽有所夢. 寐未吡間, 有九經蔣之才相訪, 卽驚起而坐, 且告以夢. 夢被人以朱筆於頭上亂點, 已牽一胡孫如驢許大. 蔣卽以夢占之曰: "君將來必捷, 兼是第三人矣." 因問其說, 卽曰: "亂點頭者, 再三得也, 朱者, 事分明也. 胡孫大者爲猿, 筭法圓三徑一, 故知三數也." 及放榜, 卽第十三人也.

출처《태평광기》권184〈공거·고연〉.

1 고평(孤平):《태평광기》명초본에는 "유년(幼年)"이라 되어 있는데, 문맥상 보다 타당하다.

44. 장준(張濬)

 [당나라의] 재상 장준[133]은 권모와 지략이 풍부했지만 본래 병법을 알지 못했다. 소종(昭宗 : 이엽) 때 그는 직접 육사(六師 : 천자의 군대)를 통솔해 태원(太原)을 토벌하러 갔는데, 결국 실리(失利)해 부수(副帥 : 절도부사)인 시랑(侍郎) 손규(孫揆)[134]가 적군에 사로잡혔다. 장준은 군대를 거

---

[133] 장준(?~904) : 자는 우천(禹川). 당나라 말의 재상. 일찍이 금봉산(金鳳山)에 은거하고 있다가 나중에 권신 양복공(楊復恭)의 추천으로 태상박사(太常博士)가 되어 벼슬길에 올랐다. 황소(黃巢)의 난을 토벌하는 데 참여했으며, 희종(僖宗)과 소종(昭宗) 때 재상을 지냈다. 그는 소종 초에 조정에서 지방 군벌의 권력을 빼앗기 위한 토벌전을 벌여야 한다고 주장했는데, 태원(太原)의 이극용(李克用)을 토벌하기 위한 전쟁에서 대패해 파면당하고 벼슬을 그만두었다. 천복(天復) 3년(903)에 주온(朱溫 : 주전충)은 소종을 압박해 제위를 찬탈하려 했는데, 장준이 다른 군벌과 연합해 자기를 토벌할까 걱정하다가 마침내 그해 12월(904년 1월)에 부하 장전의(張全義)에게 명해 장준의 일족을 도살했다.

[134] 손규(孫揆, ?~891) : 자는 성규(聖圭). 당나라 말의 관리. 진사 출신으로 호부순관(戶部巡官)에 초징되었으며, 중서사인(中書舍人) · 형부시랑(刑部侍郎) · 경조윤(京兆尹)을 역임했다. 소종(昭宗) 때 이극용(李克用)을 토벌할 때 병마초토제치선위부사(兵馬招討制置宣慰副使)가 되고 얼마 후 다시 소의군절도사(昭義軍節度使)에 임명되었는데,

느리고 돌아갈 방법을 모색하던 중 평양군(平陽郡)을 지나게 되었다. 평양군은 포주(蒲州)의 속군(屬郡)으로 목수(牧守)135) 장씨(張氏)가 다스리고 있었는데, 그는 바로 포수(蒲帥 : 포주절도사) 왕가(王珂)136)의 대교(大校)였다. 장준은 왕가가 변덕이 심하고 간사해서 헤아리기 어려웠기에 또한 군대가 그곳을 지나가다가 그의 간교한 계책에 빠질까 염려했다. 그래서 장준은 먼저 몇 개의 역참을 앞서갔고, 육군(六軍 : 육사)은 차례대로 음지관(陰地關)137)을 통해 나아갔다. 장준은 진목(晉牧 : 장 목수)138)을 매우 꺼렸지만 또한

복병에게 사로잡혀 끝까지 뜻을 굽히지 않다가 톱으로 썰려 죽었다.

135) 목수(牧守) : 주군(州郡)의 장관으로, 주의 장관은 '목', 군의 장관은 '수'라고 했다. 여기서는 태수(太守)를 말한다.

136) 왕가(王珂) : 당 말 오대의 무장. 숙부 왕중영(王重榮)이 하중(河中)의 군대로 황소(黃巢)를 격파한 공을 세워 하중절도사에 임명되었는데, 왕중영은 아들이 없어서 형의 아들 중에서 왕가를 후사로 삼았다. 왕가는 소종(昭宗) 때 포주절도사를 지냈다. 후량(後梁) 때 왕가는 변주(汴州)로 이주했는데, 나중에 황제를 알현하러 조정에 들어가다가 화주(華州)의 역사에서 피살되었다.

137) 음지관(陰地關) : 당나라 때 설치된 관문으로, 일명 양량남관(陽涼南關)이라고도 한다. 지금의 산시성(山西省) 링스현(靈石縣) 서남쪽에 있는 난관진(南關鎭)이다.

138) 진목(晉牧) : 장 목수(張牧守), 즉 평양태수 장씨를 말한다. 당나라 때 평양군(平陽郡)을 '진주'라고도 불렀다.

감히 제거할 수도 없었다. 장 목수가 1사(舍 : 30리)139)의 교외에서 장준을 영접하자, 장준은 역참 객사에 머물면서 장 사군(張使君 : 장 목수)에게 대청으로 오르게 하고 차와 술을 차렸다. 다 먹고 나자 다시 술과 차를 내오게 해서 잠시도 장 사군을 일어나지 못하게 했으며, 계속 그를 붙잡아 저녁 식사를 했다. 식사를 마치고 이미 포시(晡時 : 신시)140)가 되었지만 장준은 또 장 사군을 일어나지 못하게 했으며, 곧 다시 여러 사발의 차를 마시다가 등을 켤 때가 되어서야 떠나는 것을 허락했다. 아침부터 저녁까지 두 사람은 한마디 말도 나누지 않았지만, 입 속에서 음식을 우물거리고 있었기에 멀리서 보면 마치 얘기를 나누는 것처럼 보였다. 왕가는 의심이 많은 성격이어서 툭하면 주변을 감시하고 동정을 살폈다. 이때 염탐꾼이 이미 은밀히 그에게 보고했다.

"목사(牧史 : 장 목수)와 상국(相國 : 장준)이 저녁까지 밀담을 나누었습니다."

왕가는 과연 의심해 장 사군을 불러 물었다.

"상국과 너는 아침부터 저녁까지 무슨 얘기를 했느냐?"

장 사군이 대답했다.

---

139) 1사(舍) : 군대가 하루에 행군하는 거리로, 30리를 말한다.
140) 포시(晡時) : 신시(申時). 오후 4시 전후를 말한다.

"아무 말도 나누지 않았습니다."

왕가는 전혀 믿지 않고 그가 진실하지 못하다고 생각해 죽였다. 육사는 길을 빌려 도성으로 돌아갔는데 사소한 걱정도 전혀 없었다. 나중에 장준이 [재상이 되어] 국가 대사를 맡게 되자 여러 지방에서 각각 화려한 비단 등을 예물로 보내왔는데, 장준은 이를 전혀 받지 않고 각지에서 파견한 전령의 면전에서 직접 명령했다.

"너는 나의 뜻을 전해라. 이 물건들을 행군에 필요한 물건인 솥, 군막 천, 말에게 먹일 약으로 바꾸고 각 지역에서 나오는 물건으로 모두 준비해 달라고 청하라."

이에 여러 번진은 기뻐하며 명을 받들었고, 이로써 10만 명의 군사가 행군하는 데 필요한 물자에 부족함이 없었으니, 이는 모두 장준이 특별히 구상하고 계획한 것이었다. 후량(後梁) 태조(太祖 : 주온)는 장준을 꺼려 몰래 자객을 보내 장수장(長水莊)에서 그를 살해했다.

張相濬富於權略, 素不知兵. 昭宗朝, 親統扈駕六師, 往討太原, 遂至失律, 陷其副帥侍郎孫揆. 尋謀班師, 路由平陽. 平陽卽蒲之屬郡也, 牧守姓張, 卽蒲帥王珂之大校. 珂變詐難測, 復慮軍旅經過, 洛其詭計. 濬乃先數程而行, 泊於平陽之傳舍, 六軍相次, 由陰地關而進. 濬深忌晉牧, 復不敢除之. 張於一舍郊迎, 旣駐郵亭, 濬令張使君升廳, 茶酒設. 食畢, 復命茶酒, 不令暫起, 仍留晩食. 食訖, 已晡時, 又不令起, 卽更茶數甌, 至張燈, 乃許辭去. 自旦及暮, 不交一言, 口中咀少物, 遙觀一如交談之狀. 珂性多疑, 動有警察. 時偵事者尋已密報之云:"敕[1]史與相國密話竟夕." 珂果疑, 召張問之曰:"相國與爾, 自旦至暮, 所話何?" 對云:"並不交言." 王殊不信, 謂其不誠, 戮之. 六師乃假途歸京, 了無纖慮. 後判邦計, 諸道各致紈綺之類, 並不受之, 乃命專人面付之曰:"爾述吾意. 以此物改充軍行所費之物, 鍋・幕布・槽・啖馬藥, 土産所共之物, 咸請備之." 於是諸藩鎭欣然奉之, 以至軍行十萬, 所要無闕, 皆心匠之所規畫. 梁祖忌之, 潛令刺客殺之於長水莊上.

출처《태평광기》권190〈장수(將帥)・장준〉.

1 칙(敕): 문맥상 "목(牧)"의 오기로 보인다.

45. 촌부(村婦)

[당나라] 소종(昭宗 : 이엽)이 양주(梁主 : 후량 태조 주온)에게 위협받아 [낙양으로] 옮겨 간 후로 기주(岐州)와 봉주(鳳州) 등 여러 주는 각각 아주 많은 병사를 기르면서 멋대로 민가를 약탈해 자급했다. 성주(成州)의 어떤 궁벽한 시골 마을에 엄청난 재물이 쌓여 있었기에, 주장(主將)은 기병 20여 명을 보내서 밤에 약탈하도록 했다. 그들이 갑작스럽게 들이닥치자 마을 사람들은 감히 대항할 수 없었다. 그들은 남자들을 모두 묶어서 가두고, 재물을 남김없이 찾아내서 자루에 넣어 쌓아 놓았다. 그런 연후에 돼지와 개를 삶고 부녀자들에게 음식을 만들게 해서 마음껏 먹고 마셨다. 그 마을에서는 집마다 일찍이 낭탕(莨菪)[141]의 씨를 모아 두었기에 부녀자들은 그것을 듬뿍 가져다 볶고 찧어서 고춧가루처럼 음식에 넣은 뒤 그들에게 탁주와 함께 먹고 마시게 했다. 이윽고 약효가 일어나자, 마침내 어떤 놈은 갑자기 허리춤에서 검을 뽑아 땅을 파면서 "말이 땅속으로 들어갔다"라

---

141) 낭탕(莨菪) : 가짓과에 속하는 여러해살이풀로 잎과 씨에 맹독이 있어 진통제와 마취제로 쓰인다.

고 하고, 어떤 놈은 불에 뛰어들거나 연못에 뛰어드는 등 미쳐 날뛰다가 쓰러졌다. 그리하여 부녀자들은 남편들의 포박을 풀어 주고 천천히 기병들의 검을 가져다 하나하나 목을 베어 죽인 뒤 묻었다. 그들이 타고 온 말은 사람을 시켜 큰길로 내몰고 채찍질해 보내서 그 일을 아는 사람이 없었다. 나중에 땅을 갈아엎다가 비로소 그 일이 드러나게 되었다.

昭宗爲梁主刼遷之後, 岐鳳諸州, 各蓄甲兵甚衆, 恣其刼掠以自給. 成州有僻遠村墅, 巨有積貨, 主將遣二十餘騎夜掠之. 旣倉卒至, 罔敢支吾. 其丈夫並囚縛之, 罄搜其貨, 囊而貯之. 然後烹豕犬, 遣其婦女羞饌, 恣其飮噉. 其家嘗收莨菪子, 其婦女多取之熬搗, 一如辣末, 置於食味中, 然後飮以濁醪. 於時藥作, 竟於腰下拔劍掘地曰:"馬入地下去也." 或欲入火投淵, 顚而後仆. 於是婦女解去良人執縛, 徐取騎士劍, 一一斷其頸而瘞之. 其馬使人逐官路, 箠而遣之, 罔有知者. 後地土改易, 方洩其事.

출처《태평광기》권190〈장수·잡휼지(雜譎智)·촌부〉,《태평광기상절》권13〈잡휼지·촌부〉.

46. 왕 재(王宰)

[오대 후량] 정축년(丁丑年 : 917)[142]에 전촉(前蜀)의 군사가 고진(固鎭)에 주둔하고 있을 때 비철자(費鐵觜)라고 하는 대장이 있었는데, 그는 본래 녹림(綠林 : 산적)의 부하 장졸 출신이었다. 그는 수하들을 시켜 사람들을 겁탈하고 재물을 빼앗는 일을 많이 했다. 하루는 비철자가 도장(都將)을 시켜 사람들을 끌고 가서 하지현(河池縣)을 치게 했다. 하지현의 현재(縣宰 : 현령) 왕씨(王氏) 그 이름은 잊어버렸다.는 젊고 씩씩하며 용맹했는데, 단지 노복 10여 명과 함께 관아에 머물고 있었다. 도적 떼가 밤에 들이닥치자 현재는 문을 열고 기다렸다가 몇 시각 동안 격투했다. 현재가 화살에 맞아 몹시 괴로워하고 있을 때 도적이 문턱을 넘어 들어오자, 노복이 짧은 창을 들고 문에 기대서서 있다가 괴수 서너 명을 잇달아 찔렀는데, 모두 창날에 찔려 넘어지면서 내장이 땅에 쏟아졌다. 이에 도적 떼는 시신을 들어 메고 달아났다. 다른 날 비철자는 또 마을을 노략질했다. 밤이 되자마자

---

142) 정축년(丁丑年) : 후량(後梁) 말제(末帝) 정명(貞明) 3년(917)이다.

도적 떼가 마을에 들이닥쳤는데, 문을 밀치고 들어오기도 하고 사방으로 담을 무너뜨리고 들어오기도 했다. 민가에서는 등불을 켜 놓아 오히려 밝았지만, 남자들은 모두 달아났고 오직 한 부인이 국자를 휘둘러 가마솥의 끓는 물을 도적에게 뿌렸다. 10~20명의 도적은 손을 쓰지 못했으며, 해를 입은 자들은 모두 허겁지겁 달아나 흩어졌다. 부인은 그저 국자를 들고 솥 옆에 있었지만 조금도 데지 않았다. 한 달 뒤에 비철자의 수하 가운데 몇 사람이 얼굴에 종기 같은 상처가 생겼는데, 비철자는 종신토록 이를 수치스러워했다.

丁丑歲, 蜀師戍於固鎭, 有巨師[1]曰費鐵嘴者, 本於綠林部下將卒. 其人也, 多使人行刦而納其貨. 一日, 遣都將領人攻河池縣. 有王宰者, 失其名 少壯而勇, 只與僕隷十數輩止于公署. 群盜夜至, 宰啓扉而俟之, 格鬪數刻. 宰中鏃甚困, 賊將踰其閾, 小僕持短槍, 靠扉而立, 連中三四魁首, 皆應刃而仆, 腸胃在地焉. 群盜於是舁屍而遁. 他日, 鐵嘴又刦村莊. 纔合夜, 群盜至村, 或排闥而入者, 或四面壞壁而入. 民家燈火尙熒煌, 丈夫悉遁去, 唯一婦人以枓揮釜湯潑之. 一二十輩無措手, 爲害者皆狼狽而奔散. 婦人但秉枓據釜, 略無所損護. 旬月後, 鐵嘴部內數人, 有面如瘡癩者, 費終身恥之.

출처 《태평광기》 권192 〈효용(驍勇)・왕재〉.

[1] 사(師): 《태평광기》 사고전서본에는 "수(帥)"라 되어 있는데 문맥상 타당하다.

47. 단성식(段成式)

　단성식143)이 사냥에 빠져 있었기에 그의 부친 단문창(段文昌)144)은 늘 이를 걱정했다. 단문창은 또한 단성식이 장성했기에 면전에서 허물을 질책할 수 없자, 종사(從事)에게 대신 말해 달라고 부탁했다. 단문창의 막객들이 함께 학당으로 가서 승상(丞相 : 단문창)의 뜻을 자세히 전했더니, 단성식은 그저 예! 예! 하고 겸손하게 대답할 뿐이었다. 이튿날 단성식은 다시 들판에서 사냥했는데, 끌고 간 매와 개가

---

143) 단성식(803~863) : 자는 가고(柯古). 당나라의 문인. 박학(博學)으로 명성을 얻었으며, 연구에 정진해 비각(秘閣)의 책을 모두 읽었다고 한다. 비서성교서랑(秘書省校書郎)·상서랑(尙書郎)·강주자사(江州刺史)·태상소경(太常少卿) 등을 역임했다. 주요 저서에《유양잡조(酉陽雜俎)》가 있다.

144) 단문창(段文昌, 773~835) : 자는 묵경(墨卿) 또는 경초(景初). 당나라의 재상. 일찍이 위고(韋皐)의 막부에 들어갔으며, 나중에 영지현위(靈池縣尉)·집현전교리(集賢殿校理)·감찰어사(監察御史)·한림학사(翰林學士) 등을 역임했다. 목종(穆宗) 때 중서시랑(中書侍郎)·동평장사(同平章事)로 재상이 되었다. 그 후로 형부상서(刑部尙書)·병부상서(兵部尙書)·회남절도사(淮南節度使)·형남절도사(荊南節度使)·서천절도사(西川節度使)를 지냈고 추평군공(鄒平郡公)에 봉해졌다.

배로 많았다. 얼마 뒤에 [사냥에서 돌아온] 단성식이 여러 종사에게 각각 토끼 한 쌍과 편지 한 통씩을 보내왔기에 살펴보았더니, 편지마다 두루 전고(典故)를 인용했는데 하나도 중복된 것이 없었다. 종사들은 깜짝 놀라면서 그가 전고에 밝은 것을 칭찬했다. 이에 종사들은 함께 단문창을 찾아가서 각자 받은 편지를 단문창에게 보여 주었다. 단문창은 그제야 자기 아들이 기예와 학문에 해박함을 알게 되었다. 일찍이 산간(山簡)145)이 "내 나이 마흔까지도 집안에서 나를 알아보지 못했다"라고 했는데, 단성식도 자못 이와 비슷했다.

成式多禽荒, 其父文昌嘗患之. 復以年長, 不加面斥其過, 而請從事言之. 幕客遂同詣學院, 具述丞相之旨, 亦唯唯遜謝而已. 翌日, 復獵于郊原, 鷹犬倍多. 旣而諸從事各送兎一雙, 其書中徵引典故, 無一事重疊者. 從事輩愕然, 多其曉其故實. 於是齊詣文昌, 各以書示之. 文昌方知其子藝文該贍.

---

145) 산간(山簡, 253~312) : 자는 계륜(季倫). 서진(西晉)의 명사로, 사도(司徒) 산도(山濤)의 아들이다. 성품이 온아했으며, 젊었을 때 혜소(嵇紹)・유막(劉漠) 등과 이름을 나란히 했다. 태자사인(太子舍人)・황문랑(黃門郎)・청주자사(靑州刺史)・진서장군(鎭西將軍)・상서좌복야(尙書左僕射) 등을 역임했다. 영가(永嘉) 3년(309)에 정남장군(征南將軍)・도독형상교광사주제군사(都督荊湘交廣四州諸軍事)에 임명되어 양양(襄陽)을 진수했다.

山簡云 : "吾年四十, 不爲家所知." 頗亦類此.

출처《태평광기》권197 〈박물(博物)·단성식〉.

48. 강릉 서생(江陵書生)

　강릉현(江陵縣)의 남문(南門) 밖 옹문(甕門)146)의 안쪽에 있는 동쪽 담장 아래에 높이가 1척쯤 되는 작은 기와집 한 채가 있는데, 비록 크기는 작지만 구조는 다 갖추어져 있었다. 그 고을 사람에게 물었더니 그 사람이 말했다.
　"이것은 식양(息壤)147)입니다."
　그래서 식양의 유래를 캐물었더니 그 사람이 말했다.
　"수백 년 전에 이 고을에 갑자기 홍수가 넘쳐흘러 물에 잠기지 않은 것은 두세 판축(版築)148)뿐이었습니다. 주수(州帥:절도사)는 두려워하면서 어떻게 해야 할지 몰랐습니다. 그때 갑자기 어떤 사람이 아뢰길, '고을의 교외에 책을 아주 폭넓게 읽어 재주와 지혜가 출중한 한 서생이 있으니,

---

146) 옹문(甕門) : 큰 성문 밖을 둘러싸고 있는 반월형의 작은 성인 월성(月城)의 문을 말한다.

147) 식양(息壤) : 저절로 자라나 솟아오른 흙으로, 전설에 따르면 곤(鯀)이 치수(治水)할 때 이것으로 홍수를 막았다고 한다.

148) 판축(版築) : 판자를 양쪽에 대고 그 사이에 흙을 넣어 단단하게 다져 담이나 성벽 등을 쌓는 일을 말하는데, 여기서는 그렇게 쌓은 성벽을 말한다. '판'은 흙을 쌓을 때 무너지지 않도록 양쪽에 대던 판자이고, '축'은 흙을 다지는 데 사용하던 방망이 같은 도구다.

그를 불러 물어보시길 청합니다'라고 했습니다. 그래서 그 서생을 불러 물었더니 서생이 말하길, '이곳은 식양의 땅으로 남문에 있습니다. 제가 일찍이 《식양기(息壤記)》를 읽었는데, 우(禹)임금이 홍수를 막을 때 이곳에 해안(海眼)149)이 있었고 그곳에서 물이 시도 때도 없이 흘러나오자, 우임금이 돌을 다듬어 용의 궁실을 짓고 그것을 해안 속에 두어 그 수맥을 막았다고 합니다. 나중에 들었는데, 이 성을 쌓으면서 이전의 구조를 훼손했기에 그 때문에 이 회양(懷襄)150)의 환난이 생겼으니 이곳을 파서 찾아보시길 청합니다'라고 했습니다. 과연 동쪽 담장 아래에서 몇 척을 팠더니 돌로 만든 궁실이 나왔는데, 모두 이미 훼손되어 있었습니다. 이에 형수(荊帥 : 형남절도사)가 그 궁실을 다시 수리하고 흙을 두둑이 쌓았더니, 홍수가 곧 멎었습니다. 지금 그 위에 다시 집을 세우고 그곳에 표시해 두었습니다."

얼마 후에 《식양기》를 가지고 확인했더니 틀림이 없었다.

---

149) 해안(海眼) : 바다로 통하는 끝이 없는 구멍이란 뜻으로, 땅속으로 흐르는 샘을 말한다.

150) 회양(懷襄) : 《서경(書經)》〈요전(堯典)〉에 나오는 "회산양릉(懷山襄陵)"의 준말로, 홍수가 크게 나 산릉에 흘러넘친다는 뜻이다. 나중에는 주로 큰물이 지는 것을 말한다.

江陵南門之外, 雍¹門之內, 東垣下有小瓦堂室一所, 高尺² 許, 具體而微. 詢其州人, 曰: "此息壤也." 鞫其由, 曰: "數百年前, 此州忽爲洪濤所漫³, 未沒者三二版. 州帥惶懼, 不知所爲. 忽有人白之曰: '洲之郊墅間, 有一書生博讀甚廣, 才智出人, 請召詢之.' 及召問之. '此是息壤之地, 在于南門. 僕嘗讀《息壤記》云, 禹湮洪水, 玆有海眼, 泛之無恒. 禹乃鐫⁴石, 造龍之宮室, 寘于穴中, 以塞其水脈. 後聞版築此城, 毀其舊制, 是以有此懷襄之患, 請掘而求之.' 果於東垣之下, 掘數尺, 得石宮室, 皆已毀損. 荊帥於是重葺, 以厚⁵壤培之, 其洪水乃絶. 今於其上又起屋宇, 誌其處所." 旋以《息壤記》驗之, 不謬.

출처《태평광기》권197〈박물·강릉서생〉,《금수만화곡전집(錦繡萬花谷前集)》권6〈형남(荊南)·식양(息壤)〉.

1 옹(雍):《금수만화곡전집》에는 "옹(甕)"이라 되어 있는데 타당하다.
2 척(尺):《금수만화곡전집》에는 "삼척(三尺)"이라 되어 있다.
3 만(漫):《금수만화곡전집》에는 "몰(沒)"이라 되어 있다.
4 전(鐫):《금수만화곡전집》에는 "주(鑄)"라 되어 있다.
5 후(厚):《금수만화곡전집》에는 "식(息)"이라 되어 있다.

49. 진숙(陳俶)

　　진숙은 진홍(陳鴻)151)의 아들이다. 진홍은 일찍이 백 부(白傅 : 백거이)152)의 〈장한사(長恨詞 : 장한가)〉에 근거해 《장한가전(長恨歌傳)》을 지어 주었는데, 그 문장의 풍격이 지극히 높아 대개 훌륭한 사관(史官)이라 할 수 있다. [당나라 의종] 함통(咸通) 연간(860~874)에 진숙은 염방사(廉訪

---

151) 진홍(陳鴻) : 자는 대량(大亮). 당나라의 문인. 덕종(德宗) 정원(貞元) 21년(805) 진사 출신으로, 상서주객낭중(尚書主客郎中)을 지냈다. 역사서인 《대통기(大統記)》 30권을 저술했으나 현재는 서문만 남아 있다. 작품으로 《장한가전(長恨歌傳)》·《동성노부전(東城老父傳)》·《개원승평원(開元升平源)》 등 3편의 전기 소설(傳奇小說)이 전한다.

152) 백 부(白傅) : 백거이(白居易, 772~846). 만년에 태자소부(太子少傅)를 지냈기에 '백 부'라고 한다. 자는 낙천(樂天), 자호는 향산거사(香山居士)·취음선생(醉吟先生). 당나라의 시인. 덕종 정원 16년(800) 진사 출신으로, 비서랑(秘書郎)·한림학사(翰林學士)·좌습유(左拾遺)를 지냈다. 헌종(憲宗) 원화(元和) 10년(815)에 재상 무원형(武元衡)을 암살한 범인을 속히 체포하리는 표문을 올렸다가 권문귀족들의 미움을 사 강주사마(江州司馬)로 좌천되었다. 그 후 항주자사(杭州刺史)·소주자사(蘇州刺史)와 형부상서(刑部尚書)를 지냈다. 같은 해에 과거에 급제한 원진(元稹)과 함께 '원백(元白)'으로 병칭되고, 유우석(劉禹錫)과 함께 '유백(劉白)'으로 병칭되었다. 문집으로 《백씨장경집(白氏長慶集)》이 있다.

使)인 상시(常侍) 곽전지(郭銓之)153)를 보좌해 서주(徐州)에서 막료로 있었다. 그는 성품이 특히 강직해 올바른 사람이 아니면 교제하지 않았다. 같은 관청에 소계[小計 : 계리(計吏)] 무씨(武氏)가 있었는데, 그는 상국(相國) 무원형(武元衡)154)의 후손이자 분양 공주(汾陽公主)155)의 사위였다. 진숙은 그에 대해 불만스러워하다가 마침내 가족을 데리고 모산(茅山)에서 살았는데, 처자와는 산을 사이에 두고 거처했다. 그는 짧은 베옷에 노끈으로 허리를 묶고 향을 피우며 참선할 뿐이었으며, 간혹 1년이나 반년 만에 처자와 대충 얼

---

153) 곽전지(郭銓之) : 당나라의 관리. 곽자의(郭子儀)의 손자다. 의종(懿宗) 함통 연간에 벼슬이 상시(常侍)와 무녕군절도사(武寧軍節度使)에 이르렀다.

154) 무원형(武元衡, 758~815) : 자는 백창(伯蒼). 당나라의 재상이자 시인. 덕종 건중(建中) 4년(783) 진사 출신으로, 감찰어사(監察御史)·상서우사낭중(尙書右司郎中)·어사중승(御史中丞) 등을 지냈다. 헌종(憲宗)이 즉위한 후 호부시랑(戶部侍郞)에 제수되었고, 원화(元和) 2년(807)에 문하시랑(門下侍郞)·동평장사(同平章事)로 재상이 되었다가 검남절도사(劍南節度使)로 나갔다. 원화 10년(815)에 두 번째로 재상에 올라 번진에 강력하게 대항하길 주장했는데, 얼마 후에 이사도(李師道)가 보낸 자객에게 암살되었다.

155) 분양 공주(汾陽公主) : 당 헌종의 열째 딸로, 광록경(光祿卿)·부마도위(駙馬都尉) 위양(韋讓)에게 시집갔다. 죽은 후에 정국온의공주(鄭國溫儀公主)에 추봉되었다.

굴을 마주했다. 진숙이 막료로 있을 때 유구사(流溝寺)의 장로(長老)만이 그와 가까이 교유했는데, 이때도 역시 짧은 베옷을 입고 서로 만났다. 진숙은 스스로 《단경(檀經)》 3권을 저술했는데, 지금까지 그것을 보관하고 있다. 막료를 그만두고 떠날 때 그 스님에게 다음과 같은 시156) 한 수를 남겼다.

"움직일 때는 독륜거(獨輪車)157)처럼, 늘 큰길에서 엎어질까 두려웠네. 멈출 때는 밑이 둥근 그릇처럼, 늘 다른 물건에 부딪힐까 걱정했네. 행동거지가 이와 같으니, 어찌 속세를 떠나지 않을 수 있겠는가?"

[희종] 건부(乾符) 연간(874~879)에 동생 진연(陳璉)이 다시 설능(薛能)158)을 보좌해 서주에서 막료로 있을 때, 진숙은 단양(丹陽)에서 작은 배를 타고 팽문(彭門)으로 가서

---

156) 시 : 제목은 〈별승(別僧)〉 또는 〈유별난야승(留別蘭若僧)〉인데, 《전당시(全唐詩)》 권597에 실려 있다.

157) 독륜거(獨輪車) : 손으로 미는, 바퀴가 하나인 작은 수레.

158) 설능(薛能, 817~880) : 자는 대졸(太拙). 당나라의 대신이자 시인. 무종 회창(會昌) 6년(846) 진사 출신으로, 형부원외랑(刑部員外郞)·가주자사(嘉州刺史)·권지경조윤(權知京兆尹)·공부상서(工部尙書) 등을 지냈다. 나중에 허주충무군절도사(許州忠武軍節度使)로 부임했다가 부장(部將)에게 살해당했다. 시를 잘 지었으며 《전당시(全唐詩)》에 시 4권이 수록되어 있다.

동생과 만났다. 설 공(薛公 : 설능)은 진숙의 사람됨을 중히 여겨 그를 맞이해 성으로 들어가자고 청했는데, 진숙이 한사코 거절하며 말했다.

"저는 관아의 문을 밟지 않기로 이미 맹세했습니다."

그러자 설 공은 배를 타고 그를 찾아가서 종일토록 담소하고 날이 저문 뒤에 돌아갔다. 진숙의 지향하는 바에 대한 고집과 곧은 절개가 이와 같았다.

陳陶, 鴻之子也. 鴻與白傅傳〈長恨詞〉, 文格極高, 蓋良史也. 咸通中, 佐廉使郭常侍銓之幕于徐. 性尤耿介, 非其人不與之交. 同院有小計姓武, 亦元衡相國之後, 蓋汾陽之坦牀也. 乃心不平之, 遂挈家居于茅山, 與妻子隔山而居. 短褐束縧, 焚香習禪而已, 或一年半載, 與妻子略相面焉. 在職之時, 唯流溝寺長老與之款接, 亦具短褐相見. 自述《檀經》三卷, 今在藏中. 臨行, 留一章與其僧云: "行若獨車輪, 常畏大道覆. 止若圓底器, 常恐他物觸. 行止旣如此, 安得不離俗?" 乾符中, 弟璉復佐薛能幕于徐, 自丹陽棹小舟至于彭門, 與弟相見. 薛公重其爲人, 延請入城, 遂堅拒之曰: "某已有誓, 不踐公門矣." 薛乃攜舟造之, 話道永日, 不宿而去. 其志尙之介僻也如此.

출처 《태평광기》 권202 〈고일(高逸) · 진숙〉, 《유설》 권54 〈옥당한화 · 진숙시(陳俶詩)〉, 《당시기사(唐詩紀事)》 권66 〈진숙〉.

50. 왕인유(王仁裕) 1

 [오대] 후진(後晉)의 도성 낙하(洛下 : 낙양)에서 병신년(丙申年 : 936)[159] 봄에 한림학사(翰林學士) 왕인유[본서의 찬자]가 밤에 숙직했다. 궁중에서 종소리[160]가 들렸는데, 매번 소리가 날 때마다 마치 목과 머리 사이를 두드리는 것 같았다. 그 종이 갑자기 울리면서 "삭삭" 소리를 냈는데, 마치 깨지고 찢어지는 것 같았으며 열흘이 넘도록 이와 같았다. 왕인유는 매번 동료와 함께 조용히 논의했지만 무슨 징조인지 알지 못했다. 그해 중춘에 후진의 황제가 과연 변량(汴梁 : 개봉)으로 행차하고 석거(石渠)와 금마(金馬)[161]를 설궁

---

[159] 병신년(丙申年) : 오대 후당(後唐) 폐제(廢帝) 청태(淸泰) 3년(936)이다. 같은 해 11월에 석경당(石敬瑭)이 후진(後晉)을 건국하고 연호를 천복(天福)이라 했다.

[160] 종소리 : 원문은 "포뢰(蒲牢)". 전설에 포뢰는 용왕의 아홉 아들 가운데 하나로, 고래를 몹시 무서워해 보기만 하면 크게 우는데 그 울음소리가 꼭 종소리 같다고 한다. 종각에 종을 매달기 위한 고리인 종뉴(鐘紐)는 포뢰가 목을 구부리고 입을 벌려 마치 종을 불어 올리는 듯한 모습을 하고 있는데, 종소리를 더욱 크게 울리게 하기 위해 종을 매다는 곳에 포뢰를 조각하고 고래 모양으로 만든 당목(撞木)으로 종을 친다.

[161] 석거(石渠)와 금마(金馬) : '석거'는 궁중의 비서(秘書)를 보관한

(雪宮 : 행궁)으로 옮겼는데, 지금까지 13년이 된다. 그러므로 "삭삭" 소리의 징조는 믿을 만하고 징험할 수 있다.

晉都洛下, 丙申年春, 翰林學士王仁裕夜直. 聞禁中蒲牢, 每發聲, 如叩項腦之間. 其鐘忽撞作"索索"之聲, 有如破裂, 如是者旬餘. 每與同職默議, 罔知其何兆焉. 其年中春, 晉帝果幸於梁汴¹, 石渠・金馬, 移在雪宮, 迄今十三年矣. "索索"之兆, 信而有徵.

출처《태평광기》권203 〈악(樂)・왕인유〉.
1   양변(梁汴) : "변량(汴梁)"으로 고치는 것이 타당하다.

석거각(石渠閣)이고, '금마'는 궁궐의 금마문(金馬門 : 학사가 어명을 기다리던 곳) 앞에 있던 구리로 만든 말이다. 여기서는 석거각의 장서와 금마문의 금마를 말한다.

51. 왕인유(王仁裕) 2

후당(後唐) 청태(淸泰) 연간(934~936) 초에 왕인유(본서의 찬자는 양원(梁苑 : 개봉)에서 종사(從事)로 있었다. 당시 범연광(范延光)162)이 그곳을 진수하고 있었는데, 교외가 아직 추운 춘정월에 막료들을 데리고 절류정(折柳亭)에서 조정 관원을 전별했다. 당시 연주하던 곡은 우조(羽調)였는데, 향철(響鐵)163)만 유독 궁성(宮聲)을 내는 바람에 소

---

162) 범연광(范延光, ?~940) : 자는 자괴(子瓌). 오대 후당·후진(後晉)의 장수. 일찍이 후당 명종(明宗)을 따라 후량(後梁)에 저항해 공부상서(工部尙書)와 선휘남원사(宣徽南院使)에 임명되었으며, 주수은(朱守殷)의 난을 평정해 추밀사(樞密使)에 제수되었다. 또한 군사를 이끌고 위주(魏州)로 가서 천웅군(天雄軍)의 병란을 진압해 천웅군절도사(天雄軍節度使)에 제수되었다. 석경당(石敬瑭)이 후진을 건국하자 귀항해 임청군왕(臨淸郡王)에 봉해졌다. 천복(天福) 2년(937)에 업성(鄴城)에서 후진 조정에 반란을 일으켰다가 패하자, 항복을 청하고 두 아들을 대량(大梁 : 개봉)에 인질로 보내 천평군절도사(天平軍節度使)에 제수되고 동평군왕(東平郡王)에 봉해졌으며, 태자태사(太子太師)로 벼슬을 마쳤다. 천복 5년(940)에 하양절도사(河陽節度使) 양광원(楊光遠)에 살해당했다.

163) 향철(響鐵) : 상하 두 단으로 된 틀에 긴네모꼴의 철판을 여덟 개씩 얹고 두 개의 채로 쳐서 연주하는 타악기로, 철향(鐵響) 또는 방향(方響)이라고도 한다.

리.가 서로 부딪쳐 결국 음이 조화롭지 못했다. 왕인유 혼자만 이를 의아해하면서 조용히 융판(戎判)인 대부(大夫) 이식(李式)164)과 관기(管記)인 원외(員外) 당헌(唐獻)에게 말했다.

"오늘 필시 걱정스러운 일이 생길 것이니, 대개 음악이 조화롭지 않소. 지금 여러 음이 모두 우성(羽聲)인데, 오직 향철만 궁성을 내고 있소. 게다가 우(羽)는 [오행으로] 수(水)이고 궁(宮)은 토(土)이니, 수와 토는 상극이오. 그러니 근심이 없을 수 있겠소?"

이윽고 전별연이 끝나고 조정 관원이 서쪽으로 돌아가자, 범 공(范公 : 범연광)은 빈객을 데리고 매와 사냥개를 끌고 왕파점(王婆店) 북쪽에서 사냥하다가 달리는 말에서 떨어져 황량한 비탈에서 구조를 받지 못했다. 범 공은 진사시(辰巳時 : 오전 7~11시)부터 오후까지 기절해 있다가 간신히 다시 살아났다. 음악으로 앞일을 미리 알아낸 것은 진실로 대단하다.

---

164) 이식(李式) : 오대 후당·후진·후한의 관리. 후당 때 절도사부(節度使府)의 판관(判官), 후진 때 급사중(給事中)·좌산기상시(左散騎常侍), 후한 때 호부시랑(戶部侍郎)·광록훈(光祿勳)·금자광록대부(金紫光祿大夫)를 각각 지냈다.

後唐淸泰之初, 王仁裕從事梁苑. 時范公延光師之, 春正月, 郊野尙寒, 引諸幕寮, 餞朝客于折柳亭. 樂則於羽, 而響鐵獨有宮聲, 洎將摻執, 竟不諧和. 王獨訝之, 私謂戎判李大夫式·管記唐員外獻曰 : "今日必有譸張之事. 蓋樂音不和. 今諸音擧羽, 而獨扣金有宮聲. 且羽爲水, 宮爲土, 水土相剋. 得無憂乎?" 于時筵散, 朝客西歸, 范公引賓客, 紲鷹犬, 獵于王婆店北, 爲奔馬所墜, 不救于荒陂. 自辰巳至午後, 絶而復蘇. 樂音先知, 良可至矣.

출처《태평광기》권204〈악·왕인유〉.

52. 여귀진(厲歸眞)

 당(唐)나라 말에 강남(江南)에 여귀진165)이라는 도사가 있었는데 어디 사람인지는 알지 못한다. 일찍이 홍주(洪州)의 신과관(信果觀)에서 노닐다가 삼관전(三官殿)166) 안의 공덕소상(功德塑像)을 보았는데, 그것은 현종(玄宗) 때 협저(夾紵)167) 기법으로 매우 절묘하게 제작되었다. 그런데 참새와 비둘기의 똥에 의해 그 위가 매우 더러웠다. 그래서 여귀진이 마침내 삼관전의 벽에 새매를 그렸는데 그 필적이

---

165) 여귀진 : 당 말 오대의 도사. 어려서부터 그림 그리기를 몹시 좋아해 소와 호랑이 그림에 뛰어났으며, 금조(禽鳥)와 화훼 그림에도 뛰어났다. 어려서부터 농촌에서 자라면서 늘 수많은 소를 봤기 때문에 소의 형태와 습성을 깊이 이해했으므로 매우 생동감 넘치게 그려 사람들의 칭송을 받았다.

166) 삼관전(三官殿) : 도교의 신전(神殿)으로, 삼관대제(三官大帝), 즉 상원천관(上元天官)·중원지관(中元地官)·하원수관(下元水官)을 모신 곳이다. 삼관신은 도교에서 지위가 비교적 높아 민간에 미친 영향이 크다.

167) 협저(夾紵) : 협저(夾紵)라고도 하며 소상(塑像)을 만드는 방법의 일종으로, 먼저 진흙으로 소상을 만든 다음 옻칠을 이용해 마포(麻布)를 그 위에 부착하고 옻칠이 마르면 다시 여러 번 옻칠해 마지막에 진흙을 제거한다. 그래서 탈공상(脫空像)이라고도 한다.

절묘했다. 이때부터 참새와 비둘기가 다시는 삼관전에 깃들이지 않았다. 그 그림은 지금까지 남아 있다. 여귀진은 꺾인 대나무와 까치를 특히 잘 그렸는데, 나중에 어떤 사람이 그 화법을 전수받았다. 여귀진은 나부산(羅浮山)에서 승천했다.

唐末, 江南有道士厲歸眞者, 不知何許人也. 曾遊洪州信果觀, 見三官殿內功德塑像, 是玄宗時夾紵, 製作甚妙. 多被雀鴿糞穢其上. 歸眞遂於殿壁畫一鷂, 筆跡奇絶. 自此雀鴿無復栖止此殿. 其畫至今尙存. 歸眞尤能畫折竹·野鵲, 後有人傳. 歸眞於羅浮山上昇.

출처《태평광기》 권213〈화(畫)·여귀진〉,《유설》 권54〈옥당한화·화요(畫鷂)〉.

53. 고병(高騈)

 강회(江淮) 지역의 주군(州郡)은 불에 관한 법령이 가장 엄해 이를 범한 자는 용서받지 못했는데, 대개 대나무 집이 많아서 혹시라도 조심하지 않으면 삽시간에 수백 수천 칸이 즉시 재가 되기 때문이었다. 고병168)이 유양(維揚 : 양주)을 진수할 때, 한 술사(術士)의 집에서 불이 나 번져 수천 호를 태웠다. 담당 관리는 술사를 체포해 즉시 법대로 처형하려 했다. 술사는 처형에 임해서 형 집행관에게 말했다.

 "저의 잘못이 어찌 한 번의 죽음으로 책임을 면할 수 있겠습니까? 하지만 제게 보잘것없는 기술이 하나 있으니, 다른 사람에게 전수해 주어 후세 사람들을 구제할 수 있게 해

---

168) 고병(821~887) : 자는 천리(千里). 당나라 말의 무장. 금군(禁軍) 장교에서 출발해 안남도호(安南都護)와 정해군절도사(靜海軍節度使) 등을 역임했고, 당항(黨項)과 남조(南詔) 토벌에 공적을 세웠다. 그러나 황소(黃巢)의 난 때 관할 소재지인 양주(揚州)에 주둔한 채 장안(長安)을 점거한 황소군의 토벌에 적극적으로 움직이지 않고 형세를 관망하다가 결국 조정으로부터 반역의 의심을 받아 병권을 박탈당했다. 나중에 신선 방술(神仙方術)에 빠져 군무(軍務)를 술사 여용지(呂用之)와 장수일(張守一) 등에게 맡기고 세금을 과도하게 매기고 형벌을 남용하다가 결국 부장(部將) 필사탁(畢師鐸)에게 살해당했다.

주신다면 죽어도 여한이 없겠습니다."

당시 고병은 방술사(方術士)를 맞이해 우대하면서 늘 배고프고 목마른 듯이 기다렸다. 그래서 형 집행관은 처형을 늦추고 달려가 고병에게 아뢰었다. 고병이 그 술사를 불러 직접 물었더니 그가 말했다.

"제게 다른 기술은 없고 오직 대풍(大風 : 나병)을 잘 고칩니다."

고병이 말했다.

"그것을 확인할 수 있겠느냐?"

술사가 대답했다.

"복전원(福田院)169)에서 병이 가장 심한 자를 골라 시험해 보겠습니다."

그 말대로 했더니 술사는 환자를 밀실에 두고 유향주(乳香酒)170) 몇 되를 먹였다. 그러자 환자는 몽롱하게 의식을 잃었다. 술사는 예리한 칼로 환자의 뇌를 열고 두 손 가득 벌레를 끄집어냈는데, 길이가 겨우 2촌이었다. 그러고는 고약으로 상처 부위를 봉하고 따로 약을 먹였으며 다시 음식과

---

169) 복전원(福田院) : 병자를 구제하거나 노인을 구호하기 위해 설치한 시설. 당나라 때는 병방(病坊)·양병원(養病院)·비전원(悲田院)이라 불렀다.

170) 유향주(乳香酒) : 감람나무과에 속한 유향나무의 수지로 만든 술.

행동거지를 조절해 주었더니, 열흘 남짓 지나서 상처가 다 아물었다. 또 겨우 한 달 만에 눈썹과 수염이 다시 나고 피부가 윤택해져서 환자 같지 않았다. 고병은 그 술사를 예우해 상객(上客)으로 삼았다.

江淮州郡, 火令最嚴, 犯者無赦. 蓋多竹屋, 或不愼之, 動則千百間立成煨燼. 高騈鎭維揚之歲, 有術士之家延火, 燒數千戶. 主者錄之, 卽付於法. 臨刃, 謂監刑者曰 : "某之忿尤, 一死何以塞責? 然某有薄技, 可以傳授一人, 俾其救濟後人, 死無所恨矣." 時騈延待方術之士, 恒如飢渴. 監刑者卽緩之, 馳白於騈. 騈召入, 親問之. 曰 : "某無他術, 唯善醫大風." 騈曰 : "可以驗之?" 對曰 : "但於福田院選一最劇者, 可以試之." 遂如言, 乃置患者於密室中, 飮以乳香酒數升, 則憺然無知. 以利刀開其腦縫, 挑出蟲可盈掬, 長僅二寸. 然以膏藥封其瘡, 別與藥服之, 而更節其飮食動息之候, 旬餘, 瘡盡愈. 纔一月, 眉鬚已生, 肌肉光淨, 如不患者. 騈禮術士爲上客.

출처《태평광기》권219〈의(醫)・고병〉.

54. 전영자(田令孜)

장안(長安)이 완전히 번성해졌을 때[171] 서시(西市)에서 탕약을 파는 가게가 하나 있었는데, 일반적인 약재를 쓸 뿐이고 약에 넣는 재료도 몇 가지에 지나지 않았다. 맥을 짚어 보는 것도 아니었고, 어디가 아프냐고 묻지도 않았다. 100전에 약 한 첩을 팔았는데, 1000가지 병이 약을 입에 넣기만 하면 나았다. 늘 넓은 집 안에 커다란 솥을 놓고, 밤낮으로 쪼개고 자르고 달이고 끓이면서 약을 대느라 쉴 새가 없었다. 사람들은 원근을 막론하고 다들 와서 약을 사 갔다. 시장 문에 사람들이 줄을 서서 온 도성이 떠들썩했다. 금덩이를 들고 문 앞을 지켜 서서 닷새나 이레를 기다려도 탕약을 받지 못한 사람까지 있었으니, 그 가게는 엄청나게 많은 돈을 벌었다. 당시 전영자[172]가 병이 났는데, 나라 안의 의원

---

171) 장안(長安)이 완전히 번성해졌을 때 : 황소(黃巢)의 반군이 점거한 장안을 당군(唐軍)이 수복한 후에 장안이 다시 번성했을 때를 말한다.

172) 전영자(?~893) : 본성은 진씨(陳氏), 자는 중칙(仲則). 당나라 말의 환관 권신으로, 서천절도사(西川節度使) 진경선(陳敬瑄)의 동생이다. 의종(懿宗) 때 환관으로 입궁해, 희종(僖宗) 때 신책군중위(神策軍中尉)로 발탁되어 황제의 총애를 믿고 조정을 좌지우지했으며, 희종은

을 두루 불러들이고 국사(國師)나 대조(待詔)173)까지 왔지만 효과가 전혀 없었다. 갑자기 만난 친지가 전영자에게 말했다.

"서시에 탕약 파는 가게가 있는데, 어찌 시험해 보지 않으십니까?"

전영자가 말했다.

"좋소."

마침내 하인을 보내 급히 말을 타고 가서 탕약을 구해 오게 했다. 하인은 탕약을 얻자 다시 말을 달려 돌아오다가 거의 동네 근처까지 왔을 때 말이 넘어지는 바람에 탕약을 쏟았다. 하인은 엄한 질책을 받을까 두렵고 다시 가서 가져올 수도 없자, 한 염색집을 찾아가 구정물 한 병을 얻어서 주인에게 드렸다. 전영자는 그것을 먹고 병이 즉시 나았다. 전영자는 병이 나은 것만 알고 그 약이 어디서 온 것인지는 모르고서 그 탕약 가게에 아주 후하게 상을 내렸다. 탕약 가게는 명성이 더욱 높아졌으니, 이는 아마도 복의(福醫 : 복 받은 의원)일 것이다. 근래에 업도(鄴都)의 장 복의(張福醫)도 그

그를 "아보(阿父)"라고 부르며 존경했다. 전란의 와중에 두 번이나 희종을 모시고 피난길을 수행했다. 나중에 촉(蜀) 지방을 점거한 왕건(王建 : 전촉 고조)에게 살해되었다.

173) 대조(待詔) : 한림원의 의대조(醫待詔)를 말한다.

렇게 해서 아주 많은 재산을 모았는데, 이로써 유명해져 번왕(蕃王)이 그를 데리고 변방으로 돌아갔다.

長安完盛日, 有一家於西市賣飲子, 用尋常之藥, 不過數味. 亦不閑方脈, 無問是何疾苦. 百文售一服, 千種之疾, 入口而愈. 常於寬宅中, 置大鍋鑊, 日夜刞斫煎煮, 給之不暇. 人無遠近, 皆來取之. 門市駢羅, 喧闐京國. 至有齎金守門, 五七日間, 未獲給付者, 獲利甚極. 時田令孜有疾, 海內醫工召遍, 至於國師待詔, 了無其徵. 忽見親知白田曰 : "西市飲子, 何訪試之?" 令孜曰 : "可." 遂遣僕人, 馳乘往取之. 僕人得藥, 鞭馬而廻, 將及近坊, 馬蹶而覆之. 僕旣懼其嚴難, 不復取云, 遂詣一染坊, 丐得池脚一缾子, 以給其主. 旣服之, 其病立愈. 田亦只知病愈, 不知藥之所來, 遂賞藥家甚厚. 飲子之家, 聲價轉高, 此蓋福醫也. 近年, 鄴都有張福醫者亦然, 積貨甚廣, 以此有名, 爲蕃王挈歸塞外矣.

출처《태평광기》권219 〈의·전영자〉.

55. 우구(于遘)

 근래 조정의 중서사인(中書舍人) 우구174)는 일찍이 뱀독에 쏘였는데, 치료할 길이 없자 마침내 장기 휴가를 내고 먼 곳으로 의원을 찾아가려던 참이었다. 하루는 지팡이를 짚고 중문 밖에 앉아 있었는데, 우연히 한 대장장이가 그를 보고 물었다.

 "무슨 괴로움으로 이렇게 야위고 기운이 없으십니까?"

 우구가 사정을 말해 주었더니 대장장이가 말했다.

 "저도 그 병에 걸렸는데, 좋은 의원을 만나 저를 위해 뱀 한 마리를 끄집어내 주어서 나았습니다. 저 역시 그 기술을 전수받았습니다."

 우구가 기뻐하며 그에게 부탁하자 그가 말했다.

 "이는 사소한 일일 뿐입니다. 내일 아침에 식사하지 말고 계시면 제가 반드시 오겠습니다."

 다음 날 과연 그가 와서 우구에게 처마 밑에 서서 밝은 곳을 향해 입을 벌리게 하고는 집게를 들고 기다렸다. 막 집게

---

174) 우구 : 오대 후진(後晉)의 관리. 후진 고조 때 호부낭중(戶部郎中)·우부낭중(虞部郎中)·지제고(知制誥)·중서사인을 지냈다.

로 집으려 할 때 발이 삐끗하는 바람에 놓쳐 버리자, 그는 다시 내일 오겠다고 약속했다. 하룻밤이 지나서 그가 다시 와서 정신을 집중하고 기다리고 있다가 단번에 집어냈는데, 그 뱀은 이미 2촌 남짓 되었고 적색이었으며 굵기가 비녀 다리만 했다. 대장장이가 급히 불을 가져오게 해서 태웠더니 우구의 병이 마침내 나았다. 우구는 누차 관직에 제수되어 자미령(紫微令 : 중서령)175)에 이르렀다가 죽었다. 그 대장장이는 또한 우구가 주는 선물을 받지 않고 다만 말했다.

"저는 사람을 구하겠다고 맹세했습니다."

그러고는 술 몇 잔만 마시고 떠났다.

近朝中書舍人于遘, 嘗中蠱毒, 醫治無門, 遂長告, 漸欲遠適尋醫. 一日, 策杖坐于中門之外, 忽有釘鉸匠見之, 問曰 : "何苦而羸苶如是?" 于卽爲陳之, 匠曰 : "某亦曾中此, 遇良工, 爲某鈐出一蛇而愈. 某亦傳得其術." 遘欣然, 且祈之, 彼曰 : "此細事耳. 來早請勿食, 某當至矣." 翊日果至, 請遘於舍簷下, 向明張口, 執鈐俟之. 及欲夾之, 差跌而失, 則又約以來日. 經宿復至, 定意伺之, 一夾而中, 其蛇已及二寸許, 赤色, 麤如釵股矣. 遽命火焚之, 遘遂愈. 復累除官, 至紫微

---

175) 자미령(紫微令) : 중서령(中書令)을 말한다. 당 현종(玄宗) 개원(開元) 원년(713)에 중서성을 자미성으로 개칭하고 중서령을 자미령으로 개칭했다.

而卒. 其匠亦不受贈遺, 但云: "某有誓救人." 唯引數觴而別.

출처《태평광기》권219〈의·우구〉.

56. 안수(顔燧)

도성과 여러 주군(州郡)의 시장통에는 독을 빼낼 수 있다는 의원들이 있었는데, 눈으로 직접 본 효험이 많은데도 사람들은 모두 의심하며 일시적인 환술이라 여기고 불치병은 치료할 수 없을 것으로 생각했다. 낭중(郎中) 안수라는 사람에게 하녀가 하나 있었는데, 이 병을 앓고 있었다. 그녀는 항상 무언가가 심장과 간을 쪼아 먹는 것 같은 느낌을 받았는데, 그 고통을 참을 수 없었다. 몇 년 후에는 마르고 초췌해져 피골이 상접했고 정강이가 고목 같았다. 우연히 한 훌륭한 의원이 시장에서 수많은 사람을 모아 놓고 이 병을 진료한다는 얘기를 듣고, 안수는 시험 삼아 그 의원을 불렀다. 의원은 하녀를 보고 말했다.

"이건 뱀독인데 즉시 꺼낼 수 있습니다."

이에 먼저 시뻘겋게 달군 숯 10~20근을 준비하게 한 후에 그녀에게 약을 먹였다. 의원은 한참 동안 작은 집게를 들고 옆에서 기다렸다. 그때 하녀는 목구멍 사이에서 어떤 물체가 움직이는 것을 느꼈는데, 이내 죽었다가 다시 살아났다. 잠시 후 의원은 그녀의 입을 열게 하고, 길이가 5~7촌쯤 되는 뱀 한 마리를 끄집어내 급히 시뻘건 숯 속에 던져 태웠다. 뱀은 꿈틀거리며 불타다가 한참 후에 재가 되었는데,

그 악취가 이웃 마을까지 퍼졌다. 이때부터 하녀는 병이 나았고, 다시는 가슴을 물어뜯기는 고통이 없었다. 그러니 노자(老子)가 서갑(徐甲)의 뼈에 살이 돋아나게 해 살려 냈다는 일176)은 진실로 허망하지 않음을 알 수 있다.

京城及諸州郡闤闠中, 有醫人能出蠱毒者, 目前之驗甚多, 人皆惑之, 以爲一時幻術, 膏肓之患, 卽不可去. 郞中顔燧者, 家有一女使抱此疾. 常覺心肝有物嗾食, 痛苦不可忍. 累年後瘦瘁, 皮骨相連, 脛如枯木. 偶聞有善醫者, 於市中聚衆甚多, 看療此病, 顔試召之. 醫生見曰 : "此是蛇蠱也. 立可出之." 於是先令熾炭一二十斤, 然後以藥餌之. 良久, 醫工秉小鈐子於傍. 于時覺咽喉間有物動者, 死而復蘇. 少頃, 令開口, 鈐出一蛇子長五七寸, 急投於熾炭中燔之. 燔蛇屈曲, 移時而成燼, 其臭氣徹於親鄰. 自是疾平, 永無齧心之苦耳. 則知活變起虢肉徐甲之骨, 信不虛矣.

출처《태평광기》권219 〈의·안수〉.

176) 노자(老子)가 서갑(徐甲)의 뼈에 살이 돋아나게 해 살려 냈다는 일 : 이 일은 진(晉)나라 갈홍(葛洪)의 《신선전(神仙傳)》에 나온다.

57. 신광손(申光遜)

 근래 조주(曹州)의 관찰판관(觀察判官) 신광손은 본가가 계림(桂林)이라고 말했다. 손중오(孫仲敖)라는 관리가 계주(桂州)에 기거하고 있었는데, 그는 교광(交廣 : 교주와 광주 지역) 사람이었다. 신광손이 그를 만나 보러 가자 내실로 인도되었는데, 손중오는 관(冠)에 상투꽂이만 한 채 신광손을 만나며 말했다.
 "내가 머리 손질하는 데 게으른 게 아니라 두통을 앓고 있소이다."
 신광손은 즉시 순주(醇酒)177)를 한 되 남짓 가져오게 하더니, 매운 양념인 후추와 마른 생강 등을 반 잔 정도 가루 내서 따뜻한 술과 섞었다. 그러고는 또 침함(枕函)178)에서 요즘 생황(笙簧)의 관(管)처럼 생긴 옻칠한 검은 대통 하나를 꺼내 콧구멍에 대고 그것을 모두 들이마시게 했다. 손중오가 다 들이마시고 나서 베개를 베자마자 땀이 나더니 그 병이 즉시 나았다. 대개 코로 들이마시는 것은 남료(蠻獠 :

---

177) 순주(醇酒) : 여러 번 양조 과정을 거쳐 숙성된 맛이 진한 술.
178) 침함(枕函) : 베개 안에 물건을 넣을 수 있도록 만든 함.

남만)의 치료 방법과 비슷하다.

近代曹州觀察判官申光遜, 言本家桂林. 有官人孫仲敖, 寓居于桂, 交廣人也. 申往謁之, 延於臥內, 冠簪相見曰: "非慵於巾櫛也, 蓋患腦痛爾." 卽命醇酒升餘, 以辛辣物泊胡椒乾薑等屑僅半杯, 以溫酒調. 又於枕函中, 取一黑漆筩, 如今之笙項, 安於鼻竅, 吸之至盡. 方就枕, 有汗出表, 其疾立愈. 蓋鼻飮蠻獠之類也.

출처《태평광기》권220 〈의·신광손〉.

58. 전승조(田承肇)

[오대십국] 왕촉(王蜀 : 전촉)의 장군 전승조가 일찍이 기병을 거느리고 봉상(鳳翔)을 지켰는데, 기병을 이끌고 은밀히 나와서 안장을 풀고 수풀 아래에서 쉬었다. 앞쪽에 문득 둘레가 몇 척 되는 조용한 땅이 보였는데, 몇 척 높이의 작은 나무 한 줄기만 있었다. 그것은 가지나 잎은 전혀 없고 똑바로 서 있었으며 특히 매우 반들반들했다. 전승조는 그곳으로 가서 만지면서 손으로 위아래를 문질렀다. 그러자 순식간에 손가락이 마치 중독된 것처럼 고통이 끊이지 않았다. 그리하여 전승조는 말을 채찍질해 군영으로 돌아왔는데, 당도했을 때는 팔과 어깨가 이미 통보다 굵어져 있었다. 당시 주문에 뛰어난 시골 노파가 깊은 산중에 살고 있었는데, 급히 사람을 보내 그녀를 불러오게 했으나 이미 구할 수 없을 것 같았다. 노파가 말했다.

"그곳은 태생(胎生)으로 태어난 칠촌사(七寸蛇 : 살모사)가 노는 곳인데, 칠촌사가 독을 나무 사이에 뿜어 놓았기 때문에 나뭇가지를 문지른 사람은 즉시 반드시 죽게 됩니다."

전승조가 말했다.

"그렇군."

그리하여 급히 사람을 보내 그곳을 파게 했더니 과연 길이가 6~7촌쯤 되는 뱀 두 마리가 나와서 그것들을 죽였다. 노파는 주문을 외우며 전승조의 어깨에서부터 독기를 몰아내 점점 팔뚝까지 내려가게 하고, 다시 독기를 한꺼번에 몰아 집게손가락으로 들어가게 했는데, 집게손가락의 마지막 마디에 이르러서는 독기를 밖으로 몰아낼 수 없었다. 그 집게손가락 마지막 마디는 고기 완자만 한 공처럼 줄어들어 있었는데, 마침내 날카로운 칼로 그 마디를 잘라 비로소 병독을 제거했다. 잘라 낸 마디는 마치 공처럼 커다랬다.

王蜀將田承肇常領騎軍戍于鳳翔, 因引騎潛出, 解鞍憩於林木之下. 面前忽見方圓數尺靜地中, 有小樹子一莖高數尺, 並無柯葉, 挺然而立, 尤甚光滑. 肇就之翫弄, 以手上下摩娑. 頃刻間, 手指如中毒藥, 苦不禁. 於是鞭馬歸營, 至, 臂膊已矗於桶. 時有村嫗善禁, 居在深山中, 急使人召得, 已將不救. 嫗曰: "此是胎生七寸蛇戲處, 噴毒在樹木間, 捫者樹枝立合致卒." 肇曰: "是也." 急使人就彼斸之, 果獲二蛇, 長六七寸, 斃之. 嫗遂禁勒, 自膊間趂, 漸漸下至于腕, 又倂趂入食指, 盡食指一節, 趂之不出. 蹙成一毬子許肉丸, 遂以利刀斷此一節, 所患方除. 其斷下一節, 巨如一氣毬也.

출처 《태평광기》 권220 〈의·전승조〉.

59. 사독(蛇毒)

조연희(趙延禧)[179]가 말했다.

"독한 살모사에게 물린 곳은 심지 모양으로 쑥뜸을 붙이고 그 위에 뜸을 뜨면 즉시 차도가 있는데, 그렇게 하지 않으면 즉사한다. 무릇 뱀에게 물린 경우 곧바로 물린 곳에 뜸을 떠서 독기를 빼내면 즉시 증상이 멎는다."

趙延禧云:"遭惡蛇虺所螫處, 帖之艾炷, 當上灸之, 立差, 不然卽死. 凡蛇齧卽當齧處灸之, 引去毒氣, 卽止."

출처《태평광기》권220〈의·사독〉.

---

179) 조연희(趙延禧) : 당나라의 관리. 중종(中宗) 경룡(景龍) 연간(707~710)에 간의대부(諫議大夫)를 지냈다.

60. 정손(程遜)

[오대] 후진(後晉)의 태상경(太常卿) 정손[180]은 발바닥에 거북 무늬가 있었는데, 일찍이 관상가를 불러 보여 주었더니 관상가가 말했다.

"당신은 결국 물에 빠지는 재액을 당할 것입니다."

후에 정손은 절우(浙右 : 절서)에 사신으로 갔다가 결국 바닷고기의 배 속에 장사 지내졌다. 한번은 어떤 사람이 [《후한서(後漢書)》] 〈이고전(李固傳)〉[181]을 보고 말했다.

"이고의 발에도 거북 무늬가 있었지만 지위는 삼공(三

---

180) 정손(?~938) : 자는 부휴(浮休). 오대 후진의 관리. 일찍이 한림학사(翰林學士)·병부시랑승지(兵部侍郎承旨)·태상경을 지냈다. 천복(天福) 3년(938), 오월(吳越)에 사신으로 갔다가 돌아오던 도중에 익사했다.

181) 〈이고전(李固傳)〉: 《후한서》 권63에 실려 있다. 이고(94~147)는 자가 자견(子堅)이고 동한의 명신으로 사도(司徒) 이합(李郃)의 아들이다. 젊어서부터 고금에 박통하고 학식이 넓었지만 누차 초징의 명을 받지 않았다. 나중에 대장군(大將軍) 양상(梁商)에 의해 종사중랑(從事中郞)에 임명되었고, 형주자사(荊州刺史)·태산태수(太山太守)·장작대장(將作大匠)·대사농(大司農)·태위(太尉) 등을 역임했다. 질제(質帝)가 붕어한 후 환제(桓帝)의 옹립 문제를 놓고 양기(梁冀)와 논쟁하다가 양기의 무고로 살해당했다.

公)에 이르렀고 끝내 물로 인한 재해를 입지 않았으니, 같은 일이지만 결과는 달랐소."

晉太常卿程遜足下有龜文, 嘗招相者視之, 相者告曰 : "君終有沈溺之厄." 其後使於浙右, 竟葬於海魚之腹. 常謂〈李固傳〉云 : "固足履龜紋, 而位至三公, 卒無水害, 同事而異應也."

출처《태평광기》권223 〈상(相)·정손〉.

61. 진양관(眞陽觀)

　신감현(新淦縣)에 진양관이 있는데, 바로 허 진군(許眞君 : 허손)[182]의 제자인 증 진인(曾眞人 : 증형)[183]이 득도한 곳이다. 그곳에 진양관 소유의 장원이 있었는데, 자주 마을 사람들이 침범해 차지했다. 당(唐)나라 희종(僖宗 : 이현)[184] 때 남평군왕(南平郡王) 종전(鍾傳)[185]이 강서(江西)

---

182) 허 진군(許眞君) : 허손(許遜, 239~374). 자는 경지(敬之). 진(晉)나라 때의 도사로, 도교 정명파(淨明派)의 조사(祖師)다. 태강(太康) 원년(280)에 효렴(孝廉)으로 천거되어 정양현령(旌陽縣令)을 지냈기에 '허 정양(許旌陽)'이라 불렸다. 또한 강남 일대의 민간에서 신공묘제진군(神功妙濟眞君) · 충효 신선(忠孝神仙) · 허 천사(許天師) 등으로도 불린다.

183) 증 진인(曾眞人) : 증형(曾亨, ?~374). 자는 흥국(興國). 진(晉)나라 때의 도사로, 도교 12진군 가운데 하나다. 송(宋)나라 정화(政和) 2년(1112)에 신혜진인(神惠眞人)에 추봉되었다. 젊었을 때 총명하고 박학했으며, 명산을 두루 찾아다니며 수도해 부술(符術)에 통달해 사람들의 병을 치료해 주었다. 나중에 예장(豫章)으로 가서 허 진군의 문하에서 수도해 많은 법술을 전수받았다. 진 효무제 영강(寧康) 2년(374)에 허 진군과 함께 우화등선했다고 한다.

184) 희종(僖宗) : 이현(李儇). 당나라의 제18대 황제(873~888 재위). 정사에는 큰 관심이 없었으며 재위 기간에 발생한 기근, 무거운 세금 부과, 황소(黃巢)의 난 등으로 인해 나라가 피폐해졌다.

8주(州)의 땅을 점거했다. 당시 진양관 내의 본당을 수리하고 있었는데, 갑자기 향로 하나가 하늘에서 내려왔다. 그 향로는 높이가 3척이었고 밑에 받침 하나가 있었으며, 받침 안에 연꽃 가지 하나가 나와 있었고 연꽃은 잎이 12장이었으며, 연꽃잎 사이마다 물체가 하나씩 숨겨진 듯 나와 있었는데, 바로 십이속(十二屬 : 십이지에 해당하는 동물)이었다. 향로 꼭대기에는 한 선인(仙人)이 원유관(遠遊冠)을 쓰고 운하의(雲霞衣)를 입고 있었는데, 그 모습이 단정하고 아리따웠다. 그 선인은 왼손으로 턱을 괴고 오른손을 무릎에 얹은 채 작은 반석에 앉아 있었다. 반석 위에는 꽃과 대나무, 흐르는 물과 노송이 기묘하게 조각되어 있었는데, 사람의 솜씨가 미칠 수 있는 바가 아니었다. 처음 향로가 내려왔을 때, 마을 사람들이 진양관의 장원을 점거한 곳이 있으면, 향로가 곧장 거기로 날아가서 커다란 광채를 뿜어냈다. 마을 사람들은 놀라고 두려워하면서 즉시 그 장원을 진양관에 돌려주고 감히 그곳에 머물지 못했다. 남평군왕은 그 신령하

---

185) 종전(鍾傳, ?~906) : 당나라 말의 지방 군벌. 젊었을 때는 장사를 했다. 왕선지(王仙芝)가 강남에서 거사했을 때 사람들이 종전을 우두머리로 추대하자, 그는 스스로 고안진무사(高安鎭撫使)라 칭했다. 희종 중화(中和) 2년(882)에 진남군절도사(鎭南軍節度使)에 임명되고 남평군왕에 봉해졌다.

고 기이한 일을 듣고 사자를 보내 향로를 강서로 가져오게 해서 공양했다. 그러던 어느 날 저녁에 그 향로가 홀연히 사라졌는데, 찾아보았더니 도로 예전의 진양관에 가 있었다. 도사와 속인들은 그 향로를 "서로(瑞爐 : 상서로운 향로)"라고 불렀다. 옛 승상(丞相)인 낙안공(樂安公) 손악(孫偓)[186]은 남쪽으로 갈 때 이 진양관을 지나면서 시를 지어 남겼는데, 그 마지막 구는 이러했다.

"구름 타고 노닐기 좋은 달 밝은 밤에, 상서로운 향로가 제단 앞으로 날아내려 왔네."

그 향로는 황금색 같았고 무게는 일정하지 않았다. 보통 때에 들면 겨우 6~7근이었다. 일찍이 한 도둑이 그것을 훔쳐 가려고 했는데, 여러 사람이 함께 들어도 들 수 없었다. 향로는 지금도 여전히 진양관에 있는데, 더 이상 날 수는 없다.

新浙[1]縣有眞陽觀者, 卽許眞君弟子曾眞人得道之所. 其常住有莊田, 頗爲邑民侵據. 唐僖宗朝, 南平王鍾傳據江西八州之地. 時觀內因修元齋, 忽有一香爐自天而下. 其爐高三尺, 下有一盤, 盤內出蓮花一枝, 花有十二葉, 葉間隱出一物, 卽十二屬也. 爐頂上有一偓人, 戴遠遊之冠, 着雲霞之

---

186) 손악(孫偓) : 본서 제16조 〈손악〉의 주 49 참조.

衣, 相儀端妙. 左手搘頤, 右手垂膝, 坐一小磐石. 石上有花竹流水松檜之狀, 雕刊奇怪, 非人工所及也. 其初降時, 凡有邑民侵據本觀莊田, 卽蜚於田所, 放大光明. 邑民驚懼, 卽以其田還觀, 莫敢逗留. 南平王聞其靈異, 遣使取爐, 至江西供養. 忽一夕失爐, 尋之却至舊觀. 道俗目之爲"瑞爐". 故丞相樂安公孫偓南遷, 路經此觀, 留題, 末句云: "好是步虛明月夜, 瑞爐蜚下醮壇前." 其瑞爐比如金色, 輕重不定. 尋常擧之, 只可及六七斤. 曾有一盜者竊之, 雖數人亦不能擧. 至今猶在本觀, 而不能復蜚矣.

출처《태평광기》권232〈기완(器玩)・진양관〉.

1 절(浙):《태평광기》사고전서본에는 "감(淦)"이라 되어 있는데 타당하다. 신절현(新浙縣)은 사서에 보이지 않지만, 신감현(新淦縣)과 풍성현(豐城縣)은 인접해 있고 풍성현에 진양관이 있다.

62. 비호 어자(陴湖漁者)

서주(徐州)와 숙주(宿州)의 경계에 비호라는 호수가 있는데 둘레가 수백 리다. 두 주의 사람은 골풀·삽주·모시풀·갈대와 마름·연 등을 모두 이 호수에서 채취했다. 당(唐)나라 천우(天祐) 연간(904~907)에 한 어부의 그물에 쇠거울 하나가 딸려 올라왔는데, 그다지 심하게 부식되지 않아서 여전히 얼굴을 비춰 볼 수 있을 정도로 빛났으며 너비는 5~6촌쯤 되었다. 어부는 거울을 가지고 집으로 돌아왔다. 그런데 갑자기 한 스님이 문에 이르러 어부에게 말했다.

"당신이 가지고 있는 기이한 물건을 보여 줄 수 있습니까?"

어부가 대답했다.

"그런 물건은 없습니다."

그러자 스님이 말했다.

"당신이 쇠거울을 얻었다고 들었는데, 바로 그 물건입니다."

어부가 쇠거울을 꺼냈더니 스님이 말했다.

"당신은 이 거울을 얻은 곳으로 도로 가져가서 비춰 보고 무엇이 보이는지 잘 살펴보십시오."

어부가 그 말대로 그곳으로 가서 비춰 보았더니, 호수 속에 수많은 갑옷 입은 병사가 있었다. 어부는 깜짝 놀라 그 거울을 다시 물속에 던져 버렸다. 스님도 어디론가 사라졌다. 노인들이 전하는 말에 따르면, 이 호수는 본래 비주(陴州)가 무너져 내려 생긴 것으로 지도와 전적에도 실려 있지 않다고 한다.

徐·宿之界有陴湖, 周數百里. 兩州之莞蒴萑葦, 迨茭荷之類, 賴以資之. 唐天祐中, 有漁者於網中獲鐵鏡, 亦不甚澁, 光猶可鑒面, 濶六五寸. 携以歸家. 忽有一僧及門, 謂漁者曰: "君有異物, 可相示乎?" 答曰: "無之." 僧曰: "聞君獲鐵鏡, 卽其物也." 遂出之, 僧曰: "君但却將往所得之處照之, 看有何覩." 如其言而往照, 見湖中無數甲兵. 漁者大駭, 復沉于水. 僧亦失之. 耆老相傳, 湖本陴州淪陷所致, 圖籍亦無載焉.

출처《태평광기》권232 〈기완·비호어자〉.

63. 대안사(大安寺)

    당(唐)나라 의종(懿宗 : 이최)187)은 문(文)으로써 천하를 다스렸기에 나라가 안정되고 태평했다. 의종은 자주 변복(變服)하고 불사(佛寺)와 도관(道觀)으로 몰래 나들이했다. 당시 민간에 간특하고 교활한 자가 있었는데, 강회진주관(江淮進奏官)188)이 보내온 오릉(吳綾)189) 1000필이 대안국사(大安國寺)의 승원(僧院)에 있다는 소문을 들었다. 그래서 그는 남몰래 패거리를 모아 일당 중에서 황상의 모습을 닮은 한 사람을 뽑은 다음 황상이 사행(私行)할 때 입는 옷을 입게 했다. 황상으로 변장한 자는 용뇌(龍腦)190) 등 여러

---

187) 의종(懿宗) : 이최(李漼). 당나라의 제17대 황제(859~873 재위). 선종(宣宗)이 병사한 뒤 환관들의 옹립으로 제위에 올랐다. 정사를 돌보지 않고 사치스러운 생활로 국고를 탕진했으며 백성에게 무거운 세금을 부과해 반란을 불러일으킴으로써 당나라 멸망의 출발점이 되었다.

188) 강회진주관(江淮進奏官) : '진주관'은 각 주진(州鎭)의 관원이 도성에 들어왔을 때 묵는 처소인 진주원(進奏院)의 관리로, 장주(章奏)와 조령(詔令) 및 각종 문서를 전달하는 업무를 맡았다.

189) 오릉(吳綾) : 오 지방에서 만든 최고 품질의 무늬 비단.

190) 용뇌(龍腦) : 용뇌수(龍腦樹)의 줄기에서 덩어리로 뭉쳐 나오는

가지 향이 옷에 배도록 한 다음 동복 한두 명을 데리고 비단이 있는 승원으로 몰래 들어갔다. 그때 마침 거지 한두 명이 오자 변장한 자는 그들에게 돈을 조금 주어서 보냈다. 잠시 후에 각양각색의 거지들이 잇달아 왔는데, 그들에게 줄 돈이 모자라자 변장한 자가 절의 스님에게 말했다.

"승원 안에 어떤 물건이 있소? 빌릴 수 있겠소?"

스님이 미처 승낙하지 않고 있을 때 동복이 스님에게 눈짓했다. 그러자 스님이 깜짝 놀라며 말했다.

"궤짝 안에 어떤 사람이 보내온 비단 1000필이 있으니 명하신 대로 따르겠습니다."

그러고는 궤짝을 열어 그 안에 있는 비단을 모두 주었다. 그러자 동복이 스님에게 말했다.

"내일 아침에 조정 문에서 나를 찾으면, 삼가 안으로 모셔 들일 테니 사례가 적지 않을 것이오."

변장한 자는 마침내 나귀를 타고 떠났다. 스님은 하루가 지난 다음 궁궐 문으로 찾아갔는데, 아무도 보이지 않았다. 그제야 스님은 거지 무리가 모두 간사한 자의 패거리임을 알게 되었다.

투명한 결정체로, 방충제와 훈향제 등으로 쓰인다.

唐懿宗用文理天下, 海內晏淸. 多變服私游寺觀. 民間有奸猾者, 聞大安國寺, 有江淮進奏官寄吳綾千匹在院. 於是暗集其群, 就¹內選一人肖上之狀者, 衣上私行之服. 多以龍腦諸香薰裛, 引二三小僕, 潛入寄綾之院. 其時有丐者一二人至, 假服者遺之而去. 逡巡, 諸色丐求之人, 接跡而至, 給之不暇, 假服者謂院僧曰: "院中有何物? 可借之?" 僧未諾間, 小僕擲眼向僧. 僧驚駭曰: "櫃內有人寄綾千匹, 唯命是聽." 於是啓櫃, 罄而給之. 小僕謂僧曰: "來日早, 于朝門相覓, 可奉引入內, 所酧不輕." 假服者遂跨衛而去. 僧自是經日訪于內門, 杳無所見. 方知群丐並是奸人之黨焉.

출처 《태평광기》 권238 〈궤사(詭詐)·대안사〉, 《태평광기상절》 권18 〈궤사·대안사〉.

1 취(就): 《태평광기상절》에는 "당(黨)"이라 되어 있는데, 문맥상 보다 타당하다.

64. 이연소(李延召)

[오대십국] 왕촉(王蜀 : 전촉)의 장군 왕종주(王宗儔)[191]는 남량절도사(南梁節度使)로 있을 때, 군량을 쌓아 두고 군사들에게 둔전을 일구게 했다. 그는 날마다 토목 공사를 일으켜 산을 뚫고 나무를 베어 내게 하면서 잠시도 멈추지 않았으며 배를 띄워 곡식을 운반하게 했기 때문에 군사들은 고달픔을 호소했다. 민산(岷山)과 아미산(峨眉山) 일대의 사람들은 불교를 매우 좋아했다. 그래서 군사들은 모두 오른손에는 병기를 잡고 왼손에는 불경을 들고 있었으며, 불경을 송독하는 소리가 조두(刁斗)[192] 소리와 뒤섞였다. 당시에 이연소라고 하는 병졸이 여러 해 동안 삼천현(三泉縣)

---

191) 왕종주(王宗儔, ?~924) : 오대의 무장. 전촉 고조 왕건(王建)의 양자다. 전촉이 건국된 후 천웅군절도사(天雄軍節度使) 겸 시중(侍中)에 제수되었다. 후주(後主) 왕연(王衍) 건덕(乾德) 3년(921)에 산남절도사(山南節度使)와 서북면도초토행영안무사(西北面都招討行營安撫使)에 제수되었다. 왕연의 황음이 날로 심해지자 왕종주는 은밀히 왕종필(王宗弼)과 함께 황제의 폐립(廢立)을 모의했는데, 성공하지 못하고 근심과 울분에 싸여 죽었다.

192) 조두(刁斗) : 구리로 만든 솥 같은 기구. 군중(軍中)에서 낮에는 이것에다 음식을 만들고 밤에는 이것을 두드려 경계하는 데 썼다.

의 흑수(黑水) 지역에서 복역하며 벌목했는데, 힘이 고갈되고 몸이 야위어 더 이상 그 일을 감당할 수 없게 되자 마침내 거짓 청원서를 올렸다.

"근자에 여러 여래불(如來佛)을 뵈었는데, 수레와 코끼리를 타고 암벽 속을 드나들거나 소나무와 전나무 위를 날아다니셨습니다. 이와 같은 계시가 아주 자주 있었습니다. 저는 비록 군대에 있긴 하지만 일찍이 부처님의 가르침에 귀의했습니다. 제가 지극한 정성으로 불경을 송독했기에 이러한 감응이 있게 된 것입니다. 지금 병적(兵籍)에서 제 이름을 없애 주시고, 제 다리를 자름으로써 부처님을 섬겨 제가 장래에 무상과(無上果)193)를 깨달을 수 있게 해 주시길 청합니다."

그러자 왕종주가 다음과 같이 판시했다.

"비록 몸은 병적에 있으면서도 뜻은 불문(佛門)에 있어, 군대에서 마음을 닦으며 환포(幻泡)194)를 벗어나 이치에 통달했도다. 부처님께 마음을 두고 귀의해 다리를 자름으로써 공왕(空王)195)을 섬기고자 하니, 장하도다 비휴(貔貅)196)

---

193) 무상과(無上果) : 열반(涅槃)의 경지를 말한다.
194) 환포(幻泡) : 허깨비와 물거품. 지극히 덧없는 것을 뜻한다.
195) 공왕(空王) : 석가여래(釋迦如來)에 대한 존칭.

여! 어찌 그리도 용맹스러운가! 지극한 소원은 막기 어려우니 그 참된 정성은 칭찬할 만하다. 승인하는 문서를 본군(本軍)에 보내 이연소의 이름을 병적에서 없애고 아울러 우후(虞候)197)를 파견해 그의 다리를 자르는 일을 감독하게 할 것이니, 다리를 자른 후에 그를 진원사(眞元寺)로 보내 그곳에서 청소하게 하라."

이연소는 거짓말을 꾸며 내 부역을 면해 보려 했는데, 다리가 잘리게 되자 공포가 더욱 심해졌다. 그렇게 10여 일이 지체되자 그는 슬피 울부짖고 애원하며 칼끝을 피하고자 했다. 왕종주는 그 소식을 듣고 크게 웃으며 죄를 묻지 않았다.

王蜀將王宗儔帥南梁日, 聚糧屯師. 日興工役, 鑿山刊木, 略不暫停, 運粟泛舟, 軍人告倦. 岷峨之人, 酷好釋氏. 軍中皆右執凶器, 左秉佛書, 誦習之聲, 混于刁斗. 時有健卒李延召, 繼年役于三泉黑水以來, 採斫材木, 力竭形枯, 不任其事, 遂設詐陳狀云: "近者得¹見諸佛如來, 乘輿跨象, 出入巖崖之中, 飛昇松栢之上. 如是之報甚頻. 某雖在戎門, 早歸釋敎. 以其課誦至誠, 是有如此感應. 今乞鐲兵籍, 截足事佛, 俾將來希證無上之果." 宗儔判曰: "雖居兵籍, 心在佛

---

196) 비휴(貔貅) : 맹수의 이름으로 용맹한 군사를 이르기도 한다.
197) 우후(虞候) : 당나라 후기에는 군중에서 법을 집행하는 장관이었으며, 오대에는 친위군(親衛軍)의 고급 군관이었다.

門, 修心於行伍之間, 達理於幻泡之外. 歸心而依佛氏, 截足以事空王, 壯哉貙狖! 何太猛利! 大[2]願難阻, 眞誠可嘉. 准狀付本軍, 除落名氏, 仍差虞候, 監截一足訖, 送眞元寺收管灑掃." 延召比欲矯妄免其役, 及臨斷足時, 則怖懼益切. 於是遷延十餘日, 哀號宛轉, 避其鋒釗. 宗儁聞[3]之, 大[4]笑而不罪焉.

출처《태평광기》권238〈궤사·이연소〉,《태평광기상절》권18〈궤사·이연소〉.

1 득(得):《태평광기상절》에는 "시(時)"라 되어 있다.
2 대(大):《태평광기상절》에는 "지(至)"라 되어 있는데, 문맥상 보다 타당하다.
3 주문(儁聞):《태평광기상절》에는 "민(憫)"이라 되어 있다.
4 대(大):《태평광기상절》에는 "경(竟)"이라 되어 있다.

65. 배우인(俳優人)

[오대] 후량(後梁) 태조(太祖 : 주온)가 입조해 [당] 소종(昭宗 : 이엽)을 알현하자 소종이 그를 위해 연회를 열었다. 모두 좌정하고 나서 광대들이 온갖 잡희를 공연했는데, 배우가 치사(致詞)198)하면서 먼저 황제의 덕을 축원하고 난 뒤에 원훈(元勳 : 훈구 대신) 양왕(梁王 : 주온)의 공적을 늘어놓으며 말했다.

"우리 원훈 양왕은 진정으로 500년 만에 나온 현인이십니다."

대우사(大優史) 호찬(胡趲)이 거들었다.

"확실히 그렇습니다. 그런 분이 만약 1년에 한 명씩 나온다면 조정이 어떻게 되겠습니까?"

연회에 배석했던 신료들 가운데 아연실색하지 않는 사람이 없었으며, 후량 태조는 그저 고개만 숙이고 있었다. 소종은 불쾌했지만 어쩔 수 없었다. 호찬은 또한 바둑 두기를 좋아했다. 그는 늘 혼자 나귀 한 마리를 타고 거리 서쪽의 친구

---

198) 치사(致詞) : 공연하기 전에 배우 가운데 한 사람이 찬송의 말을 하는 행위.

집으로 가서 바둑을 두었는데, 대부분 아침에 갔다가 저녁에 돌아왔다. 1년 동안 호찬은 한 번도 바둑 두는 일을 거른 적이 없었다. 매번 호찬이 도착해 아직 자리에 오르기 전에 친구는 반드시 가동에게 당부했다.

"도지(都知 : 호찬)[199]의 나귀를 후원으로 끌고 가서 꼴을 먹여라."

호찬은 그 말에 깊이 감격했다. 그는 저녁이 되어서야 나귀를 타고 집으로 돌아오곤 했는데, 하루는 갑자기 황제의 부름을 받고 황급히 나귀를 찾았다. 그런데 나귀를 끌고 앞에 왔을 때 보았더니, 옆구리를 벌름거리고 숨을 헐떡이면서 온몸에 땀을 흘렸는데, 바로 그 집에서 맷돌을 돌리고 있었던 것이다. 호찬은 그제야 지금껏 그 집을 위해 맷돌을 돌려 줬다는 사실을 알게 되었다. 이튿날 아침에 호찬이 다시 걸어서 친구 집에 갔더니 친구가 또 말했다.

"도지를 위해 나귀를 잘 돌봐 주겠네."

호찬이 말했다.

"나귀는 오늘 올 수 없네."

친구가 말했다.

---

[199] 도지(都知) : 당나라 때 내시성(內侍省)의 관명. 당나라 말기에는 교방(敎坊)의 배우들을 '도지' 또는 '도도지(都都知)'라 불렀다. 여기서는 호찬을 가리킨다.

"어째서인가?"

호찬이 말했다.

"어제 자네 집에 도착한 후부터 갑자기 머리가 아프고 곧이어 심장이 안 좋다고 하면서 일어나지도 못했네. 그러면서 휴가를 청해 쉬겠다고 하더군."

그 말을 들은 친구도 속으로 웃었다. 호찬은 그처럼 교활했지만, 자신이 타던 나귀가 1년이 넘도록 다른 사람을 위해 맷돌을 돌려 준 사실은 알지 못했다. 그 후로 호찬은 또한 자신에게 원망을 품고 있던 동료들에게 여러 번 야유당했다.

---

[1]太祖入覲昭宣[2], 昭宗開宴. 坐定, 伶倫百戲在焉. 俳恒□□聖[3], 先祝帝德, 然後說元勳梁王之功業曰:"我元勳梁王, [4]五百年間生之賢." 九優太史[5]胡趲應曰: "酌然如此. □□□□□□固[6], 敎朝廷如□[7]?" 向侍宴臣僚無不失色, 梁太祖但笑[8]而已. 昭宗不懌, 如無奈何. 趲又自好博奕. 嘗獨跨一驢, 日到[9]故人家某, 多早去晚歸. 年歲之間, 不曾暫輟. 每到其家[10], 主人必戒家童曰: "與都知於後院餵飼驢子." 趲甚感之. 夜則跨歸, 一日非時宣召, 趲倉忙索驢. 及牽前至, 則覺[11]喘氣, 通體汗流, 乃正與主人拽碨耳. 趲方知自來與其家拽磨. 明早, 復展[12]步而至, 主人亦曰: "與都知擡擧驢子." [13]曰: "驢子今日偶來不得." 主人曰: "何也?" 趲曰: "只從昨回[14]宅, 便患頭旋惡心, 起止未得. 且乞假將息." 主人亦大笑□[15]. 以趲之黠也如是, 而不知其所乘, 經年與人旋碨亨利[16]. 亦數爲同人對銜[17]挪揄之.

출처 《태평광기》 권252 〈회해(詼諧)·배우인〉, 《태평광기상절》 권20 〈회해·배우인〉.

1 《태평광기상절》에는 이곳에 "양(梁)" 자가 있다.

2 소선(昭宣) : 《태평광기상절》에는 "소종(昭宗)"이라 되어 있다.

3 배항□□성(俳恒□□聖) : 《태평광기상절》에는 "배우치사(俳優致詞)"라 되어 있다.

4 《태평광기상절》에는 이곳에 "진(眞)" 자가 있다.

5 구우태사(九優太史) : 《태평광기상절》에는 "대우사(大優史)"라 되어 있다.

6 □□□□□고(□□□□□固) : 《태평광기상절》에는 "약일년생일개(若一年生一箇)"라 되어 있다.

7 여□(如□) : 《태평광기상절》에는 "여하(如何)"라 되어 있다.

8 소(笑) : 《태평광기상절》에는 "부수(俛首)"라 되어 있다.

9 일도(日到) : 《태평광기상절》에는 "왕가서(往街西)"라 되어 있다.

10 기가(其家) : 《태평광기상절》에는 "미등석(未登席)"이라 되어 있다.

11 각(覺) : 《태평광기상절》에는 "고협(鼓脇)"이라 되어 있다.

12 전(展) : 《태평광기상절》에는 "극(展)"이라 되어 있다.

13 《태평광기상절》에는 이곳에 "찬(趲)" 자가 있다.

14 회(回) : 《태평광기상절》에는 "일도귀(日到貴)"라 되어 있다.

15 대소□(大笑□) : 《태평광기상절》에는 "암신지(暗哂之)"라 되어 있다.

16 형리(亨利) : 《태평광기상절》에는 "이(耳). 자차(自此)"라 되어 있다.

17 함(銜) : 《태평광기상절》에는 "어(御)"라 되어 있다.

66. 부조자(不調子)

어떤 부조자200)가 있었는데, 그는 늘 해학을 일삼았다. 동료 가운데 다른 사람보다 영리하고 천성이 민첩한 자들도 모두 그에게 농락당했다. 그가 일찍이 한 수사(秀士)201)와 함께 배를 타고 강을 건넜다. 장차 뭍에 오르려 할 때 보았더니, 같은 배에 탄 손님 가운데 어떤 사람이 비쩍 마르고 볼품없는 나귀를 가지고 있었는데, 나귀는 꼬리가 한쪽으로 말려 있었다. 부조자가 한사코 수사에게 그 나귀를 사라고 권했지만, 수사는 나귀가 비쩍 마르고 볼품없다며 하찮게 여겼다. 그러자 부조자가 그에게 권유하며 말했다.

"이 나귀는 특이한 상(相)을 가지고 있어서 보통 나귀와는 다릅니다."

결국 수사는 하는 수 없이 비싼 값에 그 나귀를 샀다. 배에서 내려 길에 오르자 아니나 다를까 나귀가 너무 비실거려서 탈 수 없었다. 수사가 부조자를 한사코 탓하자 부조자가 말했다.

---

200) 부조자 : 진중하지 못하고 경박한 사람을 말한다.
201) 수사(秀士) : 덕행과 재주가 뛰어난 사람을 말한다.

"후회 마십시오. 이 나귀는 다른 나귀와는 다릅니다."

그날 저녁 갑자기 눈이 내리자 부조자가 말했다.

"이제 되었습니다. 술 서너 잔만 사 주시면 그 이야기를 해 드리겠습니다."

수사는 또 마지못해 술을 사서 그와 함께 마셨다. 부조자가 술잔을 들고 말했다.

"당신은 두순학(杜荀鶴)202)의 시에서 '배로 가서 특히 맛있는 물고기203)를 사고, 눈을 밟고 배나 향긋한 술을 받아 오네'라고 한 것을 들어 보지 못했습니까? 당신에게 나귀를 사고 술을 받아 오라고 청한 것은 대개 두순학의 시에 있기 때문이니, 근거가 없는 것은 아닙니다."

수사는 그의 말에 넘어가 농락당했지만 전혀 알아채지

---

202) 두순학(杜荀鶴, 846?~904?) : 자는 언지(彦之). 당나라 말의 시인. 일찍 시명(詩名)이 있었지만 누차 과거에 낙방하자, 구화산(九華山)에 은거하면서 스스로 구화산인(九華山人)이라 불렸다. 소종(昭宗) 대순(大順) 2년(891) 진사에 급제해 선주종사(宣州從事)을 지냈으며, 나중에 주온(朱溫)의 천거로 한림학사(翰林學士)에 임명되고 주객원외랑(主客員外郎)과 지제고(知制誥)를 역임했다. 본문에서 인용한 시의 제목은 〈동말동우인범소상(冬末同友人泛瀟湘)〉이다.

203) 특히 맛있는 물고기 : 원문은 "어편미(魚偏美)". '어(魚)'는 '여(驢)', '미(美)'는 '미(尾)'와 각각 해음자(諧音字)이기 때문에 "어편미"는 "여편미(驢偏尾 : 한쪽으로 꼬리가 말린 나귀)"로 풀이할 수 있다.

못하고 있다가 그제야 비로소 깨달았다.

有不調子, 恒以滑稽爲事. 輩流間有慧黠過人, 性識機警者, 皆被誘而翫之. 嘗與一秀士同舟, 泛江湖中. 將欲登路, 同船客有驢瘦劣, 尾仍偏. 不調子堅勸秀士市之, 秀士鄙其瘦劣. 勉之曰:"此驢有異相, 不同常等." 不得已, 高價市之. 旣捨檝登途, 果尫弱, 不堪乘跨. 而苦尤之, 不調曰:"勿悔. 此不同他等." 其夕, 忽値雪, 不調曰:"得之矣. 請貰酒三五盃, 然後奉爲話其故事." 秀士又俛仰貰而飮之. 及擧爵, 言之曰:"君不聞杜荀鶴詩云'就船買得魚偏美[1], 踏雪沽來酒倍香'乎? 請君買驢沽酒者, 蓋爲杜詩有之, 非無證據." 秀士被買而翫之, 殊不知覺, 至是方悟焉.

출처《태평광기》권252〈회해·부조자〉.

1   어편미(魚偏美):《태평광기》명초본에는 "여편미(驢偏尾)"라 되어 있다.

67. 사마도(司馬都)

 전진사(前進士)204) 사마도205)는 청구(青丘)에서 살았는데, 일찍이 융수(戎帥 : 절도사) 왕사범(王師範)206) 휘하의 군장(軍將)에게 돈 2만 냥을 주면서 실을 사 달라고 부탁했다. 그러나 1년이 지나도록 실과 돈 모두 소식이 깜깜했다. 사마도는 월초에 관부(官府)로 가서 왕 공(王公 : 왕사범)을 배알하다가 우연히 그 군장과 마주치자 어찌 된 일이냐고 물었다. 군장은 체격이 우람하고 얼굴에 수염이 나 있었는

---

204) 전진사(前進士) : 진사에 이미 급제했으나 아직 관직을 제수받지 못한 사람을 말한다.

205) 사마도 : 당나라의 시인. 의종(懿宗) 함통(咸通) 연간(860~874) 진사 출신으로, 일찍이 육구몽(陸龜蒙)·피일휴(皮日休) 등 오중(吳中)의 명사들과 시를 주고받았다.

206) 왕사범(王師範, 874~908). 당나라 말의 번진 세력으로, 평로치청절도사(平盧淄青節度使) 왕경무(王敬武)의 아들이다. 소종(昭宗) 용기(龍紀) 원년(889)에 왕경무가 죽은 후, 노굉(盧宏)의 반란을 평정하고 최안잠(崔安潛)을 축출해 평로군절도사·동평장사(同平章事)에 제수되었다. 당 황실에 충성해 양행밀(楊行密)과 연합해 주온(朱溫 : 주전충)에 대항했다. 나중에 주온의 부장 양행후(楊行厚)에게 패해 하양절도사(河陽節度使)로 전임되었다. 후량(後梁) 개평(開平) 2년(908)에 안왕(安王) 주우녕(朱友寧)의 처에게 참소당해 주온에게 멸족되었다.

데, 버럭 화를 내더니 스스로 우물로 뛰어들려 했다. 사마도가 천천히 말했다.

"어찌하여 이러시오? 그대가 한 움큼의 콧수염을 움켜쥐고 버럭 화를 내니 색사거의(色斯擧矣)207)요, 1000길 깊이의 옥추(玉甃 : 우물 벽)를 바라보니 정유인언(井有人焉)208)이오."

왕 공은 사실을 알고 형장(刑杖)으로 그 군장을 죽였다.

前進士司馬都居于靑丘, 嘗以錢二萬, 託戎帥王師範下軍將市絲. 經年, 絲與金並爲所沒. 都因月旦趨府, 謁王公, 偶見此人, 問之. 其人貌狀, 魁偉髯頤, 兇頑發怒, 欲自投于井. 都徐曰 : "何至如此? 足下吒一抱之髭鬚, 色斯擧矣, 望千尋之玉甃, 井有人焉." 王公知之, 斃軍將于枯木.

출처 《태평광기》 권252 〈회해 · 사마도〉.

207) 색사거의(色斯擧矣) : 《논어(論語)》 〈향당(鄕黨)〉 편에 나오는 구절로, 새가 사람의 안색을 보고 날아간다는 뜻이다. 여기서는 군장의 험악한 낯빛을 보고 사람들이 떠나가는 것을 말한다.
208) 정유인언(井有人焉) : 《논어》 〈옹야(雍也)〉 편에 나오는 구절로, 우물에 사람이 빠졌다는 뜻이다.

68. 이임위부(李任爲賦)

　[오대 후당 명종] 천성(天成) 연간(926~930)에 노문진(盧文進)209)이 등주(鄧州)를 진수했는데, 성을 나갈 때 빈객과 종사(從事)가 함께 왔고 사인(舍人) 위길(韋吉)도 불려왔다. 위길은 연로해 말을 몰 힘이 없었고 이미 술에 취한 상태였다. 그때 갑자기 말이 달아나 뽕나무 숲속에서 이리저리 내달렸는데, 그 바람에 위길의 두건과 관이 가로지른 나뭇가지에 걸려 벗겨져 대머리가 불쑥 드러났다. 종복이 말을 잡았을 때는 위길은 이미 땅에 떨어진 뒤였다. 위길은 예전에 폐풍(肺風 : 폐렴)을 앓아서 코 위에 얼룩덜룩한 검은 흉터가 있었는데, 길바닥에 드러누워 있자 그 모습을 본 막

---

209) 노문진(盧文進, ?~944) : 자는 국용(國用) 또는 대용(大用). 오대 십국의 무장. 처음에 노룡군[盧龍軍 : 연국(燕國)]에 있다가 유주(幽州)의 전쟁 중에 진국(晉國 : 후당의 전신)에 투항했으며, 917년 기구관(祁溝關)의 병란 중에 주장(主將) 이존구(李存矩)를 살해하고 거란(契丹)으로 망명했다. 926년에 다시 후당(後唐)으로 돌아와 활주(滑州)·등주(鄧州)·노주(潞州)·안주(安州) 등을 진수했다. 후진(後晉)이 건국된 후에 진(鎭)을 버리고 회남(淮南)으로 도망쳐 차례로 오국(吳國)과 남당(南唐)을 섬겨 좌위상장군(左衛上將軍) 겸 중서령(中書令)에 제수되고 범양군왕(范陽郡王)에 봉해졌다.

객 중에 웃지 않는 사람이 없었다. 종사령(從事令)인 좌사낭중(左司郞中) 이임(李任)과 사부원외랑(祠部員外郞) 임요(任瑤)가 각각 하나의 운(韻)을 골라 부(賦)를 지었는데, 그 부에서 이렇게 읊었다.

"청사 일꾼이 훔쳐보고, 관아 관리가 함께 구경하네. 보리밭 속에서 시끄럽게 소리치고, 뽕나무 숲 가에 나자빠져 있네. 푸르뎅뎅한 콧구멍은 정말 무쇠 몽둥이 같고, 부끄러워하는 해골바가지는 꼭 순동(純銅) 두레박 같네."

그 나머지는 기록하지 않는다. 이것을 들은 사람 가운데 웃지 않는 사람이 없었다.

天成年, 盧文進鎭鄧. 因出城, 賓從偕至, 舍人韋吉亦被召. 年老, 無力控馭, 旣醉. 馬逸, 東西馳桑林之中, 被橫枝骨掛巾冠, 露禿而奔突. 僕夫執從, 則已墜矣. 舊患肺風, 鼻上癮疹而黑, 臥于道周, 幕客無不笑者. 從事令左司郞中李任・祠部員外任瑤, 各占一韻而賦之, 賦項云: "當其廳子潛窺, 衙官共看. 誼呼於麥壟之裏, 偃仆於桑林之畔. 藍擾鼻孔, 眞同生鐵之椎. 靦靦骷髏, 宛是熟銅之罐." 餘不記之. 聞之者無不解頤.

출처《태평광기》권252〈회해・이임위부〉.

69. 진나자(陳癩子)

당(唐)나라의 영구(營丘)에 진씨(陳氏)라는 부호가 있었는데, 집안에 엄청나게 많은 돈이 있었다. 그는 대풍질(大風疾 : 나병)을 앓고 있었기 때문에 사람들이 그를 "진나자"라고 불렀다. 그는 자신을 위해 쓰는 것을 박하게 하지 않았지만, '나(癩)'라는 글자만은 몹시 꺼렸다. 집안사람들이나 처자식이 간혹 실수로 그 말을 하면 반드시 화를 냈고 심지어는 볼기를 치기도 했다. 또 손님이 그의 병세가 줄어들었다고 말하면 술과 음식을 차려 아주 융숭하게 대접했으나, 병세가 더해졌다고 말하면 눈을 흘기며 돌아보았다. 어떤 손님이 이욕에 마음을 두었으나 그 입을 단속할 수 없어 결국 그를 찾아가서 처음에 말했다.

"당신의 병세가 근자에 한결 줄어들었습니다."

그 말에 진씨는 기뻐하며 술과 음식을 차려 오게 해서 그를 대접하고 또 돈 5000냥을 주었다. 손님이 일어나려고 하자 진씨가 다시 물었다.

"제 병세가 정말 줄어들었습니까?"

손님이 말했다.

"이것은 첨감병(添減病)이라 합니다."

진씨가 말했다.

"무슨 말입니까?"

손님이 말했다.

"더해졌다[添]는 것은 얼굴 위의 곪은 살이 늘어났다는 말이고, 줄어들었다[減]는 것은 콧구멍이 줄어들었다는 말입니다."

손님은 길게 읍하고 떠났다. 진씨는 며칠 동안 불쾌해했다. 또 진씨는 매년 5월 자신의 생일 때 자못 많은 경비를 지출해 스님과 도사를 불러 재(齋)를 올리고 잔치를 열었으며, 배우를 불러와 온갖 잡희를 펼치게 했다. 재가 끝나고 나면 잡희를 공연한 배우들에게도 수만 전을 주었다. 그때 특히 민첩한 하안고(何岸高)라는 익살꾼이 돌아가다가 다시 들어와서 말했다.

"당신의 두터운 은혜를 받았는데, 무슨 말로 감사를 다 표현하겠습니까? 하지만 제가 우연히 단이 상공(短李相公 : 이신)210)의 시가 떠올랐는데, 그 마지막 한 연(聯)이 주인장

---

210) 단이 상공(短李相公) : 이신(李紳, 772~846). 자는 공수(公垂). 당나라의 재상이자 시인. 이덕유(李德裕)·원진(元稹)과 함께 "삼준(三俊)"이라 불렸다. 헌종(憲宗) 원화(元和) 원년(806) 진사 출신으로, 여러 벼슬을 거쳐 무종(武宗) 때 중서시랑(中書侍郞)·동평장사(同平章事)로 재상이 되었고 상서우복야(尙書右僕射)에 제수되었으며 조군공(趙郡公)에 봉해졌다. 체구가 작으면서도 다부졌기 때문에 당시 사람들이 그를 "단이(短李)"라고 불렀다.

의 성덕(盛德)에 잘 어울립니다."

진씨가 말했다.

"한번 외어 보시오."

당시 진 군(陳君 : 진씨)은 중당(中堂)에서 푸른 깁 휘장 안에 앉아 있었고, 가벼운 부채와 흰 총채를 든 사람 몇 명이 좌우에서 그를 모시고 서 있었다. 배우가 말했다.

"그 시에서 이르길, '30년 동안 문둥병을 앓더니, 오늘에야 비로소 푸른 깁 휘장 얻었네'[211]라고 했습니다."

211) 30년 동안 문둥병을 앓더니, 오늘에야 비로소 푸른 깁 휘장 얻었네 : 원문은 "삼십년래진나자(三十年來陳癩子), 여금시득벽사몽(如今始得碧紗幪)". 실제로는 이것은 이신의 시가 아니라 왕파(王播)의 〈제목란원(題木蘭院)〉이란 절구(絶句) 두 수 중 둘째 수의 구절을 약간 바꾼 것인데, 그 전체 시는 "불당에 올라 독경 마치고 각자 승방으로 돌아간 뒤, 부끄럽게도 스님은 식사 후에 종을 쳤네. 30년 동안 내 글이 먼지로 뒤덮여 있더니, 오늘에야 비로소 푸른 비단으로 덮이게 되었네(上堂已了各西東, 慚愧闍黎飯後鐘. 三十年來塵撲面, 如今始得碧紗籠)"다. 이 시에 얽힌 일화는 다음과 같다. 왕파는 어렸을 때 집이 가난한 해 늘 양주(揚州) 혜소사(惠昭寺)의 목란원(木蘭院)에 기거하면서 스님을 따라 재식(齋食)을 했다. 그러나 나중에 스님들은 왕파를 싫어하고 업신여겨, 그가 올 때가 되면 이미 식사를 끝내곤 했다. 20여 년 후에 왕파는 고관으로서 조정을 나와 그 지방[양주]을 다스리게 되자 예전에 노닐던 곳을 방문했는데, 이전에 그가 적어 놓았던 글 위로 모두 푸른 비단이 덮여 있었다. 왕파는 그것에 이어서 절구 두 수를 지었다. 왕파(759~830)는 자가 명양(明敭)이고, 당나라의 재상이다. 덕종(德宗) 정원(貞元) 10년(794) 진사 출신으로, 현량극간과(賢良極諫科)에

그는 크게 욕을 얻어먹고 떠났다.

唐營丘有豪民姓陳, 藏鏹鉅萬. 染大風疾, 衆目之爲"陳癩子". 自奉之道, 則不薄矣, 然切諱'癩'字. 家人妻孥, 或誤言者, 則必遭怒, 或至笞箠. 賓客或言所苦減退, 則酒食延待, 優豐甚至, 言增添, 則白眼相顧耳. 有遊客, 心利所靄, 而不能禁其口, 遂謁之, 初謂曰: "足下之疾, 近日尤減." 陳亦欣然, 命酒饌延接, 乃[1]賚五緡. 客將起, 又問之曰: "某疾果退否?" 客曰: "此亦添減病." 曰: "何謂也?" 客曰: "添者面上添肉渤漚子, 減者減却鼻孔." 長揖而去. 數日不懌. 又每年五月, 値生辰, 頗有破費, 召僧道啓齋筵, 伶倫百戲畢備. 齋罷, 伶倫贈錢數萬. 時有顧者何岸高, 不敏兒[2], 旣去復入, 謂曰: "蒙君厚惠, 感荷奚言? 然某偶憶短李相[3]公詩, 落句一聯, 深叶主人盛德也." 陳曰: "試誦之." 時陳君處于中堂, 坐碧紗幃中, 左右侍立, 執輕篓白箒者數輩. 伶倫曰: "詩云: '三十年來陳癩子, 如今始得碧紗幪.'" 遭大詬而去.

도 급제했다. 공부낭중(工部郎中) · 염철부사(鹽鐵副使) · 어사중승(御史中丞)을 지낸 뒤, 헌종(憲宗) 원화(元和) 연간(806~820)에 경조윤(京兆尹) · 형부시랑(刑部侍郎) · 검남서천절도사(劍南西川節度使)를 역임했다. 목종(穆宗) 장경(長慶) 원년(821)에 중서시랑(中書侍郎) · 동중서문하평장사(同中書門下平章事)로 재상이 되었다가 회남절도사(淮南節度使)로 전임되었으며, 문종(文宗) 대화(大和) 원년(827)에 다시 재상이 되고 태원군공(太原郡公)에 봉해졌다. 서법에도 뛰어났다.

출처《태평광기》권257〈조초(嘲誚)·진나자〉,《태평광기상절》권21
〈치비(嗤鄙)·진나자〉.

1 내(乃):《태평광기상절》에는 "잉(仍)"이라 되어 있는데, 문맥상 보다 타당하다.
2 불민견(不敏見):《태평광기상절》에는 "우민첩(尤敏捷)"이라 되어 있는데 문맥상 타당하다.
3 상(相):《태평광기상절》에는 "신(紳)"이라 되어 있다.

70. 징군(徵君)

 당(唐)나라 숙종(肅宗 : 이형) 때 어진 인재가 급히 필요하자, 조서를 내려 산림이나 초야를 뒤져 재주와 덕행을 지닌 자로서 시국을 안정시키고 나라를 강성하게 할 수 있는 사람을 찾아오게 해서, 그들에게 모두 벼슬을 내리고 일을 맡기겠다고 했다. 영무현(靈武縣)에서 온 한 징군[212]이 초의(草衣)를 걸치고 짚신을 신은 채 국문(國門)을 찾아오자, 숙종은 그 소식을 듣고 크게 기뻐하며 말했다.
 "과연 어진 선비가 응모했구나!"
 마침내 숙종은 그를 불러 마주하고 시사(時事)의 득실에 대해 물었는데, 징군은 끝내 한마디 말도 하지 않은 채 그저 여러 번 용안만 바라보다가 아뢰었다.
 "미천한 신이 본 바가 있는데 폐하께서는 그것을 아십니까?"
 숙종이 대답했다.
 "모르오."

---

[212] 징군 : 조정의 초징(招徵)을 받았으나 벼슬길에 나아가지 않은 은사(隱士)를 말한다.

징군이 아뢰었다.

"신이 폐하의 용안을 뵈니 영무현에 계실 때213)보다 여위셨습니다."

숙종이 말했다.

"밤낮으로 일하다 보니 이 지경에 이르렀소."

숙종을 모시고 있던 신하는 웃음을 참지 못했다. 징군은 물러날 때까지 더 이상 다른 말을 하지 않았다. 숙종은 그가 망령된 사람임을 알았지만, 장차 현자들의 출사 기회를 막을까 걱정해 하는 수 없이 그를 한 고을의 읍재(邑宰 : 현령)에 제수했다. 한식(寒食)이 다가오자 경조사(京兆司)가 현(縣)마다 돌아다니면서 살구씨를 거둬들여 조정에 바칠 준비를 했다. 징군은 그 일을 듣고 절대로 불가하다고 생각해 혼자서 강하게 반대하다가 결국 대궐로 찾아가서 숙종을 알현하길 청했다. 경조사는 또한 징군이 필시 다른 의견을 가지고 있을까 두려웠으나 그를 어떻게 할 수 없었다. 숙종이 그를 불러 마주하자 그가 아뢰었다.

"폐하께서 한식날에 살구씨를 찾으신다고 하기에 오늘 신이 그것을 빼앗아 가지고 왔습니다. 어떻게 살구씨를 통째

---

213) 영무현에 계실 때 : 숙종은 안사(安史)의 난을 피해 756년에 영무현(靈武縣)에서 즉위했다.

로 진상하겠습니까?"

숙종은 웃으면서 그를 보냈으며, 결국 죄를 묻지 않았다.

唐肅宗之代, 急於賢良, 下詔搜山林草澤, 有懷才抱德及匡時霸國者, 皆可爵而任之. 有徵君自靈武, 衣草衣, 躡芒屬, 詣于國門, 肅宗聞之喜曰: "果有賢士應募矣!" 遂召對, 訪時事得失, 卒無一辭, 但再三瞻望聖顔而奏曰: "微臣有所見, 陛下知之乎?" 對曰: "不知." 奏曰: "臣見陛下聖顔, 瘦於在靈武時." 帝曰: "宵旰所勞, 以至於是." 侍臣有匿笑不禁者. 及退, 更無他言. 帝知其妄人也, 恐閉將來賢路, 俛俛除授一邑宰. 洎將寒食, 京兆司逐縣索杏仁, 以備貢奉. 聞之, 大爲不可, 獨力抗之, 遂詣闕請對. 京兆司亦懼此徵君必有異見, 將奈之何. 及召對, 奏曰: "陛下要寒節杏仁, 今臣敲將來. 烏復進渾杏仁?" 上哈而遣之, 竟不實其罪.

출처《태평광기》 권260〈치비(嗤鄙)・징군〉,《태평광기상절》권21〈치비・징군〉.

71. 최육(崔育)

　당(唐)나라 소종(昭宗 : 이엽) 때 전진사(前進士) 최육은 중원에 난리가 나자 변방에서 타향살이했다. 그 또한 사류(士流)였지만 학예를 멸시하고 하는 일마다 경박스러웠다. 그러나 자사(刺史)와 군수(郡守) 또한 조정의 관료였기 때문에 대부분 그를 격려하면서 받아들여 대접해 주었다. 그는 출입할 때마다 항상 소를 타고 대나무 삿갓을 쓰고 다녔는데 그 크기가 우산만 했다. 또한 소 앞에서 호각(胡角)을 불게 하고 마을 아이에게 새끼줄로 소를 묶어 끌고 가게 했다. 모든 성곽의 남녀들은 그를 따라가며 구경하면서 그를 요괴라고 불렀다. 매번 주군(州郡)을 찾아갈 때마다 소를 타고 청사로 가서 소를 끌고 섬돌을 올라갔는데, 그를 비웃는 사람과 화를 내는 사람이 반반이었다. 그는 도착하면 명함을 들여보냈는데, 그 명함에는 이렇게 적혀 있었다.

　"극언(極言)으로 바르게 간하고 시정(時政)을 파헤치며 술과 고기를 몹시 좋아하고 파와 마늘을 너무 좋아하지만 부득이 산에 사는 도사 최육."

　주장(州將 : 자사)과 현재(縣宰 : 현령)는 그를 나무나 흙처럼 하찮게 여겼으며, 번수(藩帥 : 절도사)와 군후(郡侯 : 군왕(郡王)는 그를 어떻게 할 수 없었다. 나중에 변방 부락에서 난이 일어났을 때, 고을 백성이 그의 살을 저미고 그의 집안을 멸족시켰으니, 대개 그의 경박한 행동이 초래한 것이었다.

唐昭宗代, 前進士崔育, 以中原亂離, 客于邊上. 亦士流之子, 藝學蔑聞, 輒事輕薄. 刺郡者亦是朝僚, 多勉而接納. 每出入, 常騎牛, 戴竹笠, 大如雨席. 仍牛前遣撾角, 村童繩而挽之, 所在城郭士女隨觀, 謂之精怪. 每謁州郡, 騎牛就廳, 牽而登陛, 哈之者怒之者相半. 至則投刺, 其名銜云: "極言正諫, 撥觸時政, 耽酒嗜肉, 憐葱愛蒜, 不得已而居山, 道士崔育." 州將·縣宰視之如土木, 藩帥·郡侯奈之不可. 後因封部亂, 爲州民臠其肉, 族其家, 蓋輕薄之所致也.

출처 《태평광기상절》 권21 〈치비·최육〉. 《태평광기》 권262 〈치비·최육〉에도 이 고사가 실려 있는데, 출처가 빠져 있으며 전체적으로 탈자(脫字)가 많아 정확한 내용을 파악하기 어렵다. 그 고사는 다음과 같다. "唐□□□前進士崔育, 以中原亂離, 客于邊上. 亦□□□□□□□聞, 輒事輕薄. 刺郡者亦是朝僚, 多勉而□□□□□□□牛, 帶竹笠, 大如雨席. 仍牛前遣撾角, 村□□□□□□□城郭士女隨觀, 謂之精怪. 每謁州郡, 騎□□□□□□, 哈之者怒之者相半. 至則投刺, 其名銜□□□□□□□□□, 耽酒嗜肉, 憐葱愛蒜, 不得已而□□□□□□□懸宰視之如土木, 藩帥·郡侯奈之不可. □□□□□, □州民臠其肉, 族其家, 蓋輕薄之所致也."

72. 호 영(胡令)

　봉선현(奉先縣)에 성이 호씨(胡氏)인 현령(縣令)이 있었는데 그 이름은 잊어버렸다. 그는 재물 욕심이 많아 먹는 것에도 인색했으며 바둑을 특히 좋아했다. 현읍에 사는 장 순관(張巡官)[214]은 좋아하는 것이 호 현령과 같아서 아주 친밀하게 왕래했다. 매번 만나면 반드시 아침부터 날이 저물 때까지 바둑을 두었다. 두 사람은 바둑 실력이 대등했으며, 전혀 싫증 내지 않았다. 그런데 재군(宰君 : 현령)은 때때로 중문(中門)으로 들어갔다가 잠시 후에 다시 나와서 바둑을 두곤 했다. 장 순관은 날마다 이렇게 아침 일찍 들어갔다가 저녁 늦게 돌아왔는데, 호 현령은 한 번도 장 순관에게 음식을 대접한 적이 없기에 장 순관은 배고픔과 추위를 견딜 수 없었다. 장 순관이 몰래 알아보았더니, 호 현령은 때때로 들어가서 식사하고 다시 나오는 것이었다. 그래서 장 순관은 날이 저물었을 때 재군에게 작별하며 말했다.
　"이제 가겠습니다. 당신은 그야말로 도철(叨鐵)[215]입니

---

214) 장 순관(張巡官) : '순관'은 당나라 때 절도사(節度使) · 관찰사(觀察使) · 단련사(團練使) · 방어사(防禦使)의 속관으로, 판관(判官)과 추관(推官)의 아래다.

다."

호 현령은 그저 예! 예! 할 따름이었다. 장 순관이 가고 나서 호 현령은 문득 생각했다.

"그 사람이 작별하면서 '당신은 그야말로 도철입니다'라고 했는데, 대체 어디서 나온 문장이지?"

그러면서 급히 사람을 보내 장 순관을 다시 데려오게 했다. 장 순관이 도착하자 호 현령이 물었다.

"명공(明公)은 아까 '당신은 그야말로 도철입니다'라고 말했는데, 그 뜻이 무엇입니까?"

장 순관이 다시 좌정하고 말했다.

"장관(長官 : 현령)은 혹시 도철이 있는 것을 모릅니까?"

호 현령이 말했다.

"모릅니다."

장 순관이 말했다.

"대장간에 비치해 두는 기다란 쇠꼬챙이 하나를 본 적이 있습니까? 바로 그것입니다. 화로 안의 불길이 사납게 타오를 때 쇳물이 간혹 미처 녹지 않을 경우, 그 쇠꼬챙이를 때때로 화로 안에 넣어서 불꽃을 뒤적인 뒤에 도로 꺼냈다가 잠

---

215) 도철(叨鐵) : '도철(饕餮)'과 발음이 같다. 도철(饕餮)은 음식을 탐하는 전설 속 괴수다. 후대에는 음식을 탐하는 사람을 이르는 말로 사용된다.

시 후에 또 불꽃을 뒤적인 뒤에 도로 꺼내는데, 그것이 바로 도철입니다."

장 순관은 말을 마치고 떠났다. 호 현령은 방으로 들어가서 부인에게 그 이야기를 했다. 그러고는 여러 번 생각한 끝에 비로소 자신이 매일 안으로 들어가서 사나운 불꽃을 삼키는 도철처럼 탐욕스럽게 먹고 다시 나와서 바둑을 둔 것을 조롱한 것임을 알았다. 무릇 먹는 것에 인색하고 손님 접대를 소홀히 하는 사람에 대해 당시 사람들은 대부분 이 말을 가지고 조롱했다.

奉先縣有令, 姓胡, 忘其名. 瀆貨靳食, 僻好博奕. 邑寄張巡官, 好尙旣同, 往來頗洽. 每會棊, 必自旦及暮. 品格旣停, 略無厭倦. 然宰君時入中門, 少頃, 又來對棋. 如是日日, 早入晚歸, 未嘗設食於張, 不勝飢凍. 潛知之, 時入蓋自食而復出. 及暮辭宰曰: "且去也. 極是叨鐵." 胡唯唯而已. 張去, 胡忽思之曰: "此人相別云'極是叨鐵', 出何文譚?" 急令追之. 旣至, 問: "明公適云'極是叨鐵', 其義安在?" 張復款坐, 謂曰: "長官豈不知有叨鐵耶?" 曰: "不知." 曰: "還見冶爐家, 置一鐵櫼長杖乎? 只此是. 爐中猛火炎熾, 鐵汁或未銷融, 使此杖時時於爐中橦猛火了, 却出來, 移時又橦猛火了, 却出來, 只此是叨鐵也." 言訖而去. 胡入室, 話於妻子. 再三思之, 方知諷其每日自入, 噇猛火了, 却出來棋也. 凡靳食倦客之士, 時人多以此諷之.

출처 《태평광기》 권262 〈치비·호영〉, 《태평광기상절》 권21 〈치비·호영〉.

1 동(橦) : 《태평광기상절》에는 "당(撞)"이라 되어 있는데 문맥상 타당하다. 이하도 마찬가지다.

73. 군목(郡牧)

  당(唐)나라 때 한 부자의 아들이 군목[태수]으로 나가게 되자, 군민들이 성대하게 영접하고 전임자는 그를 위해 임무 교대의 의식을 빠짐없이 준비했다. 예생(禮生 : 의식을 주관하는 사람) 두 명이 예관을 쓰고 예복을 차려입고서, 빈주(賓主)를 도와 의식을 진행했다. 그러나 신임 군목(郡牧 : 군수)은 가파른 산에 오른 것처럼 불안해하면서 용모를 가다듬고 아래를 바라본 채로 감히 정면으로 예생을 마주하지 못했다. 의식이 끝났을 때 신임 군목이 사람을 보내 예생에게 여러 번 위로와 감사의 말을 전하자, 예생은 모두 그 뜻을 헤아리지 못했다. 이튿날 내각(內閣 : 관부)에서 신임 군목이 공손히 예생을 따르자, 예생은 몹시 황공해하며 어찌할 바를 몰랐다. 좌정한 뒤에 신임 군목이 눈살을 찌푸리며 낮은 목소리로 말했다.

  "현존(賢尊 : 남의 부친에 대한 존칭)은 편안하신지요?"

  예생은 그저 예! 예! 할 따름이었다. 신임 군목이 또 말했다.

  "근년에 우리 집에서 대사(大事 : 장례)를 치를 때 현존께서 고생이 아주 많으셨습니다."

  그 말에 예생은 또 어리둥절해했다. 예생이 나간 뒤에 한 친지가 그 일에 대해 자세히 묻자 신임 군목이 말했다.

"이 예생은 방상시(方相氏)216)의 자제인데, 일찍이 장례를 치를 때 그의 가군(家君 : 부친)을 부린 적이 있었기에 재삼 감사를 전한 것이오."

선비 가운데 고의로 경박한 행동을 하는 자도 있고 숙맥(菽麥)을 알지 못해 분간할 수 없는 자도 있다고 하더니만 정말로 그런 자가 있다.

唐有膏粱子出刺, 郡人迎候甚至, 前任與之設交代之禮儀無闕者. 二禮生具頭冠禮衣, 相其賓主, 升降揖讓. 而新牧巇屼踧踖, 斂容低視, 不敢正面對禮生. 及禮畢, 使人再三傳語, 慰勞感謝, 皆莫涯其意. 翌日, 於內閣, 從禮生從容, 生極惶恐, 罔知去就. 旣坐, 噸蹙低語曰 : "賢尊安否?" 禮生唯唯. 又曰 : "頃年營大事時, 極煩賢尊心力." 生亦瞠¹然. 及罷, 有親知細詢之, 乃曰 : "此禮生緣方相子弟, 昔曾使他家君, 是以再三感謝." 且士流中亦有故爲輕薄者, 亦有昧於菽爽² 不能分別者, 信而有之.

출처 《태평광기》 권262 〈치비・군목〉, 《설부》 권48 하 〈옥당한화・군목〉.

216) 방상시(方相氏) : 귀신을 쫓기 위해 장례 행렬의 맨 앞에 세우는 신상(神像)으로, 그 모습이 매우 험악하다.

1 몽(瞢) : 《태평광기》 사고전서본과 《설부》에는 "몽(懵)"이라 되어 있는데 문맥상 보다 타당하다.
2 상(爽) : 《태평광기》 사고전서본과 《설부》에는 "맥(麥)"이라 되어 있는데 문맥상 타당하다.

74. 장함광(張咸光)

[오대] 후량(後梁) 용덕(龍德) 연간(921~923)에 장함광이라는 가난한 선비가 있었는데, 양주(梁州)와 송주(宋州) 사이에서 무절제하게 돌아다니며 걸식했다. 또 유월명(劉月明)이라는 사람이 있었는데, 장함광과 같은 부류였다. 장함광은 늘 숟가락과 젓가락을 가지고 다녔는데, 귀족의 집에 갈 때마다 조롱당했으며 막 밥을 먹을 때 숟가락과 젓가락을 빼앗으면 소매 속에서 자신의 숟가락과 젓가락을 꺼내 사용했다. 후량의 부마(駙馬)인 간의대부(諫議大夫) 온적(溫積)이 임시로 개봉부(開封府)의 일을 맡게 되자, 장함광은 갑자기 부호의 집을 두루 찾아가서 작별을 고했다. 사람들이 어디로 가는지 물었더니 장함광이 말했다.

"온 간의(溫諫議 : 온적)께 가서 의지하려 합니다."

누구의 소개로 가냐고 물었더니 장함광이 대답했다.

"근년에 제 이름이 크게 기록되었으니, 이번에 가면 틀림없이 후한 대우를 받을 것입니다. 대간(大諫 : 간의대부)께서 일찍이 〈갈산잠룡궁상량문(碣山潛龍宮上梁文)〉을 지은 적이 있는데, 거기에서 '만두는 주발만 하고 호떡은 체만 하니, 주부(主簿) 유월명은 신나 죽고 수재(秀才) 장함광은 기뻐 죽겠다'라고 했습니다. 이로써 보건대 틀림없이 저를 돌봐 주실 것임을 알 수 있습니다."

이 말을 들은 사람들은 포복절도했다.

梁龍德年, 有貧衣冠張咸光, 遊丐無度於梁·宋之間. 復有劉月明者, 與咸光相類. 常懷匕著[1], 每遊貴門, 卽遭虐戲, 方飧則奪其匕著, 則袖中出而用之. 梁駙馬溫積諫議, 權判開封府事, 咸光忽遍詣豪門告別. 問其所詣, 則曰: "往投溫諫議也." 問有何紹介而往, 答曰: "頃年大承記錄, 此行必厚遇也. 大諫嘗製〈碣山潛龍宮上梁文〉, 云: '饅頭似椀, 胡餅如籠, 暢殺劉月明主簿, 喜殺張咸光秀才.' 以此知必承顧盼." 聞者絶倒.

출처《태평광기》권262〈치비·장함광〉,《설부》권48 하〈옥당한화·장함광〉.

1 저(著):《태평광기》사고전서본과《설부》에는 "저(箸)"라 되어 있는데 문맥상 타당하다.

75. 도류(道流)

[왕인유(王仁裕: 본서의 찬자)가] 흥원절도판관(興元節度判官)에 임명되어 진주(秦州)의 고향을 떠난 지 1년이 되지 않았을 때 갑자기 스승을 찾아 나선 어떤 사람이 왔다. 그는 친척인 시주자사(施州刺史) 유씨(劉氏)의 밀봉한 편지를 가지고 [황제가 하사한] 자색 가사를 입고 있었는데, 양주(洋州)로 가서 스승을 찾아보려 한다고 말했다. 절도판관이 그의 행적을 묻자 그가 말했다.

"저는 외람되게도 당신과 같은 고향에서 살았는데, 예전에 진주의 서승관(西昇觀)에서 도문(道門)에 들어간 지 여러 해 되었습니다."

절도판관이 곰곰이 생각해 보았지만 자신이 고향을 떠나올 때 서승관에는 그런 도사가 없었고, 그가 명복(命服)217)을 입고 스승을 찾는 것도 아주 이상했다. 그 사람도 급히 떠났다. 한 달 남짓 뒤에 그 사람이 양원(洋源)에서 돌아왔는데 약간의 소득이 있었다. 그가 작별의 뜻을 고하면서 또한

---

217) 명복(命服): 원래는 황제가 하사한 관복을 뜻하지만, 나중에는 관원이나 그 부인이 등급에 따라 입는 관복을 말한다.

매우 다급해하자, 절도판관은 계획을 세워 시간을 끌면서 평상을 닦고 그를 머무르게 했다. 밤이 깊어 고요해졌을 때 절도판관은 진한 막걸리 몇 사발을 함께 마신 후에 천천히 물었다.

"존사(尊師)의 몸에 차고 있는 자색 인끈은 어디에서 얻은 것입니까? 솔직하게 말씀해 주시는 게 좋겠습니다."

그 사람이 대답했다.

"이것은 돌아가신 스님의 명복인데, 제게 전해 주셨기에 입고 있습니다. 저는 바로 광수사(廣修寺)의 자색 가사를 입은 스님의 제자인데, 스님께서 돌아가시자 공문(空門: 불문)을 버리고 서승관으로 가서 도문에 들어갔습니다. 그래서 이 자색 가사를 입고 있는 것입니다."

그는 스스로 본사(本師)[218]의 의발(衣鉢)을 전해 받았다고 했지만, 혹시 도사가 돌아가신 스님의 자색 가사를 훔쳐 입은 것이 아닐까? 이는 이전에 듣지 못한 일이다.

□□□□□¹任興元節判, 離秦州鄉地, 未及歲年, 忽有來尋師者. 齎親表施州刺史劉緘封, 衣紫而來, 兼言往洋州求索. 詢其行止, 云: "某忝竊鄉關之分, 先於秦州西昇觀, 入道多年." 遂沉吟思之, 當離鄉日, 觀中無此道流, 深感其命服所

---

218) 본사(本師): 출가해 승려가 될 때 계(戒)를 준 스승.

求. 其人亦忿忿而過. 旬月間, 自洋源廻, 薄有所獲. 告辭之意, 亦甚揮遼, 遂設計延佇, 拂榻止之. 夜靜, 沃以醲醪數甌, 然後徐詢之曰: "尊師身邊紫綬, 自何而得? 宜以直誠相告." 對曰: "此是先和尙命服, 傳而衣之. 乃是廣修寺著紫僧弟子, 師旣殂, 乃舍空門, 投西昇觀入道. 便以紫衣而服之." 自謂傳得本師衣鉢, 豈有道士竊衣先和尙紫衣? 未之前聞.

출처《태평광기》권262〈치비·도류〉.

1 □□□□□ : 리젠궈(李劍國)의《당오대지괴전기속록(唐五代志怪傳奇續錄)》에서는 이 5궐자(闕字) 가운데 3자는 "왕인유(王仁裕)"일 것으로 추정했는데 일리가 있다. 본서의 찬자 왕인유는 진주(秦州) 사람으로, 당나라 말에 진주절도판관(秦州節度判官)을 지냈고, 전촉(前蜀)을 거쳐 후당(後唐) 때 다시 진주절도판관이 되었으며, 왕사동(王思同)이 흥원(興元)을 진수할 때 종사(從事)가 되었고 왕사동이 서경유수(西京留守)로 있을 때 판관이 되었다.

76. 시마(市馬)

낙중(洛中 : 낙양)에 한 고관이 있었는데 대대로 부자였다. 그런데 그는 짐승의 암컷과 수컷조차 구분하지 못했다. 우연히 말 한 필을 사게 되었는데, 그 말이 좋은지 나쁜지를 전혀 알지 못했다. 그러자 거간꾼이 그를 속여 말했다.

"이 말은 잘 길들었을 뿐만 아니라 나이도 20여 세밖에 되지 않았으니, 그 값이 말 두 필에 합당합니다. 게다가 걸어갈 때도 먼지가 일어나지 않으니, 아주 잘 길든 말이라 할 수 있습니다."

마침내 그 사람은 많은 돈을 주고 그 말을 샀다. 거간꾼은 이미 두 배로 잇속을 챙기고도 그 사람이 떠날 때 또 말했다.

"이 말은 온발(榲桲 : 마르멜루)의 싹[牙]까지 나 있습니다."

그러자 그 사람은 매우 기뻐했다. 이튿날 아침에 그 사람은 말을 타고 출발했는데, 말이 마치 거위처럼 뒤뚱뒤뚱 걸었다. 그 사람은 집에 도착해서 자랑하며 말했다.

"이 말은 잘 길들었을 뿐만 아니라 과일 싹[牙]까지 두 곳에서 자라고 있다."

그 사람은 다시 거간꾼을 불러 따로 20냥을 주었다.

洛中有大寮, 世籍膏粱. 不分牝牡. 偶市一馬, 都莫知其妍媸. 爲駔儈所欺曰:"此馬不唯馴良, 齒及二十餘歲, 合直兩馬之資. 況行不動塵, 可謂馴良之甚也." 遂多金以市之. 儈旣倍獲利, 臨去又曰:"此馬兼有榲桲牙出也." 於是大喜. 詰旦乘出, 如鵝鴨之行. 及至家, 矜衒曰:"此馬不唯馴熟, 兼饒得果子牙兩所." 復召儈, 別贈二十.

출처《태평광기》권262〈치비・시마〉,《설부》권48 하〈옥당한화・시마〉.

77. 조사사삭방(朝士使朔方)

[오대 때 조정의 관리가 삭방에 사신으로 갔다.] 삭방219)
에서 도삭(跳索 : 줄타기) 등 백희(百戱)를 모두 공연했지만,
사신은 구경하면서도 못 본 체하면서 웃고 즐기기에는 부족
하다고 생각했다. 사신은 탁발씨(拓拔氏)220)를 올려다보고
또 호등(胡騰)221)을 곁눈질하더니, 마침내 옷깃을 여미고
공손히 자기 자리에서 구경했는데, 마치 부끄러워하는 듯한
모습이었다. 얼마 후 춤이 끝나자 사신이 달려 나가 감사하
며 말했다.

"이미 상공(相公 : 탁발씨)께서 연회를 베풀어 백희의 오

---

219) 삭방 : 서한 때 북방에 삭방군을 설치했다가 동한 말에 폐지했다.
오대 시기에는 당항족(黨項族 : 탕구트족) 평하부(平夏部)의 탁발씨
(拓拔氏)가 세운 서하(西夏)가 점점 세력을 키워 북방을 점령하고 오대
와 대치했다.

220) 탁발씨(拓拔氏) : 본래는 위진 남북조 북위(北魏) 황족의 성이다.
여기서는 오대 시기 당항족 탁발씨의 군장(君長)을 말하는데, 북위 황
족 탁발씨와의 혈연관계는 분명하지 않다.

221) 호등(胡騰) : 호등무(胡騰舞)를 말한다. 호등무는 고대 서북 민족
의 춤 이름으로, 서역의 옛 석국(石國, 지금의 우즈베키스탄 타슈켄트
일대)에서 당나라 때 전래되었다. 여기서는 호등무를 추는 남자를 말
한다.

락을 공연해 주셨으니, 더 이상 번거롭게 현랑(賢郞 : 호등)에게 가무를 하게 하지 마십시오."

그러면서 사신은 재삼 사양했다. 이는 대개 탁발씨와 호등의 코가 서로 닮은 것을 보았기 때문에 "현랑"이라고 불러서 이것으로 그를 경멸한 것이었다.

□□跳索百戲俱呈, 使臣觀之如不見, □意其不足爲歡笑. □□別非□胡騰. 使臣仰視拓拔, 又斜盻胡騰, 遂斂衽恭□□□位視, 有若憨□□之貌. 逡巡舞罷, 趨而前謝曰 : "已蒙相公排置宴筵, 百戲娛樂, 更不令煩賢郞□□歌舞." 頗□□□再三辭謝. 蓋見拓拔中有與胡騰鼻相類, 乃呼作"賢郞", 以此輕薄之.

출처《태평광기》권266〈경박(輕薄)·조사사삭방〉.

* 이 고사는 탈자(脫字)가 많아 정확한 내용을 파악하기 어려우므로, 남아 있는 문장으로 문맥을 추정해 번역했다.

78. 경박사류(輕薄士流)

　당(唐)나라 때 어떤 경박한 선비가 한 군(郡)의 군목(郡牧 : 태수)으로 부임하자, 군민들이 악공(樂工)과 백희(百戲) 공연자를 모아 그를 영접했다. 그들은 칼을 삼키고 토해내거나, 피리를 불고 비파를 타거나, 원통을 굴리고 줄타기를 하거나, 노래를 부르고 춤을 추는 등 온갖 기예를 펼쳤지만, 군목은 거의 쳐다보지도 않았다. 그래서 군민들이 말했다.
　"우리 사군(使君)께서는 너무 고상해서 이런 것을 좋아하시지 않나 보다."
　그러고는 서로 돌아보며 근심하고 걱정했다. 그런데 갑자기 하루는 군목이 한여름에 누대에 올라 급히 악공을 대령하라고 하자 군민들이 기뻐하며 말했다.
　"사군께서 음악을 좋아하시지 않는 것은 아니군!"
　악공들이 누대 아래에 당도하자 군목은 각각의 악기를 들고 올라오게 했는데, 뜯고 때리고 두드리고 치는 여러 악기를 번갈아 바쳤지만 군목은 모두 꾸짖어 물리치며 필요 없다고 했다. 생황을 부는 자가 맨 나중에 올라오자 군목이 기뻐하며 말했다.
　"나는 바로 이것이 필요하다!"

그러고는 물었다.

"이 물건은 이름이 무엇이냐?"

악공이 말했다.

"생황이라 하는데 불어서 연주합니다."

악공이 매우 뿌듯한 기색을 띠면서 막 음정을 고르려고 몇 번 소리를 냈더니, 군목이 급히 제지하며 말했다.

"손가락을 움직이지 말고 그저 쭉 불기만 해라."

악공은 명대로 따랐다. 마침내 군목은 그에게 난간에 기대어 길게 불게 했는데, 그가 오시(午時 : 오전 11시~오후 1시 사이)부터 신시(申時 : 오후 3~5시 사이)까지 불고 났더니 그제야 비로소 좌우 사람을 불러 그에게 술을 내리고 물러가게 하면서 말했다.

"내가 언제 곡을 듣고 싶다고 했느냐? 단지 너를 통해 바람을 불게 하려고 했을 뿐이다."

또 하루는 군목이 산에 들어가서 악공을 불렀는데, 그들이 당도하자 눈을 부라리며 꾸짖었다.

"그저 다리가 긴 여자만 필요하다!"

악대는 황망히 물러 나와 어떻게 해야 할지 모르다가, 결국 긴 다리를 묶은 예닐곱 명의 부인을 보내 피리를 불면서 들어가게 했다. 그러나 군목은 부인들을 돌아보며 커다란 나무로 올라가서 각자 바구니를 들고 과일을 따 오게 했다. 그가 저지른 경박한 일 가운데 이러한 것이 아주 많았다.

唐朝有輕薄士流出刺一郡, 郡人集其歌樂百戱以迓之. 至有吞刀吐刀, 吹竹按絲, 走圓跳索, 歌喉舞腰, 殊似不見. 州人曰: "我使君淸峻, 無以悅之." 相顧憂戚. 忽一日, 盛夏登樓, 遽令命樂, 郡人喜曰: "使君非不好樂也!" 及至樓下, 遂令色色引上, 其絃匏熏擊之類迭進, 皆叱去不用. 有吹笙者, 末後至, 喜曰: "我比只要此一色!" 問: "此一物何名?" 曰: "名笙, 可吹之." 樂工甚有德色, 方欲調弄, 數聲, 遽止之曰: "不要動指, 只一直吹之." 樂工亦稟之. 遂令臨檻長吹, 自午及申, 乃呼左右, 可賜與酒, 令退曰: "吾誰要曲調? 只藉爾喚風耳."[1] 復一日入山召樂人, 比至, 怒目叱之曰: "只要長脚女人!" 樂部忙然退出, 不知其所以, 遂遣六七婦人約束長脚, 鼓笛而入. 乃顧諸婦升大樹, 各持籠子令摘樹果. 其輩薄徒事, 如此者甚多.

출처 《태평광기》 권266 〈경박・경박사류〉, 《유설》 권54 〈옥당한화・취생환풍(吹笙喚風)〉, 《감주집(紺珠集)》 권12 〈옥당한화・생환풍(笙喚風)〉. 《태평광기》에는 출처가 빠져 있다.

1 오수요곡조(吾誰要曲調), 지자이환풍이(只藉爾喚風耳): 《유설》과 《감주집》에는 "불수도곡(不需度曲), 요여환풍이(要汝喚風耳)"라 되어 있다.

79. 최비(崔祕)

[오대 후당 명종] 천성(天成) 2년(927)에 반환(潘環)[222]은 군공(軍功)으로 체주목(棣州牧: 체주자사)에 제수되었는데, 평소에 빈객이 없었다. 어떤 사람이 최비를 천거했는데, 그는 박릉(博陵)의 선비로 행동거지가 고아하고 문장에도 뛰어났다. 반환은 최비를 보자마자 매우 기뻐하며 그를 최상의 관사(館舍)로 모셔 대우했지만, 하룻밤이 지나도록 그는 반환에게 가지 않았으며 반환이 그를 찾아갔어도 만나지 못했다. 그러나 최비는 얼마 후에 한 서생의 초청을 받고는 이내 갔다. 나중에 그를 추천했던 사람이 이를 보고 최비에게 따졌더니 최비가 말했다.

---

[222] 반환(潘環, ?~946): 자는 초기(楚奇). 오대의 무장. 젊어서는 장사를 했다. 처음에는 후량(後梁)의 형주절도사(邢州節度使) 염보(閻寶)를 섬겨 그의 친위 장교가 되었고, 나중에는 좌웅위지휘사(左雄威指揮使)가 되었다. 매번 전쟁에 나설 때마다 선봉에 섰으며 온몸에 상서가 가득했다. 후당(後唐) 장종(莊宗) 때는 금군을 지휘했고, 명종(明宗) 때는 여러 주(州)를 진수했으며, 말제(末帝) 때는 요주단련사(耀州團練使)를 지냈다. 후진(後晉)에서는 제주방어사(齊州防禦使)·금주절도사(金州節度使)·전주절도사(澶州節度使) 등을 역임했으며, 전공으로 여러 벼슬을 거쳐 검교태부(檢校太傅)에 이르렀다. 후진이 멸망한 후 번장(蕃將) 고모한(高牟翰)에게 살해되었다.

"반 공(潘公 : 반환)은 비록 근면하고 후덕하기는 하지만, 코뼈의 왼쪽에 있는 상처에서 피고름이 늘 흘러나오니, 매번 냄새를 맡을 때마다 그 비린내와 더러움을 견디기 어렵습니다."

그러면서 반환을 "백사한(白死漢 : 개죽음할 사람)"이라고 부르자, 그를 추천했던 사람이 크게 비웃었다. 그것은 최비가 명실(名實)을 살피지 않고 경박하게 행동했기 때문이었다. 반환은 일찍이 얼굴에 빗나간 화살에 맞아 그 살촉이 뼈에 박혔기 때문에 중상을 입었는데, 1년 넘게 치료한 끝에 살촉은 저절로 나왔지만 그 상처에 구멍이 생겨서 종신토록 낫지 않았다.

天成二年, 潘環以軍功授棣牧, 素無賓客. 或有人薦崔祕者, 博陵之士子也, 擧止閒雅, 詞翰亦工. 潘一見甚喜, 上館以待之, 經宿不復往, 潘訪之不獲. 旣而辟一書生乃往. 後薦主見而詰之, 崔曰 : "潘公雖勤厚, 鼻柱之左有瘡, 膿血常流, 每被熏灼, 腥穢難可堪." 目之爲"白死漢"也, 薦主大哈. 崔之不顧名實而爲輕薄也. 蓋潘常中流矢于面, 骨銜其鏃, 故負重傷, 醫療至經年, 其鏃自出, 其瘡成漏, 終身不瘥.

출처《태평광기》권266〈경박 · 최비〉.

80. 조사관(趙思綰)

역적 조사관223)은 반란을 일으켜서 패망할 때까지 먹어 치운 사람의 간이 66개나 되었는데, 그때마다 면전에서 사람의 배를 가르고 간을 꺼내 회를 쳐서 먹었다. 그가 거의 다 먹어 갈 때까지도 희생당한 사람은 뒹굴면서 비명을 질렀다. 그가 죽인 사람만 해도 1만~2만 명이나 되었다. 아! 명장(名將)이 황제의 위엄에 의지해 그자를 토벌하지 않았다면 그 누가 백성을 도륙하는 괴수(怪獸)224)를 제거할 수 있

---

223) 조사관(?~949) : 오대 후한(後漢)의 대신이자 반신(叛臣). 처음에 하중절도사(河中節度使) 조찬(趙贊)의 아장(牙將)으로 있었는데, 후한 고조(高祖) 유지원(劉知遠)이 즉위한 후에 조찬을 영흥절도사(永興節度使)로 전임시키자 조찬이 입조하러 도성에 들어가면서 조사관의 병사 수백 명을 영흥에 남겨 두었다. 고조가 왕경숭(王景崇)을 영흥으로 보내 제장진(齊藏珍)과 함께 회골(回鶻 : 회흘, 위구르)을 끌어들이게 하자, 조사관이 반란을 일으켜 영흥을 점거했다. 948년에 은제(隱帝) 유승우(劉承祐)가 어린 나이로 제위에 오르자, 당시 하중절도사 이수정(李守貞), 영흥절도사 조사관, 봉상절도사(鳳翔節度使) 왕경숭이 잇달아 반란을 일으켰다. 이에 은제는 건우(乾祐) 원년(948)에 곽위(郭威 : 후주 태조)를 파견해 먼저 하중에서 이수정을 포위하고 이어서 조사관을 공격했다. 조사관은 몇 달 동안 성에 갇혀 식량이 떨어지자 수많은 사람을 죽여 그 고기를 먹었다. 조사관은 나중에 곽위의 부장 곽종의(郭從義)에게 사로잡혀 저잣거리에서 아들과 함께 참수되었다.

었겠는가?

賊臣趙思綰自倡亂至敗, 凡食人肝六十六, 無非面剖而膾之. 至食欲盡, 猶宛轉叫呼. 而戮者人亦一二萬. 嗟乎! 倘非名所¹仗皇威而剿之, 則孰能剪滅黔黎之猰貐?

출처 《태평광기》 권269 〈혹포(酷暴)·조사관〉, 《태평광기상절》 권22 〈혹포·조사관〉.
1 소(所) : 《태평광기상절》에는 "장(將)"이라 되어 있는데, 문맥상 타당하다.

224) 괴수(怪獸) : 원문은 "알유(猰貐)". 전설 속 사람을 잡아먹는다고 하는 괴수. 용의 머리에 호랑이의 몸을 하고 사람 고기를 먹길 좋아한다고 한다.

81. 안도진(安道進)

안도진이라는 자는 바로 옛 운주절도사(雲州節度使) 안중패(安重霸)225)의 막냇동생으로 하동(河東) 사람인데, 성격이 흉악하고 음험했다. [후당] 장종(莊宗 : 이존욱)이 아직 제위에 오르지 않았을 때 소교(小校)를 지냈다. 그는 늘 검을 차고 호위대에 있었는데, 어느 날 문득 검을 뽑아 들고 매만지면서 사람들에게 말했다.

"이 검은 종을 쪼개고 옥을 자를 수 있으니, 누가 감히 내 검날을 당해 내겠소?"

옆에 있던 한 사람이 말했다.

"이게 무슨 날카로운 무기라도 된다고 그렇게 터무니없는 허풍을 떠시오? 설사 내가 목을 내밀고 그 검을 맞겠다 한

---

225) 안중패(安重霸) : 오대 후당(後唐)의 무장. 성격이 교활하고 지모가 있었다. 처음에 진왕(晉王) 이존욱(李存勖 : 후당 장종)을 섬겼다가 나중에 죄를 지어 후량(後梁)으로 망명했으며, 그 후에 또 후량을 떠나 전촉(前蜀)으로 망명해 환관 왕승휴(王承休)와 결탁해 진주절도부사(秦州節度副使)가 되었다. 최후에는 후당으로 귀순해 명종(明宗)의 총애를 받아 낭주단련사(閬州團練使)·동주절도사(同州節度使)·운주절도사(雲州節度使)·경조윤(京兆尹)·서경유수(西京留守)를 역임한 뒤 병사했다.

들 어찌 내 목을 쉽게 자를 수 있겠소?"

안도진이 말했다.

"정말로 목을 내밀 수 있겠소?"

그 사람은 농담이라고 여기며 목을 빼고 앞으로 나가자, 안도진은 단번에 검을 휘둘러 그의 목을 잘라 버렸다. 옆에 있던 사람들은 모두 놀라 자빠졌다. 안도진은 검을 지니고 밤낮으로 남쪽으로 도망가 양주(梁主 : 주우정)226)에게 몸을 맡겼다. 양주는 그를 장하다고 여겨 회남(淮南)의 번진 수비대에 배속하게 했다. 그곳에 군량 창고를 관장하는 관리가 있었는데, 안도진이 그에게 말했다.

"옛사람은 일곱 겹의 갑옷을 뚫는 것을 능하다고 했는데, 내 날카로운 화살촉은 열 겹의 갑옷을 뚫을 수 있소. 하지만

---

226) 양주(梁主) : 주우정(朱友貞). 후량의 제3대 황제이자 마지막 황제(913~923 재위)로, 태조 주온(朱溫 : 주전충)의 셋째 아들이다. 말제(末帝)라고 불린다. 태조가 즉위한 뒤 균왕(均王)에 봉해졌다. 912년에 이복형인 영왕(郢王) 주우규(朱友珪)가 부왕 주온을 시해하고 제위에 오르자, 913년에 정변을 일으켜 주우규를 살해하고 즉위한 뒤 이름을 굉(鍠)으로 고쳤다가 다시 진(瑱)으로 고쳤다. 재위 기간에 진왕(晉王) 이존욱(李存勗)과 여러 차례 전쟁을 치렀다. 923년에 이존욱이 후당을 건국하고 후량을 총공격했는데, 북면행영초토사(北面行營招討使) 왕언장(王彦章)이 이존욱과의 전투에서 패해 죽고 도성 변경(汴京)이 함락되자, 측근인 공학도장(控鶴都將) 황보인(皇甫麟)에게 명해 자신을 죽이게 했다.

당신 같은 사람들이 어찌 알 수 있겠소?"

그 관리는 안도진을 깔보며 말했다.

"내가 가슴을 열어젖히고 시험해 본다면 내 배를 뚫을 수 있겠소?"

안도진이 말했다.

"감히 가슴을 열어젖힐 수 있겠소?"

그 관리가 즉시 가슴을 열어젖히자 안도진은 단발에 그의 숨통을 끊었는데, 날카로운 화살촉이 곧장 몸을 관통해 담벼락에 꽂혔다. 안도진은 개 한 마리와 여종 한 명을 데리고 있었는데, 개와 여종을 끌고 남쪽으로 도망갔다. 낮에는 갈대 속에 엎드려 있다가 밤에는 북두칠성을 보고 숨어 다녔다. 또 때때로 눈에서 나오는 신령한 빛을 보고 점을 쳤는데, 빛이 많이 나오는 곳이 길한 방향이었고 빛이 적게 나오는 곳이 불리한 방향이었다. 그는 이미 복기술(伏氣術)227)에 능한 상태여서 마침내 음식을 끊었다. 얼마 후에 강과 호수에 도착하자 왼손으로는 여종을 잡고 오른손으로는 개를 끌고 곧장 헤엄쳐 건넜는데 놓친 것이 전혀 없었다. 회수(淮帥 : 회남절도사)는 그를 얻어 비장(裨將 : 부장)으로 발탁하

---

227) 복기술(伏氣術) : 도가의 양생법 가운데 하나인 복식술(服息術)을 말한다.

고 아주 풍성한 재물을 하사했다. 당시 그의 형 안중패는 전촉(前蜀)을 섬겨 또한 열교(列校)[228]로 있었는데, 동생이 오(吳) 지방에 있다는 소식을 듣고 왕에게 알렸다. 전촉 후주(後主) 왕연(王衍)은 그 뜻을 가상히 여기고 한 사람을 보내 그를 초청했다. 안도진은 전촉에 도착해서 또 주장(主將)이 되었으며, 나중에 병사를 이끌고 천수영(天水營) 장도현(長道縣)을 수비했다. 안중패는 초토마보사(招討馬步使)가 되어 진정현(秦亭縣)에 주둔했다. 백성 중에 사랑하는 아들을 안도진에게 맡긴 사람이 있었는데, 안도진은 그를 "청자(廳子)"라고 이름 지었다. 하루는 안도진이 막 문밖으로 나가려는데 청자가 우연히 안도진의 침실 앞을 지나갔다. 안도진은 청자를 의심하고 크게 화를 내면서 그의 허리를 베어 죽인 다음 우물에 던져 버렸다. 청자의 집에서 안중패에게 호소하자 안중패는 안도진을 초토사(招討使) 왕 공(王公 : 왕언장)[229]에게 보냈다. 안도진이 남량(南梁)에 도착하자 왕

---

[228] 열교(列校) : 동한 때 도성을 수비하는 주둔병을 5군영으로 나누고 이를 북군오교(北軍五校)라고 했는데, 각 교의 우두머리를 교위(校尉)라 하고 이를 통틀어 '열교'라고 했다. 당나라와 오대 시기 지방의 군대에도 열교를 설치했다.

[229] 왕 공(王公) : 왕언장(王彦章, 863~923). 자는 현명(賢明) 또는 자명(子明). 오대 후량(後梁)의 명장. 일찍이 주온(朱溫 : 주전충)을 섬겨 전쟁에 나설 때마다 철창(鐵槍)을 잡고 적진을 돌파했기에 "왕철창"

공은 차마 그를 죽이지 못하고 표문을 올려 살려 주었다. 그래서 안도진이 자기 맏형[안중패]에게 반감을 품고 또한 그의 가족을 해치려 하자, 형의 집에서는 문을 닫아걸고 방비했다. 전촉이 패망한 후 안도진이 동쪽으로 돌아오자, [후당] 명종(明宗 : 이사원)[230]은 그를 제주마보군도지휘사(諸州

으로 불렸다. 후량이 건국된 후 복주(濮州)·전주(澶州) 자사, 여주(汝州)·정주(鄭州) 방어사, 허주(許州)·활주(滑州) 절도사를 역임했다. 말제(末帝) 용덕(龍德) 3년(923)에 진왕(晉王) 이존욱(李存勖)이 후당(後唐)을 건국하고 후량의 운주(鄆州)를 점거하자, 그는 어명을 받고 북면초토사(北面招討使)가 되었다. 이후 후당군과의 전쟁에서 일진일퇴하다가 결국 후당의 이사원(李嗣源 : 명종)에게 사로잡혔다. 장종(莊宗 : 이존욱)은 그를 살려 주려고 했지만, 그가 절개를 굽히지 않자 결국 처형했다.

[230] 명종(明宗) : 이사원(李嗣源). 오대 후당(後唐)의 제2대 황제(926~933 재위)로, 진왕(晉王) 이극용(李克用)의 양자다. 나중에 장종(莊宗) 이존욱(李存勖)을 보필해 후당을 건국했으며, 후량(後梁)과의 전쟁에서 누차 전공을 세워 성덕절도사(成德節度使)·번한내외마보군총관(蕃漢內外馬步軍總管)·중서령(中書令)을 지냈다. 동광(同光) 4년(926)에 칙명을 받들어 업도(鄴都)의 병란 진압에 나섰다가 오히려 반군과 합류해 군대를 이끌고 낙양(洛陽)을 공격해 제위에 올랐다. 재위 초기에는 탐관오리와 환관을 제거하고 내탕고를 없애고 민생에 주의를 기울여 명군(明君)의 면모를 보였지만, 후기에는 맹지상(孟知祥 : 후촉 고조)의 반란, 권신 안중회(安重誨)의 발호, 차남 이종영(李從榮)의 무도함으로 인해 변란이 번갈아 일어나 조정이 혼란해졌다. 장흥(長興) 4년(933)에 이종영이 제위 찬탈을 도모했다가 실패해 살해되자, 명종은 병중에 충격을 받아 죽었다.

馬步軍都指揮使)에 보임했다. 나중에 그는 잘못을 저질러 등에 채찍을 맞고 죽었다.

有安道進[1]者, 卽故雲州帥重霸季弟, 河東人也, 性凶險. 莊宗潛龍時, 爲小校. 常佩劍列於翊衛, 忽一日拔而玩之, 謂人曰: "此劍也, 可以剚錘切玉, 孰敢當吾鋒鋩?" 旁有一人曰: "此又是何利器, 妄此誇譚? 假使吾引頸承之, 安能快斷乎?" 道進曰: "眞能引頸乎?" 此人以爲戲言, 乃引頸而前, 遂一揮而斷. 旁人皆驚散. 道進携劍, 日夜南馳, 投于梁主. 梁主壯之, 俾隸淮之鎭戍. 有掌庚吏, 進謂曰: "古人謂洞其七札爲能, 吾之鋯鏃, 可徹其十札矣. 爾輩安知之?" 吏輕之曰: "使我開襟俟[2]之, 能徹吾腹乎?" 安曰: "試敢開襟否?" 吏卽開其襟, 道進一發而殪之, 利鏃逕過, 植于墻上. 安蓄一犬一婢, 遂挈而南奔. 晝則從[3]于蘆荻中, 夜則望星斗而竄. 又時看眼中神光, 光多處爲利方, 光少處爲不利. 旣能伏氣, 遂絶粒. 經時抵江湖間, 左挈婢, 右携犬, 而轍[4]浮渡, 殊無所損. 淮帥得之, 擢爲裨將, 賜與甚豊. 時兄重霸事蜀, 亦爲列校, 聞弟在吳, 乃告王. 蜀主王[5]嘉其意, 發一介以請之. 迨至蜀, 亦爲主將, 後領兵戍于天水營長道縣. 重霸爲招討馬步使, 駐于秦亭縣. 民有愛子, 託之于安, 命之曰"廳子". 道進適往戶外, 廳子偶經行於寢之前. 安疑之, 大怒, 遂腰斬而投于井. 其家號訴於霸, 傳送招討使王公. 至于南梁, 王公不忍加害, 表救活之. 及[6]憾其元昆, 又欲害其家族, 兄家閑卜[7]戶防之. 蜀破, 道進東歸, 明宗補爲諸州馬步軍都指揮使. 後有過, 鞭背卒.

출처 《태평광기》 권269 〈혹포 · 안도진〉, 《태평광기상절》 권22 〈혹포 · 안도진〉.

1 안도진(安道進) : 《책부원귀(冊府元龜)》 권941 〈총록부(總錄部) · 혹포〉에는 "안중진(安重進)"이라 되어 있는데, 그의 형의 성명이 안중패(安重霸)이므로 타당한 것으로 보인다.

2 사(俟) : 《태평광기상절》에는 "사(使)"라 되어 있는데, 문맥상 보다 타당하다.

3 종(從) : 《태평광기상절》에는 "복(伏)"이라 되어 있는데, 문맥상 보다 타당하다.

4 철(轍) : 《태평광기상절》에는 "첩(輒)"이라 되어 있는데, 문맥상 보다 타당하다.

5 왕(王) : 《태평광기상절》에는 이 자가 없는데, 문맥상 타당하다. 또는 이 뒤에 "연(衍)" 자가 빠졌을 가능성도 있다.

6 급(及) : 《태평광기》 사고전서본에는 "반(反)"이라 되어 있는데, 문맥상 보다 타당하다.

7 한복(閑卜) : 《태평광기상절》에는 "폐(閉)"라 되어 있는데, 문맥상 타당하다.

82. 추복 처(鄒僕妻)

후량(後梁) 말 용덕(龍德) 임오년(壬午年 : 922)[231]에 양주도군무(襄州都軍務) 추경온(鄒景溫)은 서주(徐州)로 이직했는데, 그곳에서도 도군(都軍)[232]의 업무를 관장했다. 추경온에게 힘센 하인 그 성명은 잊어버렸다. 이 있었는데, 스스로 주먹이 세다고 자부하면서 혼자 부인을 데리고 나귀를 타고서 길을 나섰다. 그들은 송주(宋州) 동쪽 망산(芒山)과 탕산(碭山)의 못가에 이르렀는데, 그곳은 평소에 도적이 많아서 혹시라도 혼자 여행하면 화를 면하는 자가 드물었다. 그날 그는 부인과 함께 언덕 중턱에 있는 두 그루의 버드나무 아래서 쉬고 있다가 큰 소리로 꾸짖으며 말했다.

"듣자 하니 이곳은 평소에 호객(豪客)이 많다고 하던데, 어째서 우리와 함께 승부를 겨뤄 볼 자가 한 명도 없단 말인가?"

그 말이 끝나자마자 수풀 사이에서 도적 대여섯 명이 튀어나왔는데, 한 명이 뒤에서 두 팔로 그 하인을 껴안더니 붙

---

231) 임오년(壬午年) : 오대 후량 말제(末帝) 용덕(龍德) 2년(922)이다.
232) 도군(都軍) : 전전사도우후(殿前司都虞候)의 별칭으로, 여기서는 주(州)의 병마도감(兵馬都監)을 말한다.

잡아 쓰러뜨렸다. 이어서 다른 무리가 급히 그의 목을 누르고 단도를 꺼내 목을 잘랐다. 그 하인은 몸에 칼을 차고 다녔으나 전혀 써 보지 못했으니, 대개 도적들이 그가 미처 대비하지 못한 사이에 급습했기 때문이었다. 그의 부인은 옆에 있었는데, 당황하거나 놀라는 기색이 거의 없었으며 다만 그들을 속여 크게 소리쳤다.

"통쾌합니다! 오늘에야 비로소 나의 치욕을 씻었습니다. 나는 본디 양갓집 규수였는데, 저놈에게 잡혀 와 여기까지 오게 되었습니다. 누가 천지신명이 없다고 하겠습니까!"

도적들은 그녀의 말을 진실이라고 여겨 죽이지 않고 짐 보따리와 나귀 두 마리까지 다 챙겨서 남쪽으로 데리고 갔다. 한 50~60리쯤 가서 박주(亳州)의 북쪽 경계에 이르러 외딴 촌장(村莊)의 남쪽으로 가서 쉬었다. 촌장의 문에는 무기를 들고 갑옷을 입은 병사들이 있었는데, 아마도 근처 수비를 맡은 병졸인 것 같았다. 그 부인은 곧장 마을 인가의 중당(中堂)으로 들어갔는데, 도적들은 그녀가 먹을 것을 구하러 갔으리라 생각해 의심하지 않았다. 마침내 부인은 촌장의 총수(總首)233)에게 절하고 울면서 자기 남편이 도적을 만나 살해된 상황을 알렸다. 총수는 그 말을 듣고 몰래 부하

---

233) 총수(總首) : 오대와 송나라 때 민간의 무장 군관을 말한다.

를 불러 적당한 때를 노렸다가 도적들을 체포했다. 한 명의 도적만 도망쳤고, 나머지는 형틀을 찬 채 박성(亳城)으로 호송되어 모두 기시형(棄市刑)에 처해졌다. 그 부인은 양양(襄陽)으로 돌아와 머리를 깎고 비구니가 되었으며, 그렇게 평생을 살겠다고 맹세했다.

梁末龍德壬午歲, 襄州都軍務鄒景溫移職于徐, 亦綰都軍之務. 有勁僕, 失其姓名 自恃拳勇, 獨與妻策驢以路. 至宋州東芒碭澤, 素多賊盜, 行旅或孤, 則鮮有獲免者. 其日與妻偕憩于陂之半雙柳樹下, 大咤曰: "聞此素多豪客, 豈無一人與吾曹決勝負乎?" 言粗畢, 有五六盜自叢薄間躍出, 一夫自後雙手交抱, 搏而仆之. 其徒遽扼其喉, 抽短刃以斷之. 斯僕隨身兵刃, 略無所施, 蓋掩其不備也. 唯妻在側, 殊無惶駭, 但矯而大呼曰: "快哉! 今日方雪吾之恥也. 吾比良家之子, 遭其俘掠, 以致於此. 孰謂無神明也!" 賊謂誠至而不殺, 與行李並二驢騑以南邁. 近五六十里, 至亳之北界, 達孤莊南而息焉. 莊之門有器甲, 蓋近戍迻[1]警之卒也. 其婦遂徑入村人之中堂, 盜亦謂其謀食, 不疑也. 乃泣拜其總首, 且告其夫適遭屠戮之狀. 總首聞之, 潛召其徒, 俱時執縛. 唯一盜得逸, 械送亳城, 咸棄於市. 其婦則返襄陽, 還[2]削爲尼, 誓終焉之志.

출처《태평광기》권270〈부인(婦人)·추복처〉,《태평광기상절》권22〈열녀(烈女)·추복처〉.

1 순(迻):《태평광기상절》에는 "순(巡)"이라 되어 있다. '순(迻)'은 '순(巡)'의 와자(訛字)다.
2 환(還):《태평광기상절》에는 "괴(壞)"라 되어 있다.

83. 가자 부(歌者婦)

　남중(南中)에 대수(大帥 : 관찰사)234)가 있었는데, 대대로 작위를 세습했으며 매우 방자하고 난폭했다. 어떤 노래 잘하는 부인이 남편과 함께 북쪽에서 그곳으로 왔는데 용모가 자못 빼어났다. 대수는 그 소문을 듣고 그녀를 불러들였다. 부인은 대수의 집에 들어갈 때마다 남편과 함께 가서 번갈아 가며 노래를 불렀는데, 노래에 넘치는 자태가 있었다. 대수는 그녀를 차지하고 싶었으나 그녀는 거절하며 허락하지 않았다. 그러자 대수는 몰래 사람을 보내 그녀의 남편을 죽이고 그녀를 별실에 데려다 놓게 했으며, 많은 진주와 비취로 그녀의 마음을 기쁘게 해 주었다. 1년이 지나서 대수가 부인을 찾아갔더니 그녀도 기뻐하며 대수를 맞이했는데, 매우 나긋나긋하고 정감이 넘쳤다. 함께 침상으로 갔을 때 부인이 갑자기 소매에서 시퍼런 칼을 꺼내 대수를 붙잡고 찌

---

234) 대수(大帥) : 관찰사(觀察使). 당나라 때 설치한 지방 규정 장관으로, 정식 명칭은 관찰처치사(觀察處置使)다. 그 지위는 절도사(節度使)의 다음이었다. 당나라 중엽 이후로는 대부분 절도사가 그 직무를 겸임했다. 절도사가 없는 주(州)에도 특별히 관찰사를 설치해 한 도(道)나 여러 주를 관할했으며 자사(刺史)의 직무를 겸임했다. 그 관부를 도부(都府)라 했으며 권력과 직임이 막강했다.

르려 했다. 대수가 팔을 밀치고 도망치자 부인이 쫓아갔다. 마침 두 명의 노복이 앞에 있다가 문을 닫은 덕택에 대수는 화를 면할 수 있었다. 대수가 즉시 사람을 보내 그녀를 잡아오게 했는데, 그녀는 이미 스스로 목을 베어 죽었다.

南中有大帥, 世襲爵位. 然頗恣橫. 有善歌者, 與其夫自北而至, 頗有容色. 帥聞而召之. 每入, 輒與其夫偕至, 更唱迭和, 曲有餘態. 帥欲私之, 婦拒而不許. 帥密遣人害其夫而置婦于別室, 多其珠翠, 以悅其意. 逾年往詣之, 婦亦欣然接待, 情甚婉變. 及就榻, 婦忽出白刃於袖中, 擒帥而欲刺之. 帥掣肘而逸, 婦逐之. 適有二奴居前闔其扉, 由是獲免. 旋遣人執之, 已自斷其頸矣.

출처 《태평광기》 권270 〈부인・가자부〉, 《태평광기상절》 권22 〈열녀・가자부〉.

84. 하지 부인(河池婦人)

[오대] 후량(後梁) 태조(太祖 : 주온)가 기주(岐州)와 농주(隴州)를 공격해 포위한 해235)에 군대를 이끌고 봉상(鳳翔)에 이르렀다. 그러자 진수(秦帥 : 진주봉상절도사) 이무정(李茂貞)이 장수 이계랑(李繼朗)을 파견해 무리를 이끌고 가서 구원하게 했다. 이계랑은 봉상에 도착한 뒤 크게 승리해 적병 7000여 명을 생포했다. 이계랑은 회군하던 중에 하지현(河池縣)에서 한 젊은 부인을 약탈했는데 그녀는 미모가 빼어났다. 이계랑은 그녀를 좋아해 군막 안의 침소에 머물게 했다. 군대가 서쪽으로 15여 정(程)236)을 가는 동안 이계랑이 그녀를 범하려 할 때마다 그녀는 즉시 말했다.

"나의 시어머니는 엄하고 남편은 투기가 심하니, 청컨대 죽음으로 치욕을 대신하고자 합니다."

이계랑은 노해 그녀를 위협했지만 끝내 뜻을 굽힐 수 없었다. 이계랑은 웃으면서 그녀를 가엽게 여겼으며, 결국 그

---

235) 기주(岐州)와 농주(隴州)를 공격해 포위한 해 : 당 소종(昭宗) 천복(天復) 원년(901)의 일이다.
236) 정(程) : 역참이나 기타 숙박지를 기점으로 해서 다음 지점까지 이동하는 거리를 말한다.

녀를 범할 수 없었기에 사람을 시켜 그녀를 자기 집으로 돌려보내 주었다.

梁祖攻圍岐隴之年, 引兵至于鳳翔. 秦師[1]李茂貞, 遣戎校李繼朗統衆救之. 至則大捷, 生降七千餘人. 及旋軍, 於河池縣掠獲一少婦, 甚有顏色. 繼朗悅之, 寢處於兵幕之下. 西邁十五餘程, 每欲逼之, 卽云 : "我姑嚴夫妬, 請以死代之." 戎師怒, 脅之以威, 終莫能屈. 師笑而憫之, 竟不能犯, 使人送還其家.

출처《태평광기》권271〈부인·현부(賢婦)·하지부인〉.

1 사(師) :《태평광기》사고전서본에는 "수(帥)"라 되어 있는데 타당하다. 이하도 마찬가지다.

85. 하씨(賀氏)

연주(兗州)의 민가에 성이 하씨인 부인이 있었는데, 마을 사람들은 그녀를 "직녀(織女)"라고 불렀다. 하씨의 부모는 농사를 지었으며, 남편은 보부상으로 여러 군(郡)을 왕래했다. 하씨가 처음 시집와서 채 열흘도 안 되어 남편이 장사하러 떠났는데, 그는 한번 떠나면 몇 년 만에야 비로소 돌아왔으며 돌아와도 며칠 만에 다시 떠났다. 그는 벌어들인 돈으로 다른 곳에서 다른 마누라를 얻었으며, 자기 집에는 한 푼도 보태 주지 않았다. 하씨는 그러한 사실을 알면서도 남편이 돌아올 때마다 기쁜 마음으로 받들어 모시면서 한 번도 언짢은 기색을 얼굴에 드러낸 적이 없었다. 남편은 부끄러워서 마음대로 할 수 없자 다시 괜한 트집을 잡아 하씨를 때리고 욕했지만, 하씨는 남편에게 대들지 않았다. 시어머니는 이미 늙고 병들었으며 굶주림으로 뼈가 드러날 정도였다. 하씨 부인은 품팔이로 베를 짜서 생계를 꾸려 갔는데, 벌어 온 품삯은 모두 시어머니에게 들어가고 자신은 추위와 굶주림에 시달렸다. 그런데도 시어머니는 자애롭지 못해 날마다 하씨를 학대했다. 그러나 부인은 더욱 공경하며 마음을 가라앉히고 부드러운 목소리로 시어머니의 뜻을 기쁘게 해 드리면서 끝까지 원망하거나 한탄하지 않았다. 남편이 한번은 작은마누라를 데리고 집으로 왔는데, 하씨는 그녀를 동생이라 부르면서 성난 기색을 전혀 짓지 않았다. 하씨가 시집온 지 20여 년 동안 남편은 반년도 집에 있지 않았지만, 하씨는 부지런히 힘써 시어머니와 남편을 봉양했으며 시종 원망하지 않았으니, 가히 어질고 효성스럽다고 이를 만하다.

兗州有民家婦姓賀氏, 里人謂之"織女". 父母以農爲業, 其丈夫則負擔販賣, 往來于郡. 賀初爲婦, 未浹旬, 其夫出外, 每出, 數年方至, 至則數日復出. 其所獲利, 蓄別婦於他所, 不以一錢濟家. 賀知之, 每夫還, 欣然奉事, 未嘗形於顔色. 夫慙愧不自得, 更非理毆罵之, 婦亦不之酬對. 其姑已老且病, 凜餒切骨. 婦傭織以資之, 所得傭直, 盡歸其姑, 己則寒餒. 姑又不慈, 日有凌虐. 婦益加恭敬, 下氣怡聲, 以悅其意, 終無怨歎. 夫嘗挈所愛至家, 賀以女弟呼之, 略無慍色. 賀爲婦二十餘年, 其夫無半年在家, 而能勤力奉養, 始終無怨, 可謂賢孝矣.[1]

출처 《태평광기》 권271 〈부인·현부·하씨〉, 《후덕록(厚德錄)》 권2. 《후덕록》에는 출처가 "범자《옥당한화》(范資《玉堂閑話》)"라 되어 있는데, "자(資)"는 "질(質)"의 오자로 보인다.

1 《후덕록》에는 본 고사의 끝에 다음과 같은 문장이 있다. "이 부인은 빈천한 집안에서 태어나, 입으로는 진실하고 미더운 말을 알지 못하고 귀로는 예의의 가르침을 듣지 못했지만 이와 같을 수 있었으니, 비록 옛날의 정숙하고 총명한 여자라 할지라도 그녀를 뛰어넘지 못한다. 그래서 [공자가] '열 집이 모여 있는 읍에는 반드시 진실

하고 미더운 사람이 있다'라고 했으니, 이 말은 틀리지 않는다. 그래서 이를 기록해 감계로 삼는다(此婦生於窮賤之門, 口不知忠信之言, 耳不聞禮義之訓, 而能如此, 雖古之淑哲無以過也. 故曰'十室之邑, 必有忠信', 斯言不謬矣. 書之以備鑒戒)."

86. 진기장(秦騎將)

　진주(秦州)에 석(石) 아무개라는 기병장(騎兵將)이 있었는데 많은 전공을 세웠다. 그런데 그 부인이 사납고 투기가 심했기 때문에 석 아무개는 늘 그것을 근심했다. 나중에 부인이 혼자 있을 때 석 아무개는 밤에 몰래 사람을 보내 찔러 죽이게 했다. 그러나 부인이 손으로 칼날을 잡으며 사람 살리라고 고함을 지르자, 하녀와 첩들이 모두 달려와 자객과 다툰 끝에 결국 칼이 부러지고 자객은 달아났다. 결국 자객은 부인을 해칠 수 없었고, 부인은 열 손가락에 모두 상처를 입었다. 몇 년 뒤에 진주가 망하자[237] 석 아무개는 전촉(前蜀)으로 들어갔는데, 전촉에서는 그에게 병사를 이끌고 가서 포량(褒梁)에 주둔하게 했다. 석 아무개는 다시 군중에서 협사(俠士)를 모집해 자기 집으로 보내 부인을 찔러 죽이게 했다. 포량과 촉은 서로 수천 리나 떨어져 있었는데, 협사는 칼을 지니고 석 아무개의 편지를 들고 그 집에 도착해서 말했다.

　"포중(褒中)에서 편지를 가지고 왔으니, 부인을 직접 만

---

[237] 진주가 망하자 : 후량(後梁) 말제(末帝) 정명(貞明) 원년(915)에 기왕(岐王) 이무정(李茂貞)의 부장 이계숭(李繼崇)이 전촉(前蜀)에 진주를 바치고 귀항한 것을 말한다.

나게 해 주십시오."

　부인이 기뻐하며 나와 협사를 만나자 협사는 절을 하고 편지를 전해 주다가 부인이 편지를 받아 든 순간 칼을 휘둘러 부인을 찔렀다. 그런데 그때 석 아무개의 딸이 뛰어나와 손을 들어 칼을 잡고 한참 동안 버티는 바람에 결국 부인을 해칠 수 없었다. 바깥에 있던 사람들이 그 소리를 듣고 몰려와 모녀를 구했는데, 딸도 열 손가락에 모두 상처를 입었다. 10년 뒤에 전촉이 망하자 석 아무개는 진주로 돌아왔다. 부인은 결국 남편과 해로하다가 집에서 죽었다.

秦騎將石某者, 甚有戰功. 其妻悍且妬, 石常患之. 後其妻獨處, 乃夜遣人刺之. 妻手接其刃, 號救叫喊[1], 婢妾共擊賊, 遂折鐔而去. 竟不能害, 婦十指皆傷. 後數年, 秦亡入蜀, 蜀遣石將兵, 屯于襃梁. 復於軍中募俠士, 就家刺之. 襃蜀相去數千里, 俠士於是挾刃, 懷家書, 至其門曰 : "襃中信至, 令面見夫人." 夫人喜出見, 俠拜而授其書, 捧接之際, 揮刃斫之. 妻有一女躍出, 舉手接刃, 相持久之, 竟不能害. 外人聞而救之, 女十指並傷. 後十年, 蜀亡, 歸秦邦. 竟與其夫偕老, 死於牖下.

출처《태평광기》권272〈부인·투부(妬婦)·진기장〉,《태평광기상절》권23〈투부·진기장〉.

1　구규함(救叫喊):《태평광기상절》에는 "규구구(叫求救)"라 되어 있다.

87. 이수란(李秀蘭)

 이수란238)은 여자로서 재명(才名)이 있었다. 처음 대여섯 살쯤 되었을 때 아버지가 뜰에서 그녀를 안고 있었는데, 그녀가 시를 지어 장미를 읊었다. 그 마지막 구절은 이러했다.
 "시간이 지나도록 지지대를 치우지 않으니,239) 어지러운 심사만 복잡하네."
 그러자 아버지가 화를 내며 말했다.

---

238) 이수란 : 이야(李冶, 730?~784). 자는 계란(季蘭) 또는 수란. 당나라의 시단에서 명성이 높은 여성 시인으로, 설도(薛濤)·어현기(魚玄機)·유채춘(劉采春)과 함께 당나라의 4대 여시인으로 병칭된다. 어려서부터 시재(詩才)를 드러냈으며, 나중에는 여도사(女道士)가 되었다. 만년에 궁중으로 불려 들어갔는데, 반장(叛將) 주차(朱泚)에게 시를 올렸다가 덕종(德宗)의 명으로 맞아 죽었다.

239) 시간이 지나도록 지지대를 치우지 않으니 : 원문은 "경시미가각(經時未架却)". 이수란은 시간이 지났는데도 장미를 지지하는 받침대를 치우지 않는다는 뜻으로 읊었는데, 아버지는 "가각(架却)"이 시집가다는 뜻의 "가각(嫁却)"과 음이 같기 때문에 때가 지났는데도 시집가지 못한다는 뜻으로 받아들였다. 그래서 아버지는 어린 이수란이 시집가지 못한 여인의 어지러운 심사를 이미 이해하고 있는 것을 좋지 못한 징조로 여겼다.

"이 딸애는 장래에 문장력은 풍부하겠지만 필시 행실이 나쁜 여인이 될 것이다."

결국 그 말대로 되었다.

李秀[1]蘭以女子有才名. 初五六歲時, 其父抱於庭, 作詩詠薔薇. 其末句云:"經時未架却, 心緒亂縱橫." 父恚[2]曰:"此女子將來富有文章, 然必爲失行婦人矣." 竟[3]如其言.

출처《태평광기》권273〈부인·이수란〉,《유설》권54〈옥당한화·장미시(薔薇詩)〉,《영락대전》권5839.

1 수(秀):《전당시(全唐詩)》·《당재자전(唐才子傳)》·《당시기사(唐詩紀事)》등에는 모두 "계(季)"라 되어 있다.
2 에(恚):《영락대전》에는 "환(患)"이라 되어 있다.
3 경(竟):《유설》에는 "과(果)"라 되어 있다.

88. 진 소주(晉少主)

[오대 후진 출제(出帝)] 개운(開運) 갑진년(甲辰年 : 944) 세모 겨울에 후진(後晉)의 황제240)가 중사(中使)241)를 내서 (內署 : 한림원)로 파견해 여러 학사에게 물었다.

"짐이 어젯밤 꿈에서 옥쟁반 하나를 보았는데, 그 안에 있는 옥사발 하나와 옥대(玉帶) 하나에 모두 빛나고 아름다운 무늬가 새겨져 있었소. 이것이 어떤 징조인지 즉시 아뢰도록 하시오."

승지(承旨) 이신의(李愼儀)242)는 동료와 함께 표문을 올

---

240) 후진(後晉)의 황제 : 오대 후진의 제2대이자 마지막 황제(942~946 재위) 석중귀(石重貴)를 말한다. 출제(出帝) 또는 소제(少帝)로 불린다. 고조 석경당(石敬瑭)의 조카로, 석경당이 애지중지했다. 석경당의 뒤를 이어 제위에 오른 뒤, 거란(契丹)에 대해 스스로 "손아(孫兒)"라 칭하고 "신(臣)"이라 칭하지 않자 거란이 불경하다고 여겼다. 개운 연간 초에 두 차례에 걸쳐 거란군의 공격을 격퇴했다. 하지만 개운 3년(946)에 거란이 다시 대대적으로 공격해 그를 포로로 잡아가고 부의후(負義侯)에 봉함으로써 후진은 마침내 멸망했다.

241) 중사(中使) : 궁중에서 파견한 사신으로, 대부분 환관이 담당했다.

242) 이신의(李愼儀) : 오대 후진의 관리. 우산기상시(右散騎常侍)·병부시랑(兵部侍郎)·한림학사승지(翰林學士承旨)·상서좌승(尙書

려 경하했다. 그들은 옥은 제왕의 보물이고 대(帶)는 공을 이룰 조짐이며 쟁반과 사발은 수기(守器)243)의 상징이므로 길몽이라고 여겼으며, 감히 다른 해몽은 하지 못했다.

開運甲辰歲暮冬, 晉帝遣中使至內署, 宣問諸學士云 : "朕昨夜夢一玉盤, 中有一玉碗及一玉帶, 皆有碾文, 光熒可愛. 是何徵也, 宜卽奏來." 承旨李愼儀與同僚幷表奏賀. 以爲玉者帝王之寶也, 帶者有誓功之兆, 盤盂者乃守器之象, 爲吉夢, 不敢有他占.

출처《태평광기》권278 〈몽(夢)·몽휴징(夢休徵)·진소주〉,《설부》권 48 하 〈옥당한화·진소주〉.

左丞) 등을 지냈다.

243) 수기(守器) : 나라를 수호하는 귀중한 기물로 군권(君權)을 상징한다.

89. 원계겸(袁繼謙) 1

 전중소감(殿中少監) 원계겸은 연주(兗州)의 추관(推官 : 절도사의 보좌관)으로 있었다. 동쪽 이웃은 바로 뇌성도교(牢城都校) 여 군(呂君)의 집이었는데, 여 군은 자기의 집이 낮고 습했기에 군졸에게 명해 자성(子城)244) 아래의 흙을 파내서 자기 집을 북돋우게 했다. 그런데 흙을 너무 많이 파내는 바람에 마침내 성벽 자체가 약간 얇아졌다. 원계겸이 갑자기 꿈을 꾸었는데, 자신이 말을 타고 자성 동문의 누대 위로 올라갔더니, 어떤 사람이 뜻을 전하며 추관[원계겸]에게 누대로 올라오길 청하면서 스스로 자성의 사자라고 했다. 그 사람은 원계겸에게 겸손히 인사하고 나서 원계겸에게 말했다.

 "여 군이 사저를 수리하면서 자성의 흙을 파냈는데, 이건 절대로 해서는 안 되는 일입니다. 추관은 어찌하여 그에게 말하지 않습니까?"

 원계겸이 말했다.

---

244) 자성(子城) : 본성(本城)에 부속된 작은 성. 외성(外城)에 둘러싸여 있는 내성(內城)이나 성문 밖에 부속된 월성(月城) 따위를 말한다.

"나는 비록 외람되이 절도사의 막료로 있긴 하지만 그를 통솔하지는 못합니다."

그 사람이 또 말했다.

"추관이 말하지 않겠다면 내가 직접 처리하겠습니다."

1년도 안 되어 여 공(呂公 : 여 군)은 군영에서 체포되었는데, 죄를 지어 구금되었다가 한참 뒤에 정직당했다. 그의 집은 지금 원씨(袁氏)의 소유가 되었는데, 장항(張沆)245)이 일찍이 그 집을 빌려서 거주한 적이 있었다.

殿中少監袁繼謙, 爲兗州推官. 東鄰卽牢城都校呂君之第, 呂以其第卑湫, 命卒削子城下土以培之. 削之旣多, 遂及城身稍薄矣. 袁忽夢乘馬, 自子城東門樓上, 有人達意, 請推官登樓, 自稱子城使也. 與袁揖讓, 乃謂袁曰 : "呂君修私第, 而削子城之土, 此極不可. 推官盍言之乎?" 袁曰 : "某雖忝賓僚, 不相統攝." 又曰 : "推官旣不言, 某自處置." 不一年, 呂

---

245) 장항(張沆, ?~952) : 자는 태원(太元). 오대의 관리. 진사 출신으로, 성품이 온아하고 사부(詞賦)에 뛰어났으며 불교를 좋아했다. 후당(後唐) 명종(明宗)의 아들인 진왕(秦王) 이종영(李從榮)이 문학을 좋아해 문객을 모아 〈남호청기(南湖廳記)〉를 지었는데, 장항의 글만을 비석에 새겼다. 이로 인해 하남부(河南府)의 순관(巡官)이 되었다. 후진(後晉) 초에 문재(文才)가 뛰어나 한림학사(翰林學士)를 지냈다. 후한(後漢)과 후주(後周)에서도 여러 벼슬을 거쳐 형부상서(刑部尙書)에 이르렀다.

公被軍寨中追之, 有過禁繫, 久而停職. 其宅今屬袁氏, 張沆嘗借居之.

출처《태평광기》권281〈몽·귀신·원계겸〉.

90. 소원휴(邵元休) 1

　[오대] 후진(後晉)의 우사원외랑(右司員外郎) 소원휴가 일찍이 다음과 같은 이야기를 했다.
　하양(河陽)의 진주관(進奏官)[246] 반(潘) 아무개는 사람됨이 충직하고 사리에 밝았는데, 소원휴는 그와 가까이 지냈다. 한번은 한가롭게 명계(冥界)에 대해 얘기하다가 그 진위를 의심해 서로 약속하며 말했다.
　"훗날 우리 두 사람 중에서 먼저 세상을 떠난 자가 반드시 저승의 일을 알려 주어 살아 있는 자가 의혹을 품지 않도록 하세."
　그 후로 소원휴는 반 아무개와 헤어져 몇 년의 세월이 흘렀다. 소원휴는 어느 날 갑자기 꿈에 한 곳에 당도해 약간 앞으로 나아갔더니 동쪽 곁채 아래로 곱고 화려한 장막이 보였는데, 바로 손님을 맞아들이는 곳이었다. 그곳엔 손님 몇 명이 있었는데 반 아무개도 그 자리에 있었다. 그중 한 사람은 대관(大官)처럼 위엄 있는 의관을 착용하고 손님들의 오

---

[246] 진주관(進奏官) : 당나라 때 번진(藩鎭)이 도성에 설치한 관저인 상도지진주원(上都知進奏院)의 관리로, 장주(章奏)와 조령(詔令) 및 각종 문서의 전달을 담당했다.

른쪽에 있었다. 소원휴가 곧장 나아가 인사하자, 그 대관은 소원휴를 맞이해 자리에 앉게 했다. 반 아무개도 아래 자리에 있었는데 자못 공손하고 삼가는 기색이었다. 그래서 소원휴가 대관에게 아뢰었다.

"공께서는 예전부터 반 아무개를 알고 계셨습니까?"

대관은 그렇다고만 대답했다. 곧 차를 내오라고 명했는데, 말이 떨어지자마자 이미 차가 여러 손님 앞에 놓여 있었지만 차를 가져온 사람은 보이지 않았다. 찻그릇은 매우 훌륭했다. 소원휴가 막 차를 마시려고 할 때 반 아무개가 즉시 소원휴에게 눈짓하면서 몸 뒤로 손을 저으며 소원휴에게 마시지 말라고 했다. 소원휴는 그 뜻을 알아차리고 차를 마시지 않았다. 대관이 다시 술을 내오라고 명했는데, 역시 그 말이 떨어지자마자 여러 손님 앞에 술이 놓여 있었지만 이번에도 술그릇을 들고 온 사람은 보이지 않았다. 술잔은 옛날 모양이었지만 훌륭했다. 대관이 손님들에게 읍(揖)하고 술을 마시자 소원휴도 곧 마시려고 했는데, 반 아무개가 또 몸 뒤로 손을 저으며 소원휴에게 마시지 말라고 하기에 소원휴는 또 감히 마시지 못했다. 대관이 또 음식을 차려 오라고 명하자, 즉시 커다란 떡이 여러 손님 앞에 놓여 있었는데 향기가 진동했다. 소원휴가 먹으려 했더니 반 아무개가 또 소원휴를 제지했다. 잠시 뒤에 반 아무개가 소원휴에게 눈짓하며 나가라고 하자, 소원휴는 즉시 대관에게 작별을 고했다.

반 아무개가 대관에게 아뢰었다.

"저는 소원휴와 친구이니 지금 그를 배웅하고자 합니다."

대관은 머리를 끄덕이며 허락했다. 두 사람은 함께 관서를 나온 뒤에 예전에 [먼저 세상을 떠난 자가 살아 있는 자를] 명계로 초청하기로 한 일을 언급했다. 소원휴가 물었다.

"저승은 어떠한가?"

반 아무개가 말했다.

"명계의 일은 정말로 허황한 말이 아니네. 대개 인간 세상과 같지만 아득하고 막막해 사람을 시름겹게 할 뿐이네."

말을 마친 뒤에 소원휴는 작별하고 떠났다. 소원휴는 꿈에서 깨어난 뒤에 반 아무개의 생사를 수소문하고 나서야 비로소 그가 이미 죽었다는 사실을 알았다.

晉右司員外郎邵元休, 嘗說 : 河陽進奏官潘某, 爲人忠信明達, 邵與之善. 嘗因從容話及幽冥, 且惑其眞僞, 仍相要云 : "異日, 吾兩人有先物故者, 當告以地下事, 使生者無惑焉." 後邵與潘別數歲. 忽夢至一處, 稍前進, 見東序下, 帘幕鮮華, 乃延客之所. 有數客, 潘亦與焉. 其間一人, 若大僚, 衣冠雄毅, 居客之右. 邵卽前揖, 大僚延邵坐. 觀見潘亦在下坐, 頗有恭謹之色. 邵因啓大僚 : "公舊識潘某耶?" 大僚唯而已. 斯須命茶, 應聲已在諸客之前, 則不見有人送至者. 茶器甚偉. 邵將啜之, 潘卽目邵, 映身搖手, 止邵勿啜. 邵達其旨, 乃止. 大僚復命酒, 亦應聲而至諸客之前, 亦不見執器者. 罇罍古樣而偉. 大僚揖客而飮, 邵將飮之, 潘復映身搖手而止之, 邵亦不敢飮. 大僚又食, 卽有大餅餤下於諸客之前, 馨香酷烈. 將食, 潘又止邵. 有頃, 潘目邵, 令去, 邵卽告辭. 潘白大僚曰 : "某與邵故人, 今欲送出." 大僚頷而許之. 二人俱出公署, 因言及頃年相邀幽冥之事. 邵卽問曰 : "地下如何?" 潘曰 : "幽冥之事, 固不可誣. 大率如人世, 但冥冥漠漠愁人耳." 言竟, 邵辭而去. 及寤, 因訪潘之存歿, 始知潘已卒矣.

출처《태평광기》권281〈몽·귀신·소원휴〉.

91. 목노수위소아(目老叟爲小兒)

장안(長安)이 번성했을 때 한 도술사가 있었는데, 단사(丹砂)의 오묘한 도를 터득했다고 떠들었다. 그는 얼굴이 약관의 나이처럼 보였는데 이미 300여 세나 되었다고 스스로 말했다. 도성 사람들은 그를 매우 흠모해서, 재물을 바치고 단사를 얻으려는 자와 도경을 들고 와서 배움을 청하는 자들로 문 앞이 저잣거리처럼 북적댔다. 한번은 조정의 인사 몇 명이 그의 집을 찾아가서 한창 거나하게 술을 마시고 있었는데 문지기가 보고했다.

"도련님이 시골에서 올라왔는데 뵙고 인사를 올리겠다고 합니다."

도사가 정색하며 꾸짖자 좌중의 손님들이 듣고 있다가 어떤 사람이 말했다.

"아드님이 먼 곳에서 왔다는데 한번 만나 본들 무슨 방해가 되겠습니까?"

도사는 한동안 눈살을 찌푸리더니 이윽고 말했다.

"일단 들어오라고 해라."

잠시 후 한 노인이 보였는데, 귀밑머리와 머리카락이 은처럼 희고 늙어서 정신이 흐릿하며 등이 굽은 사람이 앞으로 나와 절을 했다. 노인이 절을 마치자 도사는 어서 안으로 들어가라며 호통쳤다. 그러고는 좌중의 손님들에게 천천히 말했다.

"아들놈이 어리석어서 단사를 먹으려 하지 않더니 저 꼴이 되고 말았습니다. 아직 100살도 되지 않았는데 저렇게 고목처럼 메말라 버렸기에 촌구석으로 내쳤던 것이지요."

좌중의 손님들은 더욱 그를 신성시했다. 나중에 어떤 사람이 도사의 친지에게 몰래 캐물었더니 그 사람이 말했다.

"등이 굽은 사람은 바로 그의 아버지입니다."

도술을 좋아하는 사람은 그의 거짓과 속임수에 잘 빠졌는데, 이는 어린아이를 속이는 것처럼 쉽기 때문이었다.

長安完盛之時, 有一道術人, 稱得丹砂之妙. 顏如弱冠, 自言三百餘歲. 京都人甚慕之, 至于輸貨求丹, 橫經請益者, 門如市肆. 時有朝士數人造其第, 飮啜方酣, 有閽者報曰:"郎君從莊上來, 欲叅覲." 道士作色叱之, 坐客聞之, 或曰:"賢郎遠來, 何妨一見?" 道士齷齪移時, 乃曰:"但令入來." 俄見一老叟, 鬚髮如銀, 昏耄傴僂, 趨前而拜. 拜訖, 叱入中門. 徐謂坐客曰:"小兒愚騃, 不肯服食丹砂, 以至于是. 都未及百歲, 枯槁如斯, 常已斥于村墅間耳." 坐客愈更神之. 後有人私詰道者親知, 乃云:"傴僂者卽其父也." 好道術者, 受其誑惑, 如欺嬰孩矣.

출처《태평광기》권289〈요망(妖妄)·목노수위소아〉,《태평광기상절》
　　권26〈요망·목노수위소아〉.

92. 적인걸사(狄仁傑祠)

위주(魏州)의 남곽(南郭)에 있는 적인걸247)의 사당은 그가 살아 있을 때 세운 사당이다. 천후(天后 : 측천무후) 때 적인걸이 위주자사로 있으면서 선정(善政)을 베풀었기 때문에 관리와 백성이 그를 위해 사당을 세웠다. 나중에 적인걸이 조정으로 들어간 뒤에도 위주의 백성은 매달 초하루가 되면 사당을 찾아가 제사를 지냈다. 그러면 조정에 있던 적인걸도 그날은 얼굴에 취기가 돌았다. 천후는 적인걸이 본디 술을 마시지 않는다는 사실을 평소 알고 있었기에 캐물었더니 적인걸이 그 일을 상세히 대답했다. 그래서 천후가 사람을 보내 알아보게 했더니 정말이었다. [오대 후당] 장종

---

247) 적인걸(630~700) : 자는 회영(懷英). 측천무후(則天武后) 때의 명재상. 명경과(明經科) 출신으로, 고종 · 중종 · 예종 때 여러 관직을 역임했으며, 측천무후 때 난대시랑(鸞臺侍郎 : 문하시랑) · 동평장사(同平章事)로 재상이 되었나. 중종을 다시 태자로 책봉하도록 해 당 왕조의 부활에 공을 세웠으며, 수많은 인재를 천거해 당나라의 중흥에 크게 기여했다. 측천무후는 청렴결백하고 강직하며 식견이 높은 그를 인정해 그가 추천하는 인재는 모두 발탁했다. 시호는 문혜(文惠)이고, 양국공(梁國公)에 추봉되었다. 적인걸은 측천무후 만세통천(萬歲通天) 원년(696)부터 신공(神功) 원년(697)까지 위주자사를 지냈다.

(莊宗: 이존욱)이 하삭(河朔)에서 패권을 차지하고 있을 때, 한번은 어떤 사람이 술에 취해 적인걸의 사당 낭하(廊下)에서 잠을 잤다. 그가 한밤중에 깨어나서 보았더니, 어떤 사람이 사당의 섬돌 아래에서 정중히 허리를 굽힌 채 일을 여쭈었다. 사당 안에서 어떤 사람이 무슨 일인지 물었더니, 그 사람이 대답했다.

"부명(符命)을 받들어 위주에서 만 명을 잡아 와야 합니다."

그러자 사당 안에서 말했다.

"이 주는 몹시 빈곤하고 빈번히 재난을 당했으니 다른 곳으로 옮기도록 하라."

그 사람이 말했다.

"알겠습니다. 가서 상부에 아뢰겠습니다."

그 사람은 떠났다가 잠시 후에 다시 와서 말했다.

"진주(鎭州)에서 부명을 집행하기로 이미 바꾸었습니다."

말을 마친 뒤 그 사람은 사라졌다. 그해에 장종은 군대를 파견해 진주를 토벌했는데, 성을 공격해 함락한 뒤에 보았더니 양군(兩軍)의 전사자가 아주 많았다.

魏州南郭狄仁傑廟, 卽生祠堂也. 天后朝, 仁傑爲魏州刺史, 有善政, 吏民爲之立生祠. 及入朝, 魏之士女, 每至月首, 皆詣祠奠酹. 仁傑方朝, 是日亦有醉色. 天后素知仁傑初不飮酒, 詰之, 具以事對. 天后使驗問, 乃信. 莊宗觀霸河朔, 嘗有人醉宿廟廊之下. 夜分卽醒, 見有人於堂陛下, 磬折咨事. 堂中有人問之, 對曰:"奉符於魏州索萬人." 堂中語曰:"此州虛耗, 災禍頻仍, 移於他處." 此人曰:"諾. 請往白之." 遂去, 少頃復至, 則曰:"已移命於鎭州矣." 語竟不見. 是歲, 莊宗分兵討鎭州, 至於攻下, 兩軍所殺甚衆焉.

출처《태평광기》권313〈신(神)·적인걸사〉.

93. 갈씨 부(葛氏婦)

연주(兗州) 동초리(東鈔里)의 사수(泗水) 가에 정자가 있는데, 그 정자 아래에 천제왕(天齊王 : 태산신)248)의 사당이 있고 그 사당 안에 삼랑군(三郎君)249)이라는 신이 있다. 무당의 말에 따르면, 삼랑군은 천제왕의 사랑하는 아들로 그 신통함이 굉장히 영험하다고 한다. 또 전하는 말에 따르면, 대종(岱宗 : 태산의 별칭) 아래에서 초동과 목동이 간혹 화려하게 치장한 말 탄 종을 거느리고 왕후(王侯)와도 같은 사냥꾼을 만났는데 그가 바로 이 신[삼랑군]이라고 한다. 노(魯) 지방 사람들은 천제왕보다 삼랑군을 훨씬 더 경외한다. [오대] 주량(朱梁 : 후량) 때 갈주(葛周 : 갈종주)250)는 연주의 군대를 통솔하고 있었는데, 한번은 집안의 부녀자들을

---

248) 천제왕(天齊王) : 동악(東嶽) 태산신(泰山神)의 봉호(封號). 당 현종(玄宗) 개원(開元) 13년(725)에 태산신을 '천제왕'에 봉했다.

249) 삼랑군(三郎君) : 태산신의 셋째 아들로, 민간에서 받드는 신이다. 후당(後唐) 명종(明宗) 장흥(長興) 4년(933)에 위웅대장군(威雄大將軍)에 추증되었고, 송(宋) 진종(眞宗) 대중상부(大中祥符) 원년(1008)에 병령공(炳靈公)에 봉해졌다.

250) 갈주(葛周) : 갈종주(葛從周). 본서 제40조 〈갈종주〉의 교감문과 주 121 참조.

데리고 사수 가의 정자로 놀러 갔다가 삼랑군의 사당에 이르렀다. 갈종주에게는 십이랑(十二郞)이라는 아들이 있었고 아들의 부인은 용모가 아름다웠는데, 그녀는 삼랑군 앞에서 절을 하고 자세히 쳐다본 뒤 물러났다. 그런데 그녀는 얼마 후 가슴에 통증을 느끼더니 땅에 쓰러져 한참 동안 기절했다. 온 가족이 크게 놀라 곧장 삼랑군에게 기도했더니 잠시 후 그녀의 병세가 나아졌다. 이때부터 그녀는 정신이 이상해지더니 꿈속처럼 혼미한 상태에서 늘 삼랑군과 만났다. 갈종주의 집에서는 두려워해 그녀를 동경(東京 : 낙양)으로 보내 삼랑군을 피하게 했다. 그러나 얼마 되지 않아 삼랑군이 또 찾아와서 그녀에게 말했다.

"내가 너를 찾은 지 오래되었는데 오늘 다시 만났구나."

그 후로 삼랑군은 이틀 밤마다 찾아왔는데, 삼랑군이 올 때쯤 되면 그녀는 먼저 기지개를 켜고 재채기를 하면서 시종에게 말했다.

"그가 이미 왔다."

그러고는 곧장 일어나 휘장 안으로 들어갔는데, 시종이 귀를 기울여 엿들었더니 두 사람이 소곤거리며 웃는 소리가 들렸으며, 그렇게 얼마 동안 있다가 삼랑군은 떠났다. 이렇게 하는 것이 늘 있는 일이 되었다. 그녀의 남편은 삼랑군을 두려워해 결국 감히 부인과 함께 자지 못했으며, 오랜 후에 부인은 죽었다.

兗之東鈔里泗水上有亭, 亭下有天齊王祠, 中有三郎君祠神者. 巫云, 天齊王之愛子, 其神甚靈異. 相傳岱宗之下, 樵童牧豎, 或有逢羽獵者, 騎從華麗, 有如侯王, 卽此神也. 魯人畏敬, 過於天齊. 朱梁時, 葛周鎭兗部署, 嘗擧家婦女遊於泗亭, 遂至神祠. 周有子十二郎者, 其婦美容止, 拜於三郎君前, 熟視而退. 俄而病心痛, 踣地悶絶久之. 擧族大悸, 卽禱神, 有頃乃瘳. 自是神情失常, 夢寐恍惚, 嘗與神遇. 其家懼, 送婦往東京以避之. 未幾, 其神亦至, 謂婦曰: "吾尋汝久矣, 今復相遇." 其後信宿輒來, 每神將至, 婦則先伸欠呵嚏, 謂侍者曰: "彼已至矣." 卽起入帷中, 侍者屬耳伺之, 則聞私竊語笑, 逡巡方去. 率以爲常. 其夫畏神, 竟不敢與婦同宿, 久之婦卒.

출처《태평광기》권313〈신·갈씨부〉.

94. 방식(龐式)

[오대] 후당(後唐) 장흥(長興) 3년(932)에 진사(進士) 방식은 숭양관(嵩陽觀) 옆에서 학업을 닦으면서 물가에 초막을 지어 놓고 지냈다. 하루는 방식이 새벽에 앞마을에 갔다가 아직 돌아오지 않고 있었다. 초막 안에는 설생(薛生)만 있었는데, 그는 동군(東郡) 사람으로 젊고 성실했으며 방식을 스승으로 섬기고 있었다. 설생이 새벽에 일어나 개울로 가서 세수하고 양치질하고 나서 보았더니, 초막의 동남쪽 숲속에서 다섯 사람이 모두 성관(星冠 : 도사의 모자)과 하피(霞帔 : 노을 무늬를 놓은 도사의 옷)를 착용하거나 혹은 봉액의(縫掖衣 : 옆이 넓게 터진 유생의 도포)를 입고 있었는데 그 옷 색깔이 각각 달랐다. 그들은 풍채가 빼어나고 목소리가 맑게 울렸으며 눈빛이 사람을 쏘고 향기가 10여 보 밖까지 풍겼다. 설생이 경이로워하면서 다섯 사람에게 두루 절을 했더니 그들이 설생에게 물었다.

"그대는 무얼 하는 사람인가?"

설생이 갖추어 대답하자 그들이 또 물었다.

"그대는 우리를 따라 떠날 수 있겠는가?"

설생은 부모님이 연로하시다고 사양하면서 다른 날을 기약하자고 했더니 그들이 또 말했다.

"그대가 떠나지 않겠다고 하니, 내 마땅히 그대의 등에 글을 써서 표시해 놓아야겠네."

그러고는 설생에게 웃옷을 벗게 했다. 설생은 자기 등 위로 마치 바람이 스쳐 지나가는 것 같다고만 느꼈다. 그들은 글을 다 쓰고 나서 다시 숲속으로 들어가더니 모두 사라져 버렸다. 얼마 후 방식이 돌아오자 설생은 그간의 일을 자세히 말하면서 자기 등을 보여 주었는데, 거기에는 붉은 글씨 한 줄이 적혀 있었다. 글자체는 전서(篆書)와 주문(籒文)이 섞여 있었는데, 그중에서 단지 두 글자만 당시 관용 서체로 쓴 '귀인(貴人)' 자 같았으며 나머지는 모두 알아볼 수 없었다. 설생이 또 손으로 그 글자를 문질렀더니 몇 자가 뭉개졌는데, 색깔이 피처럼 선명했으며 며칠 동안 향기가 사라지지 않았다. 나중에 방식은 과거에 급제해 낙향현령(樂鄕縣令)에 제수되었다가 반역 장수 안종진(安從進)[251]에게 살해

[251) 안종진(安從進, ?~942) : 오대의 대신. 처음에 후당(後唐) 장종(莊宗)을 섬겨 호가마군도지휘사(護駕馬軍都指揮使)가 되었으며, 그후로 보의군(保義軍)·장무군(章武軍)·산남동도(山南東道) 등의 절도사를 지냈다. 후진(後晉) 때는 산남동도절도사에 동중서문하평장사(同中書門下平章事)를 더해 받아 재상이 되었다. 나중에는 다른 뜻을 품고 진주절도사(鎭州節度使) 안중영(安重榮)과 결탁해 양양(襄陽)에서 반란을 일으켰다가 양주행영도부서(襄州行營都部署) 고행주(高行周)에게 진압당해 불타 죽었다.

당했으며, 설생은 얼마 후 활대(滑臺)로 돌아갔다가 집에서 죽었다.

唐長興三年, 進士龐式, 肄業于嵩陽觀之側, 臨水結菴以居. 一日, 晨往前村未返. 菴內唯薛生, 東郡人也, 少年純慤, 師事龐式. 晨興, 就澗水盥漱畢, 見菴之東南林內, 有五人, 皆星冠霞帔, 或縫掖之衣, 衣各一色. 神彩俊拔, 語音淸響, 目光射人, 香聞十餘步. 薛生驚異, 遍拜之, 問薛曰:"爾何人?" 生具以對, 又問:"爾能隨吾去否?" 薛辭以父母年老, 期之異日, 又曰:"爾旣不去, 吾當書爾之背誌之." 遂令肉袒. 唯覺其背上如風之吹. 書畢, 却入林中, 並失其處. 斯須龐式至, 具述, 且示之背, 見朱書字一行. 字體雜以篆籒, 唯兩字稍若官體'貴人'字, 餘皆不別. 薛生又以手捫之, 數字挈破, 色鮮如血, 數日, 香尙不銷. 後龐式登第, 除樂鄕縣令, 爲叛帥安從進所殺, 薛氏子尋歸滑臺, 殂於家.

출처《태평광기》권313〈신·방식〉.

95. 복야피(僕射陂)

[오대 후당] 을미년(乙未年 : 935)252)에 거란(契丹)이 하삭(河朔 : 황하 이북) 지방을 점령하자, 후진(後晉)의 군대가 전연(澶淵)에서 대항했다. 천하는 어지럽고 전쟁에 지쳐 있었다. 한림학사(翰林學士) 왕인유(王仁裕 : 본서의 찬자)는 명을 받들어 풍익군(馮翊郡)으로 가는 길에 정주(鄭州)를 거쳐 복야피253)를 지나가게 되었다. 왕인유는 정주의 백

---

252) 을미년(乙未年) : 후당(後唐) 폐제(廢帝) 이종가(李從珂) 청태(清泰) 2년(935)이다.

253) 복야피 : 이씨피(李氏陂)·광인지(廣仁池)·동호(東湖)라고도 하며, 지금의 허난성(河南城) 정저우시(鄭州市) 남쪽에 있다. 《신당서(新唐書)》〈지리지(地理志)·정주관성현(鄭州管城縣)〉에 따르면, 후위(後魏 : 북위) 효문제(孝文帝)가 복야(僕射) 이충(李沖)에게 이곳을 하사했기에 '복야피'라는 명칭이 붙었으며, 당 현종(玄宗) 천보(天寶) 6년(747)에 '광인지'라 개칭하고 물고기 잡는 것을 금했다고 한다. 이충(450~498)은 본명이 사충(思沖)이고 자가 사순(思順)으로, 위진 남북조 북위(北魏)의 대신이다. 효문제 때 '삼장제(三長制)'를 시행하고 조세 제도를 개혁해 국가의 재정을 튼튼하게 함으로써, 풍 태후(馮太后 : 문명태후)와 효문제의 신임을 얻어 남부상서(南部尙書)에 임명되고 농서공(隴西公)에 봉해졌다. 또한 효문제를 도와 예의율령(禮儀律令)을 제정하고, 낙양(洛陽)에 새로운 도읍을 건설했다. 효문제가 남제(南齊)를 정벌할 때 낙양유수(洛陽留守)로서 낙양을 지켰다. 중서령(中書

성과 군영(軍營)의 부녀자들이 길을 가득 메운 채 모두 여러 색깔의 작은 깃발을 들고 복야피에 꽂는 광경을 보았는데, 그 수를 셀 수 없을 정도였다. 왕인유가 그곳에 사는 사람에게 물었더니 모두 말했다.

"정주 사람들이 집마다 꿈을 꾸었는데, 이위공(李衛公 : 이정)254)이 나타나 말하길, '깃발을 많이 만들어 복야피에 놓아 주시오. 나는 수많은 병사를 모아서 중원(中原)을 위해 오랑캐를 없앨 작정인데, 부족한 것은 깃발뿐이오'라고 했습니다. 그래서 가구별로 이 깃발을 바치는 것입니다."

왕인유는 처음에 믿지 않고 요망한 말이라 생각했다. 그런데 과연 한 달 사이에 오랑캐를 격퇴했다. 왕인유는 돌아오는 길에 복야피를 지나가게 되자 하인에게 길을 내려가서

令)·산기상시(散騎常侍)·태자소부(太子少傅)·상서복야(尙書僕射)를 역임했으며, 청연현개국후(淸淵縣開國侯)에 봉해졌다.

254) 이위공(李衛公) : '복야피'가 북위의 대신 이충(李沖)과 관련이 있으므로 이충을 가리키는 것으로 보는 것이 타당할 것 같지만, 위의 역주에서 살펴보았듯이 이충은 '위국공'에 봉해진 적이 없어서 의문의 여지가 있다. '이위공'은 이정(李靖)을 가리키는 것이 일반적이다. 이정(571~649)은 자가 약사(藥師)이고 당나라의 개국 공신으로, 역사와 병법에 정통했다. 처음에는 수나라에서 벼슬했으나 당고조(高祖)의 개국을 도운 공로로 태종(太宗) 때 위국공(衛國公)에 봉해졌으며 태종의 소릉(昭陵)에 배장(陪葬)되었다. 그가 지은 《위공병법(衛公兵法)》과 《이위공문대(李衛公問對)》는 당나라의 대표적인 병서다.

풀 사이를 찾아보게 했는데, 남아 있는 깃발이 여전히 많았다.

乙未歲, 契丹據河朔, 晉師拒于澶淵. 天下騷然, 疲於戰伐. 翰林學士王仁裕, 奉使馮翊, 路由于鄭, 過僕射陂. 見州民及軍營婦女, 塡咽於道路, 皆執錯彩小旗子, 揷於陂中, 不知其數. 詢其居人, 皆曰: "鄭人比家夢李衛公云: '請多造旗幡, 置於陂中. 我見集得無數兵, 爲中原剪除戎寇, 所乏者旌旗耳.' 是以家別獻此幡幟." 初未之信, 以爲妖言. 果旬月之間, 擊敗胡虜. 及使廻, 過其陂, 使僕者下路, 訪于草際, 存者尙多.

출처 《태평광기》 권314 〈신 · 복야피〉.

96. 유호(劉皥)

 [오대] 후한(後漢)의 종정경(宗正卿) 유호255)는 문득 꿈 속에서 한 사람이 손에 장부를 들고 있는 것을 보았는데, 그 모습이 저승 관리 같았다. 유호는 그가 사람의 운명과 복록을 알고 있을 것으로 생각해 그에게 물으면서 자신의 장래 궁달에 대해 살펴봐 주길 바랐다. 그러자 관리가 말했다.
 "사도(司徒)와 종정경이 되고 난 후에 제왕(齊王)의 판관(判官)이 될 것입니다."
 유호는 조정에서 자신의 지위가 이미 높다고 스스로 생각해 일개 왕부(王府)의 관직을 맡게 될 것이라는 말에 기분이 좋지 않았다. 그는 꿈에서 깬 뒤 그것을 낱낱이 기억했고 또한 친구에게 얘기했다. 후에 그는 명을 받고 오월(吳越)에 사신으로 갔는데, 운주(鄆州)를 거쳐 가다가 공관에서 갑자기 전염병에 걸렸다. 그는 혼미한 상태에서 제왕의 판관이

---

255) 유호(?~952) : 자는 극명(克明). 오대의 관리. 후진(後晋)의 재상 유구(劉昫)의 동생이다. 후당(後唐)에서 수부원외랑(水部員外郎)·사관수찬(史館修撰)·기거랑(起居郎)·태부경(太傅卿)을 지냈고, 후한에서는 종정경에 제수되었다. 후주(後周)에서는 위위경(衛尉卿)에 제수되었고 태조 광순(廣順) 2년(952)에 고려(高麗)에 사신으로 가던 도중에 운주(鄆州)에서 죽었다.

된다고 한 꿈이 생각났는데, 그 제왕이 아마도 태산신(太山神)인 천제왕(天齊王)인 것 같았다. 그래서 가까운 시종을 사당으로 보내 꿈 이야기를 하고 향을 피우고 점대를 던져 그 꿈에 대해 물어보았는데, 점괘 하나를 던지자 과연 응답이 있었다. 종정경은 집안일을 아직 다 처리하지 못했다며 다시 신을 찾아가서 사신으로 바다를 건너갔다가 돌아온 뒤에 명을 따를 수 있게 해 달라고 간청하면서 여러 번 점대를 던졌지만 신이 허락하지 않았다. 유호는 얼마 후에 역참의 객사에서 죽었다.

漢宗正卿劉皞, 忽夢一人, 手執文簿, 殆似冥吏. 意其知人命祿, 乃詰之, 仍希閱己將來窮達. 吏曰: "作齊王判官, 後爲司徒・宗正卿." 皞自以朝籍已高, 不樂却爲王府官職. 夢覺, 歷歷記之, 亦言於親友. 後銜命使吳越, 路由鄆州, 忽於公館染疾. 恍惚意其曾夢爲齊王判官, 恐是太山神天齊王也. 乃令親侍就廟, 陳所夢, 炷香擲筊以質之, 一擲果應. 宗卿以家事未了, 更將明懇神祈, 俟過海廻, 得以從命, 頻擲不允. 俄卒於郵亭.

출처《태평광기》권314〈신・유호〉.

97. 최 연사(崔練師)

 진주(晉州)의 여도사 최 연사256)는 그 이름을 잊어버렸는데, 그녀가 무슨 도를 수련했는지 알지 못한다. 그녀는 짐수레 한 대를 마련해 다른 사람에게 빌려주고 그 돈을 받아 살았다. 간혹 소소한 음덕을 베풀었으나 사람들은 그것을 알아차리지 못했다. 어느 아침에 길에서 한 어린아이가 짐수레에 깔려 죽자 그 부모가 관가에 고발했다. 관가에서는 짐수레를 몰았던 마부를 잡아 와서 형틀을 씌우고 그 소와 짐수레로 죽은 아이의 집에 보상하게 하려고 했다. 그러자 마부가 말했다.
 "이것은 최 연사에게서 빌린 것입니다."
 관리는 최 연사를 불러와 마부와 함께 구속했다. 태수(太守) 난원복(欒元福)이 밤에 꿈을 꾸었는데, 저승의 최 판관(崔判官)이 나타나 말했다.
 "최 연사는 내 조카딸인데, 그녀가 무슨 죄를 지었기에 잡아 두고 있느냐?"

---

256) 최 연사 : '연사(練師)'는 연사(煉師)와 같으며, 덕행이 높은 도사를 말한다.

태수는 꿈에서 깨어나 최 연사를 불러와 꿈속의 말을 일러 주었다. 그러자 최 연사가 대답했다.

"저는 비록 성이 최씨이지만 그가 어떤 친척 어른인지는 모릅니다."

얼마 후에 죽었던 아이가 다시 살아났다. 후주(後周) 고조(高祖: 태조 곽위)[257]는 그 이야기를 듣고 기이하게 생각해 최 연사를 도성으로 불러들여 도사로 선발한 뒤 진주의 자극궁(紫極宮)으로 보내 재를 올리게 했다.

晉州女道士崔練師, 忘其名, 莫知所造何道. 置輻車一乘, 傭而自給. 或立小小陰功, 人亦不覺. 一旦, 車於路輾殺一小兒, 其父母訴官. 追攝駕車之夫, 械之, 欲以其牛車償死兒之家. 其人曰: "此物是崔練師處租來." 官司召練師, 幷縶之. 太守欒元福, 夜夢冥司崔判官謂曰: "崔練師我之姪女, 何罪而縶之?" 夢覺, 召練師, 以夢中之言告之. 練師對曰: "某雖姓崔, 莫知是何長行." 俄而死兒復活. 周高祖聞而異之, 召

---

[257] 후주(後周) 고조(高祖) : 오대 후주 태조(太祖) 곽위(郭威)를 말한다. 후주의 개국 황제(951~954 재위)로 자는 문중(文仲)이다. 후한(後漢) 때 은제(隱帝)를 보필해 건우(乾祐) 3년(950)에 업도유수(鄴都留守)·천웅군절도사(天雄軍節度使)가 되었다. 같은 해에 정변으로 은제가 시해되고 후한이 멸망하자, 개봉(開封)으로 들어가서 이듬해(951) 제위에 오르고 후주를 건국했다. 내정(內政)에 관심을 기울여 차역(差役)과 잡세(雜稅) 등의 균형을 꾀하고 자작농의 육성에 힘썼다.

崔練師入京, 仍擇道士, 往晉州紫極宮修齋焉.

출처《태평광기》권314〈신·최연사〉.

98. 소원휴(邵元休) 2

 [오대] 후한(後漢)의 좌사원외랑(左司員外郞) 소원휴는 [당 소종] 천복(天復) 연간(901~904)에 아직 약관의 나이가 되기 전에 연주(兗州)의 관사에서 살았다. 관사 안에는 유모와 비복만 있었고, 본채의 서쪽 곁채 중에서 가장 남쪽에 있는 방이 바로 서재였다. 어느 날 한밤중에 온 집안사람들은 등불을 끄고 깊이 잠들었고 서재 안의 등불도 역시 꺼진 뒤였다. 소원휴는 책을 베고 언뜻 잠이 들었는데, 본채 서쪽에서 마치 부인의 신발 소리 같은 사각거리는 소리가 본채 계단을 지나가는 것을 들었다. 그 사람은 먼저 동쪽 곁채에 이르렀는데 그곳은 모두 여종들의 침실이었다. 그 사람은 각 방문에 이를 때마다 잠깐씩 멈추곤 했다. 계속 들어 보았더니, 마침내 그 사람은 남쪽 복도에 이르러 빗장이 걸려 있지 않은 규방 문을 밀고 들어갔는데, 그 순간 와장창! 하며 도자기를 깨뜨리는 듯한 소리가 났다. 그 사람은 다시 서쪽으로 가서 서재로 들어왔는데, 소원휴가 창밖의 희미한 달빛을 통해 보았더니 아주 키가 크고 멋진 모습의 한 물체가 보였다. 그 이목구비는 분간할 수 없었지만 키는 6~7척쯤 되었고 마치 검푸른 비단으로 머리를 덮은 것처럼 하고 들어오더니 문짝 아래에 서 있었다. 소원휴는 두려워하지 않고 큰

소리로 꾸짖으며 누구냐고 몇 번이나 물었지만, 그 사람은 전혀 대답하지 않고 그냥 도로 나가 버렸는데, 그 빠르기가 바람과 같았다. 소원휴는 베개를 들어 그 사람을 치려고 했지만 그 사람은 이미 떠난 뒤였다. 그 사람이 본채 서쪽으로 가는 소리가 또 들렸는데 그 후로는 소리가 마침내 끊어졌다. 날이 밝은 뒤에 남쪽 방 안을 살펴보았더니 차 탁자 위에 있던 백자 그릇 하나가 바닥에 떨어져 깨져 있었다. 나중에 다른 사람에게 물었더니 그가 대답했다.

"일찍이 병마유후(兵馬留後)가 이 집에 산 적이 있었는데, 딸이 죽자 임시로 본채 서쪽에 무덤을 만들었답니다."

그래서 주변 사람들에게 물어보았더니, 그 여자를 알고 있는 어떤 가까운 이웃이 그녀의 체형이 꽤 컸다고 말했다. [소원휴가 밤에 보았던 그 사람은] 아마도 그녀의 혼령인 것 같았다.

漢左司員外郎邵元休, 當天復年中, 尙未冠, 居兗州廨宅. 宅內惟乳母婢僕, 堂之西序, 最南是書齋. 時夜向分, 擧家滅燭熟寐, 書齋內燈亦滅. 邵枕書假寐, 聞堂之西, 窸窣若婦人履聲, 經于堂階. 先至東序, 皆女僕之寢室也. 每至一房門, 卽住少時. 遂聞至南廊, 有閤子門, 不扃鍵, 乃推門而入, 卽聞轟然, 若撲破磁器聲. 遂西入書齋, 窓外微月, 見一物, 形狀極偉. 不辨其面目, 長六七尺, 如以靑黑帛幪¹首而入, 立于門扉之下. 邵不懼, 厲聲叱之, 仍問數聲, 都不酬答, 遂却出, 其勢如風. 邵欲抴枕擊之, 則已去矣. 又聞行往堂西, 其聲遂絶. 遲明, 驗其南房內, 則茶牀之上, 一白磁器, 已墜地破矣. 後問人, 云 : "常有兵馬留後居是宅, 女卒, 權於堂西作殯宮." 仍訪左右, 有近隣識其女者, 云體貌頗長. 蓋其魄也.

출처《태평광기》권353〈귀(鬼)·소원휴〉.

1 몽(懞) :《태평광기》사고전서본에는 "몽(幪)"이라 되어 있는데 문맥상 타당하다.

99. 하사랑(何四郞)

[오대] 후량(後梁) 때 서경(西京 : 낙양)258) 중주(中州) 저자의 하사랑이란 사람은 화장 분을 팔아 먹고살았다. 한번은 어느 날 오경(五更 : 새벽 3~5시 사이) 초에 가고(街鼓)259)가 아직 울리지 않았을 때, 100보 밖에서 어떤 사람이 하사랑을 급히 불렀는데, 이렇게 몇 번 부르고는 멈추었다. 그 후로는 이런 일이 늘 일어났다. 약 반달쯤 후에 하사랑이 새벽에 일어나 가게를 열고 났더니, 관료의 노복처럼 보이는 한 사람이 곧장 다가와서 하사랑에게 읍(揖)하며 말했다.

"관가에서 그대를 불러오라고 했소."

하사랑은 부윤(府尹)의 집에서 필요한 화장 분이 있는 것으로 생각하면서 아직 길에 오르지 않고 있었는데, 노복이

---

258) 서경(西京) : 낙양(洛陽)을 말한다. 후량 태조 주온(朱溫 : 주전충)은 907년에 건국한 후 개봉(開封)에 도읍을 정하고 '동경(東京)'이라 했으며, 낙양을 배도(陪都)로 삼고 '서경'이라 했다. 그 후 개평(開平) 3년(909)에 개봉에서 낙양으로 천도했다가, 건화(乾化) 3년(913)에 말제(末帝)가 즉위한 후 다시 개봉으로 도성을 옮겼다.

259) 가고(街鼓) : 당나라 때 도성에서 아침저녁으로 치던 북으로, 이것을 쳐서 야간 통금의 시작과 해제를 알렸다.

다시 그에게 떠나자고 재촉했다. 하사랑이 막 허리띠를 매려고 했는데 노복은 그것도 허락하지 않았다. 잠시 후 노복은 하사랑의 옷을 잡아끌고 북쪽으로 가서 동서로 난 큰길에 이르렀다. 하사랑은 돌아가고 싶었으나 노복이 그를 더욱 꽉 붙잡았다. 하사랑은 점점 더 의심하며 생각했다.

"혹시 사람이 아닌가? 일찍이 들은 바에 따르면, 신고 있는 신발로 땅에 원을 그려 자신을 빙 둘러치면 못된 귀신을 막을 수 있다고 했으니, 내 지금 빨리 그렇게 해 봐야겠다."

그런데 바로 그때 그의 신발이 지붕 위로 던져졌다. 그래서 하사랑은 그렇게 할 수 없다는 사실을 알았다. 하사랑은 의아해하면서 걸어갔는데 정신이 몹시 혼미해졌다. 그들은 마침내 정북쪽으로 가서 휘안문(徽安門)에 도착했으며, 그곳에서 다시 서북쪽으로 5~7리쯤 갔더니 날이 어두워졌다. 그때 갑자기 왕후(王侯)의 관부(官府)처럼 보이는 붉은 대문의 높은 저택이 나왔다. 밤이 깊어졌을 때 하사랑은 안으로 인도되어 들어갔는데, 타오르는 횃불이 환하게 비추고 있었으며 쳐 놓은 장막이 화려했다. 부인들만이 하사랑을 정성껏 환대하면서 말했다.

"이곳은 옛 장상(將相)의 저택입니다. 막내딸이 막 훌륭한 배필을 골랐는데, 준수하고 현명하신 당신을 진실로 흠모하고 있으니 결혼 축하 잔치에 가시지요."

하사랑은 아가씨의 아리따운 모습을 보고 마음이 굉장

히 끌렸는데, 그녀의 어여쁘고 정숙한 자태는 실로 절세미인이었다. 동틀 무렵에 보았더니 하사랑은 무덤 사이에 누워 있었으며 주위는 적막하니 인적이라곤 없었다. 하사랑은 멀리 휘안문을 바라보면서 돌아가다가 우거진 잡초 속에서 버려진 우물 속으로 떨어졌다. 그는 또 우물 속에서 하룻밤을 보냈는데 배고픔과 갈증을 참을 수 없자 옷섶으로 이슬을 받아 마셨다. 어떤 나무꾼이 그를 발견해 어찌 된 일인지 물어보고 마침내 그의 집에 알렸으며, 밧줄을 내려보내 그를 끌어 올렸다. 하사랑은 며칠 뒤에야 비로소 제정신을 차렸다.

梁時, 西京中州市有何四郎者, 以鬻粧粉自業. 嘗於一日五更初, 街鼓未鳴時, 聞百步之外, 有人極叫何四郎者, 凡數聲而罷. 自是率以爲常. 約半月後, 忽晨興開肆畢, 有一人若官僚之僕者, 直前揖之云: "官令召汝." 何意府尹之宅有取, 未就路, 僕又促之. 何方束帶, 僕又不容. 俄以衣牽之北行, 達於東西之衢. 何乃欲廻歸, 僕執之尤急. 何乃愈疑: "將非人耶? 嘗聞所著鞋履, 以之規地自圍, 亦可禦其邪魅, 某雖亟爲之." 卽被擲之于屋. 知其無能爲也. 且訝且行, 情甚恍惚. 遂正北抵徽安門, 又西北約五七里, 則昏冥矣. 忽有朱門峻宇, 若王者之府署. 至更深, 延入, 烈炬熒煌, 供帳華麗. 唯婦人輩款接殷勤, 云: "是故將相之第. 幼女方擇良匹, 實慕英賢, 可就吉席." 何旣覩妖冶, 情亦惑之, 婉淑之姿, 亦絕代矣. 比曉, 則臥于丘塚之間, 寂無人迹. 遂望徽安門而返, 草莽翳密, 墮於荒井之中. 又經一夕, 飢渴難狀, 以衣襟承露而飮之. 有樵者見而問之, 遂報其家, 縋而出之. 數日方愈.

출처《태평광기》권353〈귀·하사랑〉.

100. 양감(楊瑊)

연주(兗州) 용흥사(龍興寺) 서남쪽 행랑의 첫 번째 승원(僧院)에 경장(經藏 : 불경을 보관하는 곳)이 있었다. 법보 대사(法寶大師)가 한번은 영신불당(靈神佛堂) 앞에서 흰옷을 입은 한 노인을 보았는데, 이와 같은 일이 며칠 동안 계속되자 이상한 생각이 들어 노인에게 누구냐고 물었더니 노인이 말했다.

"나는 사람이 아니라 바로 양 서기(楊書記) 저택의 토지신입니다."

법보 대사가 말했다.

"그런데 무슨 일로 여기까지 오셨습니까?"

노인이 말했다.

"그 공(公 : 양 서기)이 괴팍해서 쉬지 않고 계속 건물을 짓는 바람에 내가 몸을 둘 곳이 없게 되었습니다."

법보 대사가 말했다.

"그런데 어찌하여 그에게 화(禍)를 내리지 않습니까?"

노인이 대답했다.

"그 사람의 복과 수명이 아직 쇠하지 않아 그를 어떻게 할 수 없습니다."

노인은 말을 마치고 사라졌다. 그로부터 몇 년 뒤에 주근

(朱瑾)이 성을 버리고 달아나자 군란이 일어났는데, 양 서기의 일가족은 모두 죽임을 당했다. 양 서기는 이름이 양감으로, 여러 차례 과거를 보았지만 급제하지 못하고 주근의 서기로 있었다.

兗州龍興寺西南廊第一院, 有經藏. 有法寶大師者, 常於靈神佛堂之前見一白衣叟, 如此者數日, 怪而詰之, 叟曰:"余非人, 乃楊書記宅之土地." 僧曰:"何爲至此?" 叟曰:"彼公愎戾, 興造不輟, 致其[1]無容身之地也." 僧曰:"何不禍之?" 答曰:"彼福壽未衰, 無奈之何." 言畢不見. 後數年, 朱瑾棄城而遁, 軍亂, 一家皆遇害. 楊名瑊, 累擧不第, 爲朱瑾書記.

출처《태평광기》권354 〈귀·양감〉.
1 기(其):《태평광기》사고전서본에는 "모(某)"라 되어 있는데 문맥상 타당하다.

101. 원계겸(袁繼謙) 2

　전중소감(殿中少監) 원계겸은 일찍이 연주(兗州)에 살면서 부모님의 병시중을 들고 있었는데, 그의 집은 자성(子城: 본성에 부속된 작은 성)의 동남쪽 모퉁이에 있었다. 하루는 하인이 밖에서 들어와 명함을 전했는데, 명함에는 "전임 아무 주(州)의 장사(長史) 허연년(許延年)"이라 쓰여 있었고 뒤에는 "위로를 표합니다"라고 적혀 있었다. 원계겸은 내키지 않았지만 그래도 손님을 안으로 모시라고 명한 뒤에 의관을 갖춰 입고 나갔더니, 그 손님은 이미 떠나고 없었다. 하인이 말했다.
　"그 손님은 맨발에 오래된 검은 옷을 입고 모자를 쓰고 왔는데, 명함을 거문(車門: 거마가 다니는 문) 안에 던져 넣자마자 떠났습니다."
　그해에 부모님이 돌아가시자 원계겸은 그 명함을 명전(冥錢: 지전)과 함께 불태웠다.

殿中少監袁繼謙嘗居兗州, 侍親疾, 家在子城東南隅. 有僕人自外通刺者, 署云"前某州長史許延年", 後云"陳慰". 繼謙不樂, 命延入, 及束帶出, 則已去矣. 僕云: "徒步, 衣故皁衣, 張帽而至, 裁投刺入車門, 則去矣." 其年親卒, 遂以其刺筴冥錢焚之.

출처《태평광기》 권354 〈귀 · 원계겸〉.

102. 빈주 사인(邠州士人)

[오대] 주량(朱梁: 후량) 때 어떤 선비가 옹주(雍州)에서 빈주로 가고 있었는데, 몇 사(舍: 1사는 30리)를 가도 하늘이 맑고 달이 휘영청 밝기에 한밤중에도 계속 길을 갔다. 선비가 들판에 이르렀을 때 갑자기 뒤에서 거마(車馬) 소리가 들리더니, 어느새 점점 가까이 다가왔다. 선비는 길옆의 풀숲 사이로 몸을 피하고 나서 보았더니, 왕처럼 관대(冠帶)를 착용한 세 사람이 말을 타고 가고 걸어가는 사람도 있었는데, 그들은 천천히 가면서 얘기를 나누었다. 선비는 수십 걸음 떨어져 뒤따라가면서 그들이 하는 말을 들었다.

"지금 명을 받들어 빈주로 가서 수천 명을 잡아 와야 하는데, 어떤 방법으로 그들을 데려와야 할지 모르겠습니다. 두 분께서는 한번 잘 생각해 보십시오."

그러자 그 가운데 한 사람이 말했다.

"마땅히 전쟁을 일으켜서 잡아들여야지요."

그러자 또 한 사람이 말했다.

"전쟁을 일으켜 잡아들이는 것도 좋긴 하지만, 군자와 소인이 함께 그 화를 당하면 어찌합니까? 역병을 퍼뜨려 잡아들이는 것이 좋겠습니다."

함께 가던 사람들은 모두 그 방법이 매우 좋다고 여겼다.

잠시 뒤에 거마 소리가 점점 멀어지더니 더 이상 그들의 말소리가 들리지 않았다. 선비가 빈주에 도착해서 보았더니, 그곳 사람들이 크게 역병을 앓아 죽은 사람이 매우 많았다.

朱梁時, 有士人自雍之邠, 數舍, 遇天晴月皎, 中夜而進. 行至曠野, 忽聞自後有車騎聲, 少頃漸近. 士人避於路旁草莽間, 見三騎, 冠帶如王者, 亦有徒步, 徐行談話. 士人躡之數十步, 聞言曰 : "今奉命往邠州, 取三數千人, 未知以何道而取. 二君試爲籌之." 其一曰 : "當以兵取." 又一曰 : "兵取雖優, 其如君子小人俱罹其禍何? 宜以疫取." 同行者深以爲然. 旣而車騎漸遠, 不復聞其言. 士人至邠州, 則部民大疫, 死者甚衆.

출처《태평광기》권354〈귀·빈주사인〉.

103. 왕은(王殷)

　[오대] 후량(後梁) 건화(乾化) 갑술년(甲戌年 : 914)260)에 서주수(徐州帥 : 서주절도사) 왕은261)이 장차 반란을 일으키려 했다. 8월 20일 밤은 달빛이 대낮처럼 밝았다. 주민들이 모두 큰길에서 병사들이 지나가는 소리를 듣고 문틈을 통해 살펴보았더니, 그들은 모두 푸른 옷을 입은 병사였는데 갑옷과 투구를 쓰고 있지 않았다. 주민들은 처음에는 서주의 병사들이 몰래 도적을 체포하러 나왔다고 생각했다.

---

260) 갑술년(甲戌年) : 후량 말제(末帝) 주우정(朱友貞) 건화(乾化) 4년(914)이다.

261) 왕은(?~915) : 본서 제37조 〈왕은〉에 나오는 왕은과는 다른 인물이다. 당말 오대의 무장으로, 본래 성명은 장은(蔣殷)이다. 일찍이 하중절도사(河中節度使) 왕중영(王重盈)의 양자가 되었기에 성을 왕씨로 바꾸었다. 주온(朱溫 : 주전충)이 예전에 왕중영 집안의 은혜를 입었기에 표문을 올려 왕은을 아장(牙將)으로 삼았다가 선휘부사(宣徽副使)로 전임시켰다. 후량이 건국된 후 선휘사에 임명되었고, 영왕(郢王) 주우규(朱友珪) 때 무녕군절도사(武寧軍節度使)에 임명되었다. 말제(末帝) 주우정(朱友貞)이 즉위한 후 복왕(福王) 주우장(朱友璋)으로 왕은을 대신하게 했는데, 왕은이 거부하고 반란을 일으키자, 조서를 내려 그의 관작을 삭탈하고 천평군절도사(天平軍節度使) 우존절(牛存節)과 개봉윤(開封尹) 유심(劉鄩) 등에게 명해 토벌하게 했다. 왕은은 일족과 함께 스스로 불을 질러 분사(焚死)했다.

그러나 잠시 뒤에 맑게 휘파람을 불면서 서로를 부르는 소리가 들렸는데, 노래를 부르는 사람도 있었고 탄식하는 사람도 있었다. 또 칼과 방패와 장창을 들고 좁은 골목에서 시끄럽게 떠들고 있어서 보았더니, 그들은 아주 기이한 형상을 하고 있었다. 주민들은 몹시 두려워하면서 비로소 그들이 사람이 아닌 것을 알았다. 그들은 관청에서 나와서 서주 남쪽의 동쪽 문으로 나갔는데, 당시 문이 잠겨 있었지만 방해받지 않았다. 중동(仲冬 : 11월)에 왕은이 조서를 거절하자 조정에서는 유심(劉鄩)262)에게 명해 병사 5만으로 왕은을 토벌하게 했다. 8개월 만에 왕은은 패하고 온 경내의 사

---

262) 유심(劉鄩, 858~921) : 본명은 유엽(劉揲). 당 말 오대 후량의 명장. 일찍이 당 희종(僖宗) 때 등치이주자사(登淄二州刺史)와 행군사마(行軍司馬)를 지냈다. 소종(昭宗) 천복(天復) 원년(901)에 연주(兗州)를 공략하고 갈종주(葛從周)의 공격을 막았다. 천복 3년(903)에 양왕(梁王) 주온(朱溫 : 주전충)에게 귀순해 부주절도유후(鄜州節度留後)가 되었다. 그 후에 유지준(劉知俊)의 반란을 평정하고 장안(長安)을 수복해, 검교사도(檢校司徒)와 영평군절도사(永平軍節度使)에 제수되었다. 후량 태조 개평(開平) 4년(910)에 검교태부(檢校太傅)·동평장사(同平章事)를 더해 받았다. 말제가 즉위한 후에 개봉윤(開封尹)과 진남군절도사(鎭南軍節度使)에 제수되었다. 전후로 양사후(楊師厚)와 연합해 진군(晉軍)을 물리치고, 서주절도사(徐州節度使) 장은(蔣殷 : 왕은)의 반란을 평정했으며, 오군(吳軍)의 공격을 격퇴해, 검교태위(檢校太尉)·태녕군절도사(泰寧軍節度使)·동평장사에 제수되었다. 용덕(龍德) 원년(921)에 조정의 강요로 독약을 마시고 죽었다.

람이 모두 그 화를 입었다.

梁貞明甲戌歲¹, 徐州帥王殷將叛. 八月二十日夜, 月明如晝. 居人咸聞通衢隊伍之聲, 自門隙覘之, 則皆靑衣兵士而無甲冑. 初謂州兵潛以捕盜耳. 俄聞淸嘯相呼, 或歌或歎. 刀盾矛槊, 囂隘閭巷, 怪狀奇形. 甚可畏懼, 乃知非人也. 比自府廨, 出於州南之東門, 肩鍵無阻. 比至仲冬, 殷乃拒詔, 朝命劉鄩以兵五萬致討. 凡八月而敗, 合境悉罹其禍.

출처 《태평광기》 권354 〈귀·왕상(王商)〉. 《태평광기》에는 고사 제목이 "왕상(王商)"이라 되어 있지만, 착오가 분명하므로 본문에 의거해 "왕은"으로 고쳤다.

1 정명갑술세(貞明甲戌歲): '정명'은 '건화(乾化)'의 착오로 보인다. '정명'은 후량 말제(末帝)의 연호로, 을해년(乙亥年: 915) 11월에 개원했다. '갑술년'은 그보다 1년 전인 말제 건화 4년(914)이다. 《구오대사(舊五代史)》 권8 〈말제기(末帝紀) 상〉에 따르면, 건화 4년(914) 9월에 서주절도사(徐州節度使) 왕은(王殷)이 반란을 일으켰으므로, "정명갑술세"는 "건화갑술세"로 고치는 것이 타당하다.

104. 사언장(謝彥璋)

[오대] 후량(後梁)의 허주절도사(許州節度使) 사언장263)이 살해되자, 조정에서는 선화고부사(宣和庫副使)264) 학창우(郝昌遇)에게 명해 허창현(許昌縣)으로 가서 그의 가산을 관에 몰수하게 했다. 방 하나를 열고 보았더니 사언장 초상화의 왼쪽 눈 아래에 선혈이 있었는데, 그것이 어떻게 생겨난 것인지 도무지 알 길이 없어 사람들은 모두 이상하게 생각했다. 사언장은 본래 자라를 즐겨 먹었다. 하양(河陽)을

---

263) 사언장(?~918) : 당 말 오대 후량의 명장. 어렸을 때 고아가 되어 후량의 대장 갈종주(葛從周)를 따라 전쟁에 참여했다가 갈종주가 그의 총명함을 보고 양자로 삼고 병법을 전수했다. 성년이 된 후 후량 태조 주온(朱溫 : 주전충)의 기병장이 되었는데, 당시 하괴(賀瓌)는 보병을 통솔하는 데 뛰어났고 사언장은 기병을 통솔하는 데 뛰어나 "쌍절(雙絶)"로 불렸다. 말제(末帝) 때는 양경마군도군사(兩京馬軍都軍使)·하양절도사(河陽節度使)·허주절도사·검교태부(檢校太傅)를 역임했다. 무장이었지만 시서(詩書)를 좋아하고 유생(儒生)을 예우했으며, 늘 유복(儒服)을 입고 군대를 통솔해 유장(儒將)의 기품이 있었다. 정명(貞明) 4년(918)에 하북과 진국(晉國 : 후당의 전신)이 대치할 때, 활주절도사(滑州節度使)·북면초토사(北面招討使) 하환(賀瓌)과 그의 부장 주규(朱珪)가 사언장을 시기해 모반죄로 몰아 죽게 했다.

264) 선화고부사(宣和庫副使) : '선화고'는 황제가 필요로 하는 각종 물품을 제공하기 위해 설치한 창고다.

진수할 때 그는 어부에게 명해 하루도 거르지 않고 자라를 잡아서 반찬으로 올리게 했는데, 만약 자라를 잡지 못하면 반드시 중벌을 내렸다. 한 어부가 성의 동쪽에 살고 있었는데, 그날도 날이 밝기 전에 자라를 잡으러 갔다. 1~2리도 가지 않았을 때 어부는 한 사람을 만났는데, 그 사람이 어디로 가냐고 묻자 사실대로 대답했다. 그러자 그 사람이 말했다.

"그대는 오늘 자라 잡는 일을 그만둘 수 있겠소?"

어부가 말했다.

"자라를 잡지 못하면 벌을 받습니다."

그러자 그 사람이 말했다.

"그대가 만약 그물을 던지지 않는다면 그대에게 5000냥을 줄 테니 괜찮겠소?"

어부는 그렇게 하겠다고 하면서 결국 돈 5000냥을 받아 어깨에 메고 돌아갔는데, 날이 밝을 무렵에 돈이 가벼운 것이 이상해서 뒤돌아보았더니, 그 돈은 모두 지전(紙錢)이었다.

梁許州節度使謝彦璋[1]遇害, 朝廷命宣和庫副使郝昌遇往許昌籍其家財. 別開一室, 見彦璋眞像之左目下, 鮮血在焉, 竟不知自何而有, 衆共異之. 彦璋性嗜鱉. 鎭河陽, 命漁者採以供膳, 無虛日焉, 不獲則必加重罰. 有漁人居於城東, 其日未曙, 將往取之. 未至一二里, 遇一人, 問其所適, 以實對.

此人曰:"子今日能且輟否?" 漁人曰:"否則獲罪矣." 又曰: "子若不臨網罟, 則贈子以五千錢, 可乎?" 漁人許之, 遂獲五千, 肩荷而回. 比及曉, 唯呀²其輕, 顧之, 其錢皆紙矣.

출처 《태평광기》 권354 〈귀·사언장〉.

1 사언장(謝彦璋) : 《구오대사(舊五代史)》와 《신오대사》에는 "사언장(謝彦章)"이라 되어 있다.
2 아(呀) : 문맥상 "아(訝)"의 오기로 보인다.

105. 숭성사(崇聖寺)

　한식날에 한주(漢州)의 숭성사에 갑자기 붉은 옷을 입은 한 사람과 자색 옷을 입은 한 사람이 나타났는데, 풍채와 용모가 매우 훌륭했으며 따르는 시종과 거마가 아주 성대했다. 절의 스님들은 주(州)의 관리가 왔다고 생각해서 달려나가 영접했는데 그들은 모두 관리가 아니었다. 두 사람은 아주 공손하게 스님들에게 인사했는데 단지 말수가 적을 뿐이었다. 두 사람은 붓을 달라고 하더니 각자 절구(絶句) 한 수씩을 벽에 적었다. 붉은 옷을 입은 사람은 이렇게 적었다.
　"불을 금하는[265] 좋은 날에 함께 이곳에 놀러 오니, 마침 진한 술 향기가 양쪽 산기슭에 진동하네. 10년 전의 일 아득히 떠올라, 억지로 풍경을 읊다 보니 마음만 어지럽네."
　자색 옷을 입은 사람은 이렇게 적었다.
　"말 타고 잠시 들판 길 찾아갔더니, 떨어지는 꽃과 향기

---

265) 불을 금하는 : 원문은 "금연(禁煙)". 한식(寒食)날을 말한다. 옛날 춘추 시대 진(晉) 문공(文公) 때 공신 개자추(介子推)가 산에 들어가 나오지 않자 문공은 그를 나오게 하도록 산에 불을 질렀는데, 그는 결국 나오지 않고 불에 타 죽었다. 민간에서는 그를 애도하기 위해 이날만은 불을 피우지 않고 찬밥을 먹는다.

로운 풀은 여전히 그대로이네. 집 없어지고 나라 망한 일이 일장춘몽 같아, 슬퍼하며 또 한식날을 맞이하네."

두 사람은 시를 다 적고 나서 말을 타고 급히 떠났다. 그들은 소나무 오솔길을 벗어나자마자 어디론가 사라졌는데, 그 기이한 향기만은 한 달이 지나도록 흩어지지 않았다. 그 시는 지금도 남아 있다.

漢州崇聖寺, 寒食日, 忽有朱衣一人·紫衣一人, 氣貌甚偉, 驅殿僕馬極盛. 寺僧謂其州官至, 奔出迎接, 皆非也. 與僧展揖甚恭, 唯少言語. 命筆, 各題一絶句于壁. 朱衣詩曰 : "禁煙佳節同遊此, 正値酴醿夾岸香. 緬想十年前往事, 强吟風景亂愁腸." 紫衣詩曰 : "策馬暫尋原上路, 落花芳草尙依然. 家亡國破一場夢, 惆悵又逢寒食天." 題罷, 上馬疾去. 出松徑, 失其所在, 但覺異香經月不散. 其詩于今見存.

출처 《태평광기》 권354 〈귀·숭성사〉, 《태평광기상절》 권31 〈귀·숭성사〉.

106. 두종(杜悰)

두종266)은 아직 현달하지 않았을 때 강호를 떠돌아다녔는데, 한번은 역참 사이의 거리가 꽤 멀어서 날이 어두워진 뒤에야 비로소 한 변방 보루에 도착했다. 그곳에는 역참의 객사가 있었는데, 객사에 머무는 자들은 대부분 불안해했으며 어떤 사람은 공포에 질려 죽기까지 했다. 역장(驛將)은 두종의 기골이 비범한 것을 보고 속으로 생각했다.

"이 사람은 어쩌면 귀인(貴人)일지도 몰라. 이곳에 숙박했는데도 별 탈이 없다면 필시 장수나 재상이 될 거야."

그러고는 두종에게 객사 안에서 머물도록 청해 극진히 대접했다. 한밤중이 되자 동쪽 곁채의 구멍 뚫린 방에서 마치 수천만 명이 떠드는 듯한 시끄러운 소리가 들렸다. 그래

---

266) 두종(794~873) : 자는 영유(永裕). 당나라의 재상이자 외척으로, 사도(司徒) 두우(杜佑)의 손자이자 시인 두목(杜牧)의 사촌 형이다. 문음(門蔭)으로 벼슬길에 나갔으며, 헌종(憲宗)의 딸 기양 공주(岐陽公主)에게 장가들어 전중소감(殿中少監)에 제수되고 은청광록대부(銀靑光祿大夫) 직함을 더해 받았다. 경조윤(京兆尹)·회남절도사(淮南節度使)·좌복야(左僕射)·문하시랑(門下侍郞)·동평장사(同平章事)·검남동천절도사(劍南東川節度使)·태자태부(太子太傅) 등을 역임했으며 빈국공(邠國公)에 봉해졌다.

서 두종이 종이를 꺼내 자기 이름을 크게 쓴 뒤 기와 조각에 묶어서 그 떠들썩한 곳으로 던졌더니 그 소리가 즉시 그쳤다. 또 서쪽 곁채에서 다시 시끄러운 소리가 들리자 즉시 이전처럼 해서 던졌더니 금세 조용해졌다. 그리하여 마침내 편안히 잠을 잤다. 다음 날 아침에 역참 관리가 문안하러 오자 공(公 : 두종)이 어젯밤의 일을 자세히 말해 주었다. 역참 관리는 두종이 필시 존귀한 분이 될 것임을 알고 생명주 묶음을 주며 전송했다. 훗날 두종은 재상에 임명되자 곧장 그 역참 관리를 수소문해 발탁했다.

杜悰未達時, 游江湖間, 値一程稍遙, 昏暝方達一戍. 有傳舍, 居者多不安, 或怖懼而卒. 驛將見悰骨氣非凡, 內思之 : "此或貴人. 若宿而無恙, 必將相也." 遂請悰舍於內, 供待極厚. 到夜分, 聞東序隙舍, 洶洶如千萬人聲. 悰取紙, 大署己之名, 繫於瓦石, 擲之喧聒之處, 其聲卽絶. 又聞西序復喧, 卽如前擲之, 尋亦寂然. 遂安寢. 遲明, 驛吏問安, 公具述之. 乃知必貴, 以束素餞之. 及大拜, 卽訪吏擢用.

출처《태평광기》권365〈요괴(妖怪)·두종〉.

107. 구양찬(歐陽璨)

삼전(三傳)267) 출신 구양찬은 서주(徐州)에서 남쪽으로 50리 떨어진 곳에 살고 있었다. 그는 일이 있어 성읍에 갔다가 해 질 무렵에 비로소 집으로 돌아오게 되었다. 성읍을 나서서 1~2리도 가지 않았을 때 이미 날이 어둑어둑해졌다. 그날 밤은 몹시 어두웠다. 약 30리쯤 갔을 때 여름비가 억수같이 내렸고 천둥과 벼락이 쳤다. 반쯤 갔을 때 산속에 오솔길이 있었는데, 빽빽한 수풀과 깊은 골짜기에 사나운 맹수들이 많았기에 구양찬은 몹시 두려웠다. 산길로 접어든 뒤로 빗줄기는 더욱 거세졌다. 그런데 별안간 거대한 물체가 그로부터 겨우 10여 걸음 앞에 나타났다. 그것은 키가 1장(丈) 남짓 되고 아주 희었는데, 어디가 머리이고 발인지 구분할 수 없었다. 그것은 그저 앞에서 길을 인도하면서 가고 있었다. 구양찬은 공포가 극에 달했다. 그는 늘 대비신주(大悲神呪)268)를 염송했기 때문에 소리 내서 그것을 염송하려

---

267) 삼전(三傳) : 《춘추(春秋)》를 해석한 《좌씨전(左氏傳)》·《공양전(公羊傳)》·《곡량전(穀梁傳)》을 말한다. 여기서는 '삼전'으로 치르는 과거 시험 과목 가운데 하나를 말한다.

268) 대비신주(大悲神呪) : 《천수천안관세음보살광대원만무애대비심

했지만 입이 이미 얼어붙어 있었다. 그래서 마음속으로 대비신주를 염송했는데, 서너 번 하고 났더니 말을 할 수 있었다. 멈추지 않고 대비신주를 염송했더니 잠시 후 그 요괴가 사라졌다. 집에 점점 가까워지자 비도 조금씩 그치기 시작했다. 이후로 구양찬은 날이 저문 뒤에는 감히 집 밖으로 나가지 않았다.

三傳歐陽璨, 住徐州南五十里. 有故到城, 薄晚方廻. 不一二里, 已昏暝矣. 是夕陰晦. 約行三十里, 則夏雨大澍, 雷電震發. 路之半, 有山林夾道, 密林邃谷, 而多鷙獸, 生怖懼不已. 旣達山路, 雨勢彌盛. 俄見巨物出於面前, 裁十餘步. 長丈餘, 色正白, 亦不辨首足之狀. 但導前而行. 生恐悸尤極. 口常諷大悲神呪, 欲朗諷之, 口已噤矣. 遂心存念之, 三數遍則能言矣. 誦之不輟, 俄失其妖. 去家漸近, 雨亦稍止. 自爾, 昏暝則不敢出庭戶之間矣.

출처《태평광기》 권366〈요괴·구양찬〉,《유설》 권54〈옥당한화·염대비주(念大悲呪)〉.

다라니경(千手千眼觀世音菩薩廣大圓滿無碍大悲心陀羅尼經)》의 핵심 주문인 다라니주(陀羅尼呪)로, 총 84구(句)로 이루어져 있다. 이것을 염송하면 관세음보살의 가호를 얻어 모든 죄를 없앨 수 있으며, 소리 내서 염송할 수 없을 때 속으로만 염송해도 같은 효험을 볼 수 있다고 한다.

108. 동가원(東柯院)

농성현(隴城縣)에 동가승원이 있는데, 그윽한 운치가 빼어나며 높은 난간에서는 멀리 바라볼 수 있고 탁 트인 창으로는 바람을 맞이할 수 있어서, 놀러 온 사람들이 저잣거리처럼 많았다. 그런데 어느 날 갑자기 요괴가 나타나 공중에서 기와 조각을 던지고 먼지를 일으키는 바람에 사람들은 감히 똑바로 서 있지도 못했다. 그곳에 사는 스님들은 밤마다 편안하지 못했는데, 옷이며 도구들이 가끔 사라졌다가 다시 나오기도 했다. 한 도사가 그 이야기를 듣더니 말했다.

"요괴가 어찌 감히 그럴 수가 있단 말이오? 내가 없앨 수 있소."

동가원의 스님들은 매우 기뻐하며 급히 그 도사를 불러들였다. 도사는 문으로 들어와 불전 위에서 우보(禹步)[269]를 행하고 아주 준엄한 목소리로 천봉주(天蓬呪)[270]를 외웠

---

269) 우보(禹步) : 도교의 주술적 제례 의식의 일종으로 비틀거리듯이 걷는 신선의 보법(步法)을 말한다. 하(夏)나라 우(禹)임금의 걸음걸이에서 비롯했다고 한다.

270) 천봉주(天蓬呪) : 도교에서 요괴나 귀신을 불러내 제압하거나 죽일 수 있는 주문을 말한다. '천봉'은 도교의 천신(天神)으로 구신(九神)

다. 한참 후에 도사는 관(冠)을 잃어버렸는데, 사람들이 보았더니 그 관이 공중으로 던져져 담장 밖으로 날아가고 있었다. 도사는 다시 관을 가져와 끈을 매고 쓴 다음 쉬지 않고 주문을 외웠는데, 잠깐 사이에 의대(衣帶)가 풀리고 바지마저 사라졌다. 또 몸에 지니고 있던 작은 보따리에 부록(符籙)과 비법을 넣어 두었는데, 잠시 후에 그것도 사라졌다. 도사는 결국 허겁지겁 달아났다. 며칠 후에 이웃 마을의 사람이 울타리 밑에서 땅을 파다가 그 보따리를 찾아냈다. 그곳의 현령(縣令) 두연범(杜延範)은 정직한 사람이었는데, 직접 가서 살펴보고 말했다.

"어떻게 이런 일이 있단 말인가?"

두연범이 그곳에 도착해서 다리를 쭉 뻗고 앉아 있을 때 요괴가 공중에서 작은 서첩(書帖)을 던졌는데, 어지러이 마구 떨어져 대체 몇 장이나 되는지 셀 수 없었다. 서첩은 대부분 절구(絶句)로 되어 있었고 두 현령(杜縣令 : 두연범)을 능멸하는 내용이었다. 그중 한두 수를 기억하면 다음과 같다.

"비록 쑥과 난초가 함께 섞여 있지만, 남조(南朝)에 그 조종(祖宗)이 있다네. 녹색 도포 입은 사람 때리지 말지니, 공

가운데 으뜸이다. 남조(南朝) 제량(齊梁) 시대 도홍경(陶弘景)의 《진고(眞誥)》 권10에 '천봉주'가 실려 있다.

중에서 노래하고 춤추고 있으니."

또 한 수는 이러했다.

"나무 옆의 흙271)은 가련하나니, 남자도 아니고 여자 같지도 않네. 비쩍 마른 말을 타고 높은 산에 오르니, 뭐 하러 높은 곳에 오르느라 스스로 고생하는가?"

두연범은 그 뜻을 알아차리고 황급히 돌아갔다. 그 밖에 기억하지 못하는 것 중에 절구가 아주 많았다. 또 순관(巡官) 왕소위(王昭緯)가 있었는데, 왕성한 혈기만 믿고 요괴를 꾸짖으러 갔다가 도착하자마자 커다란 돌로 허리를 얻어맞고 돌아갔다.

隴城縣有東柯僧院, 甚有幽致, 高檻可以眺遠, 虛窗可以來風, 遊人如市. 忽一日, 有妖異起, 空中擲下瓦礫, 扇揚灰塵, 人莫敢正立. 居僧晚夕不安, 衣裝道具, 有時失之復得. 有道士者聞之曰: "妖精安敢如是? 余能去之." 院僧甚喜, 促召至. 道士入門, 於殿上禹步, 誦天蓬呪, 其聲甚厲. 良久, 失其冠, 人見其空中擲過垣牆矣. 復取之, 結纓而冠, 誦呪不已, 逡巡, 衣襱帶解, 袴並失. 隨身有小襆, 貯符書法要, 頃時又失之. 道士遂狼狽而竄. 累日後, 隣村有人, 於藩籬之下掘土, 獲其襆. 縣令杜延範, 正直之人也, 自往觀之, 曰:

---

271) 나무 옆의 흙 : 두연범의 성 '두(杜)' 자를 '목(木)'과 '토(土)'로 파자(破字)한 것이다.

"安有此事?" 至則箕踞而坐, 妖於空中, 拋小書帖, 紛紛然不知其數. 多成絶句, 凌譴杜令. 記其一二曰:"雖共蒿蘭伍, 南朝有宗祖. 莫打綠袍人, 空中且歌舞." 又曰:"堪憐木邊土, 非兒不似女. 瘦馬上高山, 登臨何自苦?" 延範覺之, 亦遽還. 其不記者, 絶句甚多. 又有巡官王昭緯, 恃其血氣方剛, 往而詬詈, 至則爲大石中腰而廻.

출처《태평광기》권367〈요괴·동가원〉.

109. 왕수정(王守貞)

 서주(徐州)에 왕수정이라는 기갈도사(寄褐道士)[272]가 있었는데, 처자식을 두고 궁관(宮觀 : 도관)에서 살지 않았으며 행실이 극히 천박했다. 그는 일찍이 태만궁(太滿宮)을 유람하다가 도사가 지니는 부록(符籙)을 훔쳐서 돌아와 침상의 요 밑에 넣어 두고 더럽기 짝이 없는 부인의 옷으로 덮어 두었다. 그 후로 등잔걸이가 저절로 걸어 다니거나 고양이가 "이러지 마라! 이러지 마라!"라고 말을 하는 등 괴이한 일이 자주 나타났다. 결국 열흘도 안 되어 왕수정 부부는 모두 죽었다.

徐州有寄褐道士王守貞, 蓄妻子而不居宮觀, 行極凡鄙. 常遊太滿宮, 竊携道流所佩之籙而歸, 寘于臥榻蓐席之下, 覆以婦人之衣, 藝黷尤甚. 怪異數見, 燈檠自行, 貓兒語 : "莫如此! 莫如此!" 不旬日, 夫妻皆卒.

272) 기갈도사(寄褐道士) : 도교를 믿지 않고 도경을 읽지도 않으면서 그저 도사의 옷만 걸친 사람을 말한다. 또한 옛 풍습에 아이에게 장수하라고 승복이나 도복을 입혀 주었는데 이를 '기갈'이라 했다.

출처《태평광기》권367〈요괴·왕수정〉.

110. 장종(張鋽)

연주(兗州)의 녹사참군(錄事參軍) 장종은 젊었을 때 일찍이 치주(淄州)에서 살았는데, 집에 갑자기 귀신이 잔뜩 나타났으나 그 모습은 보이지 않았다. 가동들이 음식을 받쳐 들고 가다가 모두 귀신에게 빼앗겼는데, 다시 빈 그릇이 놓여 있거나 혹은 그릇이 공중에 던져졌다가 한참 만에야 떨어졌다. 혹은 귀신들이 함께 땅에서 걸어 다니다가 서로 치고받기도 했다. 또 날아다니는 불덩이가 사람 몸에 붙기도 했는데, 불이 타는데도 아프지는 않았다. 만약 귀신을 꾸짖는 자가 있으면, 벽돌이나 기왓장이 그 즉시 날아왔다. 그런 일을 믿지 않는 한 유생(儒生)이 검을 차고 그 집으로 들어와 묵었는데, 그의 검은 기왓장과 돌에 맞아 날이 이지러지고 부러졌다. 또 스스로 주술을 할 줄 안다고 하는 사람이 그 집으로 들어가려 했으나, 갑자기 기왓장과 돌이 번갈아 떨어지는 통에 더 이상 나아갈 수 없었다. 그 집에 온 손님 중에 어떤 이는 두건을 빼앗겼는데, 귀신이 두건을 다른 곳으로 던지는 바람에 그 사람은 이마를 드러낸 채 도망갔다. 이런 일이 수십 일이 지난 뒤에야 그쳤지만 그 집에는 결국 별탈이 없었다.

兗州錄事參軍張鯞者, 少年時, 嘗居淄州, 第中忽多鬼怪, 唯不覩其形質. 家僮輩捧執食饌, 皆爲鬼所搏, 復置空器, 或以器皿擲於空中, 久之方墮. 或合自行於地, 更相擊觸. 又飛火塊著人身, 燒而不痛. 若有詬詈之者, 卽磚石瓦礫, 應聲而至. 常有一儒生, 不信其事, 仗劍入宿於舍, 其劍爲瓦石所擊, 鋒刃缺折. 又有稱禁呪者, 將入其門, 悠見瓦石交下, 不能復前. 賓客來者, 或被搏其巾幘, 擲致他所, 至有露頂而逸者. 如是累旬方已, 其家竟亦無他.

출처 《태평광기》 권367 〈요괴·장종〉.

111. 종몽징(宗夢徵)

[오대] 후진(後晉) 채주(蔡州)의 순관(巡官) 종몽징은 의술에 뛰어났다. 그는 동경(東京: 낙양)에 살고 있었는데, 개운(開運) 2년(945) 가을에 해옥항(解玉巷) 동쪽에 있던 병자가 깊은 밤에 그를 부르기에 말을 타고 갔다. 사경(四更: 새벽 1~3시 사이)에 가까워질 무렵에 해옥항 입구에서 조금 떨어져 있는 민가의 문 앞에서 어떤 물체가 서서 움직이고 있었는데, 몸집이 제법 커서 마치 검은 안개가 높이 솟아 있는 것 같았다. 하인은 앞장서서 가다가 겁에 질려 우뚝 선 채 털이 곤두섰으며, 말 역시 코로 소리를 내고 귀를 쫑긋 세운 채 앞으로 나아가지 않았다. 종몽징은 억지로 정신을 다잡고 말을 몰며 갔다. 그러나 환자의 집에 도착했을 때 그는 진맥할 수 없었고 더욱 정신이 혼미해짐을 느꼈다. 그는 집으로 돌아와 병들어 누워 있다가 6~7일 만에야 비로소 나았다.

晉蔡州巡官宗夢徵, 善醫. 居東京, 開運二年秋, 解玉巷東有病者, 夜深來召, 乘馬而至. 將及四更, 去解玉巷口民家門前, 有一物, 立而動, 其形頗偉, 若黑霧亭亭然. 僕者前行, 愕立毛豎, 馬亦鼻鳴耳聳不進. 宗則強定心神, 策馬而去. 比其患者之家, 則不能診脈, 尤覺恍惚矣. 既歸伏枕,凡六七日方愈.

출처《태평광기》권367〈요괴·종몽징〉.

112. 무족 부인(無足婦人)

[오대] 후진(後晉) 소주(少主: 출제 석중귀) 때 한 부인이 있었는데, 용모가 단아하고 엄숙하며 옷차림과 화장이 다른 미인에 못지않았다. 하지만 다리가 없어서 허리 아래는 마치 칼로 잘라 놓은 듯이 가지런했으며, 나머지는 모두 갖추고 있었다. 그 아버지는 그녀를 독거(獨車)에 태우고 업중(鄴中)에서 남쪽으로 준도(浚都)까지 다니면서 시장에서 구걸했는데, 매일 1000명이 모여들었다. 깊은 마을이나 외진 골목부터 붉은 대문의 화려한 저택에 이르기까지 가지 않은 곳이 없었다. 당시 사람들은 기이하다고 탄식하면서 모두 돈을 던져 보시했다. 나중에 도성에서 북융(北戎: 거란)이 보낸 간첩을 잡았는데, 관부에서 심문했더니 그 부인이 바로 간악한 무리의 우두머리였다. 그녀는 들어서 알고 있는 것이 너무 많았기 때문에 결국 죽임을 당했다.

晉少主之代, 有婦人, 儀狀端嚴, 衣服鉛粉, 不下美人. 而無腿足, 銾帶已下, 如截而齊, 餘皆具備. 其父載之于獨車, 自鄴南遊浚都, 乞丐於市, 日聚千人. 至于深坊曲巷, 華屋朱門, 無所不至. 時人嗟異, 皆擲而施之. 後京城獲北戎間諜, 官司案之, 乃此婦爲奸人之領袖. 所聽察甚多, 遂戮之.

출처《태평광기》 권367 〈요괴 · 인요(人妖) · 무족부인〉.

113. 백항아(白項鴉)

 [오대 후진 때] 거란(契丹)이 처음 궁궐을 침범했을 때, 도처에서 도적 떼가 벌 떼처럼 일어나자 융인(戎人 : 거란 사람)들이 이를 근심했다. 진주(陳州)의 한 부인이 도적의 수장이 되었는데 "백항아"로 불렸다. 그녀는 40세쯤 되었는데, 몸집이 통통하고 작았으며 머리카락은 누렇고 몸은 검었다. 그녀는 융왕(戎王 : 거란 왕)을 찾아왔을 때, 남자의 성명을 썼으며 옷과 두건은 물론이고 무릎 꿇고 절하는 것까지 모두 남자의 모습이었다. 융왕은 그녀를 불러 접견하고 금포(錦袍)와 은대(銀帶)와 안장 얹은 말을 하사했으며, 회화장군(懷化將軍)에 임명해 산동(山東)의 여러 도적을 불러 모아 안무(按撫)하는 일을 맡기면서 아주 많은 재물을 하사했다. [거란에 의해 임명된] 위연왕(僞燕王) 조연수(趙延壽)273)가 그녀를 불러 묻자 그녀가 스스로 말했다.

---

273) 조연수(趙延壽, ?~948) . 오대와 요(遼 : 거란)의 무장. 본래 성은 유씨(劉氏)였는데, 처음에 후량(後梁)의 장군 조덕균(趙德鈞)에게 포로로 잡혔다가 그의 양자가 되어 성을 바꾸었다. 장성해서는 후당(後唐) 명종(明宗)의 딸에게 장가들어 부마도위(駙馬都尉)가 되었고, 하양절도사(河陽節度使) · 상장군(上將軍) · 추밀사(樞密使) 등을 지냈다. 요 태종(太宗 : 야율덕광) 천현(天顯) 11년(936)에 태종이 석경당(石敬

"나는 두 개의 화살통을 찬 채 말을 달리면서도 좌우로 활을 쏠 수 있고, 하루에 200리를 갈 수 있습니다. 장창 휘두르기와 검 공격도 모두 잘하는 바입니다."

그 휘하의 수천 명의 남자는 모두 그녀의 부림을 받았다. 사람들이 그녀에게 남편이 있냐고 물었더니 그녀가 말했다.

"전후로 수십 명의 남편이 있었지만 조금이라도 마음에 들지 않으면 모두 직접 칼로 죽였소."

이 말을 들은 사람들은 모두 탄식하며 분해했다. 그녀는 열흘 동안 도성에 있으면서 말을 타고 드나들었다. 또 한 남자가 역시 말을 타고 그녀를 따랐는데, 그 사람은 요물이었다. 북융(北戎 : 거란)이 중원(中原)을 어지럽히자 부인이 영웅을 칭했으니, 이는 모두 음(陰)의 기운이 성한 응험이었다. 그녀는 나중에 연주절도사(兗州節度使) 부언경(符彦卿)274)에게 죽임을 당했다.

瑭)을 후진의 황제로 세우고 후당의 장경달(張敬達) 군대를 공격했을 때, 그는 조덕균과 함께 조경달의 지원에 나섰다가 요군에 항복해, 연왕(燕王)에 봉해지고 남경유수(南京留守)·정사령(政事令)에 임명되었다. 그 후로 위박절도사(魏博節度使)에 봉해지고 위왕(魏王)에 봉해졌다. 대동(大同) 원년(947)에 태종이 후진을 멸하고 변경(汴京 : 개봉)에 입성했을 때 태종에게 황태자로 책봉해 달라고 요구했는데, 태종이 불허하고 그를 대승상(大丞相)·중경유수(中京留守)에 제수했다. 이듬해에 병사했다.

契丹犯闕之初, 所在群盜蜂起, 戎人患之. 陳州有一婦人, 爲賊帥, 號曰"白項鴉". 年可四十許, 形質粗短, 髮黃體黑. 來詣戎王, 襲男子姓名, 衣巾拜跪, 皆爲男子狀. 戎王召見, 賜錦袍・銀帶・鞍馬, 署爲懷化將軍, 委之招輯山東諸盜, 賜與甚厚. 僞燕王趙延壽, 召問之, 婦人自云:"能左右馳射, 被雙鞬, 日可行二百里. 盤矛擊劒, 皆所善也." 其屬數千男子, 皆役服之. 人問有夫否, 云:"前後有夫數十人, 少不如意, 皆手刃之矣." 聞者無不嗟憤. 旬日在都下, 乘馬出入. 又有一男子, 亦乘馬從之, 此人妖也. 北戎亂中夏, 婦人稱雄, 皆陰盛之應. 婦人後爲兗州節度使符彦卿戮之.

출처《태평광기》권367〈요괴・인요・백항아〉.

274) 부언경(符彦卿, 898~975): 자는 관후(冠侯). 오대 말과 북송 초의 장수이자, 북송 태종 부 황후(符皇后)의 부친이다. 후당(後唐)・후진(後晉)・후한(後漢)・후주(後周)・북송(北宋)의 다섯 조대에서 벼슬해, 산원지휘시(散員指揮使)・길주자사(吉州刺史)・충무군절도사(忠武軍節度使)・천웅군절도사(天雄軍節度使)・연주절도사 등을 지냈으며 위왕(魏王)에 봉해졌다. 용맹하고 지략이 있었으며 용병술에 뛰어나, 척성(戚城)・양성(陽城)・정주(定州) 등의 전장에서 여러 차례 거란과 교전하면서 적국에 명성을 떨쳤다. 만년에는 낙양에서 한가롭게 지내면서 세상일에 관여하지 않았다.

114. 남중 행자(南中行者)

　남방의 어떤 사원에 구자모(九子母)[275]의 소상(塑像)이 있었는데, 장식과 조각이 매우 뛰어났다. 일찍이 한 젊은 행자(行者)[276]가 여러 스님을 모시고 있었는데, 몇 년 안 되어 그 행자가 점차 몸이 몹시 파리해지고 정신도 혼미해지자 스님들은 매우 이상하게 여겼다. 한 스님이 보았더니 그 행자가 밤에 구자모상이 있는 당(堂)에 들어가서 잠을 잤는데, 천천히 다시 보니 한 아름다운 부인이 와서 밤늦게 행자를 유혹해 함께 잠을 잤다. 이런 일이 이미 1년이 다 되어 갔다. 스님은 그 소상이 요괴임을 알고 즉시 부숴 버렸다. 그 후로 그 부인은 다시 나타나지 않았고, 행자도 병이 낫자 즉시 머리를 깎고 스님이 되었다.

---

[275] 구자모(九子母) : 불경 속의 귀자모(鬼子母)를 말한다. 전설에 따르면, 그녀는 수많은 자식을 낳았지만 성질이 포악해 왕사성(王舍成)의 아이들을 잡아먹었는데, 나중에 부처의 가르침을 받고 자식을 점지해 주는 여신이 되었다고 한다.

[276] 행자(行者) : 계(戒)를 받기 전에 일정 기간 절에서 잡일을 하면서 수행하는 사람을 말한다.

南中有僧院, 院內有九子母像, 裝塑甚奇. 嘗有一行者, 年少, 給事諸僧, 不數年, 其人漸甚羸瘠, 神思恍惚, 諸僧頗怪之. 有一僧, 見此行者至夜入九子母堂寢宿, 徐見一美婦人至, 晚引同寢. 已近一年矣. 僧知塑像爲怪, 卽壞之. 自是不復更見, 行者亦愈, 卽落髮爲沙門.

출처《태평광기》권368〈정괴(精怪)·잡기용(雜器用)·남중행자〉.

115. 길주 어자(吉州漁者)

    길주 용흥관(龍興觀)에 커다란 종이 있었는데, 그 위에 "진(晉)나라 원강(元康) 연간(291~299)에 주조하다"라는 글이 새겨져 있었고, 꼭대기에는 구멍이 하나 있었다. 옛일을 잘 아는 노인이 전하는 말에 따르면, [당나라] 측천무후(則天武后) 때 종소리가 장안(長安)을 뒤흔들자 조서를 내려 종에 구멍을 뚫게 했는데 그 구멍이 바로 그때 생긴 것이라고 했다. 천우(天祐) 연간(904~907)의 어느 날 밤에 종이 갑자기 사라졌다가 이튿날 아침이 되자 원래대로 있었다. 그런데 보았더니 종의 포뢰(蒲牢)[277]에 핏자국이 있었고 자초(絲草)가 걸려 있었다. 자초는 강남에서 나는 수초(水草)로, 그 잎은 염교처럼 생겼고 물의 깊이에 따라 자란다. 용흥관 앞에 커다란 강이 있었는데, 마을 사람들은 며칠 밤 동안 강에서 풍랑이 이는 소리를 들었다. 아침이 되었을 때 한 어

---

277) 포뢰(蒲牢) : 전설에 용왕의 아홉 아들 가운데 하나로, 고래를 몹시 무서워해 보기만 하면 크게 우는데 그 울음소리가 꼭 종소리 같다고 한다. 종각에 종을 매달기 위한 고리인 종뉴(鐘紐)는 포뢰가 목을 구부리고 입을 벌려 마치 종을 물어 올리는 듯한 모습을 하고 있는데, 종소리를 더욱 크게 울리게 하기 위해 종을 매다는 곳에 포뢰를 조각하고 고래 모양으로 만든 당목(撞木)으로 종을 친다.

부가 보았더니, 강 한가운데서 붉은 깃발 하나가 위에서 아래로 떠내려오고 있었다. 어부는 작은 배를 저어 가서 그것을 주웠는데, 그 순간 금빛 비늘이 번쩍이고 파도가 거세게 솟구쳤다. 어부는 황급히 되돌아오면서 비로소 포뢰가 강의 용과 싸워 다치게 했음을 알았다.

吉州龍興觀有巨鐘, 上有文曰"晉元康年鑄", 鐘頂有一竅. 古老相傳, 則天時, 鐘聲震長安, 遂有詔鑿之, 其竅是也. 天祐年中, 忽一夜失鐘所在, 至旦如故. 見蒲牢有血痕幷蕬草. 蕬草者, 江南水草也, 葉如薤, 隨水淺深而生. 觀前大江, 數夜, 居人聞江水風浪之聲. 至旦, 有漁者, 見江心有一紅旗, 水上流下. 漁者棹小舟往接取之, 則見金鱗光, 波濤洶湧. 漁者急廻, 始知蒲牢鬪傷江龍.

출처《태평광기》 권371 〈정괴 · 잡기용 · 길주어자〉.

116. 현종 성용(玄宗聖容)

[당나라] 현종 황제의 어용(御容)은 협저(夾紵)278) 방식으로 만들었으며, 본래 주질현(盩厔縣)의 수진관(修眞觀)에 있었는데, 갑자기 미치광이 같은 어떤 스님이 그것을 짊어지고 가서 무공현(武功縣)의 잠룡궁(潛龍宮)에 안치했다. 잠룡궁은 바로 신요황제(神堯皇帝 : 당고조 이연)279)의

---

278) 협저(夾紵) : 일종의 소상(塑像) 방법으로 "협저(夾紵)"라고도 한다. 먼저 진흙 틀을 소성한 다음에 그 표면에 마포(麻布)를 붙이고 옻칠을 하는데, 옻칠이 마른 후에 여러 차례 반복해서 칠하며, 마지막에 진흙 틀을 빼내 속을 비게 한다. 그래서 "탈공상(脫空像)"이라고도 한다. 이러한 소상 방법은 부드럽고 핍진할 뿐만 아니라 재질이 매우 가벼워서 "행상(行像)"이라 부르기도 한다.

279) 신요황제(神堯皇帝) : 당고조(高祖) 이연(李淵)을 말한다. 자는 숙덕(叔德)이고, 당나라의 개국 황제(618~626 재위)다. 북주(北周)의 귀족 출신으로 7세에 당국공(唐國公)에 봉해졌다. 수양제(隋煬帝)가 즉위한 후에 형양태수(滎陽太守)·전내소감(殿內少監)·위위소경(衛尉少卿)·산서하동위무대사(山西河東慰撫大使)·태원유수(太原留守) 등을 지냈다. 수나라 말에 중국이 크게 어지러워지자 태원에서 군사를 일으켜 장안(長安)을 점령했다. 618년에 수 공제(恭帝)로부터 선양받아 황제가 되었다. 무덕(武德) 9년(626)에 현무문(玄武門)의 정변(이세민이 형 이건성과 동생 이원길을 죽인 사건) 이후에 제위를 태종(太宗) 이세민(李世民)에게 물려주고 태상황(太上皇)이 되었다. 묘호

옛 저택으로, 지금은 불사로 사용하고 있다. 현종의 어용은 단지 진홍색의 비단옷에 복건(幅巾 : 검은 비단 두건)을 쓰고 있을 뿐이었다. 잠룡궁의 스님이 말했다.

"[오대 후당] 장종(莊宗 : 이존욱)이 변주(汴州 : 개봉)로 들어갔을 때와 명종(明宗 : 이사원)이 낙양(洛陽)으로 들어갔을 때와 청태(淸泰 : 폐제 이종가)280)가 동쪽으로 이수(伊水)와 전수(瀍水)로 가던 해에 어용의 이마 위에서 모두 땀이 흘렀습니다."

학사(學士) 장항(張沆)은 일찍이 그 이야기를 듣고 믿지 않았는데, 무공현을 지나가다가 자세히 살펴보았더니 과연 스님이 말한 대로였다. 장항은 혹시 빗물이 새어서 그렇게 된 것인가 생각했지만, 복건 위에는 젖은 흔적이 없었다. [오대 후진] 천복(天福) 연간(936~944) 이후로 어용에서 흐르던 땀은 마침내 그쳤다. 또 고릉현(高陵縣)에 신요황제의 선대의 장원이 있었는데, 지금은 역시 궁관(宮觀 : 도관)으로 사용하고 있다. 그곳에 측백나무가 있는데, 전하는 말에 따르면 고조(高祖 : 이연)가 강보에 싸여 있을 때 모친이 그를

는 고조이고, 시호는 태무황제(太武皇帝) · 신요황제 · 신요대성대광효황제(神堯大聖大光孝皇帝)다.

280) 청태(淸泰) : 후당의 마지막 황제인 폐제(廢帝) 이종가(李從珂)의 연호(934~936). 여기서는 폐제를 가리킨다.

측백나무의 그늘에 놓아두고 밭으로 새참을 가지고 갔는데, 새참을 주고 돌아왔을 때 해가 기울었지만 나무 그림자는 옮겨 가지 않고 그대로 있었다고 한다. 지금 궁관에 있는 측백나무가 바로 그것이다. 이 이야기들은 사전(史傳)에는 실려 있지 않고 옛 노인이 말해 준 것이다.

玄宗皇帝御容, 夾紵作, 本在鼇屋修眞觀中, 忽有僧如狂, 負之, 置於武功潛龍宮. 宮卽神堯故第也, 今爲佛宇. 御容唯衣絳紗衣幅巾而已. 寺僧云:"莊宗入汴, 明宗入洛, 洎淸泰東赴伊瀍之歲, 額上皆有汗流." 學士張沆, 嘗聞之而未之信, 及經武功, 乃細視之, 果如其說. 又意其雨漏所致, 而幅巾之上則無. 自天福之後, 其汗遂絶. 高陵縣又有神堯先世莊田, 今亦爲宮觀矣. 有栢樹焉, 相傳云, 高祖在襁褓之時, 母卽置放栢樹之陰, 而往餉田, 比餉廻, 日斜而樹影不移. 則今栢樹是也. 史傳不載, 而故老言之.

출처《태평광기》권374〈영이(靈異)·현종성용〉.

117. 여산 어자(廬山漁者)

    여산에 "낙성담(落星潭)"이라 하는 깊은 못이 하나 있었는데, 그곳에서 물고기를 잡거나 낚시하는 사람이 많았다. 후당(後唐) 장흥(長興) 연간(930~933)에 어떤 낚시꾼이 한 물체를 낚았는데, 낚싯대를 끌어당기기가 무척 어려웠다. 낚싯대를 끌고 기슭으로 가서 보았더니 사람 모양을 한 물체가 철로 만든 관(冠)을 쓰고 있었는데, 오랜 세월 동안 쌓인 이끼가 감싸고 있었다. 나무라고 생각하기에는 너무 무거웠고 돌이라고 생각하기에는 너무 가벼웠다. 어부는 그 물체를 못가에 두었다. 며칠 뒤에 그 물체 위에 붙어 있던 진흙과 이끼가 바람과 햇볕에 떨어져 나가고 다시 비를 맞아 씻겨 나가자 그 물체가 갑자기 두 눈을 떴는데, 다름 아닌 사람이었다. 그 사람은 갑자기 일어나서 못으로 가더니 물로 손과 얼굴을 씻었다. 많은 어부가 괴이함에 놀라면서 함께 그 사람을 살펴보았다. 그 사람은 어부에게 여기가 어디이며 산과 강의 이름은 무엇이고 어느 조대의 몇 년 몇 월인지를 매우 상세하게 묻고 나서 도로 물속으로 들어가더니 소리도 흔적도 없이 사라졌다. 결국 아무도 그 사람이 어디서 왔는지 물어보지 못했다. 남방의 관리와 백성은 그 일을 신기하다고 생각해서 그 사람을 위해 못가에 사당과 제단을 세웠다.

廬山中有一深潭, 名"落星潭", 多漁釣者. 後唐長興中, 有釣者得一物, 頗覺難引. 迤邐至岸, 見一物如人狀, 戴鐵冠, 積歲苺苔裹之. 意其木則太重, 意其石則太輕. 漁者置之潭側. 後數日, 其物上有泥滓苺苔, 爲風日所剝落, 又經雨淋洗, 忽見兩目俱開, 則人也. 欻然而起, 就潭水盥手靧面. 衆漁者驚異, 共觀之. 其人卽詢諸漁者, 本處土地山川之名, 及朝代年月, 甚詳審, 問訖, 却入水中, 寂無聲迹. 然竟無一人問彼所從來者. 南中吏民神異之, 爲建祠壇于潭上.

출처 《태평광기》 권374 〈영이·여산어자〉, 《태평광기상절》 권33 〈영이·여산어자〉.

118. 최사팔(崔四八)

　최신유(崔愼由)는 처음에 자식이 없어서 매우 근심했다. 어떤 스님이 늘 최씨 집을 방문했는데, 최신유가 그에게 걱정거리를 말하며 방법이 있냐고 묻자 스님이 말했다.

　"부인을 잘 차려 입히고 장안(長安)의 큰 절들을 돌아다니면서 노스님이 있는 곳을 찾아가십시오. 만약 그 절에서 잘 대해 주지 않으면 다른 절을 찾아가십시오. 만약 당신을 환대하는 절이 있으면 그 절의 스님과 두터운 교분을 맺으십시오. 당신이 그의 마음을 감동시킬 수 있다면 그의 후신(後身)이 당신의 아들로 태어날 것입니다."

　최신유는 스님의 말대로 처음에 세 곳을 찾아갔지만 그를 대접해 주지 않았다. 나중에 한 절에 갔는데, 거의 60세 된 스님이 그를 매우 환대해 주자 최신유 또한 후한 재물로 보시했다. 그때부터 최신유가 끊이지 않고 공양하고 보시하자 스님이 말했다.

　"제가 몸이 늙어서 스스로 생각해 봐도 당신께 보답할 방법이 없으니, 후생에 당신의 아들로 태어나길 원합니다."

　몇 년 되지 않아 스님이 죽고 최사팔이 태어났다. 어떤 사람이 이르길, 최사팔의 손금에 "강승(綱僧)"[281]이란 두 글자가 있다고 했다.

崔愼由, 初以未有兒息, 頗以爲念. 有僧常遊崔氏之門者, 崔因告之, 且問其計. 僧曰:"請夫人盛飾而遊長安大寺, 有老僧院, 卽詣之. 彼若不顧, 更之他所. 若顧我厚, 宜厚結之. 俾感動其心, 則其後身爲公子矣." 如其言, 初適三處, 不顧. 後至一院, 僧年近六十矣, 接待甚勤至, 崔亦厚施之. 自是供施不絶, 僧乃曰:"身老矣, 自度無以報公, 願以後身爲公之子." 不數年, 僧卒, 而四八生焉. 或云, 手文有"綱僧"二字.

출처《태평광기》권388〈오전생(悟前生)·최사말〉.

281) 강승(綱僧): 강유승(綱維僧). 사원의 사무를 맡아 처리하는 승관(僧官)을 말한다.

119. 이복(李福)

　당(唐)나라 [의종] 함통(咸通) 연간(860~874)에 낙경(洛京: 낙양) 북망산(北邙山) 태청관(太淸觀)의 종루(鐘樓)가 갑자기 무너졌다. 잔해 중에 들보 도리 하나가 있었는데, 그 속이 비어 있어서 들어 옮기거나 움직일 때마다 안에서 무언가 부딪치는 소리가 났다. 사람들이 그 사실을 전해 듣고 다투어 와서 그것을 구경했다. 도사(道士) 이위의(李威儀)는 사람들이 몰려들게 하지 않으려고 그것을 쪼개 버리게 했는데, 그 안에서 검은 옻칠을 한 판자 하나가 나왔다. 그 판자 위에 음각하고 금으로 메운 글자로 이렇게 새겨져 있었다.

　"산수수무언(山水誰無言), 원년우복중수(元年遇福重修)."

　도사는 그것을 가지고 가서 낙중(洛中: 낙양)의 여러 관리에게 보였지만 모두 그 뜻을 알 수 없었다. 당시 상공(相公) 이복282)이 서천절도사(西川節度使)를 그만두고 낙중으

---

282) 이복 : 자는 능지(能之). 당나라의 대신. 진사 출신으로, 문종(文宗) 때 재상을 지낸 이석(李石)의 동생이다. 형의 천거로 감찰어사(監察御史)에 제수되었으며, 상서랑(尙書郞)과 상정여영사주자사(商鄭汝潁

로 돌아왔는데, 그 은미(隱微)한 글을 보고 반복해서 서너 번 자세히 읽더니 마침내 태청관의 관주(觀主)에게 말했다.

"다만 장인의 무리를 모아 주십시오. 내가 마땅히 봉록 중에 남은 돈으로 혼자 도관을 완전히 중수하겠습니다. 100년 전에 지혜로운 사람이 그 뜻을 새겨 지금 이미 딱 맞아떨어졌는데, 어찌 도관을 중수하지 않을 수 있겠습니까?"

도관이 완성되자 어떤 사람이 이복에게 그 이유를 물었더니 그가 말했다.

"'산수수무언'은 지금 황제의 어명(御名)을 말하고,[283] 함통제(咸通帝 : 의종)의 이름은 최(漼)다. '원년우복'[284]은 [함통으로] 개원(改元)한 초에 내가 서천을 진수하고 봉록을 받고 돌아온 것을 말하니, 내가 중수하지 않는다면 다시 누구를

四州刺史)를 지냈다. 선종(宣宗) 때는 검교공부상서(檢校工部尙書)·활주자사(滑州刺史)·의성군절도사(義成軍節度使)·형부시랑(刑部侍郎)·호부상서(戶部尙書) 등을 역임했다. 희종(僖宗) 때 양주자사(襄州刺史)·산남동도절도사(山南東道節度使)로서 선정을 베풀었고, 검남서천절도사(劍南西川節度使)·동평장사(同平章事)로 재상에 올랐으며, 태자태부(太子太傅)로 벼슬을 마쳤다.

283) '산수수무언'은 지금 황제의 어명(御名)을 말하고 : '지금 황제'는 의종(懿宗) 이최(李漼)를 말한다. '최(漼)'를 파자(破字)하면 수(氵)·산(山)·추(隹)가 된다. '수무언(誰無言)'은 '수(誰)'에서 '언(言)'이 없다는 뜻으로 '추(隹)'를 말한다. 따라서 '산수수무언'은 '최'를 뜻한다.

284) 원년우복 : 함통 원년에 이복을 만난다는 뜻이다.

기다리겠소!"

洛京北邙太淸觀鐘樓, 唐咸通年中, 忽然摧塌. 有屋樑一條, 其中空虛, 每撐動觸動轉, 內敲磕有聲. 人遂相傳, 來競觀之. 道士李威儀不欲聚人, 乃令破之, 於其間得一黑漆板. 上有陷金之字, 曰: "山水誰無言, 元年遇福重修." 道士齎呈洛中諸官, 皆不能詳之. 李福相公罷鎭西川歸洛, 見此隱文, 反覆詳讀數四, 遂謂觀主曰: "但請度工鳩徒. 當以俸餘之金, 獨力完葺也. 百年之前, 智者勒其志, 已冥合今日, 安得不重興觀宇乎?" 洎觀成, 或請其由, 福曰: "'山水誰無言'者, 今上御名也, 咸通名漼也. '元年遇福'者, 改元之初作鎭, 獲俸而廻, 福其不修, 復待何人者哉!"

출처《태평광기》권392〈명기(銘記)·이복〉.

120. 신문위(申文緯)

위지현위(尉氏縣尉) 신문위[285]가 일찍이 다음과 같은 이야기를 했다.

그가 근자에 일이 있어 낙양성(洛陽城) 남쪽의 옥천사(玉泉寺)에 갔는데, 때는 무더운 여름이었다. 절 왼편에 못이 있었는데, 큰 가뭄이 들 때 마을 사람들이 그 못에 기도하면 응답해 주지 않은 적이 없었다. 못의 남쪽에는 용을 모신 사당이 있었다. 그때 신문위가 몸을 숙여 못을 살펴보았더니 시든 꽃처럼 보이는 어떤 물체가 있었는데, 그 잎이 수레 덮개만큼이나 컸다. 신문위가 기와 조각을 주워 그 꽃을 향해 던지자 스님이 말했다.

"절대 그렇게 해서는 안 됩니다. 바람과 천둥의 노여움을 사게 될까 걱정입니다."

신문위는 그 말에 개의치 않았다. 그런데 잠시 후 흰 안개가 수면에서 피어오르더니 금세 산기슭까지 이르렀다. 절은 산 위에 있었고 돌길을 일곱 번이나 돌아서야 내려갈 수

---

[285] 신문위 : 오대 말 북송 초의 관리. 오대 후주(後周) 때 위지현위를 지냈고, 북송 태조 때 좌찬선대부(左贊善大夫)를 지냈으며, 태종 때 서천전운사(西川轉運使)를 지냈다.

있었는데, 갑자기 큰비가 내리기 시작하더니 이내 천둥 번개가 내리쳤다. 그가 평지에 이르렀을 때는 이미 몇 척이나 비가 내려 계곡이 온통 불어나 있었다. 그 바람에 그의 나귀와 하인은 물길에 휩쓸려 떠내려가면서 발을 땅에 딛고 서 있을 수 없었다. 대낮이 저녁같이 어둡고 끊임없이 벼락이 내리쳐 신문위는 입술이 모두 시퍼렇게 된 채 두려움에 몹시 떨었다. 얼마 후 그가 한 마을에 도착했을 때 날이 곧 개었으나, 그는 결국 감기에 걸려 동틀 녘까지 약간 땀을 흘리다가 날이 밝은 후에야 완쾌되었다. 이 어찌 용의 분노로 인해 거의 죽임을 당할 뻔한 일이 아니겠는가!

尉氏尉申文緯, 嘗話 : 頃以事至洛城南玉泉寺, 時盛夏. 寺左有池, 大旱, 村人祈禱, 未嘗不應. 池之陽有龍廟. 時文緯俯池而觀, 有物如敗花, 葉大如蓋. 因以瓦礫擲之, 僧曰 : "切不可. 恐致風雷之怒." 申亦不以介意. 逡巡, 白霧自水面起, 才及山趾. 寺在山上, 石路七盤, 大雨, 霆雷震擊. 比至平地, 已數尺, 溪壑暴漲. 驢乘洎僕夫, 隨流漂蕩, 莫能植足. 晝日如暮, 霆震不已, 申之口吻皆黑, 怖懼非常. 俄至一村, 尋亦開霽, 果中傷寒病, 將曉有微汗, 比明無恙. 豈龍之怒, 幾爲所斃也!

출처《태평광기》권395 〈뇌(雷)·신문위〉.

121. 법문사(法門寺)

장안(長安) 서쪽에 있는 법문사는 중국 가람(伽藍 : 사찰)의 명승지로, 여래불(如來佛)의 중지(中指) 마디가 이곳에 봉안되어 있었다. 해와 달이 비추는 모든 지경에서 부처를 섬기는 사람들은 모두 이곳에 와서 경배했다. 그 불전의 성대함은 온 세상에 비길 데가 없었다. [당나라] 희종(僖宗 : 이현)과 소종(昭宗 : 이엽)이 파천(播遷)한[286] 뒤에 도적들이 불태웠으나, 중원이 동탕하고 인력이 고갈되었던 터라 다시 중건할 수 없었다. 가장 필요한 것은 목재와 돌이었다. 어느 날 저녁에 갑자기 바람이 불고 천둥이 치더니 밤새 비가 퍼부었다. 날이 밝았을 때 여러 스님이 바라보았더니 절 앞에 좋은 목재와 커다란 돌이 산더미처럼 쌓여 있었는데, 10여 리에 걸쳐 끊임없이 쌓여 있는 모습이 마치 사람의 힘으로 날라 놓은 것 같았다. 이에 장인과 일꾼을 모아서 다시 가람을 중건해 본래 모습을 갖추었다. 사람들은 귀신이 나

---

286) 희종(僖宗 : 이현)과 소종(昭宗 : 이엽)이 파천(播遷)한 : 당나라 말에 황소(黃巢)의 반군이 장안으로 침입하자 희종이 촉(蜀)으로 파천한 사건과 주온(朱溫 : 주전충)의 강요로 소종이 낙양으로 천도한 사건을 말한다.

무와 돌을 보내 주었다고 생각하면서 부처의 성력(聖力)을 더욱 흠모했다. 육왕화탑(育王化塔)287)의 일이 어찌 거짓이겠는가!

長安西法門寺, 乃中國伽藍之勝境也, 如來中指節在焉. 照臨之內, 奉佛之人, 罔不歸敬. 殿宇之盛, 寶海無倫. 僖·昭播遷後, 爲賊盜爇之, 中原盪柝, 人力旣殫, 不能復搆. 最須者材之與石. 忽一夕, 風雷驟起, 暴澍連宵. 平曉, 諸僧闚望, 見寺前良材巨石, 阜堆山積, 亘十餘里, 首尾不斷, 有如人力置之. 於是鳩集民匠, 復搆精藍, 至於貌備. 人謂鬼神送來, 愈更欽其聖力. 育王化塔之事, 豈虛也哉!

출처 《태평광기》 권395 〈뇌·법문사〉.

---

287) 육왕화탑(育王化塔) : 아육왕탑을 말한다. '육왕'은 인도의 아육왕(阿育王 : 아소카왕)을 말하고, '화탑'은 불탑(佛塔)을 뜻한다. 전설에 따르면, 아육왕이 불교를 국교로 정하고 널리 포교하기 위해 불사리를 봉안한 탑 8만4000기를 만들었다고 한다. 그 탑이 있는 절을 보통 '아육왕사' 또는 '육왕사'라고 했다. 중국에서는 4세기 말경부터 만들었다.

122. 상소봉(上霄峰)

보궐(補闕) 웅교(熊皎)[288]가 말했다.

"여산(廬山)에 있는 상소봉은 평지에서 7000길 떨어져 있다. 산 위에는 옛 흔적이 남아 있는데, 전하는 말에 따르면, 그것은 하우(夏禹)가 홍수를 다스릴 때 배를 정박한 곳으로 하우가 바위에 구멍을 뚫어 닻줄을 매어 놓았다고 한다. 또 벼랑을 갈아 비석을 만들어 온통 과두문자(科斗文字 : 올챙이 모양의 고대 글자)를 새겨 놓았는데, 희미하게 알아볼 수 있다."

그런즉 대우(大禹)의 공이 천지와 더불어 영원히 없어지지 않는 것을 알겠다.

補闕熊皎云:"廬山有上霄峰者, 去平地七千仞[1]. 上有古迹, 云是夏禹治水之時, 泊船之所, 鑿石爲竅, 以繫纜焉. 磨崖爲碑[2], 皆科斗文字, 隱隱可見. 則知大禹之功, 與天地不朽矣."

출처《태평광기》권397〈산(山)·상소봉〉,《유설》권54〈옥당한화·상

---

[288] 웅교(熊皎) : 본서 제2조〈이용창(伊用昌)〉에 나오는 웅교(熊皦)와 같은 인물로 보인다. 해당 조의 주 22 참조.

소봉우적(上霄峯禹迹)〉,《설부》권48 하 〈옥당한화 · 상소봉〉.

1   거평지칠천인(去平地七千仞) :《유설》에는 "가천인(可千仞)"이라 되어 있다.
2   마애위비(磨崖爲碑) :《유설》에는 "기유마애비(其有磨崖碑)"라 되어 있다.

123. 맥적산(麥積山)

　　맥적산은 북쪽으로는 청수(清水)와 위수(渭水)에 걸쳐 있고 남쪽으로는 양당현(兩當縣)에 가까우며, 500리에 걸쳐 이어진 산등성이에서 맥적산이 그 중간에 자리 잡고 있다. 높이가 백만 길이나 되는 바윗덩이 하나가 우뚝 솟아 있는데, 그것을 멀리서 바라보면 둥글둥글해 민간에서 보리를 쌓아 놓은 형상과 같다고 해서 그런 이름이 생겨났다. 푸른 구름이 걸려 있는 산 중턱의 가파른 절벽 사이에 바위를 쪼아 불상을 만들고 천만 개의 감실(龕室)을 만들어 놓았는데, 비록 사람의 힘으로 만든 것이긴 하지만 아마도 귀신의 도움이 있었을 것이다. 수(隋) 문제(文帝 : 양견)[289]는 신니(神

---

[289] 문제(文帝) : 양견(楊堅). 수나라의 개국 황제(581∼604 재위)로, 북주(北周)의 수국공(隋國公) 양충(楊忠)의 아들이다. 부친의 작위를 습봉하고 딸을 북주 선제(宣帝)의 황후로 삼았다. 북주 태건(太建) 12년(580)에 선제의 아들 정제(靜帝)가 어린 나이로 즉위하자 정권을 장악했으며, 다음 해(581) 정제의 선양을 받아 수나라를 세우고 장안(長安)을 도성으로 정해 대흥성(大興城)이라 했다. 개황(開皇) 9년(589)에 진(陳)나라를 멸망시켜 서진(西晉) 말년 이후 300여 년에 걸친 분열을 마감하고 천하를 통일했다. 개황율령(開皇律令)을 제정해 제도를 정비하고, 과거제를 실시해 구품중정제(九品中正制)를 폐지하는 등 귀족 세력을 억제하면서 중앙 집권제를 강화했다. 그가 제정한 율령과 관

尼 : 석가모니)의 사리함(舍利函)을 동쪽 누각 아래의 석실 안에 나누어 묻었고,[290] 또 유신(庾信)[291]의 명기(銘記)[292]가 바위에 새겨져 있다. 옛 기록은 다음과 같다.

"육국(六國)[293]이 함께 축조했다. 평지에서부터 땔나무를 쌓아 바위 꼭대기까지 이른 뒤에 위에서부터 그 감실과

제, 병제, 균전제(均田制) 등은 당나라 율령제의 기초가 되었다.

290) 신니(神尼 : 석가모니)의 사리함(舍利函)을 동쪽 누각 아래의 석실 안에 나누어 묻었고 : 수 문제는 인수(仁壽) 원년(601)에 친히 조서를 내려 맥적산에 탑을 세우고 불사리를 봉안하게 했으며, 맥적산의 사원에 정념사(淨念寺)라는 명칭을 하사했다.

291) 유신(庾信, 513~581) : 자는 자산(子山). 남북조 시대의 문인. 서릉(徐陵)과 함께 궁체시(宮體詩)에 뛰어나 그들의 시체(詩體)를 서유체(徐庾體)라 했다. 남조 양(梁)나라에서 벼슬하다가 원제(元帝)의 명을 받고 북조에 사신으로 갔는데, 그곳에서 억류당해 돌아오지 못했다. 북주(北周)에서 벼슬해 표기대장군(驃騎大將軍)·개부의동삼사(開府儀同三司)를 지냈기에 유 개부(庾開府)로 불렸다.

292) 명기(銘記) : 제목은 〈진주천수군맥적애불감명병서(秦州天水郡麥積崖佛龕銘幷序)〉다. 이 명기는 원래 맥적산의 동쪽 바위에 새겨져 있었다고 하는데 지금은 남아 있지 않다. 하지만 그 문장은《유자산집(庾子山集)》권12와《문원영화(文苑英華)》권785에 실려 있다.

293) 육국(六國) : 오대 이전에 맥적산이 있는 지금의 간쑤성(甘肅省) 톈수이시(天水市) 지역을 통치했던 나라를 거슬러 올라가면, 당(唐)·수(隋)·북주(北周)·서위(西魏)·북위(北魏)·후진(後秦)의 여섯 나라를 가리키는 것으로 보인다.

불상을 조각했다. 조각이 끝나면 천천히 땔나무를 치우면서 내려왔으며, 그런 연후에 높고 위험한 곳에 사다리를 설치해 올라갔다. 그 위에는 산화루(散花樓)와 칠불각(七佛閣)이 있고, 황금 발굽에 은뿔이 달린 송아지가 조각되어 있다. 서쪽 누각에 걸려 있는 사다리를 타고 올라가면 그 사이에 수천수만 개의 방이 허공에 있는데, 이곳에 올라온 사람은 감히 뒤돌아보지 못한다. 거의 맨 꼭대기에 이르는 곳에 바위를 뚫어 만보살당(萬菩薩堂)을 만들어 놓았는데, 그 넓이가 지금의 대전(大殿)만 하다. 그 아로새긴 들보와 화려한 두공(枓栱), 수놓은 기둥과 구름 문양의 처마까지 모두 바위를 조각해 만들었다. 만 구(軀)의 보살상이 하나의 당(堂)에 가득 늘어서 있다. 이 만보살당 위로 감실 하나가 또 있는데 이를 '천당(天堂)'이라 한다. 그곳에 가려면 허공에 놓여 있는 외사다리를 부여잡고 올라가야 하는데, 감히 이곳에 오른 사람은 만 명 중에 한 명도 없다. 여기에서 아래를 내려다보면 뭇 산들이 모두 작은 흙 언덕처럼 보인다."

왕인유(王仁裕 : 본서의 찬자)가 한번은 혼자 그곳에 올라가 천당의 서쪽 벽 위에 다음과 같은 시를 적어 놓았다.

"허공에 걸려 있는 만 길 사다리 밟고 끝까지 올라가니, 평범한 이 몸이 흰 구름과 나란하구나. 처마 앞에서 내려다보니 뭇 산들 조그맣고, 천당 위에서 둘러보니 지는 해가 나지막하네. 꼭대기 길은 위험해 도착한 사람 드물고, 해묵은 바위틈 소나무는 튼튼해 둥지 튼 학이 많네. 하늘가에 이름 석 자 남기려고, 바위 어루만지며 정성스레 손수 시를 적네."

왕인유가 전당(前唐) 말 신미년(辛未年 : 911)294)에 이곳에 올라 시를 적어 남겼으니, 지금까지 39년이 흘렀다.295)

麥積山者, 北跨淸渭, 南漸兩當, 五百里岡巒, 麥積處其半. 崛起一石塊, 高百萬尋, 望之團團, 如民間積麥之狀, 故有此名. 其靑雲之半, 峭壁之間, 鐫石成佛, 萬龕千室, 雖自人力, 疑其鬼功. 隋文帝分葬神尼舍利函於東閣之下石室之中. 有庾信銘記, 刊於巖中. 古記云 : "六國共修. 自平地積薪, 至於巖巓, 從上鐫鑿其龕室佛像. 功畢, 旋旋折薪而下, 然後梯空架險而上. 其上有散花樓·七佛閣, 金蹄銀角犢兒. 由西閣懸梯而上, 其間千房萬屋, 緣空躡虛, 登之者不敢回顧. 將及絶頂, 有萬菩薩堂, 鑿石而成, 廣若今之大殿. 其雕梁畫栱, 繡棟雲楣, 並就石而成. 萬軀菩薩, 列於一堂. 自此室之上, 更有一龕, 謂之'天堂'. 空中倚一獨梯, 攀緣而上, 至此,

---

294) 전당(前唐) 말 신미년(辛未年) : '전당'은 당나라를 말하고 '신미년'은 911년인데, 실제로 911년은 당나라가 이미 망한 뒤인 후량(後梁) 대조 건화(乾化) 원년이므로, 착오가 있는 것으로 보인다.

295) 39년이 흘렀다 : 신미년(911)에서 39년이 흐르면 950년이다. 이때는 후한(後漢) 말 은제(隱帝) 건우(乾祐) 3년으로, 본서의 찬자 왕인유는 71세에 한림학사승지(翰林學士承旨)와 호부상서(戶部尙書)로 있었으며 죽기 6년 전이다.

則萬中無一人敢登者. 於此下顧, 其群山皆如培樓[1]." 王仁裕時獨能登之, 仍題詩於天堂西壁上曰: "躡盡懸空萬仞梯, 等閒身共白雲齊. 簷前下視群山小, 堂上平分落日低. 絶頂路危人少到, 古巖松健鶴頻棲. 天邊爲要留名姓, 拂石殷勤手自題." 時前唐末辛未年, 登此留題, 于今三十九載矣.

출처 《태평광기》 권397 〈산·맥적산〉.

1 암루(培樓) : 《태평광기》 사고전서본에는 "배루(培塿)"라 되어 있는데, 문맥상 타당하다.

124. 두산관(斗山觀)

[오대] 후한(後漢) 건우(乾祐) 연간(948~950)에 한림학사(翰林學士) 왕인유(王仁裕 : 본서의 찬자)가 말했다.

"흥원부(興元府)에 두산관이 있는데, 평평한 하천 속에서 산 하나가 우뚝 솟아 있고 사방이 깎아지른 절벽이며 그 위가 말[斗]의 바닥처럼 네모반듯하기 때문에 그렇게 부른다. 담쟁이넝쿨이 휘감겨 있는 소나무와 전나무는 그 경치가 특히 기묘하다. 그 위에는 당공방(唐公昉)296)이 이팔백(李八百)297)의 선주(仙酒)를 마시고 온 가족과 함께 집을 통째로 뽑아 승천했다는 흔적이 있다. 그 집터는 세 이랑쯤 되

---

296) 당공방(唐公昉) : 당공방(唐公房)이라고도 한다. 한(漢)나라 말의 선인(仙人)으로, 운대산(雲臺山)에 들어가 단약을 복용하고 득선(得仙)해 승천했다.

297) 이팔백(李八百) : 전설 속 도교의 신선으로, 촉중팔선(蜀中八仙) 가운데 하나다. 당공방의 스승으로 800년을 살았다고 한다. 갈홍(葛洪)의 《신선진(神仙傳)》에 따르면, 이팔백은 한중(漢中)의 당공방이 신선의 뜻을 지녔지만 훌륭한 스승을 만나지 못한 것을 알고 그에게 가르쳐 주고자 했는데, 먼저 그를 시험해 보려고 일부러 스스로 악창이 나게 해 그와 그의 가족들에게 핥게 한 뒤 악창을 씻은 술을 그들에게 먹게 했다. 시험에 통과한 당공방과 그의 가족은 모두 신선이 되었다. 이팔백은 또한 《단경(丹經)》 1권을 당공방에게 전수했다.

고 땅이 움푹 패어 구덩이가 생겼는데, 이것은 아마도 땅바닥까지 뽑아 승천했기 때문일 것이다."

왕인유가 신사년(辛巳年 : 921)²⁹⁸)에 이곳에서 절도판관(節度判官)으로 있을 때, 일찍이 두산관에서 나무판에 다음과 같은 시를 적어 놓았다.

"하의(霞衣 : 신선의 옷) 입고 승천하려 선주(仙酒)에 얼큰하게 취했나니, 당공방 일가는 이팔백이 악창을 씻은 술을 마시고 술에 취해 승천했다. 자신도 모르는 새에 온 가족이 강소(絳霄 : 선경)에 살게 되었네. 집이 통째로 뽑혀 올라가고 닭과 개만 남았으니, 승천하는 길이 아득히 멀다고 누가 믿으랴? 삼청(三淸 : 도교의 최고 이상향)의 아스라한 성곽에선 속세의 꿈 버리고, 안개구름 자욱한 팔방의 경치는 이른 아침의 일이네. 오래된 숲에 푸른 잣나무 굳세고, 찬 이슬 머금은 꽃과 잎은 금표(金飆 : 세차게 부는 가을바람)에 갇혀 있네."

예로부터 전하는 말에 따르면, 두산에 있는 한 동굴은 서쪽으로 2000리 떨어져 있는 청성현(靑城縣)의 대면산(大面山)과 통해 있으며 또 엄진관(嚴眞觀)의 우물과도 서로 통해 있다고 한다. 왕인유가 계미년(癸未年 : 923)²⁹⁹)에 촉

---

298) 신사년(辛巳年) : 후량(後梁) 말제(末帝) 용덕(龍德) 원년(921)이다.

299) 계미년(癸未年) : 후량 말제 용덕 3년(923)이자, 후당(後唐) 장종

(蜀)으로 들어가서 엄진관을 찾아갔다가 [자신이 써 놓았던] 두산의 시비(詩碑)가 그곳에 있는 것을 보았다. 그래서 도사에게 캐물었지만 어디서 온 것인지 모른다고 했다. 얘기하는 사람 중에 이 일을 기이해하지 않는 자가 없었다.

漢乾祐中, 翰林學士王仁裕云 : "興元有斗山觀, 自平川內, 聳起一山, 四面懸絶, 其上方於斗底, 故號之. 薛蘿松檜, 景象尤奇. 上有唐公昉飮李八百仙酒, 全家拔宅之跡. 其宅基三畝許, 陷爲坑, 此蓋連地而上昇也." 仁裕辛巳歲, 於斯爲節度判官, 嘗以片板題詩于觀曰 : "霞衣欲擧醉陶陶, 公昉一家飮八百洗瘡, 一家酒醉而上昇. 不覺全家住絳霄. 拔宅只知雞犬在, 上天誰信路歧遙? 三淸遼廓抛塵夢, 八景雲煙事早朝. 爲有故林蒼栢健, 露華涼葉鎖金飆." 舊說云, 斗山一洞, 西去二千里, 通于靑城大面山, 又與嚴眞觀幷相通. 仁裕癸未年入蜀, 因謁嚴眞觀, 見斗山詩碑在焉. 詰其道流, 云不知所來. 說者無不異之.

출처《태평광기》권397 〈산 · 두산관〉.

(莊宗) 동광(同光) 원년(923)이다.

125. 대죽로(大竹路)

 흥원부(興元府)의 남쪽에 있는 대죽로300)는 파주(巴州)로 통해 있다. 그 길은 깊은 계곡과 가파른 바위에 나 있기에 나무 덩굴을 붙잡고 바위를 더듬으며 가야 하므로, 한 번 오르려면 사흘이 걸려야 산 정상에 도착한다. 길 가던 사람이 머물러 묵으려면 굵은 나무 덩굴을 허리에 매고 나무에 칭칭 감은 뒤에 자야 한다. 그렇게 하지 않으면 황천에 빠진 것처럼 깊은 계곡으로 떨어진다. 다시 가서 조대령(措大嶺)에 오르면 약간 평평한 듯한 곳이 있는데, 그곳에서 행인들은 유생(儒生)의 걸음걸이처럼 천천히 걸어서 나아간다. 그 꼭대기는 "고운양각(孤雲兩角)"301)이라 부르는데, 그것에 관해 이러한 말이 민간에 떠돈다.
 "고운과 양각은 하늘에서 한 주먹 떨어져 있다."

---

300) 대죽로 : 미창고도(米倉古道) 또는 대행도(大行道)·파령로(巴嶺路)라고도 한다. 지금의 산시성(陝西省) 한중(漢中)에서 남쪽으로 쓰촨성(四川省) 충칭(重慶)에 이르는 고도로, 미창산을 넘어야 하는 험준한 고대 촉도(蜀道)의 일부분이다. '대죽로'라는 명칭은 오대 후기부터 사용하기 시작했다.

301) 고운양각(孤雲兩角) : '고운'과 '양각'은 미창산에 있는 두 산봉우리다. 지금의 쓰촨성 난장현(南江縣)에 있다.

그곳에 [한나라] 회음후(淮陰侯 : 한신)302)의 사당이 있다. 옛날에 한고조(漢高祖 : 유방)303)가 한신을 중용하지 않자 한신이 서초(西楚)로 달아나 돌아갔는데, 소 상국(蕭相國 : 소하)304)이 그를 뒤쫓아 가서 이 산에 이르렀다. 그래서 [나중에 한신을 위한] 사당을 세웠다. 왕인유(王仁裕 : 본서

---

302) 회음후(淮陰侯) : 한신(漢信, ?~BC 196). 한나라의 개국 공신이자 무장. 진(秦)나라 말에 처음에는 초왕(楚王) 항우(項羽)를 섬겼으나 중용되지 않아 한왕(漢王) 유방(劉邦)에게 의탁했다. 승상 소하(蕭何)에게 인정받아 해하(垓下)의 싸움에 이르기까지 한군(漢軍)을 지휘해 크게 전공을 세움으로써 제왕(齊王)에 이어 초왕(楚王)에 봉해졌다. 그러나 한나라의 권력이 확립되자 유씨(劉氏) 외의 다른 제왕(諸王)과 함께 차차 권력에서 밀려나 회음후로 강등되었다. 나중에 진희(陳豨)의 난에 가담했다가 여후(呂后)의 일당에게 살해되었다.

303) 한고조(漢高祖) : 유방(劉邦). 한나라의 개국 황제(BC 202~BC 195 재위). 진(秦)나라 말에 사수정장(泗水亭長)으로 있다가 군사를 일으켜 진왕으로부터 항복을 받았으며, 4년간에 걸친 항우(項羽)와의 쟁패전에서 항우를 대파하고 천하 통일의 대업을 이루었다.

304) 소 상국(蕭相國) : 소하(蕭何, ?~BC 193). 한나라의 개국 공신. 일찍이 패현리(沛縣吏)로 있다가 진(秦)나라 말에 유방(劉邦)을 도와 거병했다. 함양(咸陽)에 입성했을 때, 그는 진나라의 율령도서(律令圖書)를 먼저 차지해 전국 산천의 요충지, 군현의 호구, 당시의 사회 정황을 파악했다. 초한(楚漢) 전쟁 중에 한신(韓信)을 대장으로 추천하고 자신은 승상(丞相)으로서 관중(關中)을 유수(留守)함으로써 유방이 승리하고 한나라를 건국하는 데 큰 공을 세웠다. 나중에 찬후(酇侯)에 봉해졌다.

의 찬자)가 일찍이 포량수(褒梁帥 : 포량절도사) 왕사동(王思同)305)을 보좌해 남쪽으로 파촉(巴蜀 : 전촉)을 정벌하러 갔을 때, 이 산을 왕복해서 등반했으며 또한 회음후의 사당에 다음과 같은 시를 적어 놓았다.

"한 주먹이면 닿을 듯한 차가운 하늘에 고목은 무성한데, 길 가는 사람은 아직도 한나라 회음후 얘기를 하네. '외로운 구름[孤雲]'은 [한신의] 국가 흥망의 계책을 덮어 버리지 못했고, '두 뿔[兩角]'엔 [한신의] 떠나려거나 머무르려는 두 마음이 걸려 있었네. 면류관 쓴 이[유방]가 흰 베옷 입은 이[한신]를 홀대하지 않았다면, 어찌하여 수고롭게 승상(丞相 : 상국 소하)이 멀리까지 그를 찾으러 뒤쫓아 갔겠는가? 당시에 만약 [한신이] 서초로 돌아가도록 내버려 두었다면, 한 자 한 치의 중원 땅도 점령하지 못했으리."

---

305) 왕사동(王思同, 892~934) : 오대 후당(後唐)의 무장. 용맹한 장수로서 시문(詩文)을 좋아하고 문사를 예우했다. 처음에 유주장하군교(幽州帳下軍校)로 있다가 나중에 진왕(晉王) 이극용(李克用)에게 귀의해 비등지휘사(飛騰指揮使)에 임명되었다. 후당 장종(莊宗 : 이존욱) 때 산동(山東)을 평정하는 데 공을 세워 정주자사(鄭州刺史)에 제수되었다. 명종(明宗 : 이사원) 때 산남서도절도사(山南西道節度使)가 되어 서촉(西蜀)을 평정하는 데 참여했으며, 광국군절도사(匡國軍節度使)가 되어 토번(吐蕃)을 방어했다. 노왕(潞王) 이종가(李從珂)가 거병해 모반하자 봉상행영도부서(鳳翔行營都部署)에 임명되어 진압에 나섰지만 패해 살해되었다.

그 험난하고 험준한 상황은 이루 다 말로 할 수 없다.

興元之南, 有大竹路, 通于巴州. 其路則深谿峭巖, 捫蘿摸石, 一上三日, 而達于山頂. 行人止宿, 則以緪蔓繫腰, 縈樹而寢. 不然, 則墮於深澗, 若沈黃泉也. 復登措大嶺, 蓋有稍似平處, 路人徐步而進, 若儒之布武也. 其絶頂謂之"孤雲兩角", 彼中諺云 : "孤雲兩角, 去天一握." 淮陰侯廟在焉. 昔漢祖不用韓信, 信遯歸西楚, 蕭相國追之, 及於茲山. 故立廟貌. 王仁裕嘗佐褒梁師[1]王思同, 南伐巴人, 往返登陟, 亦留題於淮陰祠, 詩曰 : "一握寒天古木深, 路人猶說漢淮陰. '孤雲'不掩興亡策, '兩角'曾懸去住心. 不是冕旒輕布素, 豈勞丞相遠追尋? 當時若放還西楚, 尺寸中華未可侵." 崎嶇險峻之狀, 未可殫言.

출처 《태평광기》 권397 〈산·대죽로〉, 《유설》 권54 〈옥당한화·거천일악(去天一握)〉.

1 사(師) : 문맥상 "수(帥)"의 오기로 보인다.

126. 누택(漏澤)

연주(兗州)의 동남쪽으로 기주(沂州)와의 접경지대에 못이 있는데, 그 둘레가 거의 100리 가까이 된다. 항상 여름에 비가 내리면 근방 산골짜기의 물이 그곳으로 흘러들어서 모이는데, 그러면 못의 깊이가 1장(丈)까지 불어난다. 봄비가 내릴 때면 물고기와 자라가 그곳에 산다. 하지만 맑게 갠 가을이 되면 하룻저녁 사이에 그 물이 모두 밑으로 빠져 버리고 조금도 남지 않는다. 그래서 그곳 마을에서는 그 못을 "누피(漏陂)"라 부르고 또는 "함택(陷澤)"이라 부르기도 한다. 그 물이 빠져나가려 할 때는 소리가 나는데, 멀리 사방 수십 리에서도 분명히 들리며 마치 비바람이 몰아치는 것 같다. 물이 빠져나갈 때는 먼저 소용돌이치듯 맴돌고 나서 구멍으로 빨려 들어간다. 마을 사람들은 그 소리가 들리는 날에 반드시 수레와 나귀를 준비해 물고기와 자라를 앞다퉈 주워서 가득 싣고 돌아간다. 이 못은 1~2년에 한 번씩 물이 빠지는데, 그 물이 어디로 빠져나가는지, 그리고 구멍이 얼마나 깊은지 알 수 없다.

兗州東南接沂州界, 有陂, 周圍百里而近. 恒值夏雨, 側近山谷間流注所聚也, 深可袤丈. 屬春雨, 卽魚鱉生焉. 或至秋晴, 其水一夕悉陷其下而無餘. 故彼之鄕里, 或目之爲"漏陂", 亦謂之"陷澤". 其水將漏, 卽有聲, 聞四遠數十里分, 若風雨之聚也. 先廻旋若渦勢, 然後淪入於穴. 村人聞之日, 必具車乘及驢駝, 競拾其魚鱉, 輂載而歸. 率一二歲陷, 莫知其趨向及穴之深淺焉.

출처《태평광기》권399 〈수(水)・누택〉.

127. 구산탁(驅山鐸)

　　의춘군(宜春郡)의 경계에 있는 종산(鐘山)에는 수십 리나 되는 협곡이 있는데, 그 협곡 사이를 흐르는 물이 바로 의춘강(宜春江)이다. 굽이치는 물은 맑고 투명하며 그 깊이를 헤아릴 수 없다. 일찍이 어떤 어부가 낚시하다가 황금 사슬 하나를 건졌는데, 그것을 잡아당겼더니 수백 척이나 되었고 그 끝에 방울처럼 생긴 종 하나가 있었다. 어부가 그것을 들었더니 벼락같은 소리가 나면서 대낮이 어두워지고 산천이 진동하더니 종산의 한쪽 면이 500여 장(丈)이나 무너져 내렸다. 어부들은 모두 배가 가라앉는 바람에 물속에 빠져 죽었다. 그 산의 무너져 내린 곳은 마치 칼로 자른 듯한데 지금도 남아 있다. 어떤 식자가 말하길, 이것은 바로 진시황(秦始皇)306)이 구산(驅山)307)할 때 사용했던 방울이라고 했다.

---

306) 진시황(秦始皇) : 이름은 영정(嬴政). 전국 시대의 혼란을 평정하고 중국 최초로 중앙 집권적 통일 제국을 이룩한 진나라의 개국 황제(BC 247~BC 210 재위). 처음으로 자신을 황제라 칭해서 '시황'이라 한다. 강력한 부국강병책과 중앙 집권 정책을 추진해, 군현제를 실시하고 법령을 정비했으며 문자·도량형·화폐를 통일했다.

307) 구산(驅山) : 전설에 따르면, 진시황이 바다를 건너가서 일출을 보려고 다리를 놓고자 했는데, 한 신인(神人)이 나타나 산에 있는 바위를

宜春界鍾山, 有峽數十里, 其水卽宜春江也. 廻環澄澈, 深不可測. 曾有漁人垂釣, 得一金鏁, 引之數百尺, 而獲一鍾, 又如鐸形. 漁人擧之, 有聲如霹靂, 天晝晦, 山川振動, 鍾山一面, 崩摧五百餘丈. 漁人皆沈舟落水. 其山摧處如削, 至今存焉. 或有識者云, 此卽秦始皇驪山之鐸也.

출처 《태평광기》 권399 〈수・구산탁〉.

몰아 모두 바다로 들어가게 해서 다리를 놓아 주었다고 한다.

128. 의춘 군민(宜春郡民)

의춘군에 장(章) 아무개라는 백성이 있었는데, 그 집안은 효성과 도의로 소문이 났으며 몇 대에 걸쳐 형제가 분가하지 않고 한솥밥을 먹었다. 그가 사는 별장에는 정자·누대·연못·대숲이 있었다. 여러 자제는 모두 선행을 좋아하고 많은 책을 모았으며, 방사(方士)·고승·유생과 왕래하면서 찾아오는 손님은 누구든지 모두 받아들였다. 어느 날 저녁 무렵에 난데없이 젊고 아리따운 한 여인이 곱게 단장하고 어린 하녀 한 명과 함께 그의 집을 찾아와 하룻밤 묵어가길 청했다. 장씨 집안의 여러 부녀자는 그 여인을 기쁘게 맞이해 술과 음식을 차려 놓고 밤늦게까지 즐기다가 파했다. 한 작은 자제는 글공부에 전념했으며 젊은 나이에 총명하고 미남이었는데, 그 여인의 미모를 보고 자기 유모에게 부탁해 따로 방 하나를 깨끗이 청소하고 그녀와 하녀를 머물게 했다. 밤이 깊어지자 장생(章生 : 젊은 장씨 자제)은 그 여인의 방 안으로 몰래 들어갔는데 숨소리가 전혀 들리지 않았다. 마침내 장생은 침상으로 올라가서 그녀에게 다가갔는데, 그 여인의 몸이 얼음처럼 차가웠다. 장생은 크게 놀라며 촛불을 가져오게 해서 비춰 보았더니, 다름 아닌 은으로 만든 사람 두 명이었는데 그 무게가 10만 근 정도 되었다. 온 집안사람들은 놀랍고도 기뻤지만 그것이 변화할까 걱정해 즉시 숯불로 녹였더니 진짜 백금이었다. 장씨 집안은 지금 거부가 되었으며 여러 자제와 부녀자가 모두 500여 명이나 되기 때문에 매일 세끼 식사 때마다 북을 쳐서 당(堂)에 올라가 식사한다. 강서군(江西郡)에서는 장씨 집안의 부유함과 번성함에 비할 자가 없다.

宜春郡民章乙, 其家以孝義聞, 數世不分異, 諸從同爨. 所居別墅, 有亭屋水竹. 諸子弟皆好善積書, 往來方士·高僧·儒生, 賓客至者, 皆延納之. 忽一日晚際, 有一婦人, 年少端麗, 被服靚粧, 與一小靑衣, 詣門求寄宿. 章氏諸婦, 忻然近接, 設酒饌, 至夜深而罷. 有一小子弟, 以文自業, 年少而敏俊, 見此婦人有色, 遂囑其乳嫗, 別灑掃一室, 令其宿止. 至深夜, 章生潛身入室內, 略不聞聲息. 遂升榻就之, 其婦人身體如冰. 生大驚, 命燭照之, 乃是銀人兩頭, 可重千百觔. 一家驚喜, 然恐其變化, 卽以炬炭燃之, 乃眞白金也. 其家至今巨富, 群從子弟婦女, 共五百餘口, 每日三就食, 聲鼓而升堂. 江西郡內, 富盛無比.

출처《태평광기》권401〈보(寶)·금(金)·의춘군민〉,《태평광기상절》권34〈보·의춘군민〉.

129. 변백단수(辨白檀樹)

검문(劍門) 왼쪽의 깎아지른 암벽 사이에 커다란 나무가 있는데, 바위틈 속에서 자라지만 굵기가 몇 아름이나 된다. 가지와 줄기가 새하얗기에 예로부터 모두 "백단수"라고 부른다. 그 아래에는 늘 커다란 뱀이 있는데, 똬리를 튼 채 나무를 보호하기 때문에 사람들은 감히 베지 못한다. 또 서쪽 암벽의 중간쯤에 지공 화상(志公和尙)[308]의 영정(影幀)이 있는데, 그곳을 지나가는 사람들은 모두 마치 여래불(如來

---

[308] 지공 화상(志公和尙, 418~514) : 위진 남북조 제량(齊梁)의 승려로, 보지(寶志)·보지(保志)·보공(保公)이라고도 한다. 속성은 주씨(朱氏)다. 젊었을 때 출가해 참선을 통해 깨달음을 얻었다. 유송(劉宋) 태시(泰始) 연간(465~471)에 일정한 거처 없이 도시를 돌아다니면서 사람들의 길흉화복을 예견해 "신승(神僧)"으로 불렸다. 제 무제는 그가 혹세무민한다고 여겨 체포해 옥에 가두었는데, 그는 몸은 옥중에 있으면서도 날마다 자유롭게 거리를 돌아다녔다. 양 무제 때 비로소 그의 구금을 풀고 국사(國師)로 받들었다. 천감(天監) 13년(514)에 96세로 입적하자, 그의 묘 옆에 개선사(開善寺)를 세우고 광제대사(廣濟大師)라는 시호를 내렸다. 본문에 나오는 이른바 '지공 화상의 영정 절벽'은 지공영상애(志公影像崖)라고 하는데, 검문관(劍門關) 입구 서쪽의 지공사(志公寺) 위에 있다. 지공 화상이 일찍이 검문관 밖에서 불경을 강론했다고 한다. 지금의 쓰촨성(四川省) 광위안현(廣元縣) 남쪽에 있다.

佛)을 직접 뵙는 것처럼 서쪽을 향해 두 손을 높이 들고 정례(頂禮)[309]한다. 왕인유(王仁裕 : 본서의 찬자)는 계미년(癸未年 : 923)[310]에 촉(蜀)으로 들어갔는데, 그 암벽 아래에 이르러 지공 화상의 영정을 눈여겨 살펴보다가 이전부터 전해 오는 전설에 대해 스스로 질문해 보았다. 그때는 마침 날씨가 청명하고 계곡이 씻은 듯 깨끗했기에 왕인유는 말고삐를 당겨 멈추고 한참 동안 그곳을 바라보았다. 그 백단수라는 것은 바로 한 그루의 백괄수(白栝樹 : 편백나무)였다. 그가 직접 겪은 크고 작은 일이 세상에 가득한데, 좁은 길이 나 있는 계곡의 사이에는 이와 같은 일이 아주 많았다. 어찌 뱀이 단향수(檀香樹 : 백단수)를 휘감고 있는 일 따위가 있겠는가? 또 서쪽으로 지공 화상의 영정을 쳐다보았더니, 암벽 사이에서 자라난 원백(圓柏)나무 한 그루가 바로 삿갓을 쓰고 있는 머리 부분이고, 양쪽으로 있는 위아래의 바위틈이 몸의 형체를 이루고 있었으며, 그 틈이 비스듬히 이어진 것이 가사(袈裟) 모양으로 보였고, 또 암벽 위의 얼룩덜룩한 이끼가 바로 산수의 세밀한 무늬처럼 보였다. 그래서 비로소 그

---

309) 정례(頂禮) : 무릎을 꿇어 두 손으로 땅을 짚고 존경하는 사람의 발밑에 머리를 대고 절하는 것을 말한다.
310) 계미년(癸未年) : 후량(後梁) 말제(末帝) 용덕(龍德) 3년(923)이자, 후당(後唐) 장종(莊宗) 동광(同光) 원년(923)이다.

나무는 백단수가 아니고 지공 화상은 그곳에 영정을 남겨 놓지 않았음을 분명히 알게 되었다. 그러니 사람들이 잘못 전하고 있는 말이 얼마나 한계가 있는지를 알 수 있다.

劍門之左峭巖間有大樹, 生於石縫之中, 大可數圍. 枝榦純白, 皆傳曰白檀樹. 其下常有巨虺, 蟠而護之, 民不敢採伐. 又西巖之半, 有志公和尙影, 路人過者, 皆西向擎拳頂禮, 若親面其如來. 王仁裕癸未歲入蜀, 至其巖下, 注目觀之, 以質向來傳說. 時値晴朗, 谿谷洗然, 遂勒轡移時望之. 其白檀, 乃一白桰樹也. 自歷大小漫天, 夾路谿谷之間, 此類甚多. 安有檀香蛇遶之事? 又西瞻志公影, 蓋巖間有圓柏一株, 卽其笠首也, 兩面有上下石縫, 限之爲身形, 斜其縫者, 卽袈裟之文也, 上有苔蘚斑駁, 卽山水之毳文也. 方審其非白檀, 志公不留影於此, 明矣. 乃知人之誤傳者何限哉!

출처《태평광기》권407〈초목(草木)·이목(異木)·변백단수〉.

130. 죽실(竹實)

　당(唐)나라 천복(天復) 갑자년(甲子年 : 904)에 농주(隴州)에서 서쪽으로 포주(褒州)·양주(梁州)의 경계에 이르기까지 수천 리 내에 심한 가뭄이 들어 백성이 대부분 유랑했다. 겨울부터 봄까지 굶주린 백성은 풀과 나무를 씹어 먹었고, 심지어는 골육을 서로 잡아먹는 일도 아주 많았다. 그해에 갑자기 산속의 굵고 가는 대나무들이 모두 꽃을 피우고 열매를 맺었다. 굶주린 백성은 그 열매를 따서 빻아 먹었는데, 멥쌀이나 찹쌀보다 맛있었다. 그 열매는 굵고 엷은 홍색이었으며 지금의 붉은 멥쌀과 다르지 않았는데, 그 맛은 훨씬 향기로웠다. 여러 주의 백성은 모두 손에 손을 잡고 산으로 들어가서 그 열매를 먹었다. 그래서 산 계곡 안에 사는 사람들이 시장처럼 많았다. 힘이 닿는 자들은 다투어 창고를 만들어 그 열매를 저장했다. 만약 집에 양식이 남아서 부족하지 않은데도 그 열매를 가져가서 고기나 생선 등 비린 음식과 같이 먹은 자들은 마치 중독된 것처럼 구토했는데, 열에 아홉은 죽었다. 그때부터 모든 산길과 골짜기에서 대나무가 모두 다 말라 죽었다가 10년 뒤에 다시 차군(此君 : 대나무의 별칭)이 자라났다. 백만 명의 사람[311]이 정균(貞筠 : 대나무의 미칭) 아래에서 살아날 수 있었다고 말할 수 있겠다.

唐天復甲子歲, 自隴而西, 迨于襄梁之境, 數千里內亢陽, 民多流散. 自冬經春, 飢民啖食草木, 至有骨肉相食者甚多. 是年, 忽山中竹無巨細, 皆放花結子. 飢民採之, 舂米而食, 珍于粳糯. 其子粗, 顏色紅纖, 與今紅粳不殊, 其味尤更馨香. 數州之民, 皆挈累入山, 就食之. 至于溪山之內, 居人如市. 人力及者, 競置囷廩而貯之. 家有羨糧者不少者, 又取與葷茹血肉而同食者, 嘔噦, 如其中毒, 十死其九. 其竹, 自此千蹊萬谷, 並皆立枯, 十年之後, 復産此君. 可謂百萬圓顱, 活之于貞筠之下.

출처《태평광기》권412〈초목·죽(竹)·죽실〉.

311) 사람: 원문은 "원로(圓顱)". 원로방지(圓顱方趾), 즉 둥근 머리와 모난 발이란 뜻으로 인류를 말한다.

131. 윤호(尹皓)

[오대] 주량(朱梁 : 후량) 때 윤호312)는 화주(華州)를 진수했다. 여름이 반쯤 지났을 때 그는 성 밖으로 순시하러 나갔는데, 당시 포주(蒲州)와 옹주(雍州)313)가 각각 군대를 동원해 서로 대치하고 있었기 때문이었다. 그는 말에서 내렸다가 황야에서 돌 같기도 하고 알 같기도 한 물건 하나를 얻었는데, 검푸른 빛깔에 광택이 나고 예뻤기에 좌우에 명해 그것을 줍게 했다. 또 20~30리를 가서 농가의 정원에 불당이 있는 것을 보고 불상 앞에 그 물건을 놓아두었다. 그날 밤에 천둥 번개가 크게 치고 세찬 비가 퍼붓듯이 내렸는데, 번갯불로 불당은 불탔지만 불상은 훼손되지 않았다. 그것은 아마도 용의 알인 것 같았다. 농가 정원 밖의 버드나무 수백 그루가 모두 거꾸로 서 있었고 그 알은 이미 사라

---

312) 윤호 : 오대 후량 때 일찍이 협마지휘사(挾馬指揮使) · 강주자사(絳州刺史) · 감화군절도사(感化軍節度使) · 화주절도사(華州節度使) 등을 지냈다.

313) 포주(蒲州)와 옹주(雍州) : 오대 초에 '포주'는 사타족(沙陀族)인 진왕(晉王) 이극용(李克用)이 점거하고 있었고, '옹주'는 후량 태조 주온(朱溫 : 주전충)이 점거하고 있었는데, 서로 빈번하게 전쟁을 벌였다.

지고 없었다.

朱梁尹皓鎭華州. 夏將半, 出城巡警, 時蒲·雍各有兵戈相持故也. 因下馬, 於荒地中得一物如石, 又如卵, 其色靑黑, 光滑可愛, 命左右收之. 又行三二十里, 見村院佛堂, 遂寘於像前. 其夜雷霆大震, 猛雨如注. 天火燒佛堂, 而不損佛像. 蓋龍卵也. 院外柳樹數百株, 皆倒植之, 其卵已失.

출처《태평광기》권424〈용(龍)·윤호〉.

132. 계호(械虎)

 양주(襄州)와 양주(梁州) 사이에는 맹수가 많았다. 그래서 주에는 채포장(採捕將)이 있었는데, 그들은 여기저기에 함정을 설치해 맹수 잡는 것을 직업으로 삼았다. 어느 날 갑자기 채포장이 관아에 보고했다.
 "어젯밤에 함정이 작동했으니 주수(主帥 : 절도사)께서는 주방을 옮기고[314] 막료와 장교에게 가서 보라고 명하시길 청합니다."
 도착했더니 호랑이가 깊은 함정 속에 있었는데, 관료 저택의 사람부터 민간의 부녀자까지 모두 장막을 설치하고 구경했다. 그 사냥꾼은 먼저 커다란 칼[枷] 하나를 만든 다음에 못과 쇠사슬을 준비하고 칼의 네 귀퉁이에 동아줄을 묶어서 함정 속에 넣고 나서 천천히 흙으로 함정을 메웠다. 호랑이가 함정을 나오려고 하자 서서히 그 칼을 합치다가 호랑이의 머리가 막 나오자마자 칼을 조이고 못을 박아 사면에서 동아줄을 당기며 끌고 갔다. 구경하는 사람들은 따라가며

---

314) 주방을 옮기고 : 호랑이 고기를 요리해서 먹을 주방을 옮기라는 뜻이다.

웃었다. 만약 덫을 설치하지 않았다면 이 짐승을 궁지로 몰아 잡더라도 사내 1000명의 힘과 100명의 용기로 어찌 제압할 수 있었겠는가? 기세와 힘이 바닥난 다음에 잡으면 마치 양과 개를 끌고 가는 것과 같으니, 비록 뾰족한 이빨과 날카로운 발톱이 있다고 한들 어찌 사람을 해칠 수 있겠는가? 대저 강한 적을 제압하려는 자도 마땅히 이렇게 해야 할 것이다!

襄梁間多鷙獸. 州有採捕將, 散設檻穽取之, 以爲職業. 忽一日報官曰:"昨夜檻發, 請主帥移廚, 命賓寮將校往臨之." 至則虎在深穽之中, 官寮宅院, 民間婦女, 皆設幄幙而看之. 其獵人先造一大枷, 仍具釘鎖, 四角系緪, 施于穽中, 卽徐徐以土塡之. 鷙獸將欲出穽, 卽迤邐合其荷板, 虎頭纔出, 則魘而釘之, 四面以索, 趁之而行. 看者隨而笑之. 此物若不設機械, 困而取之, 則千夫之力, 百夫之勇, 曷以制之? 勢窮力竭而取之, 則如牽羊拽犬. 雖有纖牙利爪, 焉能害人哉? 夫欲制强敵者, 亦當如是乎!

출처《태평광기》권432〈호(虎)·계호〉.

133. 상산로(商山路)

 옛날에 상산로315)에 맹수가 많아 여행객을 해쳤다. 한번은 사람들이 노새 떼를 몰고 일찍 길을 나섰는데, 동이 아직 트지 않았을 때 노새 떼가 간혹 놀라며 두려워했다. 잠시 뒤에 호랑이 한 마리가 우거진 수풀 속에서 뛰어나오더니 한 사람을 낚아채 갔는데, 그의 동료들은 감히 돌아보지도 못했다. 그런데 아침밥을 먹을 때가 되었을 때 호랑이에게 잡혀갔던 사람이 쫓아오는 소리가 들렸다. 사람들은 그가 이미 호랑이의 날카로운 이빨에 찢겨 죽었을 것으로 생각했기에 놀라고 기이해했다. 그래서 다투어 그 연유를 물었더니 그 사람이 천천히 말했다.

 "나는 처음에 호랑이에게 물린 채 길 왼쪽의 바위 벼랑 위로 갔는데, 앞에는 만 길 낭떠러지에 맑은 계곡이 있었고 계곡 남쪽에는 동굴이 있었소. 동굴 입구에는 어린 새끼 호랑이 몇 마리가 그 어미를 쳐다보면서 기뻐하며 마치 뭔가

---

315) 상산로 : 주(周)나라 초부터 개척한 무관도(武關道)를 당나라 때 '상산로'라고도 불렀다. 상산로는 장안(長安)에서 남전(藍田)을 거치고 상주(商州)를 지나 남양(南陽), 등주(鄧州), 형양(荊襄)에 이르는 길로, 강남과 영남으로 가는 중요한 교통로였다.

를 기다리고 있는 것 같았소. 그 호랑이는 나를 벼랑 옆에 두었는데 조금도 다치게 하지 않았소. 그러고는 계곡의 동굴을 향해 포효하며 새끼들을 불렀소. 바로 그때 내가 호랑이 뒤에서 몰래 발을 뻗어 있는 힘을 다해 한 번 찼더니, 호랑이가 실족해 깊은 계곡으로 떨어져 더 이상 올라올 수 없었소. 그래서 위험에서 벗어나 여기로 왔소."

그 호랑이는 아마도 이 사람을 산 채로 잡아 와서 새끼들에게 시범을 보이려 했기 때문에 다치게 하지 않았던 것 같다. 이는 정말로 호랑이 입에서 몸을 빼냈다고 할 수 있으니, 위험하도다! 위험하도다!

舊商山路多有鷙獸害其行旅. 適有騾羣早行, 天未平曉, 羣騾或驚駭. 俄有一虎自叢薄中躍出, 攫一夫而去, 其同羣者莫敢回顧. 迨至食時, 聞遭攫者却趨來相及. 衆人謂其已碎于銛牙, 莫不驚異. 競問其由, 徐曰 : "某初銜至路左巖崖之上, 前有萬仞清溪, 溪南有洞. 洞口有小虎子數枚, 顧望其母, 忻忻然若有所待. 其虎置某崖側, 略不損傷. 而面其溪洞叫吼, 以呼諸子. 某因便潛伸脚于虎背, 盡力一踏, 其虎失脚, 墮于深澗, 不復可登. 是以脫身而至此." 其獸蓋欲生致此人, 按演諸子, 是以不傷. 眞可謂脫身于虎口, 危哉! 危哉!

출처 《태평광기》 권432 〈호(虎)·상산로〉, 《유설》 권54 〈옥당한화·상산우호(商山遇虎)〉.

134. 왕행언(王行言)

　진주(秦州)의 백성 왕행언은 장사를 생업으로 삼았다. 그는 늘 파주(巴州)와 거주(渠州)의 경계에서 소금을 팔았는데, 길이 흥원부(興元府)의 남쪽부터 대파로(大巴路)와 소파로(小巴路)316)로 갈라져 있었다. 그 길은 산봉우리와 골짜기가 매우 험준해 원숭이나 새가 다니는 길만 나 있고 인가와 단절되어 있었기에 길이나 들에서 노숙해야 했다. 그래서 맹수들이 떼 지어 다니면서 여행객들을 잡아먹곤 했다. 왕행언은 10여 명의 건강한 젊은이와 무리 지어 함께 떠났는데, 사람들은 각각 길이가 1장(丈) 남짓한 막대기에 강철을 날카롭게 갈아 만든 날을 장착해 짧은 창을 만들었다. 그들은 좁은 길로 들어서자마자 맹호의 추격을 받았는데,

---

316) 대파로(大巴路)와 소파로(小巴路) : 두 길을 합쳐 미창도(米倉道)라고 한다. 본서 제125조 〈대죽로(大竹路)〉의 주 300 참조. '대파로'는 흥원[興元, 지금의 산시성(陝西省) 한중(漢中)]에서 염수하곡(濂水河谷)을 따라가다가 대파산(大巴山)을 넘은 다음 다시 난강하곡(難江河谷)을 따라가서 촉(蜀)의 파주[巴州, 지금의 쓰촨성(四川省) 바중(巴中)]로 들어가는 옛길이고, '소파로'는 흥원에서 양현(洋縣)을 거쳐 소파산(小巴山 : 미창산)을 넘은 다음 난강을 거쳐 파주에 이르는 옛길이다.

길옆에서 노숙하고 있을 때 맹호가 순식간에 사람들 속에서 왕행언을 낚아채 갔다. 동행한 사람들은 창을 들고 맹호를 추격해 왕행언을 구하러 나섰는데, 온 산이 진동하도록 고함친 끝에 수십 보 밖에서 그를 빼앗아 왔다. 왕행언은 맹호에게 할퀴어서 몸에 이미 상처가 나 있었다. 새벽녘에 그들은 계속 길을 떠났는데 맹호가 또 추격해 왔다. 다시 노숙할 때가 되자 사람들은 창을 들고 왕행언을 에워싸서 그를 한가운데에 두었다. 밤이 깊어지자 맹호가 또 사람들 속으로 뛰어들어 왕행언을 낚아채 갔다. 사람들은 또 맹호를 추격해 왕행언을 빼앗았는데, 그는 더 심한 상처를 입었다. 사람들은 다시 왕행언을 호위하며 앞으로 나아갔는데, 맹호는 대낮에도 사람을 추격해 조금도 멈추지 않은 채 앞에서 뒤에서 이리저리 뛰어다녔다. 그때 맹호가 길옆에서 뛰어나오더니 빽빽한 사람들 무리 속에서 왕행언을 붙잡아 갔지만, 결국 그를 구해 낼 수 없었다. 맹호는 끝까지 다른 동료들은 해치지 않고 왕행언만 잡아가서 배를 채웠다. 무슨 원한이 있었기에 왕행언이 맹호에게서 도망칠 수 없었는지 알 수 없다.

秦民有王行言, 以商賈爲業. 常販鹽鸄於巴渠之境, 路由興元之南, 曰大巴路, 曰小巴路. 危峰峻壑, 猿徑鳥道, 路眠野宿, 杜絶人煙. 鷙獸成羣, 食啖行旅. 行言結十餘輩少壯同行, 人持一拄杖, 長丈餘, 銛鋼鐵以刃之, 卽其短鎗也. 纔登細徑, 爲猛虎逐之, 及露宿于道左, 虎忽自人衆中, 攫行言而去. 同行持刃杖, 逐而救之, 呼喊連山, 於數十步外奪下. 身上拏攫之蹤已有傷損. 平旦前行, 虎又逐. 至其野宿, 衆持槍圍, 使行言處於當心. 至深夜, 虎又躍入衆中, 攫行言而去. 衆人又逐而奪下, 則傷愈多. 行旅復衛而前進, 白晝逐人, 略不暫捨, 或跳於前, 或躍于後. 時自於道左而出, 於稠人叢中捉行言而去, 竟救不獲. 終不傷其同侶, 須得此人充其腹. 不知是何冤報, 逃之不獲.

출처《태평광기》권433〈호(虎)·왕행언〉.

135. 중소소(仲小小)

임조군(臨洮郡)의 경계에 중소소라는 산골 백성이 있었는데, 사람들은 그를 "중야우(仲野牛)"라고 불렀다. 그는 평소 사냥에 힘썼다. 임조군의 서쪽으로 첩주(疊州)·탕주(宕州)·파산(嶓山)·민산(岷山)의 경계에 이르면 몇몇 군에 좋은 전답이 있었는데, 안녹산(安祿山)의 난 이후로 모두 황무지로 변했다. 그곳에서 죽우(竹牛) 일명 야우(野牛)라고 한다. 가 많이 나는데, 색깔은 순흑색이고 한 마리가 예닐곱 마리의 낙타를 대적할 수 있으며 천만 근이나 나갈 만큼 육중하다. 그 뿔은 장정 두 명이 달라붙어야 겨우 하나를 들 수 있다. 매번 죽우가 먹이를 먹는 곳은 아름드리나무와 대나무 숲이 모두 짓밟혀 흙먼지로 변한다. 사냥꾼은 죽우를 잡을 때 먼저 불을 놓아 몰다가 죽우가 달아나길 기다려 화살에 독을 발라 곧바로 쏜다. 죽우가 화살에 맞으면 사냥꾼은 가마솥과 양식을 메고 그 종적을 밟으면서 천천히 쫓아간다. 화살에 묻은 독이 퍼지면 죽우는 죽는데, 엎어져 있는 덩치는 산만 하고 쌓인 고기는 언덕만 하다. 죽우 한 마리에서 수천 근의 고기를 얻는데, 신선한 것은 아주 맛있으며 붉은 실 같은 줄이 있다. [당나라] 건녕(乾寧) 연간(894~898)에 중소소가 사냥하다가 석가산(石家山)에서 소 떼를 만나자

개를 풀어 뒤쫓게 했다. 소들이 놀라 허둥대며 한 깊은 계곡으로 달아났는데, 계곡이 끝나는 곳에 남쪽으로 절벽이 있었다. 개의 추격이 급해지자 소들이 서로 밀치는 바람에 맨 앞에 있던 소가 실족해 절벽 아래로 떨어졌는데, 뒤에 있던 소들은 앞의 소가 떨어진 것도 모른 채 줄줄이 뒤따라 나아갔다. 결국 36마리의 소가 절벽 아래로 떨어져 죽었는데, 쌓인 고기가 셀 수 없을 정도로 많아 진주(秦州)·성주(成州)·계주(階州) 3주의 백성이 다 짊어지고 가지 못했다.

臨洮之境, 有山民曰仲小小, 衆號"仲野牛". 平生以採獵爲務. 臨洮已西, 至於疊·宕·蕃·岷之境, 數郡良田, 自祿山以來, 陷爲荒徹. 其間多産竹牛, 一名野牛. 其色純黑, 其一可敵六七駱駝, 肉重千萬斤者. 其角, 二壯夫可勝其一. 每飮齕之處, 則拱木叢竹, 踐之成塵. 獵人先縱火逐之, 俟其奔迸, 則毒其矢, 向便射之. 洎中鏃, 則挈鍋釜, 負糧糗, 躡其踪, 緩逐之. 矢毒旣發, 卽斃, 踣之如山, 積肉如皐. 一牛致乾肉數千斤, 新鮮者甚美, 縷如紅絲線. 乾寧中, 小小之獵, 遇牛群於石家山, 嗾犬逐之. 其牛驚擾, 奔一深谷, 谷盡, 南抵一懸崖. 犬逐旣急, 牛相排擠, 居其首者, 失脚墮崖, 居次者, 不知其偶墮, 累累接跡而進. 三十六頭, 皆斃於崖下, 積肉不知紀極, 秦·成·階三州士民, 荷擔之不盡.

출처《태평광기》권434 〈축수(畜獸)·우이(牛異)·중소소〉.

136. 석종의(石從義)

　진주(秦州)의 도압아(都押衙) 석종의의 집에서 기르던 개가 새끼 몇 마리를 낳았는데, 그중 한 마리를 융수(戎帥: 절도사) 낭야공(琅琊公)317)에게 바쳤다. 그래서 그 개는 어려서부터 다 자랄 때까지 어미 개와 떨어져 있었다. 나중에 절도사(節度使)가 대장과 장교들을 거느리고 교외 들판에서 사냥하고 있을 때, 그 개가 뜻밖에 밭에서 어미 개를 만났는데, 서로 기뻐하는 모습을 말로 형언할 수 없었다. 하지만 사냥이 끝나자 두 개는 각자 주인을 따라 돌아갔다. 그때부터 그 개는 날마다 절도사 관아의 주방 안에서 고기를 훔쳐 어미 개에게 돌아가 먹였는데, 심지어 짐승의 머리·내장·어깻죽지·갈빗대를 물어 날라 아장(衙將: 도압아)의 집에 그득했는데도 관아에서 그 사실을 아는 사람이 없었다.

秦州都押衙石從義家, 有犬生數子, 其一獻戎帥琅琊公. 自小至長, 與母相隔. 及節使率大將與諸校會獵於郊原, 其犬忽子母相遇於田中, 欣喜之貌, 不可狀名. 獵罷, 各逐主歸.

---

317) 낭야공(琅琊公): 미상. 오대 때 진주절도사(秦州節度使)를 지내고 '낭야공'에 봉해진 사람은 없으므로 누구를 말하는지 알 수 없다.

自是其子逐日於使廚內竊肉, 歸飼其母, 至有銜其頭肚肩脇, 盈於衙將之家, 衙中人無有知者.

출처《태평광기》권437〈축수·견(犬)·석종의〉.

137. 원계겸(袁繼謙) 3

[오대] 후진(後晉)의 장작소감(將作少監) 원계겸이 일찍이 다음과 같은 이야기를 해 주었다.

그가 근년에 청사(靑社 : 청주)에서 살 때 집 한 채를 빌려서 기거했는데, 그 집에 흉악한 요괴가 많아서 날이 어두워지면 감히 문밖으로 나가지 못한다는 말을 들었다. 그래서 온 가족이 두려워하면서 편안하게 잠을 잘 수 없었다. 어느 날 저녁에 갑자기 아우성치는 소리가 들렸는데, 마치 항아리 안에서 소리치는 것처럼 그 소리가 아주 둔탁했다. 온 가족은 공포에 떨면서 요괴 중에서도 가장 흉악한 놈이 틀림없다고 생각했다. 마침내 창틈으로 엿보았더니, 검푸른 색깔의 물체 하나가 정원을 왔다 갔다 하고 있었다. 그날 밤은 달빛이 어두워서 한참 동안 살펴보았는데, 그 물체의 몸은 개 같았지만 머리를 들지 못하고 있었다. 결국 몽둥이로 그 머리를 내리치자 갑자기 쿵! 하는 소리와 함께 집에서 기르던 개가 놀라 소리치며 달아났다. 아마도 그날 장원의 사람들이 세미(稅米)를 운반해 왔다가 그곳에서 죽을 끓여 먹었는데, 솥에 아직 남은 죽이 있어서 개가 머리를 빈 솥 안에 넣었다가 빼낼 수 없었던 것 같다. 그래서 온 가족은 크게 웃고 마침내 편안하게 잠을 잤다.

晉將作[1]少監袁繼謙常說:頃居靑社,假一第而處之,聞多凶怪,昏暝,卽不敢出戶庭. 合門驚懼,莫能安寢. 忽一夕,聞吼聲,若有呼于瓮中者,其聲重濁,擧家怖懼,必謂其怪之尤者. 遂於窓隙窺之,見一物蒼黑色來往庭中. 是夕月色晦,覘之旣久,似若[2]狗身,而首不能擧. 遂以撾擊其腦,忽轟然一聲,家犬驚叫而去. 蓋其日莊上人輸稅[3]至此,就于其地而糜,釜尙有餘者[4],故犬以首入空[5]器中,而不能出也. 因擧家大笑,遂安寢.

출처《태평광기》권500 〈잡록·원계겸〉, 권438 〈축수·견·원계겸〉, 《태평광기상절》권38 〈견·원계겸〉.

1 장작(將作): 본서 제89조 〈원계겸 1〉과 제101조 〈원계겸 2〉에는 모두 "전중(殿中)"이라 되어 있다.
2 약(若):《태평광기》권438에는 "황(黃)"이라 되어 있다.
3 세(稅):《태평광기》권438에는 "유(油)"라 되어 있다.
4 취우기지이미(就于其地而糜), 부상유여자(釜尙有餘者):《태평광기》권438에는 이 두 구절이 없다.
5 공(空):《태평광기》권438에는 "유(油)"라 되어 있다.

138. 안갑(安甲)

빈주(邠州)에 성이 안씨(安氏)인 백성이 있었는데, 대대로 백정 일을 했다. 집에 암양과 새끼 양이 있었는데, 하루는 어미 양을 잡으려고 묶어서 틀에 올릴 때, 새끼 양이 갑자기 안생(安生 : 안씨)을 향해 앞으로 다가오더니 두 앞다리를 꿇고 두 눈에서 눈물을 흘렸다. 안생은 한참 동안 놀라고 기이해하다가 마침내 칼을 땅에 놓아두고 가서 한 아이를 불러와 함께 양을 잡으려 했는데, 눈 깜짝할 사이에 칼이 사라져 버렸다. 그 칼은 새끼 양이 물고 가서 담장 밑에 놓아두고 그 위에 누워 있었다. 안생은 이웃 사람이 훔쳐 갔을 것으로 의심했는데, 시장에 갈 시간이 지나 버릴까 걱정되기도 하고 또한 다른 칼도 없고 해서, 급히 서두르다가 문득 몸을 돌려 새끼 양을 일어나게 하고 보았더니 칼이 새끼 양의 배 밑에 있었다. 안생은 마침내 깨닫고서 어미 양을 풀어 주고 새끼 양과 함께 절로 보내 장생을 빌어 주었다. 자신은 곧 처자식을 버리고 절의 축 대사(竺大師)에게 귀의해 스님이 되었는데, 법명은 수사(守思)였다.

邠州有民姓安者, 世爲屠業. 家有牝羊幷羔, 一日, 欲刲其母, 縛上架之次, 其羔忽向安生面前, 雙跪前膝, 兩目涕零. 安生亦驚異之, 良久, 遂致刀於地去, 喚一童稚共事刲宰, 而廻遽失刀. 乃爲羔子銜之, 致墻根下, 而臥其上. 安生俱疑爲隣人所竊, 又懼詣市過時, 且無他刀, 極揮霍, 忽轉身趕起羔兒, 見刀在羔之腹下. 安生遂頓悟, 解下母羊, 幷羔並送寺內乞長生. 自身尋捨妻孥, 投寺內竺大師爲僧, 名守思.

출처《태평광기》권439〈축수·양(羊)·안갑〉.

139. 서주 군인(徐州軍人)

[오대] 후당(後唐) 장흥(長興) 연간(930~933)에 서주의 군영에서 암돼지 한 마리를 잡게 되어서 다음 날 돼지를 잡으려 했는데, 바로 그날 저녁에 주인의 꿈에 돼지가 나타나 말했다.

"너는 나를 죽이지 마라! 내 배 속에 있는 것은 돼지가 아니다. 네가 이를 기억할 수 있다면 너를 부유하게 해 줄 것이다."

그러나 다음 날 아침에 주인은 그 일을 잊고 돼지를 잡았는데, 돼지는 배 속에 과연 겨우 5촌쯤 되는 자그마한 흰 코끼리 한 마리를 배고 있었다. 그 코끼리는 이미 모습을 다 갖추고 있었으며 두 개의 상아도 찬란히 빛나고 있었다. 주인은 그제야 깨달았지만 때는 이미 늦었다. 군영에 소문이 마구 퍼져 모두 그 사실을 알게 되자 결국 도교(都校)의 귀에까지 들어가게 되었다. 도교는 편지에 그 일을 적어 절도사(節度使) 이경주(李敬周)[318]에게 알렸다. 당시 사람들은 모

---

318) 이경주(李敬周, 871~944) : 자는 통리(通理)이고 나중에 이주(李周)로 개명했다. 당 말 오대의 무장이다. 16세에 내구포적장(內丘捕賊將)이 되어 호협을 자부했다. 후량(後梁) 때 진왕(晉王) 이극용(李克

두 영문을 알 수 없었는데, 그렇다고 별 탈이 생기지도 않았다.

後唐長興中, 徐州軍營將烹一牝豕, 翌日, 將宰之, 是夕, 豕見夢於主曰: "爾勿殺我! 我之胎非豕也. 爾能誌之, 俾爾豐渥." 比明, 忘而宰之, 腹內果懷一小白象, 裁可五寸. 形質已具, 雙牙燦然. 主方悟, 無及矣. 營中洶洶咸知之, 聞於都校. 以紙緘之, 聞於節度使李敬周. 時人咸不測之, 亦竟無他.

출처《태평광기》권439〈축수・시(豕)・서주군인〉.

用)에게 투신해 광패도지휘사(匡霸都指揮使)가 되었다. 후당(後唐) 장종(莊宗) 때 서천절도부사(西川節度副使)가 되었고, 명종(明宗) 천성(天成) 3년(928)에 빈녕절도사(邠寧節度使)가 되었으며, 장흥(長興) 2년(931)에 서주절도사(徐州節度使)가 되었는데, 그가 다스린 지역에 가혹한 정치가 없어서 백성이 즐거워했다. 후진(後晉) 때는 빈주절도사(邠州節度使)・검교태사(檢校太師)・시중(侍中)・동경유수(東京留守)・개봉윤(開封尹) 등을 지냈다.

140. 융(狨)

융은 원숭이의 일종이다. 수컷 중에서 털의 길이가 1척에서 1척 반 정도 되는 융은 마치 사람들이 비단옷을 입는 것처럼 늘 자신의 털을 보호하면서 아낀다. 가장 좋은 융의 털은 황금색과 비슷한데, 지금의 고관대작들이 사용하는 따뜻한 방석이 바로 이것이다. 융은 깊은 산속에 살면서 무리지어 다니는데 모였다 하면 천만 마리나 된다. 수컷 가운데 새끼를 "융노(狨奴)"라고 부른다. 사냥꾼은 융을 잡을 때 주로 뽕나무 활에 뇌목(檑木)319)으로 만든 화살을 걸어서 쏜다. 수컷 가운데 털이 있는 융은 사람과 개 소리를 들으면 무리를 버리고 달아나는데, 마치 날아다니는 것처럼 이 나무에서 저 나무로 옮겨 가며, 어떤 때는 무성한 나뭇가지와 우거진 잎 속에 몸을 숨기기도 한다. 융은 자신의 털이 좋아서 사냥꾼이 틀림없이 잡으러 오리라는 것을 알고 있다. 암컷과 새끼는 천천히 먹이를 먹으면서 나무를 돌아다니고 전혀 서두르지 않는데, 이는 사람들이 잡으러 오지 않는다는 것

---

319) 뇌목(檑木) : 목질이 매우 단단한 나무로, 철목(鐵木)·철력목(鐵力木)·철리목(鐵梨木)이라고도 한다.

을 알기 때문이다. 암컷은 새끼 한 마리를 데리고 다니는데, 새끼를 한 마리만 낳는 경우가 대부분이다. 수컷 가운데 화살에 맞은 융은 화살을 뽑아 냄새를 맡고 약 기운이 느껴지면, 화살을 부러뜨려 땅에 던져 버린다. 그러고는 눈썹을 찌푸리고 근심하면서 나무줄기를 타고 꼭대기에 올라가 웅크리고 앉는다. 이윽고 약 기운이 퍼져 몸에 경련이 일어나고 손과 발에 힘이 빠져 아래로 떨어지려고 하면 도리어 나뭇가지를 잡고 매달리는데, 이렇게 수십 차례 매달려 있다. 또 전후로 계속해서 구토하고 신음하는데, 그 소리가 사람과 다르지 않다. 입에서 침이 흘러나올 때마다 기절하면서 손을 놓는다. 만약 나무 중간쯤에 떨어져서 가는 나뭇가지 끝이라도 잡게 되면, 한참 동안 공중에 매달려 있다가 힘으로 버틸 수 없으면 결국 땅에 떨어진다. 그러면 사람과 개들이 몰려들어 그 목숨을 끊는다. 사냥꾼은 좋은 털을 가진 수컷 융을 찾다가 잡지 못하면 암컷 융에게 활을 쏜다. 암컷은 화살을 맞으면 품고 있던 새끼를 떼어 놓는다. 새끼는 떼어 놓으면 다시 와서 어미를 껴안고 떠나지 않는데, 결국 어미와 새끼가 함께 죽임을 당한다. 만약 어진 사람이 이 광경을 본다면 차마 그 가죽을 깔고 자거나 그 고기를 먹지 못할 것이다. 만약 그 광경을 보고도 측은한 마음이 들지 않는 자라면 그 간은 철석(鐵石)과 같을 것이며, 그 사람은 금수와 마찬가지일 것이다. 옛날에 등지(鄧芝)320)가 원숭이에게 활을 쏘자 그 새끼가 어미 몸에서 화살을 뽑아내고 나뭇잎으로 상처를 덮어 주었다. 그 광경을 본 등지가 말했다.

"내가 생물의 본성을 어겼으니 틀림없이 죽게 될 것이다."

그러고는 활과 화살을 물속에 던져 버렸다. 산속에 사는 무식한 사람들이 어찌 등지의 마음 씀을 알겠는가?

狨者猿猱之屬. 其雄毫長一尺・尺五者, 常自愛護之, 如人披錦繡之服也. 極嘉者毛如金色, 今之大官爲暖座者是也. 生於深山中, 群隊動成千萬. 雄而小者, 謂之"狨奴". 獵師採取者, 多以桑弧檽矢射之. 其雄而有毫者, 聞人犬之聲, 則捨群而竄, 抛一樹枝, 接一樹枝, 去之如飛, 或于繁柯穢葉之內藏隱之. 身自知茸好, 獵者必取之. 其雌與奴, 則緩緩旋食而傳其樹, 殊不揮霍, 知人不取之. 則有携一子, 至一子者甚多. 其雄有中箭者, 則拔其矢嗅之, 覺有藥氣, 則折而擲之. 嚬眉愁沮, 攀枝蹲于樹巓. 于時藥作抽掣, 手足俱散, 臨墮而却攬其枝, 攬是者數十度. 前後嘔噦, 呻吟之聲, 與人無別. 每口中涎出, 則悶絶手散. 墮在半樹, 接得一細枝稍, 懸身移

---

320) 등지(鄧芝, 178~251) : 자는 백묘(伯苗). 삼국 시대 촉나라의 대신으로, 동한의 명장 등우(鄧禹)의 후손이다. 20년 동안 대장군으로 있으면서 상벌을 분명하게 하고 병사를 잘 보살폈다. 유비(劉備)가 죽은 후 오나라에 사신으로 가서 손권(孫權)을 설득해 위나라와의 관계를 끊고 촉나라와 연합하도록 했다.

時, 力所不濟, 乃墮于地. 則人犬齊到, 斷其命焉. 獵人求嘉者不獲, 則便射其雌. 雌若中箭, 則解摘其子. 摘去復來, 抱其母身, 去離不獲, 乃母子俱斃. 若使仁人觀之, 則不忍寢其皮, 食其肉. 若無憫惻之心者, 其肝是鐵石, 其人爲禽獸. 昔鄧芝射猿, 其子拔其矢, 以木葉塞瘡. 芝曰:"吾違物性, 必將死焉." 於是擲弓矢於水中. 山民無識, 安知鄧芝之爲心乎?

출처《태평광기》권446〈축수·융〉.

141. 민부(民婦)

　세상에 떠도는 말에 여우가 사람을 홀릴 수 있다고 하는데, 아마도 빈말이 아닌 것 같다. 마을 사람 중에 숲 근처에 사는 백성이 있었다. 그 백성의 부인이 한번은 혼자 숲으로 나갔는데, 여우 한 마리가 나타나 기뻐하며 꼬리를 흔들면서 천천히 다가와 그 부인 옆에서 따라다니며 앞서거니 뒤서거니 했지만, 여우를 쫓아 버릴 수 없었다. 이와 같은 일이 늘 일어났다. 어쩌다 부인의 남편이 오는 소리를 들으면 여우는 멀찍이 달아났는데, 그러면 활을 쏘아도 맞힐 수 없었다. 그러던 어느 날 부인이 시어머니와 함께 산에 들어가 나물을 캤는데, 여우가 또 몰래 그녀를 뒤쫓았다. 수풀 속에서 부인과 시어머니의 거리가 약간 멀리 떨어지자 여우가 곧장 풀숲에서 나와 꼬리를 흔들며 다가왔는데, 기뻐하는 모습이 마치 집에서 기르는 개 같았다. 그러자 부인은 여우를 유인해 다가오게 한 다음 치맛자락으로 여우를 싸서 시어머니를 불러 함께 두들겨 팼다. 그리고는 여우를 들어 메고 집으로 돌아왔다. 이웃 마을 사람들이 다투어 몰려와 구경했는데, 여우는 마치 부끄럽기라도 한 듯이 두 눈을 감았다. 그리하여 그 여우를 죽였다. 그것은 비록 사람을 홀리는 이물(異物)이기는 하지만 둔갑할 수는 없었으니, 임씨(任氏)의 이야기321)가 어찌 허황하겠는가!

世說云, 狐能魅人, 恐不虛矣. 鄉民有居近山林. 民婦嘗獨出於林中, 則有一狐, 忻然搖尾, 款步循擾於婦側, 或前或後, 莫能遣之. 如是者爲常. 或聞丈夫至則遠之, 弦弧不能及矣. 忽一日, 婦與姑同入山掇蔬, 狐亦潛逐之. 婦姑於叢間稍相遠, 狐卽出草中, 搖尾而前, 忻忻然如家犬. 婦乃誘之而前, 以裙裙¹裹之, 呼其姑共擊之. 舁而還家. 隣里競來觀之, 則瞑其雙目, 如有羞赧之狀. 因斃之. 此雖有魅人之異, 而未能變, 任氏之說, 豈虛也哉!

출처 《태평광기》 권455 〈호(狐)·민부〉.

1 군(裙) : 《태평광기》 사고전서본에는 "거(裾)"라 되어 있는데, 문맥상 타당하다.

321) 임씨(任氏)의 이야기 : 당나라의 전기 소설(傳奇小說)인 심기제(沈旣濟)의 〈임씨전(任氏傳)〉을 말한다. 정숙한 여인으로 둔갑한 여우 요괴 임씨와 서생 정육(鄭六)의 비극적인 사랑 이야기다. 《태평광기》 권452 〈호(狐)·임씨〉에 실려 있다.

142. 선선장(選仙場)

　　남중(南中)에 있는 선선장은 가파른 절벽 아래에 있다. 그 꼭대기에 동굴이 있는데, 전하는 말에 따르면 그곳은 신선이 사는 굴이라고 한다. 매년 중원일(中元日 : 백중날, 음력 7월 15일)이 되면 사람을 한 명씩 뽑아 승천시켰다. 선도(仙道)를 배우는 사람들은 그 아래에 제단을 쌓았는데, 그때가 되면 원근의 도사들이 모두 이곳에 모여들어, 의식을 갖추고 재를 올리면서 향을 사르고 기도했다. 그로부터 7일 뒤에 사람들은 도덕이 가장 높은 사람 한 명을 추대했는데, 추대된 사람은 엄숙하고 정갈하게 정성을 다하면서 단정하게 홀(笏)을 들고 제단 위에 섰다. 나머지 사람들은 모두 소매를 잡고 작별한 뒤 물러나 멀리서 머리가 땅에 닿도록 절하며 바라보았다. 그때 오색의 상서로운 구름이 천천히 동굴 입구에서 내려와 제단에 이르면, 도덕이 높은 사람은 의관도 움직이지 않고 합장한 채 오색구름을 타고 하늘로 올라갔다. 구경하던 사람들은 모두 눈물을 흘리고 부러워하면서 동굴 입구를 바라보고 예를 올렸다. 이렇게 신선이 된 사람이 매년 한두 명씩은 되었다. 이듬해 도덕이 높은 사람이 선발되었는데, 그의 사촌 중에서 한 스님이 갑자기 무도산(武都山)에서 그와 작별하러 찾아왔다. 스님은 품속에서 한 근

남짓한 웅황(雄黃)322)을 꺼내 그에게 주면서 말했다.

"도교에서는 오직 이 약을 중시하니, 몰래 허리춤에 넣어 두되 절대로 잃어버리지 마십시오."

도덕이 높은 사람은 몹시 좋아하면서 그것을 품에 넣고 제단으로 올라갔는데, 예정된 시간이 되자 과연 구름을 타고 올라갔다. 그로부터 열흘 남짓 뒤에 사람들은 산의 바위에서 악취가 심하게 나는 것을 느꼈다. 며칠 뒤에 어떤 사냥꾼이 바위 옆을 타고 그 동굴로 올라가서 보았더니, 커다란 이무기가 동굴 안에 부패해 있었다. 또 전후로 신선이 되어 올라갔던 사람들의 해골이 거대한 동굴 속에 산처럼 쌓여 있었다. 아마도 오색구름은 이무기의 독기였고 이무기는 늘 그 독기로 이 무지한 도사들을 빨아들여 배를 채웠던 것 같다. 슬프도다!

南中有選仙場, 場在峭崖之下. 其絶頂有洞穴, 相傳爲神仙之窟宅也. 每年中元日, 拔一人上昇. 學道者築壇于下, 至時, 則遠近冠帔, 咸萃於斯, 備科儀, 設齋醮, 焚香祝數[1]. 七日而後, 衆推一人道德最高者, 嚴潔至誠, 端簡立于壇上. 餘人皆摻袂別而退, 遙頂禮顧[2]望之. 于時有五色祥雲, 徐自洞

---

322) 웅황(雄黃): 광물의 일종으로 계관석(鷄冠石)이라고도 한다. 도교와 민간에서는 사기(邪氣)를 물리치고 해독할 수 있다고 여겼으며, 한의에서는 해독과 살충의 약재로 사용한다.

門而下, 至於壇場, 其道高者, 冠衣不動, 合雙掌, 躡五[3]雲而上昇. 觀者靡不涕泗健羨, 望洞門而作禮. 如是者年一兩人[4]. 次年有道高者合選, 忽有中表間一比丘, 自武都山往與訣別. 比丘懷雄黃一斤許, 贈之曰: "道中唯重此藥, 請密實于腰腹之間, 愼勿遺失之." 道高者甚喜, 遂懷而昇壇, 至時, 果躡雲而上. 後旬餘, 大覺山巖臭穢. 數日後, 有獵人[5], 自巖[6]旁攀緣造其洞, 見有[7]大蟒蛇, 腐爛其間. 前後上昇者骸骨, 山積于巨穴之間. 蓋五色雲者, 蟒之毒氣, 常呼吸此無知道士充其腹. 哀哉!

출처 《태평광기》 권458 〈사(蛇)·선선장〉, 《태평광기상절》 권42 〈사·선선장〉, 《세시광기(歲時廣記)》 권30 〈중원(中元)·제망요(除蟒妖)〉.

1 수(數): 《세시광기》에는 "도(禱)"라 되어 있는데, 문맥상 보다 타당하다.
2 고(顧): 《세시광기》에는 "첨(瞻)"이라 되어 있는데, 문맥상 보다 타당하다.
3 오(五): 《세시광기》에는 "상(祥)"이라 되어 있다.
4 연일양인(年一兩人): 《세시광기》에는 "불가매수의(不可枚數矣)"라 되어 있다.
5 유엽인(有獵人): 《세시광기》에는 "비구(比丘)"라 되어 있다.
6 암(巖): 《세시광기》에는 "애(崖)"라 되어 있다.
7 유(有): 《세시광기》에는 "일(一)"이라 되어 있다.

143. 구선산(狗仙山)

파종(巴賨 : 파중)323)의 경내에는 바위 절벽이 많고 물귀신과 나무귀신 등 없는 귀신이 없다. 그곳 백성은 산골짜기에 살면서 사냥으로 생계를 꾸려 나갔다. 산의 움푹 들어간 곳에 동굴 하나가 있었는데, 사람들은 그 동굴이 어디로 나 있는지 알 수 없었다. 사냥꾼이 이곳에 개를 풀어놓으면 아무리 불러도 돌아오지 않고 눈을 부릅뜬 채 꼬리를 흔들면서 동굴만 쳐다보았다. 그때 채색 구름이 아래로 드리워지면서 사냥개를 데리고 동굴로 올라갔다. 그런데 이와 같은 일이 매년 있었기 때문에 선도(仙道)를 좋아하는 사람들은 그 산을 "구선산"이라 불렀다.

우연히 어떤 지혜로운 사람 혼자만 그 말을 믿지 않고 마침내 개 한 마리를 끌고서 활을 가지고 그곳으로 갔다. 그는 도착하자 굵은 동아줄로 개의 허리를 묶은 뒤에 그 줄을 다시 아름드리나무에 묶고 나서 몸을 피한 채 지켜보았다. 채

---

323) 파종(巴賨) : 파중(巴中)을 말한다. 고대에 파인(巴人)들은 납부해야 할 세금이나 공물을 '종'이라 불렀기 때문에 '파중' 또는 '파인'을 '파종'이라 했다. 그 중심 지역은 지금의 쓰촨성(四川省) 취현(渠縣) 일대다.

색 구름이 아래로 내려왔지만 개는 몸이 묶여 있어서 구름을 따라가지 못하고 서너 차례 짖어 댔다. 잠시 뒤에 어떤 물체가 나타났는데, 머리는 독만 했고 두 눈은 번개 같았으며 비늘에서 광채를 내면서 계곡을 써늘하게 비추더니 점점 몸을 늘어뜨리고 동굴 안에서 나와 개를 바라보았다. 사냥꾼이 화살에 독을 발라 쏘았더니, 뱀은 화살을 맞은 뒤에 더 이상 나타나지 않았다. 그로부터 열흘 정도 지나자 온 산에서 악취가 풍겼다. 그래서 사냥꾼이 산꼭대기에서 밧줄을 타고 내려가서 보았더니, 커다란 이무기 한 마리가 바위 사이에 부패해 있었다. 구선산의 일324)은 절대로 존재하는 것이 아니다.

巴賨之境, 地多巖崖, 水怪木怪, 無所不有. 民居溪壑, 以弋獵爲生涯. 嵌空之所, 有一洞穴, 居人不能測其所往. 獵師縱犬於此, 則多呼之不廻, 瞪目搖尾, 瞻其崖穴. 于時有彩雲垂下, 迎獵犬而昇洞. 如是者年年有之, 好道者呼爲"狗仙山". 偶有智者, 獨不信之, 遂絏一犬, 挾弦弧往之. 至則以纙絙系其犬腰, 繫于拱木, 然後退身而觀之. 及彩雲下, 犬縈身而不能隨去, 嘷叫者數四. 旋見有物, 頭大如甕, 雙目如電, 鱗甲光明, 冷照溪谷, 漸垂身出洞中觀其犬. 獵師毒其矢而射之, 旣中, 不復再見. 頃經旬日, 臭穢滿山. 獵師乃自山頂,

---

324) 구선산의 일 : 개가 신선이 되어 승천했다는 일을 말한다.

縋索下觀, 見一大蟒, 腐爛于巖間. 狗仙山之事, 永無有之.

출처《태평광기》 권458 〈사·구선산〉.

144. 주한빈(朱漢賓)

[오대] 후량(後梁) 정명(貞明) 연간(915~921)에 주한빈[325]이 안륙(安陸)을 처음 진수했는데, 어느 날 동이 막 터서 사물이 겨우 보이기 시작할 무렵에 난데없이 거대한 뱀이 성의 서남쪽에 나타났다. 뱀은 머리로 대성(大城 : 본성)을 베고 꼬리는 성의 해자 남쪽 기슭에 있는 토지묘(土地廟)에 늘어뜨렸는데, 그 머리는 대략 다섯 말이 들어가는 그릇만 했으며 두 눈은 번갯불 같았다. 뱀은 커다란 입을 쫙 벌리고 성을 내려다보았다. 그 몸길이는 100척도 넘었으며 굵기는 몇 아름이나 되었는데, 양마성(羊馬城)[326]의 성가퀴와 성지(城池) 위에 걸쳐 있었으며 나머지 부분은 토지묘의 담

---

325) 주한빈(872~935) : 자는 적신(績臣). 오대의 대신. 일찍이 후량 태조 주온(朱溫 : 주전충)의 양자가 되었으며, 낙안도지휘사(落雁都指揮使)를 지냈기에 "주낙안(朱落雁)"으로 불렸다. 그 후로 여러 주(州)의 자사와 안주절도사(安州節度使)를 지냈다. 나중에 후당(後唐) 장종(莊宗)에게 귀의해 좌용무통군(左龍武統軍)이 되었으며, 명종(明宗) 때는 소의군절도사(昭義軍節度使)에 제수되었다. 태자소보(太子少保)로 벼슬을 마쳤다.
326) 양마성(羊馬城) : 본성 밖으로 10보 떨어진 해자 안에 쌓은 작은 성을 말한다.

장 안에 똬리를 튼 채로 있었다. 성에서 숙직하던 한 군교(軍校)는 갑자기 그 뱀과 마주치자 크게 비명을 지르며 혼이 빠져 달아났다. 온 주의 사람은 골치 아파하고 두려워했으나 그 뱀이 나타난 연유를 알 수 없었다. 이듬해에 회남(淮南)의 적327)이 불시에 습격해 성을 포위하고 공격했는데, 며칠이 지나도록 함락하지 못하자 그냥 돌아갔으니, 혹시 천지신명이 미리 알려 준 것일까?

梁貞明中, 朱漢賓鎭安祿¹之初, 忽一日, 曙色纔辨, 有大蛇見於城之西南. 首枕大城, 尾拖於壕南岸土地廟中, 其魁可大如五斗器, 雙目如電. 呀巨吻, 以瞰于城. 其身不翅百尺, 粗可數圍, 跨于羊馬之堞, 兼壕池之上, 其餘尙蟠於廟垣之內. 有宿城軍校, 卒然遇之, 大呼一聲, 失魂而逝. 一州惱懼, 莫知其由. 來年, 淮寇非時而至, 圍城攻討, 數日不破而返, 豈神祇之先告歟?

출처《태평광기》권459〈사·주한빈〉.

327) 회남(淮南)의 적 : 당시 회남 지역에 들어섰던 오국(吳國)을 말한다. 당시 오국의 군주는 제3대 고조 양융연(楊隆演)이었다.《십국춘추(十國春秋)》권2〈오고조세가(吳高祖世家)〉에 따르면, 무의(武義) 원년(919, 후량 정명 5) 11월부터 이듬해 정월까지 무녕군절도사(武寧軍節度使) 장숭(張崇)이 후량의 안주(安州 : 안륙)를 공격했지만 함락하지 못하고 돌아갔다.

1 안록(安祿) : 《구오대사(舊五代史)》 권64 〈주한빈전〉에는 "안륙(安陸)"이라 되어 있는데 타당하다.

145. 우존절(牛存節)

[오대] 후량(後梁)의 우존절328)이 운주(鄆州)를 진수할 때, 자성(子城 : 본성에 딸린 작은 성)의 서남쪽 모퉁이에 저택 한 채를 지으려고 대대적인 공사를 벌였다. 담장을 쌓으려고 땅을 팠더니 뱀 굴 하나가 나왔는데, 크고 작은 뱀이 셀 수 없이 많았다. 우존절은 그 뱀들을 죽여서 들판으로 싣고 가라고 명했는데, 10여 대의 수레에 실어 나르고 나서야 겨우 다 옮겼다. 그때 어떤 사람이 말했다.

"이곳은 뱀의 소굴입니다."

그해에 우존절은 등창이 나서 죽었다.

---

328) 우존절(853~915) : 자는 찬정(贊貞). 오대 후량의 무장. 용맹하고 충직했으며 여러 차례 전공을 세워 태조 주온(朱溫 : 주전충)의 신임을 받았다. 박주(亳州)·숙주(宿州)·강주(絳州)의 자사를 지낸 후 좌용호통군(左龍虎統軍)·육군마보도지휘사(六軍馬步都指揮使)에 임명되었다. 건화(乾化) 2년(912)에 검교태부(檢校太傅)를 더해 받고 개국공(開國公)에 봉해졌으며, 운주절도사(鄆州節度使)에 제수되었다. 건화 4년(914)에 회남서북면행영초토사(淮南西北面行營招討使)에 임명되고 태위(太尉)를 더해 받았다. 건화 5년(915)에 진왕(晉王) 이극용(李克用)과 하상(河上)에서 전투하다가 병이 들어 죽었다.

梁牛存節鎭鄆州, 於子城西南角大興一第. 因板築穿地, 得蛇一穴, 大小無數. 存節命殺之, 載于野外, 十數車載之方盡. 時有人云:"此蛇藪也." 是歲, 存節疽背而薨.

출처《태평광기》권459〈사·우존절〉.

146. 서탄(徐坦)

[오대 후당] 청태(淸泰) 연간(934~936) 말에 서탄이라는 사람은 진사과(進士科)에 응시했다가 낙방하자 남쪽으로 가서 저궁(渚宮 : 강릉)을 유람했다. 그는 내친김에 협주(峽州)로 친구를 찾아가던 길에 부퇴산(富堆山) 아래에 이르렀는데, 그곳에 오래된 객점이 있기에 그날 밤 그곳에서 쉬었다. 그가 금(琴)을 타고 서책을 읽고 났더니 비쩍 마른 모습의 나무꾼 한 명이 문득 보였는데, 매우 슬픈 듯한 표정을 짓고 있었다. 서탄이 그 이유를 묻자 나무꾼은 눈물이 앞을 가린 채로 대답했다.

"저는 본래 이 산에 사는 사람으로 성은 이씨(李氏)이고 이름은 고죽(孤竹)입니다. 제 아내는 이전부터 중병에 걸려 몇 년이 지나도록 낫지 않고 있습니다. 제가 얼마 전에 산에 들어가서 나무하다가 이틀 밤을 집에 돌아가지 못했는데, 아내의 몸이 갑자기 변해 사람들을 두려움에 떨게 했습니다. 아내가 이웃 아주머니에게 말하길, '제 몸이 이미 변했으니 남편에게 이 사실을 알려 주세요'라고 했습니다. 제가 집으로 돌아가자 아내가 말하길, '저는 이미 감당할 수 없습니다. 시신만 남을 것이니 청컨대 이웃 사람에게 부탁해 저를 들어 산어귀에 놓아두길 바랍니다'라고 했습니다. 저는 그 말대로 아내를 그곳에 옮겨 놓았습니다. 잠시 후 갑자기 거센 비바람 소리가 들리자 사람들은 모두 두려워했습니다. 아내가 또 말하길, '때가 되었으니 속히 돌아가시되, 절대로 뒤돌아보지 마십시오'라고 했습니다. 그러고는 작별의 한스러움을 얘기했습니다. 잠시 후에 보았더니 여러 산속의 무수히 많은 커다란 뱀이 다투어 아내에게 모여들었습니다. 그러자 아내는 마침내 평상에서 내려와 몸을 폈다가 다시 구부리더니 한 마리 왕뱀으로 변해 뭇 뱀들과 함께 줄줄이 떠났는데, 커다란 바위 위에서 자기 머리를 잡아채 바닥에 산산조각 냈습니다."

지금도 사종(蛇種)[329]인 이씨가 남아 있다.

清泰末, 有徐坦應進士舉, 下第, 南遊渚宮. 因之峽州, 尋訪故舊, 旅次富堆山下, 有古店, 是夜憩. 琴書訖, 忽見一樵夫形貌枯瘠, 似有哀慘之容. 坦遂詰其由, 樵夫濡睫而答曰: "某比是此山居人, 姓李名孤竹. 有妻先邁沈痾, 歷年不愈. 昨因入山採木, 經再宿未返, 其妻身形忽變, 恐人驚悸. 謂隣母曰:'我之身已變矣, 請爲報夫知之.' 及歸, 語曰:'我已弗堪也. 唯尸在焉, 請君託鄰人舁我, 置在山口爲幸.' 如其言, 遷至於彼. 逡巡, 忽聞如大風雨聲, 衆人皆懼之. 又言曰:'至

---

[329] 사종(蛇種) : 뱀의 씨라는 뜻으로, 민월(閩越) 지역 사람을 멸시해 부르는 말이다.

時速廻, 愼勿返顧.' 遂敍訣別之恨. 俄見群山中, 有大蛇無數, 競湊其妻. 妻遂下牀, 伸而復屈, 化爲一蟒, 與群蛇相接而去, 仍於大石上摔其首, 迸碎在地." 至今有蛇種李氏在焉.

출처《태평광기》권459〈사·서탄〉.

147. 장씨(張氏)

[오대십국] 왕촉(王蜀 : 전촉) 때 두 판관(杜判官)의 부인 장씨는 선비 집안의 딸이었다. 그녀는 두씨와 부부로 수십 년 동안 살면서 아들 하나를 낳아 기르고 60세가 넘어서 죽었다. 집에서 염을 마치고 수십 일 뒤에 야외에 묻으려고 관을 옮기려 했는데, 관이 흔들리는 것을 느꼈다. 이에 그녀가 다시 살아났다고 생각해 관을 부수고 살펴보았는데, 그녀가 커다란 뱀으로 변해 똬리를 틀고 꿈틀거리고 있었기에 가족은 놀라 도망갔다. 잠시 후 그 뱀은 천천히 수풀 속으로 들어가 떠났다.

또 홍원(興元)의 정명사(靜明寺)에 왕삼고(王三姑)라는 비구니가 있었는데, 그녀 역시 관 속에서 커다란 뱀으로 변했다. 두씨의 부인은 만년에 남편을 공경하지 않았는데, 남편이 늙고 병들어 보고 듣고 걷는 것을 모두 스스로 하지 못하자, 장씨는 남편을 마치 개돼지를 보듯 했으며 결국 추위와 굶주림에 죽게 했다. 사람들은 그녀가 뱀으로 변한 것이 그 응보였다고 생각했다.

王蜀時, 杜判官妻張氏, 士流之子. 與杜齊體數十年, 誕育一子, 壽過六旬而殂歿. 洎殯於家, 累旬後, 方窆於外, 啓攢之際, 覺其秘器搖動. 謂其還魂, 剖而視之, 見化作大蛇, 蟠蜿屈曲, 骨肉奔散. 俄頃, 徐徐入林莽而去.

又興元靜明寺尼曰王三姑, 亦於棺中化爲大蛇. 其杜妻, 卽晩年不敬其夫, 老病視聽步履, 皆不任持, 張氏顧之若犬彘, 凍餒而卒. 人以爲化蛇其應也.

출처《태평광기》권459 〈사・장씨〉.《태평광기》에는 본 고사가 두 조로 분리되어 있는데, 내용상 같은 장씨에 관한 것이므로 한 조로 합쳤다.

148. 고수(顧遂)

낭중(郎中) 고수가 다음과 같은 비밀 이야기를 해 주었다.

그의 선친이 일찍이 공안현령(公安縣令)을 지냈는데, 관직을 마친 뒤 현 옆에 있는 형강(荊江) 둔치에 잠시 기거했다. 그곳은 사방에 숲과 억새가 많았다. 선친은 달밤에 잠들기 전에 천천히 걸어 문밖으로 나섰다가 서까래만 한 크기의 기다란 물체 하나가 땅에 가로놓여 있는 것을 보고는 문빗장이라 생각하고 발을 들어서 찼다. 그랬더니 그 물체가 곧바로 일어나 그의 가슴과 등에서부터 허리 아래까지 수십 번 칭칭 감았다. 그는 땅에 고꾸라진 채 의식을 잃었다. 그의 집에서는 밤이 깊도록 그가 돌아오지 않는 것을 이상히 여겨 사람을 보내 찾아보게 했는데, 그의 허리 부분이 맑고 투명하게 보였으며 그는 땅 위에서 이리저리 구르고 있었다. 가까이 다가가서 보았더니 커다란 뱀이 그의 몸을 감고 있었는데, 아무리 풀어 보려 해도 도저히 풀 수 없었다. 그래서 날카로운 칼을 가져와 뱀을 베어 한 토막씩 땅에 떨어뜨렸다. 그는 몸을 구부린 채 펴지 못했으며 뱀에게 몸이 졸렸던 탓에 기절해 있었다. 그는 이 때문에 말을 할 수 없게 되었고 열흘 만에 죽었다.

郎中顧遂嘗密話：其先人嘗宰公安, 罷秩後, 僑寄于縣側荊江之壖. 四面多林木蘆荻. 月夜未寢, 徐步出門, 見一條物, 巨如椽, 橫於地, 謂是門關, 舉足踢之. 其物應足而起, 自胸背至於腰下, 纏繳數十匝. 仆於地, 憒無所知. 其家訝其深夜不歸, 使人看之, 見腰間皎晶而明, 來往硍于地上. 逼而視之, 見大蛇纏其身, 解之不可. 於是取利刃斷其蛇, 一段段置於地. 彎彎然不展, 繳勒悶絕. 因而失暗, 旬日而卒.

출처《태평광기》권459〈사・고수〉.

149. 구당협(瞿塘峽)

　어떤 사람이 구당협330)을 유람했다. 때는 겨울이라 초목이 메말라 있었는데, 들판에서 불이 나 산봉우리를 태우고 이어진 산과 계곡으로 번져 그 불길이 하늘을 벌겋게 비추었다. 그때 갑자기 바위 절벽 사이에서 마치 커다란 바위가 무너져 떨어지는 것처럼 우르릉하는 소리가 들렸다. 그 사람이 걸음을 멈추고 살펴보았더니 커다란 곳집처럼 둥글게 생긴 물체 하나가 평지까지 굴러떨어졌는데, 어떠한 물체인지 알 수 없었다. 그 사람이 자세히 보았더니 바로 한 마리의 뱀이었는데, 뱀의 배를 가르고 보았더니 뱀이 삼킨 사슴 한 마리가 배 속에 있었다. 뱀은 들불이 활활 타오르자 산 아래로 떨어졌던 것이다. 파사(巴蛇)331)가 코끼리를 삼킨다는 말은 정말로 있을 수 있는 일이다.

---

330) 구당협 : 장강 삼협(長江三峽)의 시발점으로, 지금의 쓰촨성(四川省) 펑제현(奉節縣) 바이디청(白帝城)에서 시작해 동쪽으로 우산현(巫山縣) 다시진(大溪鎭)에 이른다. 장강 삼협 중에서 길이는 가장 짧지만 가장 웅장하고 험준한 곳으로, 예로부터 명승고적이 많다.

331) 파사(巴蛇) : 코끼리를 삼킨다고 하는 전설 속 거대한 뱀.《산해경(山海經)》〈해내경(海內經)〉과 《초사(楚辭)》〈천문(天問)〉 등에 나온다.

有人遊於瞿塘峽. 時冬月, 草木乾枯, 有野火燎其峯巒, 連山跨谷, 紅焰照天. 忽聞巖崖之間, 若大石崩墜, 輷磕然有聲. 遂駐足伺之, 見一物圓如大囷, 碾至平地, 莫知其何物也. 細而看之, 乃是一蛇也, 遂剖而驗之, 乃蛇吞一鹿, 在於腹內. 野火燒然, 墮於山下. 所謂巴蛇吞象, 信而有之.

출처《태평광기》권459〈사·구당협〉.

150. 범질(范質)

사신(詞臣)332)들이 근무하면서 한가할 때 각자 평소에 보고 들은 일을 얘기했는데, 학사승지(學士承旨) 왕인유(王仁裕 : 본서의 찬자)와 학사 장항(張沆)이 다음과 같은 얘기를 했다.

[오대] 후한(後漢)의 호부시랑(戶部侍郞) 범질(范質)의 말에 따르면, 일찍이 제비 한 쌍이 그의 집 처마에 둥지를 틀고 새끼 몇 마리를 길러 이미 먹이를 받아먹을 정도가 되었다. 그런데 암컷이 고양이에게 잡아먹히자 수컷이 시끄럽게 지저귀다가 한참 후에 떠나더니, 곧장 다시 다른 암컷 한 마리와 짝을 이루어 와서 이전처럼 새끼들에게 먹이를 먹였다. 하지만 며칠 안 되어 새끼들이 차례로 땅에 떨어져 데굴데굴 구르다가 죽었다. 그래서 아이들이 새끼 제비의 배를 가르고 살펴보았더니, 모이주머니 속에 [가시가 달린] 남가새 열매가 들어 있었다. 이는 아마도 다시 짝을 이룬 암컷 제비가 해친 것 같았다. 무릇 혈기를 가진 모든 부류는 애증과

---

332) 사신(詞臣) : 문학 시종관. 여기서는 한림원(翰林院)의 학사를 말한다.

질투의 마음이 없었던 적이 없다.

詞臣奉職之餘, 各話平生見聞, 學士承旨王仁裕·學士張沆言[1]: 漢戶部侍郎范質言, 嘗有二[2]燕巢於舍下, 育數雛, 已哺食矣. 其雌者爲猫所搏食之, 雄者啁啾, 久之方去, 卽時又[3]與一燕爲匹而至, 哺雛如故. 不數日, 諸雛相次墮地, 宛轉而殭. 兒童[4]剖腹視之, 則有蒺藜子在[5]嗉中. 蓋爲繼偶[6]者所害. 凡有血氣之類, 憎愛嫉妬之心, 未嘗無也.[7]

출처 《태평광기》 권461 〈금조(禽鳥)·연(燕)·범질〉, 《태평광기상절》 권42 〈연·범질〉, 《유설》 권54 〈옥당한화·연계실해제추(燕繼室害諸雛)〉.

1 사신봉직지여(詞臣奉職之餘), 각화평생견문(各話平生見聞), 학사승지왕인유·학사장항언(學士承旨王仁裕·學士張沆言): 《태평광기》에는 이 세 구절이 없지만, 문맥을 고려해 《유설》에 의거해서 보충했다.
2 이(二): 《태평광기》에는 이 자가 없지만, 문맥상 필요하므로 《유설》에 의거해서 보충했다.
3 즉시우(卽時又): 《유설》에는 "별(別)"이라 되어 있다.
4 동(童): 《유설》에는 "배(輩)"라 되어 있다.
5 재(在): 《유설》에는 "영어(盈於)"라 되어 있다.
6 우(偶): 《유설》에는 "실(室)"이라 되어 있다.
7 범유혈기지류(凡有血氣之類), 증애질투지심(憎愛嫉妬之心), 미상무야(未嘗無也): 《태평광기》에는 이 세 구절이 없지만, 문맥을 고려해 《유설》에 의거해서 보충했다.

151. 남인 포안(南人捕鴈)

기러기는 강이나 호수의 언덕 및 모래톱에서 자는데, 수백 수천 마리가 떼 지어 움직인다. 가장 큰 기러기는 중간에 있으면서 안노(雁奴)333)를 시켜 주위를 에워싸고 경계하게 한다. 기러기를 잡는 남방 사람들은 날이 컴컴하거나 혹은 달이 뜨지 않을 때를 기다렸다가, 질항아리 안에 등불을 숨겨 놓고 몇몇 사람이 몽둥이를 들고 숨죽인 채 몰래 기러기 떼에게 다가간다. 거의 다 접근했을 때 약간 등불을 들었다가 곧바로 숨긴다. 그러면 안노가 놀라 소리치고 큰 기러기 역시 놀란다. 잠시 뒤에 다시 조용해지면 또 이전처럼 등불을 들어 올리는데, 그러면 안노가 또 놀란다. 이렇게 서너 차례 하다 보면 큰 기러기가 화가 나서 안노를 부리로 쫀다. 그런 다음에 등불을 든 사람이 천천히 가까이 다가가서 다시 등불을 들어도 안노는 쪼이는 것이 두려워서 더 이상 움직이지 않는다. 이때 등불을 높이 들고 몽둥이를 든 사람들이 일제히 기러기 떼 속으로 들어가 마구 두들기면 아주 많은

---

333) 안노(雁奴) : 기러기가 무리 지어 잘 때, 자지 않고 경계하는 기러기를 말한다.

기러기를 잡을 수 있다. 예전에 회남(淮南) 사람인 평사(評事) 장응(張凝)334)이 이 일을 얘기해 주었는데, 그는 이렇게 해서 기러기를 직접 잡은 적이 있었다.

鴈宿於江湖之岸, 沙渚之中, 動計千百. 大者居其中, 令鴈奴圍而警察. 南人有採捕者, 俟其天色陰暗, 或無月時, 於瓦罐中藏燭, 持棒者數人, 屏氣潛行. 將欲及之, 則略擧燭, 便藏之. 鴈奴驚叫, 大者亦驚. 頃之復定, 又欲前擧燭, 鴈奴又驚. 如是數四, 大者怒啄鴈奴. 秉燭者徐徐逼之, 更擧燭, 則鴈奴懼啄, 不復動矣. 乃高擧其燭, 持棒者齊入羣中, 亂擊之, 所獲甚多. 昔有淮南人張凝評事話之, 此人親曾採捕.

출처 《태평광기》 권462 〈금조·안(鴈)·남인포안〉, 《태평광기상절》 권42 〈안·남인포안〉, 《유설》 권54 〈옥당한화·안노(雁奴)〉, 《이재시아편(履齋示兒編)》 권15 〈인물이명(人物異名)·안왈안노(鴈曰雁奴)〉, 《사문유취후집(事文類聚後集)》 권46 〈고금문집(古今文集)·잡저(雜著)·남인포안〉.

334) 장응(張凝): 오대 후주(後周)의 관리로, 일찍이 합문사(閤門使)와 지청주(知青州)를 지냈다. 그 밖의 행적은 미상이다.

152. 앵(鶯)

　근년에 어떤 사람이 누런 꾀꼬리 새끼를 잡아 대나무 조롱 속에서 길렀는데, 어미와 아비 새가 나란히 날아와 새벽부터 밤까지 조롱 밖에서 슬피 울었다. 새끼가 모이와 물을 전혀 먹지 않자, 그 사람이 새끼를 꺼내 조롱 밖에 놓아두었더니, 어미와 아비 새가 다시 날아와 새끼에게 먹이를 먹였다. 사람이 간혹 그 앞에 있어도 전혀 두려워하지 않았다. 그러던 어느 날 갑자기 새끼를 조롱 밖으로 내보내지 않았더니 어미와 아비 새가 조롱 주위를 빙빙 맴돌며 울었는데, 안으로 들어갈 방법이 없자 한 마리는 불 속으로 뛰어들었고 다른 한 마리는 조롱에 부딪쳐 죽었다. 그 두 마리 새의 배를 가르고 살펴보았더니 창자가 마디마디 끊어져 있었다.

頃年, 有人取得黃鸝鶵, 養於竹籠中, 其雌雄接翼, 曉夜哀鳴於籠外. 絕不飮啄. 乃取鶵置於籠外, 則更來哺之. 人或在前, 略無所畏. 忽一日, 不放出籠, 其雄雌繚繞飛鳴, 無從而入, 一投火中, 一觸籠而死. 剖腹視之, 其腸寸斷.

출처 《태평광기》 권463 〈금조·앵〉, 《태평광기상절》 권42 〈잡금(雜禽)·앵〉.

153. 최절(崔梲)

[오대] 후진(後晉)의 태상경(太常卿) 최절335)이 외지에서 공부할 때 고모 집에 갔다가 밤에 여러 사촌 형제와 함께 학당에서 잠을 잤는데, 이튿날 아침에 고모 집에 손님들이 모여들 참이었다. 그날 밤 최절의 꿈에 19명의 사람이 나타나 모두 청록색의 옷을 입고 늘어서서 절하면서 그에게 살려 달라고 호소했는데, 그 말과 뜻이 애절했다. 최절이 말했다.

"나는 지금 한가로이 거하면서 관부의 일을 맡고 있지도 않은데, 어찌하여 나에게 호소하시오?"

그들이 모두 말했다.

"공께서 허락만 해 주시면 저희는 목숨을 부지할 수 있습니다!"

최절이 말했다.

---

335) 최절 : 자는 자문(子文). 오대의 관리. 후량(後梁) 정명(貞明) 3년 (917) 진사 출신으로, 개봉윤(開封尹) 왕찬(王瓚)의 종사(從事)를 지냈다. 후당(後唐) 명종(明宗) 때 여러 벼슬을 거쳐 도관낭중(都官郎中)과 한림학사(翰林學士)를 역임했다. 후진 고조 때 호부시랑(戶部侍郎)과 한림학사승지(翰林學士承旨)를 거쳐 태상경에 올랐으며, 태자빈객(太子賓客)·분사서경(分司西京)으로 벼슬을 마쳤다.

"만약 힘이 닿는다면 진실로 기꺼이 구해 드리겠습니다."

그들은 모두 기뻐 뛰면서 재배하고 물러갔다. 최절은 잠을 깨고 나서 세수하고 머리를 빗은 뒤 옷을 차려입고 고모에게 문안하러 당(堂)으로 갔다. 거기서 그는 물이 담긴 항아리에 자라들이 떠 있는 것을 보았는데, 세어 보았더니 크고 작은 것이 모두 19마리였다. 또 꿈속에 나타났던 사람들의 옷 색깔을 떠올려 보니 또한 대략 같았다. 그는 마침내 고모에게 [자라를 죽이지 말라고] 고하면서 자기가 꾸었던 꿈을 자세히 말한 뒤 재배하며 간청했다. 고모도 말리지 않자 그는 즉시 하인에게 명해 자라를 그릇에 담게 한 뒤 직접 물가로 가서 방생했다.

晉太常卿崔梲遊學時, 往至姑家, 夜與諸表昆季宿於學院, 來晨, 姑家方會客. 夜夢十九人皆衣靑綠, 羅¹拜, 具告求生, 詞旨哀切. 崔曰: "某方閑居, 非有公府之事也, 何以相告?" 咸曰: "公但許諾, 某輩獲全矣!" 崔曰: "苟有階緣, 固不惜奉救也." 咸喜躍再拜而退. 旣寤, 盥櫛束帶, 至堂省姑. 見缶中有水而泛鼈焉, 數之, 大小凡十九². 計其衣色, 亦略同也. 遂告於姑, 具述所夢, 再拜請之. 姑亦不阻, 卽命僕夫寘於器中, 躬詣水次放之.

출처 《태평광기》 권467 〈수족(水族)·수괴(水怪)·최절〉, 《유설》 권54 〈옥당한화·십구별구생(十九鼈求生)〉.

1 개의청록(皆衣靑綠), 나(羅) : 《유설》에는 "착청록나의(着靑綠羅

衣)"라 되어 있다.
2 범십구(凡十九):《유설》에는 "정십구두(正十九頭)"라 되어 있다.

154. 노주(老蛛)

　태악(泰嶽 : 태산)의 기슭에 대악관(岱嶽觀 : 대악은 태산의 별칭)이 있는데, 그곳의 누대와 전각들은 모두 옛날에 지어진 것으로 연대가 아주 오래되었다. 어느 날 저녁에 큰 바람이 불더니 우르르 쾅쾅 하는 굉음이 산골짜기를 뒤흔들었다. 아침이 되어 보았더니 경루(經樓)가 무너져 있었다. 무너진 누각의 지붕 주변을 둘러보았더니 한 수레 가득할 정도의 잡다한 뼈가 있었다. 해묵은 거미가 거기에 있었는데, 그 모습은 불룩한 배에 마치 다섯 되를 담을 만한 다정(茶鼎 : 차 끓이는 솥)처럼 생겼고, 손과 발을 펼치면 사방 몇 척의 땅을 덮을 만했다. 그전에 근처의 절과 도관이나 혹은 민가에서 잃어버린 어린아이가 부지기수였는데, 대개 모두 이 거미에 걸려 잡아먹힌 것 같았다. 많은 거미줄이 그 위에 있었는데, 아이들이 그 끈적거리는 점액에 칭칭 감겨 스스로 풀고 빠져나오지 못한 채 해를 입은 것이 분명했다. 이에 대악관의 관주(觀主)가 땔나무로 거미를 불태우게 했더니 그 악취가 10여 리까지 퍼졌다.

泰嶽之麓有岱嶽觀, 樓殿咸古制, 年代寢遠. 一夕大風, 有聲轟然, 響震山谷. 及旦視, 卽經樓之陊也. 樓屋徘徊之中, 雜骨盈車. 有老蛛在焉, 形如矮腹五升之茶鼎, 展手足則周數尺之地矣. 先是側近寺觀, 或民家, 亡失幼兒, 不計其數, 蓋悉攉其啗食也. 多有網於其上, 或遭其黏然縻絆, 而不能自解而脫走, 則必遭其害矣. 於是觀主命薪以焚之, 臭聞十餘里.

출처 《태평광기》 권479 〈곤충(昆蟲)·노주〉.

155. 수와(水蛙)

서주(徐州)의 동쪽 경계는 기천(沂川)과 인접해 있다. 그곳에 반거(盤車)라고 부르는 봇도랑이 있는데, 전하는 말에 따르면 그곳은 해중(奚仲)336)이 수레를 시험해 본 곳이라 한다. 서주에는 해중의 무덤이 있고, 산 위에는 또한 수레를 시험해 보았다는 곳이 있는데, 바위 위가 몇 척이나 깊이 파여 있다. 그 봇도랑에 물이 있고 물속에 개구리가 사는데, 다섯 섬을 담을 수 있는 독 정도의 크기이고 눈은 주발처럼 생겼다. 옛날에 어떤 사람이 그 개구리의 목에서 약을 얻어 복용하고 득선(得仙)했다.

徐之東界, 接沂川. 有溝名盤車, 相傳是奚仲試車之所. 徐有奚仲墓. 山上亦有試車處, 石上輒深數尺. 溝有水, 水有蛙, 可大如五石甕, 目如盌. 昔嘗有人, 於其項上得藥, 服之度世.

출처《태평광기》권479〈곤충·수와〉.

336) 해중(奚仲) : 고대 설(薛)나라 사람으로, 성은 해(奚) 또는 임(任)이다. 하(夏)나라 우왕(禹王)의 신하로, 처음으로 수레를 만들었다고 한다.

156. 종사(螽斯)

누리가 해악을 끼치는 것은 대개 악한 기운에서 생겨나기 때문이다. 누리는 비린내가 지독한데, 혹자는 물고기알에서 변화했기 때문이라고 말한다. 누리는 매년 세 번 혹은 네 번 새끼를 치며, 한 번 알을 낳을 때마다 100개가 넘는다. 알에서 날개가 돋아날 때까지, 대략 한 달 정도 지나면 날 수 있다. 그래서 《시경(詩經)》[〈주남(周南)〉·〈종사〉]에서 종사[메뚜기]의 자손이 매우 많다고 했다. 종사는 바로 누리의 일종이다. 누리는 날개가 아직 돋아나기 전에는 펄쩍펄쩍 뛰어다니는데, 그때는 '남(蝻)'이라고 부른다. [오대] 후진(後晉) 천복(天福) 연간(936~944) 말에 온 세상에 누리 떼가 크게 생겨났으나 몇 년 동안 해결하지 못했다. 누리 떼가 걸어 다니면 땅을 뒤덮고, 일어나 날면 하늘을 가렸으며, 벼와 초목을 갉아 먹어 땅이 벌겋게 드러난 채 남은 것이라곤 없었다. 누리가 번성하면 셀 수 없이 많이 몰려다니는데, 심지어는 강을 건너고 산봉우리를 넘으며, 못을 건너고 구덩이를 지나가면서도 마치 평지를 밟고 다니듯 했다. 인가에까지 들어갔으나 도무지 막을 수 없었다. 문을 뚫거나 창문으로 들어가고, 우물과 변소를 꽉 메우며, 침상과 휘장을 더러운 비린내로 물들이고, 책과 옷을 물어뜯어 망가뜨리기도

했다. 밤낮으로 며칠 동안 계속되어 그 고통을 감당할 수 없었다. 운성현(鄆城縣)의 한 농가에서 10여 마리의 돼지를 길렀다. 그때 못가 주변에서 누리 떼가 잔뜩 나타나자 돼지들이 뛰어가서 잡아먹었는데, 잠시 후 배가 너무 불러 움직일 수 없었다. 그러자 굶주려 있던 누리 떼가 돼지들을 물어뜯어 갉아 먹었는데, 산더미처럼 쌓여 있는 누리 떼에 돼지들은 결국 지쳐서 막을 수 없었기에 모두 누리에게 죽임을 당했다. 계묘년(癸卯年 : 943)337)에 누리들이 모두 초목을 끌어안은 채 말라 죽었으니, 이는 하늘이 살리고 죽인 것이다.

蝗之爲孼也, 蓋沴氣所生. 斯臭腥, 或曰魚卵所化. 每歲生育, 或三或四, 每一生, 其卵盈百. 自卵及翼, 凡一月而飛. 故《詩》稱螽斯子孫衆多. 螽斯卽蝗屬也. 羽翼未成, 跳躍而行, 其名蝻. 晉天福之末, 天下大蝗, 連歲不解. 行則蔽地, 起則蔽天, 禾稼草木, 赤地無遺. 其蝻之盛也, 流引無數, 甚至浮河越嶺, 踰池渡濬, 如履平地. 入人家舍, 莫能制禦. 穿戶入牖, 井溷塡咽, 腥穢牀帳, 損齧書衣. 積日連宵, 不勝其苦. 鄆城縣有一農家, 豢豕十餘頭. 時於陂澤間, 値蝻大至, 羣豢豕躍而啗食之, 斯須復飫, 不能運動. 其蝻又饑, 嗞齧羣豕, 有若堆積, 豕竟困頓, 不能禦之, 皆爲蝻所殺. 癸卯年,

---

337) 계묘년(癸卯年) : 오대 후진 출제(出帝) 천복 8년(943)이다.

其蝗皆抱草木而枯死, 所爲天生殺也.

출처《태평광기》권479〈곤충·종사〉,《연감유함(淵鑑類函)》권450
　　〈충시부(蟲豕部)·황(蝗)〉.
1　복(復):《연감유함》에 인용된 문장에는 "복(腹)"이라 되어 있는데,
　　문맥상 타당하다.

157. 남화(蝻化)

기유년(己酉年 : 949)338)에 장군 허경천(許敬遷)339)이 명을 받들어 동주(東州)340)에서 여름철 벼농사를 조사하고 나서 상주하며 말했다.

"못과 들판 사이에 누리가 10여 리에 걸쳐 생겨났는데, 막 때려잡으려 했더니 그것이 흰 나비로 변해 날아갔습니다."

己酉年, 將軍許敬遷奉命於東洲¹按夏苗, 上言稱 : "於陂野間, 見有蝻生十數里, 纔欲打捕, 其蟲化爲白蛺蝶, 飛去."

출처《태평광기》권479〈곤충·남화〉.
1 주(洲) : 문맥상 "주(州)"의 오기로 보인다.

338) 기유년(己酉年) : 오대 후한(後漢) 은제(隱帝) 건우(乾祐) 2년(949)이다.
339) 허경천(許敬遷) : 오대 후한의 무장. 후한 고조(高祖) 천복(天福) 12년(947)에 좌위장군(左衛將軍)에 임명되었다.
340) 동주(東州) : 후한의 도성인 개봉(開封)의 동쪽 주군(州郡)을 말한다.

158. 신라(新羅)

　육군사(六軍使)341) 서문사공(西門思恭)342)이 일찍이 어명을 받들어 신라에 사신으로 갔는데, 바람과 물살이 순조롭지 못해 어디가 끝인지도 모를 망망대해에서 몇 달 동안 표류했다. 그러다가 갑자기 남쪽의 한 해안에 도착했는데, 그곳에 밭두둑과 경물이 보이자 마침내 육지로 올라가서 사방을 둘러보았다. 얼마 후 신장이 5~6장(丈)이나 되는 거인 한 명이 나타났는데, 옷차림이 특이하고 목소리가 천둥 치는 것 같았다. 거인은 서문사공을 내려다보며 마치 경탄하는 듯하더니, 곧장 다섯 손가락으로 그를 집어 들고 100여 리를 가서 한 바위 동굴 속으로 들어갔다. 그곳에는 늙고 어린 거인들이 모여 있었는데, 번갈아 서로를 불러 모아 다투

---

341) 육군사(六軍使) : '육군'은 좌우용무군(左右龍武軍)·좌우신무군(左右神武軍)·좌우신책군(左右神策軍)으로, 당나라 황궁의 금위군(禁衛軍)을 말한다.

342) 서문사공(西門思恭) : 당나라 말의 무장. 희종(僖宗) 때 금군(禁軍)의 병권을 장악했다. 좌군벽장사(左軍擗仗使)·좌감문위상장군(左監門衛上將軍)·우위위상장군(右威衛上將軍)·우신책관군용사(右神策觀軍容使)·천하행영병마도감압(天下行營兵馬都監押)·제도행영도도감(諸道行營都都監) 등을 지냈다.

어 와서 서문사공을 구경하며 가지고 놀았다. 그들이 하는 말은 알아들을 수 없었지만 모두 기쁜 얼굴을 하며 마치 신기한 물건을 얻은 듯했다. 마침내 그들은 구덩이 하나를 파고 서문사공을 넣어 두었으며, 또한 때때로 와서 그를 지켰다. 이틀 밤이 지난 후에 서문사공은 마침내 기어올라 가서 구덩이를 뛰어나온 뒤에 곧장 이전에 왔던 길을 찾아 도망쳤다. 서문사공이 겨우 배로 뛰어들어 갔을 때, 거인이 이미 뒤쫓아 이르러서 곧장 거대한 손으로 뱃전을 붙잡았다. 이에 서문사공이 검을 휘둘러 거인의 손가락 세 개를 잘랐는데, 손가락이 지금의 다듬잇방망이보다도 굵었다. 거인이 손가락을 잃고 물러가자 마침내 닻줄을 풀고 출발했다. 배 안의 물과 식량이 다 떨어져 한 달이 지나도록 아무것도 먹지 못하다가 몸에 걸치고 있던 옷을 씹어 먹었다. 나중에 그는 마침내 북쪽 해안에 도착해서 거인의 손가락 세 개를 조정에 바쳤는데, 조정에서는 그것에 옻칠해서 내고(內庫 : 궁중 창고)에 보관했다. 서문사공은 주군(主軍 : 육군사)에 임명된 후로 차라리 금옥(金玉)은 남에게 줄지언정 평생 음식은 손님에게 대접하지 않았는데, 그것은 지난날 식량이 떨어졌을 때의 곤란을 잘 알고 있기 때문이었다.

六軍使西門思恭, 常銜命使于新羅, 風水不便, 累月漂泛于滄溟, 罔知邊際. 忽南抵一岸, 亦有田疇物景, 遂登陸四望. 俄有一大人, 身長五六丈, 衣裾差異, 聲如震雷. 下顧西門,有如驚歎, 于時以五指撮而提行百餘里, 入一巖洞間. 見其長幼群聚, 遞相呼集, 競來看玩. 言語莫能辨, 皆有歡喜之容, 如獲異物. 遂掘一坑而寘之, 亦來看守之. 信宿之後, 遂攀緣躍出其坑, 逕尋舊路而竄. 纔跳入船, 大人已逐而及之矣, 便以巨手攀其船舷. 于是揮劍, 斷下三指, 指粗于今槌帛棒. 大人失指而退, 遂解纜. 舟中水盡糧竭, 經月無食, 以身上衣服, 嚙而啗之. 後得達北岸, 遂進其三指, 漆而藏于內庫. 洎拜主軍, 寧以金玉遺人, 平生不以飮饌食客, 爲省其絶糧之難也.

출처《태평광기》권481〈만이(蠻夷)·신라〉,《태평광기상절》권45〈만이·신라〉.

159. 번우(番禺)

광주(廣州) 번우현의 한 부족민이 고소하며 말했다.

"간밤에 채소밭을 잃어버렸는데, 그 밭이 지금 아무 곳에 있는 것을 알고 있으니, 청컨대 현령께서 판결해 주시면 가서 찾아오겠습니다."

북방에서 온 객이 그 말에 놀라며 어찌 된 영문인지 캐물었더니 그 사람이 말했다.

"바다의 얕은 물 속에는 해조나 마름 같은 것들이 있는데, 바람이 불면 모래가 그것들과 서로 엉겨 그 뿌리가 물 위로 떠오릅니다. 모래밭 중에는 간혹 두께가 3~5척 정도 되는 곳이 있는데, 그런 곳은 개간해서 경작하거나 물을 대서 채소밭으로 만들 수도 있습니다. 간밤에 도둑이 그 밭을 훔쳐서 100여 리 밖까지 옮겨 갔는데, 마치 뗏목이 물살을 타고 흘러간 듯했습니다."

그렇게 채소를 심는 사람들이 바닷가에 종종 있다.

---

[1] 廣州番禺縣常有部民諜訴云:"前夜亡失蔬圃, 今認得在于某處, 請縣宰判狀往取之." 有北客駭其說, 因詰之, 民云:"海之淺水中有藻荇之屬, 被風吹, 沙與藻荇相雜, 其根旣浮. 其沙或厚三五尺處, 可以耕墾, 或灌或[2]圃故也. 夜則被盜者盜之[3]百餘里外, 若桴筏[4]之乘流也." 以是植蔬者, 海上

往往有之.

출처《태평광기》권483〈만이·번우〉,《태평광기상절》권45〈만이·번우〉,《능개재만록(能改齋漫錄)》권14〈기문유대(記文類對)·소실소포(訴失蔬圃)〉.

1 《능개재만록》에는 고사의 처음에 "국초범질《옥당한화》운(國初范質《玉堂閒話》云)" 9자가 있다.
2 혹(或):《능개재만록》에는 "위(爲)"라 되어 있는데, 문맥상 타당하다.
3 지(之):《능개재만록》에는 "지(至)"라 되어 있는데, 문맥상 보다 타당하다.
4 멸(篾):《능개재만록》에는 "벌(筏)"이라 되어 있는데, 문맥상 타당하다.

160. 남주(南州)

[오대십국] 왕촉(王蜀 : 전촉)의 유은(劉隱)이라는 사람은 글을 잘 지었는데, 그가 일찍이 이런 이야기를 했다.

그는 젊었을 때 익주감군사(益州監軍使)의 서찰을 가지고 검중(黔中)과 무산(巫山)의 남쪽으로 갔는데, 그 일대는 남주라고 불렸다. 남주에는 험한 산이 많고 길이 좁아 말을 타고 갈 수 없었기 때문에 귀한 사람이건 천한 사람이건 모두 지팡이를 짚고 걸어갔으며, 짐 보따리는 모두 일꾼들이 등에 짊어졌다. 그러나 일꾼들이 오지 않는 곳은 현령(縣令)이나 주부(主簿)를 보내 직접 짊어지고 가게 했다. 장차 남주에 다다를 즈음에 주목(州牧 : 자사)이 사람을 보내 편지를 전하며 그를 맞이해 오게 했다. 도착했더니 한두 사람이 대바구니를 등에 메고 다가와서 유은을 대바구니 안에 태우고 손을 휘저으며 걸어갔다. 산을 오르고 골짜기로 들어갔는데, 하나같이 굉장히 높고 깊은 곳이었다. 그런 곳을 하루에 100여 군데나 지나면서 모두 손톱으로 벼랑을 기어오르며 조금씩 앞으로 나아갔다. 대바구니 안에 있는 사람은 반드시 자기를 짊어진 사람과 등을 맞대고 앉아야 했는데, 이것이 바로 그곳의 거마(車馬)였다. 남주에 거의 도착할 즈음에 주목 역시 대바구니에 앉아 교외에서 그를 마중했다. 그

군(郡)은 뽕나무 숲 사이에 있었는데 띳집 몇 칸뿐이었다. 목수(牧守 : 군수)는 모두 중국 사람이었으며 도리에 매우 밝았다. 이튿날 목수가 말했다.

"여러 대장(大將)을 만나 보셔야지요?"

그러고는 사람을 보내 그를 관아로 인도하게 했는데, 각 관아는 서로 10여 리쯤 떨어져 있었으며 역시 숲속에 있었다. 띳집 한 채에서 3~5명의 장교들이 유은을 극진하게 맞이했다. 이윽고 송아지 한 마리를 잡았는데, 우선 송아지의 결장(結腸) 속에 있는 가는 똥을 꺼내 쟁반에 놓고 젓가락으로 식초와 함께 버무린 후에 송아지 고기를 먹었다. 그곳 사람들은 송아지의 가는 똥을 "성제(聖齏 : 최상의 양념)"라고 부르는데, 만약 그것이 없다면 잔칫상이 되지 못한다고 여겼다. 음식을 절반 정도 먹은 뒤에 마충과증(麻蟲裹蒸)이라는 음식을 내왔는데, 과증이란 삼이나 고사리 덩굴 위의 벌레를 잡아 연잎으로 싸서 찐 것으로, 마충[343]은 지금의 자유(刺猱)와 같은 것이다. 유은이 억지로 그것을 먹었더니 이튿날 아주 많은 마충과증을 그에게 보내 주었다.

---

343) 마충 : 삼하늘소의 애벌레. 나무굼벵이의 하나로 삼의 줄기를 파먹는다. 한방에서는 경풍(驚風)의 약재로 쓴다.

王蜀有劉隱者善于篇章, 嘗說:少年齎益部監軍使書, 索于黔巫之南, 謂之南州. 州多山險, 路細不通乘騎, 貴賤皆策杖而行, 其囊橐悉皆差夫背負. 夫役不到處, 便遣縣令・主薄自荷而行. 將至南州, 州牧差人致書迓之. 至則有一二人背籠而前, 將隱入籠內, 掉手而行. 凡登山入谷, 皆絕高絕深者. 日至百所, 皆用指爪攀緣, 寸寸而進. 在于籠中, 必與負荷者相背而坐, 此卽彼中車馬也. 洎至近州, 州牧亦坐籠而迓于郊. 其郡在桑林之間, 茅屋數間而已. 牧守皆華人, 甚有心義. 翌日牧曰:"須略謁諸大將乎?" 遂差人引之徇院, 衙各相去十餘里, 亦在林木之下. 一茅齋, 大校三五人, 逢迎極至. 于是烹一犢兒, 乃先取犢兒結腸中細糞, 置在盤筵, 以筯和調在醢中, 方餐犢肉. 彼人謂細糞爲"聖虀", 若無此一味者, 卽不成局筵矣. 諸味將牛, 然後下麻蟲裹蒸, 裹蒸乃取麻蕨蔓上蟲, 如今之刺猱者是也, 以荷葉裹而蒸之. 隱勉强餐之, 明日所遺甚多.

출처《태평광기》권483〈만이・남주〉.

161. 풍숙(馮宿)

풍숙344)은 [당나라] 문종(文宗 : 이앙)345) 때 조정과 지방의 관리를 두루 지내면서 훌륭한 명성을 얻었고 재상이 될 뻔한 적도 여러 번이었다. 그는 또 자신의 뜻을 굽힌 채 북사(北司 : 내시성)346)의 권문귀족들을 받들어 모셨기 때문에

---

344) 풍숙(767~836) : 자는 공지(拱之). 당나라의 대신. 정원(貞元) 8년(792) 진사 출신으로, 천주사호(泉州司戶)·태상박사(太常博士)·우부원외랑(虞部員外郎) 등을 지냈다. 헌종(憲宗) 원화(元和) 12년(817)에 재상 배도(裵度)를 따라 회서(淮西)의 난을 평정하는 데 참여해 비부낭중(比部郎中)에 제수되었으며, 여러 벼슬을 거쳐 좌산기상시(左散騎常侍)·집현전학사(集賢殿學士)를 지냈다. 문종(文宗) 때 하남윤(河南尹)·공부시랑(工部侍郎)·형부시랑(刑部侍郎)·병부시랑(兵部侍郎)을 역임하고 장락현공(長樂縣公)에 봉해졌으며, 누차 검남동천절도사(劍南東川節度使)를 지내면서 많은 치적을 남겼다. 한유(韓愈)와 교분이 두터웠으며, 문장으로 당시에 명성이 높았다.

345) 문종(文宗) : 이앙(李昂). 당나라의 제14대 황제(826~840 재위). 목종(穆宗)의 둘째 아들이자 경종(敬宗)의 동생이다. 경종 보력(寶曆) 2년(826)에 환관 왕수징(王守澄) 등이 옹립해 제위에 올랐다. 즉위한 후에 치도(治道)에 매진해 궁녀 3000명을 출궁시키고, 오방(五坊)의 매와 사냥개를 풀어 주었으며, 불필요한 관료를 대폭 감원했다. 나중에 환관이 정권을 전횡하자 이훈(李訓)과 정주(鄭注) 등을 등용해 감로지변(甘露之變)을 일으켜 환관 세력을 제거할 계획을 세웠지만, 일이 실패해 이훈과 정주 등은 살해되고 문종은 연금되었다.

그들의 환심을 모두 살 수 있었다. 어느 날 저녁 무렵에 한 중위(中尉)가 상자 하나를 봉해 그에게 보내왔는데, 열어 보았더니 검은 두건 두 개와 갑전(甲煎)347)과 면약(面藥 : 얼굴에 바르는 동상 방지 연고) 등이 들어 있었다. 당시 조정의 관리 가운데 중귀(中貴 : 환관)와 교분이 있는 사람이 장차 재상으로 임명될 때는 반드시 이런 물건들을 미리 보내 기별했다. 풍숙은 크게 기뻐하면서 상국(相國) 양사복(楊嗣復)348)에게 먼저 그 소식을 알렸는데, 이는 그가 일찍이 양

346) 북사(北司) : 내시성(內侍省). 황궁의 북쪽에 있었기 때문에 '북사'라 불렀다.

347) 갑전(甲煎) : 입술연지와 비슷한 방향(芳香) 화장품의 일종. 강남의 물가에 사는 갑향(甲香)이라고 부르는 달팽이와 비슷한 연체동물의 껍질을 갈아 만든 가루에 여러 약초와 과일 꽃을 태운 재와 밀랍을 섞어서 만드는데 약재로도 쓰인다.

348) 양사복(楊嗣復, 783~848) : 자는 계지(繼之). 당나라의 재상. 덕종(德宗) 정원(貞元) 연간(785~805) 진사 출신으로, 박학굉사과(博學宏辭科)에도 급제했다. 처음에 비서성정자(秘書省正字)로 있다가 중서사인(中書舍人)이 되었다. 목종(穆宗) 장경(長慶) 4년(824)에 예부시랑(禮部侍郎)을 대리하면서 선발한 인재 가운데 고관에 오른 자가 많았다. 문종(文宗) 때는 호부시랑(戶部侍郎)과 검남동천절도사(劍南東川節度使)에 제수되었고, 문하시랑(門下侍郎)·동평장사(同平章事)로 임명되어 재상에 올랐다. 무종(武宗) 때는 호남관찰사(湖南觀察使)로 있다가 조주자사(潮州刺史)로 폄적되었으며, 선종(宣宗) 때 이부상서(吏部尙書)로 임명되어 도성으로 돌아오던 도중에 죽었다.

사복의 막료로서 보좌했기 때문이었다. 풍숙은 또 천성적으로 깨끗하고 화려한 옷을 좋아했기 때문에 저녁부터 다음 날 새벽까지 옷을 몇 벌이나 갈아입었다. 또 준마 몇 필을 골라 비할 데 없이 빛나게 안장과 깔개를 꾸몄다. 풍숙은 이미 믿을 만한 소식이라고 생각해 서열도 지키지 않고 기쁜 마음을 표현하려는 생각에 마침내 옷을 갈아입고 꾸민 다음에 조정에 들어갔다. 막차(幕次)349)에 이르렀을 때 관리가 조서가 내려왔다고 보고했지만 풍숙은 모르는 척했다. 조정에 나아갔더니 과연 조서가 내려와 있었는데, 알자(謁者 : 빈객 접대를 맡은 관리)가 조서350)를 받쳐 들고 있자 그는 재상 발표가 틀림없다고 생각했다. 조서를 선포할 때 알자는 대전을 향해 조서를 받쳐 들고 공손하게 허리를 굽힌 뒤에 임명될 대관의 성명을 불렀다. 이윽고 크게 소리쳤다.

"소방(蕭倣)351)!"

---

349) 막차(幕次) : 조정에서 의식을 거행할 때 임시로 장막을 쳐서 관련 인사와 고관들이 잠깐 머무르는 곳을 말한다.

350) 조서 : 원문은 "마(麻)". 당나라 때는 조서를 쓸 때 황백색의 마지(麻紙)를 사용했기 때문에 조서를 '마'라고 불렀다.

351) 소방(蕭倣, 791/796~875) : 자는 사도(思道). 당나라의 재상. 대화(大和) 원년(827) 진사 출신이다. 선종(宣宗) 때 간의대부(諫議大夫)·급사중(給事中)을 지낸 뒤, 의종(懿宗) 때 좌산기상시(左散騎常侍)·예부시랑(禮部侍郎)·호부시랑(戶部侍郎)·의성군절도사(義成

풍숙은 깜짝 놀라 땅에 넘어지더니 결국 다른 사람의 부축을 받아 집으로 돌아온 뒤에 병이 나서 죽었다. 전날 저녁에 조서를 작성해 학사원(學士院 : 한림원)으로 넘기려 할 때 문종이 측근 신하에게 말했다.

"풍숙은 사람됨이 진중하지 않은 것 같소. 소방은 지금 염철사(鹽鐵使)의 일을 맡고 있는데, 짐이 살펴보았더니 자못 대신(大臣)의 풍모를 갖추고 있소."

그리하여 마침내 풍숙 대신 소방으로 바꾼 것이었다.

馮宿, 文宗朝, 揚歷中外, 甚有美譽, 垂入相者數矣. 又能曲事北司權貴, 咸得其懽心焉. 一日晚際, 中尉封一合, 送與之, 開之, 有烏巾二頂, 曁甲煎・面藥之屬. 時班行結中貴者, 將大拜, 則必先遺此以爲信. 馮大喜, 遂以先呈相國楊嗣復, 蓋常佐其幕也. 馮又性好華楚鮮潔, 自夕達曙, 重衣數襲. 選駿足數疋, 鞍轡照地, 無與比. 馮以旣有之信, 卽不宜序班, 欲窮極稱愜之事, 遂修容易服而入. 至幕次, 吏報有按, 則僞爲不知. 比就, 果有按, 謁者捧麻, 必相也. 將宣, 則

軍節度使)・병부상서(兵部尙書)・판탁지(判度支)・이부상서(吏部尙書)를 지냈으며, 희종(僖宗) 때 좌복야(左僕射)・문하시랑(門下侍郎)을 거쳐 동중서문하평장사(同中書門下平章事)로 임명되어 재상에 올랐다. 그 후 사공(司空)에 제수되고 난릉후(蘭陵侯)에 봉해졌다. 한편 본 고사에서는 소방이 문종 때 재상이 되었다고 했지만, 실제로 소방이 재상이 된 것은 희종 때의 일이므로, 착오가 있는 것으로 보인다.

謁者向殿, 執敕罄折, 朗呼所除拜大僚之姓名. 旣而大呼曰: "蕭倣!" 馮乃驚仆于地, 扶而歸第, 得疾而卒. 蓋其夕擬狀, 將付學士院之時, 文宗謂近臣曰: "馮宿之爲人, 似非沉靜. 蕭倣方判鹽鐵, 朕察之, 頗得大臣之體." 遂以易之.

출처《태평광기》권498 〈잡록(雜錄)·풍숙〉,《태평광기상절》권50 〈잡록·풍숙〉.

162. 맹을(孟乙)

　서주(徐州) 소현(蕭縣)에 맹을이라는 농부가 그물로 여우나 오소리를 잘 잡았는데, 100번 사냥에 한 번의 실수도 없었다. 어느 날 맹을은 한가한 틈을 타 창을 가지고 들판으로 나갔다. 날이 저물어 길 왼쪽에서 수백 보 떨어진 곳에 황폐한 무덤이 덩그러니 있는 것이 보였다. 풀숲 사이로 난 작은 길에 마치 사람이 지나간 흔적이 있는 것 같았다. 그래서 맹을이 그곳으로 들어가서 창으로 어두운 곳을 휘저었더니 마치 사람이 잡아끄는 것처럼 창을 움직일 수 없었다. 맹을이 물었다.

　"너는 귀신이냐? 사람이냐? 요괴냐? 도깨비냐? 어째서 내 창을 잡고 놓아주지 않느냐?"

　어둠 속에서 대답했다.

　"나는 사람이오."

　이에 맹을이 그에게 나오라고 했더니 그가 사실을 자세히 말했다.

　"나는 이씨(李氏)인데 얼마 전에 도둑질하다가 연주군후(兗州軍候)의 감옥에 갇혔습니다. 몸에 오목(五木 : 형구)이 채워졌고 심하게 매를 맞아 상처와 멍이 온몸에 가득합니다. 틈을 엿보다가 감옥 담장을 뛰어넘어 여기까지 도망쳐

왔습니다. 죽고 사는 것은 운명에 맡길 뿐입니다."

맹을은 그를 불쌍히 여겨 집으로 데리고 돌아와서 이중 벽 안에 숨겼다. 나중에 그는 사면이 되자 벽에서 나왔다. 맹씨(孟氏 : 맹을)는 사냥을 잘하기로 이름이 알려져 날고 뛰는 동물 중에 놓치는 것이 없었는데, 어느 날 황폐한 무덤 속에서 도망친 죄수를 데리고 돌아온 것이었다. 이 이야기를 들은 사람들은 모두 크게 웃었다.

徐之蕭縣有田民孟乙者, 善網狐狢, 百無一失. 偶乘暇, 持稍行曠野. 會日將夕, 見道左數百步, 荒冢巋然. 草間細逡, 若有人跡. 遂入之, 以稍于黑闇之處攪之, 若有人捉拽之, 不得動. 問 : "爾鬼耶? 人耶? 怪耶? 魅耶? 何故執吾稍而不置?" 闇中應曰 : "吾人也." 乃命出之, 其以誠告云 : "我姓李, 昨爲盜, 被繫兗州軍候獄. 五木備體, 捶楚之處, 瘡痏徧身. 因伺隙踰獄垣, 亡命之此. 死生唯命焉." 孟哀而將歸, 置于複壁中. 後經赦乃出. 孟氏以善獵知名, 飛走之屬, 無得脫者, 一旦荒塚之中, 而得叛獄囚以歸. 聞者皆大笑之.

출처《태평광기》권500〈잡록·맹을〉.

163. 진무 각저인(振武角抵人)

[당나라 희종] 광계(光啓) 연간(885~888)에 좌신책군(左神策軍) 사군군사(四軍軍使) 왕변(王卞)이 지방으로 나가 진무절도사(振武節度使)로 있을 때, 연회를 열어 음악과 놀이가 끝나자 각저(角抵 : 씨름)를 하게 했다. 매우 우람한 체격의 한 사내가 이웃 주(州)에서 와서 힘을 겨루었는데, 군중(軍中)의 10여 명은 체격과 힘에서 모두 그를 상대할 수 없었다. 주수(主帥 : 절도사 왕변) 또한 그를 건장하다고 여기고 마침내 세 사람을 뽑아 차례로 대적하게 했지만 우람한 사내가 모두 승리하자, 주수와 좌객들은 한참 동안 그를 칭찬했다. 그때 자리에 앉아 있던 한 수재(秀才)가 갑자기 일어나서 주수에게 말했다.

"제가 저 사람을 넘어뜨리겠습니다."

주수는 그의 말에 매우 놀랐으나 그가 한사코 청하기에 결국 허락했다. 수재는 계단을 내려가 먼저 주방으로 들어갔다가 잠시 후에 나왔는데, 옷을 여미고 왼쪽 주먹을 꽉 쥔 채 앞으로 나아갔다. 우람한 사내가 미소 지으며 말했다.

"이자는 한 손가락이면 필시 넘어질 것이다."

우람한 사내가 점점 다가오자 수재가 급히 왼손을 펴서 보여 주었더니, 우람한 사내가 갑자기 정신을 잃고 쓰러져

온 좌중이 크게 웃었다. 수재는 천천히 걸어 나와 손을 씻고 자리로 올라갔다. 주수가 그에게 물었다.

"무슨 기술이오?"

수재가 대답했다.

"근자에 객지를 돌아다니다가 한번은 길가 객점에서 이 사람을 만났는데, 밥상에 가까이 가자마자 비틀거리면서 쓰러졌습니다. 그의 동료가 말하길, '된장을 무서워해서 그것을 보면 바로 쓰러집니다'라고 했습니다. 저는 그 말을 듣고 기억해 두었습니다. 아까 주방에 가서 된장을 조금 얻어 손에 쥐고 있었는데, 이 사람은 된장을 보더니 과연 스스로 쓰러졌습니다. 그저 연회에서 즐겁게 웃는 데 도움을 주고자 했을 뿐입니다."

판관(判官) 변수(邊岫)가 그 일을 목격했다.

光啓年中, 左神策軍四軍軍使王卞出鎭振武, 置宴, 樂戲旣畢, 乃命角抵. 有一夫甚魁岸, 自隣州來此較力, 軍中十數輩軀貌膂力, 悉不能敵. 主帥亦壯之, 遂選三人, 相次而敵之, 魁岸者俱勝, 帥及座客, 稱善久之. 時有一秀才坐于席上, 忽起告主帥曰: "某撲得此人." 主帥頗駭其言, 所請旣堅, 遂許之. 秀才降階, 先入廚, 少頃而出, 遂掩綰衣服, 握左拳而前. 魁梧者微笑曰: "此一指必倒矣." 及漸相逼, 急展左手示之, 魁岸者懵然而倒, 合座大笑. 秀才徐步而出, 盥手而登席焉. 主帥詰之: "何術也?" 對曰: "頃年客遊, 曾于道店逢此人, 纔近食桉, 踉蹌而倒. 有同伴曰: '怕醬, 見之輒倒.' 某聞而志之. 適詣設廚, 求得少醬, 握在手中, 此人見之, 果自倒.
聊助宴設之歡笑耳." 有邊岫判官, 目覩其事.

출처《태평광기》권500〈잡록・진무각저인〉,《태평광기상절》권50〈잡록・진무각저인〉,《설부(說郛)》권48 하〈옥당한화・진무각저인〉.

164. 설창서(薛昌緒)

[당나라의] 기왕(岐王) 이무정(李茂貞)은 진롱(秦隴) 지역의 패권을 잡고 있었다. 경주(涇州)의 서기(書記) 설창서는 사람됨이 사리에 어둡고 편벽했는데 본래 천성이 그러했다. 그러나 급히 문장을 짓는 것은 그를 따라갈 수 없었다. 그는 부인과 만날 때도 시간을 정해 놓고 반드시 예의를 차렸다. 먼저 하녀에게 명해 부인에게 알리게 하고 하녀가 서너 차례 왕래한 끝에 부인이 괜찮다고 한 연후에야 등불을 들고 방으로 갔는데, 고상하고 허황한 담론을 늘어놓다가 차와 과일을 먹고 나왔다. 간혹 부인의 침실로 가고 싶을 때도 그 예의가 또한 그러했다. 그가 일찍이 말했다.

"나는 후사를 잇는 일이 중요하다고 생각하므로 만나기에 좋은 날을 점쳐서 반드시 부인이 청해 올 때까지 기다렸다가 하고자 한다."

그는 경수(涇帥 : 경주절도사)를 따라 천수(天水)에서 군대를 통솔해 청니령(靑泥嶺)에서 [오대십국] 전촉(前蜀)의 군사와 대치했다. 기왕의 병사는 군수품 조달에 압박받고 또 후량(後梁)의 군사가 경계에 진입했다는 소식을 듣고, 전촉의 군사가 습격해 올까 몹시 두려운 나머지 마침내 은밀히 군대를 움직여 밤에 도망쳤다. 경수가 떠날 때 말안장을 잡고 올랐다가 갑자기 설창서가 기억나서 말했다.

"서기에게 속히 말에 오르라고 말을 전하라."

그래서 잇달아 설창서를 재촉했지만 그는 초가집 아래에 몸을 숨긴 채 말했다.

"태사(太師 : 경수)께 먼저 떠나시라고 말씀을 전하라. 오늘 아침은 나에게 좋지 않은 날이다."

경수는 화를 내며 사람을 시켜 그를 가마에 태우고 그 말을 채찍질해 쫓아오게 했는데, 그는 여전히 물건으로 얼굴을 가린 채 말했다.

"꺼리는 날에는 예법상 손님을 만나지 않는 법이다."

그는 대개 괴상한 사람이었다. 진롱 지역의 사람들은 모두 알고 있었다.

岐王李茂貞霸秦隴也. 涇州書記薛昌緒爲人迂僻, 稟自天性. 飛文染翰, 卽不可得之矣. 與妻相見亦有時, 必有禮容. 先命女僕通轉, 往來數四, 可之, 然後秉燭造室. 至于高談虛論, 茶果而退. 或欲詣幃房, 其禮亦然. 嘗曰:"某以繼嗣事重, 輒欲卜其嘉會, 必候請而可之." 及從涇帥統衆于天水, 與蜀人相拒于靑泥嶺. 岐衆迫于輦運, 又聞梁人入境, 遂潛師宵遁, 頗懼蜀人之掩襲. 涇帥臨行, 攀鞍忽記曰:"傳語書記, 速請上馬." 連促之, 薛在草菴下藏身, 曰:"傳語太師, 但請先行. 今晨是某不樂日." 戎帥怒, 使人提上鞍轎, 捶其馬而逐之, 尙以物蒙其面, 云:"忌日禮不見客." 此蓋人妖也. 秦隴人皆知之.

출처《태평광기》권500〈잡록 · 설창서〉.

165. 강의성(康義誠)

[오대] 후당(後唐) 장흥(長興) 연간(930~933)에 시위사(侍衛使) 강의성352)이 한번은 군대에서 자기 집으로 사람을 보내 하인으로 썼는데, 또한 그 하인을 꾸짖고 볼기를 치기도 했다. 어느 날 문득 그는 늙은 하인이 가여워 그의 성씨를 물어보았더니 강씨(康氏)라고 대답했다. 그래서 따로 그의 고향과 친족과 자식에 대해 물어보고서야 비로소 자신의 아버지임을 알았다. 결국 두 사람은 서로 붙잡고 눈물을 흘렸다. 그 일을 들은 사람 중에 경이로워하지 않는 이가 없었다.

後唐長興中, 待¹衛使康義誠, 常軍中差人于私宅充院子, 亦曾小有笞責. 忽一日, 憐其老而詢其姓氏, 則曰姓康. 別詰其鄕土·親族·息胤, 方知是父. 遂相持而泣. 聞者莫不驚異.

출처《태평광기》권500〈잡록·강의성〉.

352) 강의성(?~934) : 자는 신신(信臣). 오대 후당의 무장. 후당 명종(明宗) 때 시위친군마보군도지휘사(侍衛親軍馬步軍都指揮使 : 줄여서 시위사)·산남동도절도사(山南東道節度使)·하양절도사(河陽節度使) 등을 지냈다.

1 대(待):《태평광기》사고전서본에는 "시(侍)"라 되어 있는데 타당하다.

166. 제파(帝杷)

[오대] 후진(後晉) 개운(開運) 연간(944~946) 말에 거란(契丹) 군주 야율덕광(耶律德光)353)이 변경(汴京 : 개봉)에서 본국으로 돌아가다가 조주(趙州)의 난성(欒城)에서 죽었다. 그 나라 사람들이 그의 배를 가르고 오장을 다 꺼낸 다음 한 섬 정도의 소금을 배 속에 담아 수레에 싣고 돌아갔는데, 당시 사람들은 그것을 "제파"354)라고 불렀다.

353) 야율덕광(耶律德光) : 요(遼)나라의 제2대 황제 태종(太宗, 927~947 재위). 자는 덕근(德謹), 어릴 적 자는 요골(堯骨)이다. 태조(太祖) 야율아보기(耶律阿保機)의 둘째 아들로, 일찍이 천하병마대원수(天下兵馬大元帥)에 임명되었다. 천현(天顯) 11년(936)에 후당(後唐)의 군대를 격파하고 후당의 하동절도사(河東節度使) 석경당(石敬瑭)을 후진(後晉) 황제로 옹립했으며, 회동(會同) 원년(938)에 석경당이 바친 연운 16주(燕雲十六州)를 손에 넣었다. 회동 6년(943)에 후진 출제(出帝) 석중귀(石重貴)가 신하로 칭하는 것을 거부하자 군대를 이끌고 남하해, 회동 9년(946)에 후진을 멸망시켰다. 이듬해(947)에 변경(汴京 : 개봉)으로 들어와 연호를 대동(大同)으로 바꾸고 국호를 대요(大遼)로 고쳤다. 얼마 후 중원의 군민(軍民)이 봉기해 반란을 일으키자 북쪽으로 돌아가다가 난성(欒城)에 이르러 병사했다.

354) 제파 : '파(杷)'는 소금에 절여 말린 고기를 말한다.

晉開運末, 契丹主耶律德光自汴歸國, 殂于趙之欒城. 國人破其腹, 盡出五臟, 納鹽石許, 載之以歸, 時人謂之"帝耙".

출처《태평광기》권500〈잡록·제파〉.

167. 여마구(驢馬駒)

여마(驪馬 : 노새)355)의 새끼가 어미를 따라서 갈 때, 어미 앞에 가는 놈, 어미와 함께 나란히 가는 놈, 어미의 뒤를 따라가는 놈이 있는데, 이는 태어난 때에 따른 것이다. 월초에 태어난 놈은 앞에 있고, 월 중반에 태어난 놈은 중간에 있고, 월말에 태어난 놈은 뒤에 있다.

[1]驢馬駒子, 隨母行, 有在前者, 有與母並者, 有隨後者, 因生時耳. 月初生者在前, 月半生者處中, 月末生者居後.[2]

출처 《유설》 권54 〈옥당한화 · 여마구〉, 《감주집》 권12 〈옥당한화 · 수모(隨母)〉.
1 《감주집》에는 고사의 처음에 "범질언(范質言)" 3자가 있다.
2 《감주집》에는 고사의 끝에 "험지불차(驗之不差)" 4자가 있다.

355) 여마(驪馬) : 노새. '여마'는 나(騾), 즉 암말과 수나귀 사이에서 태어난 노새를 말한다.

168. 취입총중(醉入塚中)

연주(兗州)의 어떤 민가에서 부모의 장례를 치렀는데 외가의 친척까지 모두 왔다. 한 사위가 술에 취해 관을 따라 무덤 속으로 들어갔는데, 땅 주인이 그 사실을 모른 채 흙을 덮어 메우고 떠났다. 다음 날 땅 주인이 다시 무덤에 갔더니 무덤 속에서 외치는 소리가 희미하게 들려 무덤을 파내고 그를 꺼냈다. 그가 말했다.

"술이 깬 후에 내가 암실에 있는 것을 알아차리고 손을 들어 벽을 어루만지고서야 비로소 무덤 속에 있다는 것을 깨달았습니다. 그때 한 장부와 한 노파가 조용히 말하는 소리가 문득 들렸는데, '오랫동안 여관에 있다가 이제 편안한 거처를 얻게 되어 기쁘오'라고 했습니다. 그들은 서로 축하하는 듯했습니다. 또 그들이 말하길, '어찌하여 산 사람의 기운이 느껴지지? 불을 가져와 비춰 보시오!'라고 했습니다. 곧 횃불이 관 옆에서 나와 나를 비추더니 '불태우시오!'라고 말했습니다. 횃불이 번갈아 다가와 내 수염과 귀밑머리가 모두 그을렸지만, 내 살갗을 태울 때는 그다지 고통스럽지 않았습니다. 그러다가 잠시 후에 멈췄습니다."

兗州有民家葬父母, 外姻咸至. 有女壻乘醉隨柩入塚中, 地主不知, 卽掩塞之而去. 翌日, 主人復墓, 隱隱聞塚內呼叫之聲, 發而出之. 云:"酒醒後, 覺身在暗室, 擧手捫壁, 方寤在塚中. 忽聞一丈夫·一老嫗私語云:'久在逆旅, 今喜安居.' 如相賀之意. 有云:'何得有生人氣? 取火照!' 乃有火炬出柩旁, 照見某, 則云:'燒!' 燒則火炬交至, 鬚鬢俱焦落, 燒人肌膚, 不得甚痛楚. 少頃方止."

출처《유설》권54〈옥당한화·취입총중〉.

169. 어사대 고사(御史臺故事)

　어사대의 관례 중에서 [처음 어사에 임명된] 관리들이 상관을 참배할 때 통보하거나 인도하지도 않고 문득 섬돌 아래에서 나란히 절하고 묵묵히 물러가는 것을 일러 "귀참(鬼參)"이라 한다. 또 세 차례 사건을 판결하고 나서 판결문에 "기자(記資)"라는 두 글자를 적는데, 이는 그 뜻을 알 수도 없고 그 유래를 알 수도 없다.

御史臺故事, 凡吏人參謁, 亦無通贊, 忽於堦下齊拜, 默默而退, 謂之"鬼參". 又判案三道, 判云"記資"二字, 亦不曉其義, 亦不知其所出.

출처《유설》권54 〈옥당한화·어사대고사〉.

170. 중별독(中鱉毒)

  어떤 사람이 하하(河下)356)에서 매우 통통하고 싱싱한 자라 10여 마리를 잡아서 요리하고 국을 끓여 온 가족이 함께 먹었다. 그런데 그날 밤에 모두 죽어 화를 면한 사람이 한 명도 없었으니, 아마도 자라 독에 중독된 것 같았다. 수중 생물이면서 육지에서 사는 것은 진실로 의심해야 하니, 군자가 음식을 먹을 때는 마땅히 신중해야 한다.

有人於河下獲鱉十數頭, 甚肥嫩, 烹而臛之, 舉族共食. 是夕俱斃, 無一人免者, 蓋中鱉毒耳. 水族而處於陸地, 固可疑也, 君子飲食, 宜愼之.

출처 《유설》 권54 〈옥당한화 · 중별독〉.

356) 하하(河下) : 하하고진(河下古鎭)을 말한다. 북신진(北辰鎭)이라고도 하며, 지금의 장쑤성(江蘇省) 화이난시(淮南市)에 있다.

171. 합조산(閤皂山)

　　남중(南中)에 합조산357)이 있는데, 산 모양이 쪽문[閤]처럼 생겼고 산빛이 검기[皂] 때문에 "합조산"이라 부른다. 이 산은 바로 갈 선옹(葛仙翁 : 갈현)358)이 득도한 곳으로 72복지(福地) 가운데 하나다.

南中有閤皂山, 山形如閤, 山色如皂, 故號"閤皂山". 乃葛仙翁得道之所, 七十二福地.

출처《능개재만록》권9〈지리(地理)·합조산〉.

357) 합조산 : 도교 영보파(靈寶派)의 성지로, 조산(皂山)·갈령(葛嶺)이라고도 한다. 지금의 장시성(江西省) 장수시(樟樹市) 동남쪽으로, 우이산(武夷山)의 서쪽 지맥(支脈)이다.

358) 갈 선옹(葛仙翁) : 갈현(葛玄, 164~244). 자는 효선(孝先). 삼국시대 오(吳)나라의 도사로, 동진(東晉) 갈홍(葛洪)의 종조부(從祖父)다. 도교 영보파(靈寶派)의 조사(祖師)다. 일찍이 좌자(左慈)를 스승으로 모시고 도술을 수련해,《태청단경(太淸丹經)》·《구정단경(九鼎丹經)》·《금액단경(金液丹經)》 등을 전수받았으며, 나중에 이를 제자 정은(鄭隱)에게 전수했고, 정은이 다시 갈홍에게 전수했다. 전하는 말에 따르면, 그는 일찍이 합조산에서 수련해 득도했다고 한다. 후세에 도교에서 그를 존숭해 "갈 선옹"·"태극 선옹(太極仙翁)"이라 부른다.

172. 우장(芋牆)

합조산(閤皂山)의 한 절의 스님이 토란을 심는 데 온 힘을 기울여 해마다 아주 많은 토란을 수확했다. 그는 그것을 진흙처럼 절구질해서 벽돌을 만들어 담장을 쌓았다. 나중에 큰 기근을 만났지만 오직 이 절의 40여 명의 스님만 토란 벽돌을 먹고 흉년을 넘겼다.

閤皂山一寺僧, 甚專力種芋, 歲收極多. 杵之如泥, 造塹爲牆. 後遇大飢, 獨此寺四十餘僧食芋塹以度凶歲.

출처《유설》권54〈옥당한화·우장〉.

173. 점수한(占水旱)

    상원일(上元日 : 음력 정월 보름날) 밤에 1장(丈) 길이의 장대를 뜰에 세우고 달이 중천에 뜨길 기다렸다가 그 그림자 길이가 7척이면 큰 풍년이 들고, 6척이면 약간 풍년이 들며, 9척이나 1장이면 홍수가 나고, 5척이면 가뭄이 들고, 3척이면 큰 가뭄이 든다. 또 정월 초하루에 외양간에서 소를 살펴보아 모두 누워 있으면 오곡에 싹이 나기 어렵고, 절반은 누워 있고 절반은 서 있으면 작황이 보통이고, 소가 만약 모두 서 있으면 오곡이 대풍이다. 봄 갑자일(甲子日)에 비가 오면 대부분 가물고, 가을 갑자일에 비가 오면 대부분 큰물이 진다.

上元夜, 竪一丈[1]竿於庭中, 候月午, 其影[2]七尺, 大稔, 六尺[3], 小稔, 九尺·一丈, 有水, 五尺, 歲旱, 三尺, 大旱. 又正月一日, 於牛屋下驗牛, 俱臥, 則五穀難立[4]苗, 半臥半起, 歲中平, 牛若俱立, 則五穀[5]熟. 春甲子雨, 多旱, 秋甲子雨, 多水.

출처《유설》권54〈옥당한화·점수한〉,《세시광기》권5〈원단(元旦)·
    험우와(驗牛臥)〉, 권12〈상원(上元)·후간영(候竿影)〉.
1   장(丈) :《세시광기》권12에는 "장(杖)"이라 되어 있다.
2   《세시광기》권12에는 이곳에 "지(至)" 자가 있다.

3 육척(六尺) : 《세시광기》 권12에는 이 뒤에 "팔척(八尺)" 2자가 있다.
4 입(立) : 《세시광기》 권5에는 "생(生)"이라 되어 있다.
5 《세시광기》 권5에는 이곳에 "대(大)" 자가 있다.

174. 장수중 시(張守中詩)

  수재(秀才) 장수중은 〈호접시(蝴蝶詩)〉의 마지막 구에서 이렇게 읊었다.

  "오늘 밤 향긋한 풀 길에 깃들인다면, 그윽한 뜻을 왕손(王孫)359)에게 전하기 위해서라네."

  또 이렇게 읊었다.

  "박명한 소진(蘇秦)360)은 빈번히 나라를 떠났고, 다정한 반악(潘岳)361)은 자주 가을을 슬퍼했네."

---

359) 왕손(王孫) : 본래는 왕족이나 귀족 가문의 자제를 가리켰지만, 나중에는 은사(隱士)를 뜻하는 말로 쓰였다.

360) 소진(蘇秦, ?~BC 284) : 자는 계자(季子). 전국 시대의 사상가로, 일찍이 장의(張儀)와 함께 귀곡자(鬼谷子)에게서 종횡술(縱橫術)을 배웠다. 그는 동쪽의 연(燕)·한(韓)·위(魏)·조(趙)·제(齊)·초(楚) 6국이 종적으로 동맹해 서쪽의 진(秦)나라에 맞서야 한다는 합종책(合縱策)을 주장해 성공함으로써, 6국의 재상 인장을 한 몸에 지니고 명성을 떨쳤다. 진나라는 합종책 때문에 15년 동안 감히 함곡관(函谷關)을 나서지 못했다. 하지만 결국에는 진나라가 6국 각각과 횡적으로 연대해야 한다고 주장한 장의의 연횡책(連橫策)에 패해, 연나라에서 제나라로 망명했다가 제나라에서 자객에게 살해당했다.

361) 반악(潘岳, 247~300) : 자는 안인(安仁). 진(晉)나라 초의 저명한 문학자로, 준수한 용모로 유명했다. 일찍부터 재능이 빼어나 이름이 알

張守中秀才〈蝴蝶詩〉末句云:"今夜若棲芳草逕, 爲傳幽意與王孫." 又曰:"薄命蘇秦頻去國, 多情潘岳旋悲秋."

출처《유설》권54〈옥당한화·장수중시〉.

려졌다. 하양현령(河陽縣令)·상서탁지랑(尙書度支郞)·저작랑(著作郞)·산기시랑(散騎侍郞)·급사황문시랑(給事黃門侍郞) 등을 역임했으며, 나중에 손수(孫秀)의 모함을 받아 조왕(趙王) 사마윤(司馬倫)에게 살해당했다.

175. 차처여복두분계(此處與襆頭分界)

민수(閩帥) 왕심지(王審知)362)의 조카는 우스갯소리를 잘했다. 어떤 서생의 안색이 자못 검었는데, 그가 취해 누워 있자 왕심지의 조카가 붉은 붓으로 그의 이마에 이렇게 적었다.

"이곳이 두건과의 경계다."

閩帥王審知猶子, 善談笑. 有書生色頗黑, 因醉臥, 王以朱筆題額曰 : "此處與襆頭分界."

출처《유설》권54 〈옥당한화 · 차처여복두분계〉.

---

362) 왕심지(王審知) : 자는 신통(信通), 호는 상경(詳卿). 오대십국 시대 민국(閩國)의 개국 군주(909~925 재위)로, 위무군절도사(威武軍節度使) 왕조(王潮)의 동생이다. 당나라 말에 형과 함께 왕서(王緒)를 따라 병사를 일으켰으며, 민(閩)으로 들어가 천주(泉州)에 머물면서 그 일대를 차지했다. 후량(後梁) 개평(開平) 3년(909)에 민왕(閩王)에 봉해졌다. 아들 왕연균(王延鈞)이 황제를 칭한 후에 소무효황제(昭武孝皇帝)로 추증되었다. 묘호는 태조(太祖)다.

176. 겁서식창(劫鼠食倉)

[당 소종] 천복(天復) 연간(901~904)에 농우(隴右) 지역에 큰 기근이 들었다. 그해 가을 농사가 아주 풍년이었는데, 장차 곡식을 수확하려 했더니 대부분 이삭이 없었다. 어떤 사람이 밭에 가서 쥐구멍을 파헤쳐 찾은 끝에 아주 많은 곡식을 얻었다. 그래서 집마다 쥐구멍을 뒤져서 5~7곡(斛)을 얻은 자가 있었기에 서로 전하면서 이를 "겁서창(劫鼠倉 : 쥐 창고를 털다)"이라고 불렀다. 민간에서 모두 밭으로 나가 곡식을 찾아내 목숨을 구한 사람이 아주 많았다.

天復中, 隴右大饑. 其年, 秋稼甚豐, 將刈之間, 大半無穗. 有人就田破鼠穴而求, 所獲甚多. 於是家家窮穴, 有獲五七斛者, 相傳謂之"劫鼠倉." 民間皆出田中求食, 濟活甚衆.

출처《유설》권54〈옥당한화 · 겁서식창〉.

177. 화정(火精)

[오대] 후량(後梁)의 한림학사(翰林學士) 임찬(任贊)363)은 수년 동안 학사직에 있었지만 여전히 붉은 관복을 입고 있었다. 그가 책상 위에 시를 적어 놓았는데, 양주(梁主 : 태조 주온)가 그 뜻을 알고 자포(紫袍)364)와 황금 인장을 하사하라고 명했다. 임찬이 적어 놓은 시는 이러했다.

"수년 동안 외람되이 내서(內署 : 한림원)에 있는데, 관복 색이 분명 기우네. 임찬 희도는, 임금이 화정(火精 : 태양)임을 알고 있네."

363) 임찬(任贊) : 자는 희도(希度). 오대의 관리. 후량 태조 개평(開平) 연간(907~911) 진사 출신으로, 여러 벼슬을 거쳐 한림학사에 이르렀다. 후당(後唐)에서는 장종(莊宗) 때 방주사마(房州司馬)로 좌천되었다가, 명종(明宗) 때 태자좌서자(太子左庶子)에서 공부시랑(工部侍郞)이 되고 좌산기상시(左散騎常侍)로 전임되었다. 장흥(長興) 4년(933)에 호부시랑·형부시랑·병부시랑을 지냈으며, 진왕(秦王) 이종영(李從榮)의 반란 사건에 연루되어 무주(武州)로 유배되었다. 후진(後晉)에서는 고조 때 공부시랑에서 병부시랑으로 전임되었다.

364) 자포(紫袍) : 3품 이상의 고관이 착용하는 관복. 당나라의 관복 색깔은 3품 이상은 자색(紫色), 4품은 짙은 비색(緋色 : 붉은색), 5품은 옅은 비색, 6품은 짙은 녹색, 7품은 옅은 녹색, 8품은 짙은 청색, 9품은 옅은 청색이었다.

梁朝翰林學士任贊, 居職數年, 猶着朱紱. 於案上題詩, 梁主知之, 命賜紫袍, 金章. 詩曰:"數年叨內署, 衫色儼然傾. 任贊字希度, 知君是火精."

출처《유설》권54〈옥당한화·화정〉.

178. 사균(蛇菌)

　호남(湖南)의 백성이 교외에서 아주 커다란 버섯 하나를 발견해 부주(府主)에게 바쳤더니 어떤 스님이 말했다.
　"이것은 독이 매우 강하니 절대로 입에 넣지 마십시오."
　그래서 그 버섯을 발견한 곳을 파 보았더니, 겨울잠을 자는 뱀 1000여 마리가 있었다.

湖南百姓, 郊外得一菌, 甚大, 獻於府主, 有僧曰 : "此物甚毒, 愼勿入口." 乃於所獲之處掘之, 有蟄蛇千餘條.

출처《유설》권54〈옥당한화·사균〉.

179. 가대(假對)

장걸(張傑)은 익살스러웠으며 가대365)를 짓는 데 능했다. 한번은 세 사람이 솥발 모양으로 마주 앉아 있다가 이렇게 읊었다.

"세 사람이 솥발 모양으로 앉아, 밤새껏 머리 흔들며 시를 읊네."

또 이렇게 읊었다.

"조각(皂角)나무366) 끝에 박판(拍板)367) 매달고, 조롱박 시렁 위에 다추(茶搥)368) 걸어 놓았네."

한번은 한 무관(武官)의 분노를 샀는데 장걸이 말했다.

"대인이 이미 주먹을 쓰려고 하니, 소인은 근심을 이기지

---

365) 가대 : 가짜 대우(對偶)라는 뜻으로, 내용은 대우를 이루지 못하지만 조어상(造語上) 글자나 소리만 대우를 맞추는 것을 말한다.

366) 조각(皂角)나무 : 조각자(皂角子)나무 또는 조협(皂莢)나무를 말한다. 콩과에 속한 낙엽 교목으로, 가지가 변화한 가시가 많아서 조각자나무라 하고, 열매가 콩꼬투리처럼 생겨서 조협나무라 한다. 검은 씨는 조각자 또는 조협자(皂莢子)라 한다. 그 가시는 약재로도 쓰인다.

367) 박판(拍板) : 여섯 개의 단단한 나무쪽을 끈으로 연이어 꿰어서 박자를 맞추는 데 쓰는 악기.

368) 다추(茶搥) : 딱딱한 다병(茶餠)을 부술 때 사용하는 나무망치.

못하네."

張傑滑稽, 能爲假對. 嘗與三人鼎坐, 吟曰 : "三人鐺脚坐, 一夜掉頭吟." 又曰 : "皂角樹頭懸拍板, 葫蘆架上釣茶搥." 嘗取怒一武弁, 傑曰 : "大夫旣欲行拳, 小子不任憂惕."

출처《유설》권54〈옥당한화·가대〉.

180. 광왕 전욱(廣王全昱)

[쌍륙(雙六) 놀이를 하면서] 주사위를 몇 차례 던지고 나서 광왕(廣王) 주전욱(朱全昱)369)이 갑자기 멈추고 주사위를 던지지 않더니, 후량(後梁) 태조(太祖 : 주온, 주전충)를 돌아보고 말하면서 두 번이나 "주삼(朱三)!"370)이라고 부르자, 후량 태조의 안색이 변했다. 이어서 광왕이 말했다.

"너는 그토록 큰 관직을 좋아하느라 오랫동안 가족을 멀리하고도 편안할 수 있느냐?"

그러고는 크게 화를 내며 계단 아래로 놀이 기구를 던져 동이에 부딪쳐 부서졌으며, 씩씩거리고 눈을 흘기면서 멈추지 않고 노려보았다.

骰子數匝, 廣王全昱忽駐不擲, 顧而白梁祖, 再呼"朱三", 梁祖動容. 廣王曰 : "你愛他爾許大官職, 久遠家族得安否?" 於

---

369) 주전욱(朱全昱, ?~916) : 후량 태조 주온(朱溫 : 주전충)의 맏형으로, 주온이 황제로 즉위한 뒤 광왕(廣王)에 봉해졌다. 둘째 형 주존(朱存)은 낭왕(朗王)에 봉해졌다.
370) 주삼(朱三) : 주온은 삼 형제 중 셋째였기에 집안에서 '주삼'이라 불렸다. 한편 쌍륙 놀이에서 두 개의 주사위가 모두 3이 나오는 것을 '주삼'이라고도 한다. 여기서는 중의적(重義的)으로 쓰였다.

是大怒, 擲戲具於堵下, 抵其盆而碎之, 喑嗚眥睚, 數目不止.

출처《자치통감고이(資治通鑑考異)》권28〈후량기(後梁紀) 상(上)·태조개평원년(太祖開平元年)〉. "사월주전욱책제멸당사직(四月朱全昱責帝滅唐社稷: 4월에 주전욱이 황제가 당나라의 사직을 멸망시킨 것을 질책하다)"이라는 구절에서 왕인유의《옥당한화》를 인용했다.

181. 갈당도(葛黨刀)

당시(唐詩)에서 많이 사용한 오구(吳鉤)는 칼 이름으로 굽은 칼이다. 지금 남만(南蠻)에서는 그것을 "갈당도"라고 부른다.

唐詩多用吳鉤者, 刀名也, 刀彎. 今南蠻名之曰"葛黨刀".

출처《해록쇄사(海錄碎事)》권14〈백공의기부(百工醫技部)·도검문(刀劒門)〉.

182. 외효궁(隗囂宮)

　　진천성(秦川城 : 진주성) 북쪽 산꼭대기 위에 외효궁[371] 이 있는데, 궁이 굉장히 웅장하고 화려하다. 지금은 수산사 (壽山寺)가 되었다. 수산사에 있는 삼문(三門 : 산문)[372]은 청석(靑石)을 조각해 문턱을 만들어서 유리 빛깔처럼 맑고 투명하다. 내본서의 찬자 왕인위는 일찍이 달맞이하며 시원한 바람을 쐬러 아침저녁으로 나들이해 그곳을 떠나지 않았다. 그 후에 전촉(前蜀)으로 들어갔을 때 전촉의 어떤 도사가 나에게 말했다.

　　"외효궁의 석문(石門 : 삼문) 턱 아래의 시를 기억하시

---

371) 외효궁 : 지금의 간쑤성(甘肅省) 톈수이현(天水縣) 성 북쪽의 런서우산(仁壽山)에 있으며, 속칭 피서성(避暑城)이라고 한다. 외효(?~33)는 자가 계맹(季孟)이며, 동한 초의 천수군(天水郡) 사람이다. 왕망(王莽) 말년에 출신지 호족들에 의해 추대되어 천수군·무도군(武都郡)·금성군(金城郡) 등을 차지하고 서주상장군(西州上將軍)이라 자칭했다. 동한 광무제(光武帝) 건무(建武) 9년(33)에 한군(漢軍)에게 누차 패배하자 울분을 이기지 못하고 죽었다.

372) 삼문(三門) : 산문(山門). 사찰의 바깥 누문(樓門)을 말한다. 사찰의 본당을 열반(涅槃)에 비유해 삼문은 열반에 이르는 세 가지 해탈문(解脫門), 즉 공문(空門)·무상문(無相門)·무작문(無作門)을 말한다.

오?"

내가 말했다.

"나는 아이였을 때부터 장년에 이르기까지 그곳에서 노닐었는데, 시가 있는 것을 본 적이 없소."

그러자 도사가 미소 지으며 말했다.

"그대가 만약 다시 그곳에 가거든 석문 턱 아래의 땅에서 찾아보시오."

병술년(丙戌年 : 926)373)에 전촉이 패망하자 나는 진천으로 돌아갔는데, 도착하자마자 그곳으로 가서 찾아보았더니 과연 절구(絶句) 한 수가 있었다. 그 시를 자세히 살펴보니, 표연히 신선의 풍모가 담겨 있었기에 원근의 시인들이 다투어 와서 읊으며 음미했다. 어찌 그 도사는 잉어를 타고 학을 모는 무리374)가 아니겠는가? 기이하도다! 기이하도다! [그 시375)는 다음과 같다.]

---

373) 병술년(丙戌年) : 후당(後唐) 명종(明宗) 천성(天成) 원년(926)이다.

374) 잉어를 타고 학을 모는 무리 : 신선을 말한다. 유향(劉向)의 《열선전(列仙傳)》에 따르면, 전국 시대 조(趙)나라의 금고(琴高)는 득도해 탁수(涿水)에 들어갔다가 붉은 잉어를 타고 나타났다고 하며, 춘추 시대 주(周)나라의 왕자교(王子喬)는 부구공(浮丘公)에게서 도를 배워 득도한 뒤 백학을 타고 나타났다고 한다.

375) 시 : 아래의 시는 당나라 고병(高駢)의 〈보허사(步虛詞)〉다.

"청계도사(淸溪道士)는 사람들이 알지 못하니, 하늘을 오르내리는 한 마리 학이라네. 동굴 문은 깊게 잠겨 있고 옥창(玉窓)은 한가한데, 이슬방울로 주묵(朱墨)을 갈아《주역(周易)》에 권점(圈點) 찍네."

秦川城北絶頂之上有隗囂宮, 宮頗宏敞壯麗. 今爲壽山寺. 寺有三門, 門限琢靑石爲之, 瑩徹如琉璃色. 余嘗待月納涼, 夕處朝遊, 不離於是. 爾後入蜀, 蜀有道士謂余曰: "隗宮石門限下詩記之乎?" 余曰: "余爲孩童, 迨乎壯年, 遊處於此, 未嘗見有詩." 道士微哂曰: "子若復遊, 但於石門限下土際求之." 丙戌歲, 蜀破還秦, 至則訪求之, 果得一絶云云. 詳觀此篇, 飄飄然有神仙體裁, 遠近詞人競來諷味. 那知道士非控鯉駕鶴之流乎? 奇哉! 奇哉! "淸溪道士人不識, 上天下天鶴一隻. 洞門深鎖玉窓閒[1], 滴露硏朱點《周易》."

출처《죽장시화(竹莊詩話)》권21〈방외(方外)·절구(絶句)〉.

1 옥창한(玉窓閒): 고병(高駢)의〈보허사(步虛詞)〉에는 "벽창한(碧窓寒)"이라 되어 있다.

183. 방읍(縍揖)

　어깨를 다른 사람에게 기대는 것을 "방(縍)"이라 하는데, 음은 파(巴)와 강(講)의 반절(反切)이고, 경박한 태도다.

以肩揖人曰"縍", 音巴講反, 輕脫之態也.

출처《감주집》권12〈옥당한화 · 방읍〉.

부록

1. 왕인유전(王仁裕傳)

　　왕인유는 자가 덕련(德輦)이고 천쉐天水, 지금의 간쑤성(甘肅省) 톈수이시(天水市)] 사람이다. 젊었을 때는 글을 알지 못했고 개와 말로 사냥하는 것을 즐거움으로 삼았다가 스물다섯 살에야 비로소 공부를 시작했는데, 사람됨이 준수하고 문장으로 진룽[秦隴, 지금의 산시성(陝西省)·간쑤성 지역] 지역에 이름이 알려졌다. 진수(秦帥 : 진주절도사)가 그를 진주절도판관(秦州節度判官)으로 초징했다. 진주가 전촉(前蜀)에 편입되자, 왕인유는 전촉을 섬겨 중서사인(中書舍人)과 한림학사(翰林學士)를 지냈다. 후당(後唐) 장종(莊宗 : 이존욱)이 전촉을 평정하자, 왕인유는 후당을 섬겨 다시 진주절도판관이 되었다. 왕사동(王思同)이 흥원(興元)을 진수할 때 그를 초징해 종사(從事)로 삼았으며, 왕사동이 서경유수(西京留守)로 있을 때는 그를 판관(判官)으로 삼았다. 폐제(廢帝 : 이종가. 후당의 마지막 황제)가 봉상(鳳翔)에서 거병했을 때 [그에 맞선] 왕사동이 전쟁에서 패했는데, 폐제가 왕인유를 붙잡았지만 그의 명성을 듣고 죽이지 않고 군중(軍中)에 두었다. 폐제가 거사할 때부터 입조해 제위에 오를 때까지 여러 진(鎭)에 급히 내린 조서와 고명(告命)은 모두 왕인유가 작성했다. 한참 후에 도관낭중

(都官郞中)으로서 한림학사에 충임되었다. 후진(後晉) 고조(高祖 : 석경당)가 입조해 황제로 즉위하자, 직임을 그만두고 낭중(郞中)이 되었으며, 사봉좌사낭중(司封左司郞中)과 간의대부(諫議大夫)를 역임했다. 후한(後漢) 고조(高祖 : 유지원) 때 다시 한림학사승지(翰林學士承旨)가 되었으며, 여러 벼슬을 거쳐 호부상서(戶部尙書)가 되었다가 그만두고 병부상서(兵部尙書)와 태자소보(太子少保)를 지냈다. [후주(後周) 세종(世宗 : 곽시영)] 현덕(顯德) 3년(956)에 77세로 죽었고, 태자소사(太子少師)에 추증되었다.

왕인유는 본디 음률에 밝았다. 후진 고조가 처음 아악(雅樂)을 제정할 때 영복전(永福殿)에서 신하들에게 연회를 베풀면서 황종(黃鍾)을 연주했는데, 왕인유가 그 소리를 듣고 말하길, "음이 엄숙하지 않고 조화로운 소리가 없으니 틀림없이 궁중에서 다툼이 일어날 것입니다"라고 했다. 얼마 후에 양군(兩軍)이 승룡문(昇龍門) 밖에서 싸움을 겨뤄 그 소리가 궁중까지 들리자, 사람들은 그를 신처럼 생각했다. 왕인유는 시를 짓기 좋아했다. 그가 젊었을 때 일찍이 꿈을 꾸었는데, 자신의 창자를 갈라 서강(西江)의 물로 씻고 나서 뒤돌아보았더니 강 속의 모래와 자갈이 모두 전주(篆籀)의 글자를 이루는 것이었다. 이로 말미암아 문사(文思)가 더욱 진보했다. 이에 평생 지은 시 만여 수를 모아 100권으로 만들고 《서강집(西江集)》이라 불렀다. 왕인유는 화응(和凝)

과 함께 오대 때 모두 문장으로 이름이 알려졌다. 또 일찍이 두 사람은 지공거(知貢擧)를 맡았는데, 왕인유의 문하생 왕부(王溥)와 화응의 문하생 범질(范質)이 모두 재상에 이르렀기에, 당시 사람들은 그들이 인재를 얻은 것을 칭송했다.

《신오대사(新五代史)》 권57 〈잡전(雜傳)〉

王仁裕, 字德輦, 天水人也. 少不知書, 以狗馬彈射爲樂, 年二十五始就學, 而爲人儁秀, 以文辭知名秦隴間. 秦帥辟爲秦州節度判官. 秦州入于蜀, 仁裕因事蜀爲中書舍人·翰林學士. 唐莊宗平蜀, 仁裕事唐, 復爲秦州節度判官. 王思同鎭興元, 辟爲從事, 思同留守西京, 以爲判官. 廢帝舉兵鳳翔, 思同戰敗, 廢帝得仁裕, 聞其名不殺, 置之軍中. 自廢帝起事, 至其入立, 馳諸鎭, 詔書·告命皆仁裕爲之. 久之, 以都官郎中充翰林學士. 晉高祖入立, 罷職爲郎中, 歷司封左司郎中·諫議大夫. 漢高祖時, 復爲翰林學士承旨, 累遷戶部尙書, 罷爲兵部尙書·太子少保. 顯德三年卒, 年七十七, 贈太子少師.

仁裕性曉音律. 晉高祖初定雅樂, 宴羣臣於永福殿, 奏黃鍾, 仁裕聞之曰: "音不純肅而無和聲, 當有爭者起於禁中." 已而兩軍校鬪昇龍門外, 聲聞于內, 人以爲神. 喜爲詩. 其少也, 嘗夢剖其腸胃, 以西江水滌之, 顧見江中沙石皆爲篆籒之文. 由是文思益進. 乃集其平生所作詩萬餘首爲百卷, 號《西江集》. 仁裕與和凝於五代時皆以文章知名. 又嘗知貢擧, 仁裕門生王溥, 凝門生范質, 皆至宰相, 時稱其得人.

《新五代史》卷五十七〈雜傳〉

2. 역대(歷代) 저록(著錄)

○ 북송 왕요신(王堯臣)《숭문총목(崇文總目)》권2〈전기류(傳記類)〉

　　《옥당한화》10권, 왕인유 찬.
　　《玉堂閑話》十卷, 王仁裕撰.

○ 남송 정초(鄭樵)《통지(通志)》권65〈예문략(藝文略)・사류(史類)・잡사(雜史)〉

　　《옥당한화》10권 후한 왕인유 찬.
　　《玉堂閑話》十卷 漢王仁裕撰.

○ 남송 정초《통지》권68〈예문략・제자류(諸子類)・소설(小說)〉

　　《속옥당한화》1권 왕인유 찬.
　　《續玉堂閑話》一卷 王仁裕撰.

○ 남송《송소흥비서성속편도사고궐서목(宋紹興秘書省續編到四庫闕書目)》권2〈자류(子類)・소설(小說)〉

　　왕인유《속옥당한화》1권.
　　王仁裕《續玉堂閑話》一卷.

○ 원 탈탈(脫脫)《송사(宋史)》권206〈예문지(藝文志)·자류(子類)·소설류(小說類)〉

　왕인유《옥당한화》3권.
　王仁裕《玉堂閑話》三卷.

○ 명 초횡(焦竑)《국사경적지(國史經籍志)》권3〈사류(史類)·잡사(雜史)〉

　《옥당한화》10권 후한 왕인유.
　《玉堂閒話》十卷 漢王仁裕.

해 설

 《옥당한화(玉堂閑話)》는 '옥당에서의 한담'이라는 뜻으로, 오대(五代)의 문인 왕인유(王仁裕)가 찬한 역사 쇄문류(歷史瑣聞類) 필기 문헌이다. '옥당'은 당나라 말부터 한림원(翰林院)의 별칭으로 사용되었다. 《옥당한화》는 왕인유가 한림학사(翰林學士)로 있으면서 한가할 때 동료들과 한담하면서 보고 들은 이야기를 기록했는데, 원서는 망실되어 전하지 않으며 후대의 여러 전적에 그 일문(佚文) 183조가 남아 있다.

 《옥당한화》의 찬자 왕인유(880~956)는 자가 덕련(德輦)이고 천수[天水, 지금의 간쑤성(甘肅省) 톈수이시(天水市)] 사람으로, 오대십국(五代十國)의 전촉(前蜀)·후당(後唐)·후진(後晉)·후한(後漢)·후주(後周)에서 문장으로 명성이 높았다.

 그는 당나라 희종(僖宗) 광명(廣明) 원년(880)에 태어나 젊었을 때는 글을 알지 못했고 사냥에 빠졌다가 스물다섯 살에야 비로소 공부를 시작했는데, 문장이 뛰어나 진롱[秦隴, 지금의 산시성(陝西省)·간쑤성 지역] 지역에 이름이 알려졌다. 당나라 말에 진주절도판관(秦州節度判官)이 되었는데, 진주가 전촉에 편입되자 전촉 조정에서 중서사인(中書舍人)과 한림학사(翰林學士)를 지냈다. 후당 장종(莊宗 : 이존욱)이 전촉을 평정하자 후당 조정에서 다시 진주절도판관이 되었다. 왕사동(王思同)이 흥원(興元)을 진수할 때 그를 초징해 종사(從事)로 삼았으며, 왕사동이 서경유수(西京留守)로 있을 때는 그를 판관으로 삼았다. 폐제(廢帝 : 이종가. 후당의 마지막 황제)가 봉상(鳳翔)에서 거병했을 때 왕사동이 그에 맞섰다가 패했는데, 폐제가 왕인유를 체포했지만 그의 명성을 듣고 죽이지 않고 군중(軍中)에 두었다. 폐제가 거사할 때부터 입조해 제위에 오를 때까지 여러 진(鎭)에 급히 내린 조서와 고명(告命)은 모두 왕인유가 작성했다. 그 후에 도관낭중(都官郞中)으로서 한림학사에 충임되었다. 후진 고조(高祖 : 석경당)가 황제로 즉위하자 직임을 그만두고 낭중(郞中)이 되었으며, 사봉좌사낭중(司封左司郞中)과 간의대부(諫議大夫)를 역임했다. 후한 고조(高祖 : 유지원) 때는 다시 한림학사승지(翰林學士承旨)가 되었으며, 여러 벼슬을 거쳐 호부상서(戶部尙書)가 되었다가 그만두고 병부상서(兵部尙書)와 태자소보(太子少保)를 지냈다. 후주 세종(世宗 : 곽시영) 현덕(顯德) 3년(956)에 77세로 죽었고, 태자소사(太子少師)에 추증되었다.

왕인유는 시문(詩文)에 능했고 음률에 밝았으며, 화응

(和凝)과 함께 오대 때 문장으로 이름이 알려졌다. 필기 저작으로 《옥당한화》 외에 《개원천보유사(開元天寶遺事)》와 《당말견문록(唐末見聞錄)》 등을 찬했으며, 시문집으로 《서강집(西江集)》 100권을 찬했지만 망실되어 전하지 않는다. 그 밖에 《송사(宋史)》〈예문지(藝文志)〉에 《입락기(入洛記)》 1권, 《남행기(南行記)》 1권, 《승로집(乘輅集)》 5권, 《자각집(紫閣集)》 5권, 《자니집(紫泥集)》 12권, 《시집(詩集)》 10권 등이 저록되어 있다. 그의 전(傳)은 《신오대사(新五代史)》 권57 〈잡전(雜傳)〉에 실려 있다.

《옥당한화》는 왕인유가 한림학사로 있을 때 수시로 고사를 기록해 놓았다가 나중에 정리해서 편찬한 것으로 보이는데, 언제 완성되었는지 정확한 시기는 알 수 없지만 현재 남아 있는 일문을 통해서 그 시기를 추정할 수 있다. 〈왕인유 1〉(제50조)에서 후진 병신년(丙申年 : 936)에 한림학사 왕인유가 숙직하다가 궁중의 이상한 종소리를 들은 후로 지금까지 13년이 되었다고 했는데, 936년에서 13년 후는 후한 건우(乾祐) 2년인 949년이다. 또한 〈맥적산〉(제123조)에서 왕인유가 신미년(辛未年 : 911)에 이곳에 올라 시를 적어 남겼고 지금까지 39년이 흘렀다고 했는데, 911에서 39년이 흐르면 950년이다. 이때는 후한 건우 3년으로, 왕인유는 71세에 한림학사승지와 호부상서로 있었다. 따라서 《옥당한화》

는 950년 이후부터 찬자 왕인유가 죽은 956년 사이에 지어졌을 것으로 추정한다.

《옥당한화》에 대한 저록은 북송 왕요신(王堯臣)의 《숭문총목(崇文總目)》 권2 〈전기류(傳記類)〉에서 처음 보이는데, "《옥당한화》 10권, 왕인유 찬"이라 되어 있다. 또한 남송 정초(鄭樵)의 《통지(通志)》 권65 〈예문략(藝文略)·사류(史類)·잡사(雜史)〉에도 "《옥당한화》 10권 후한 왕인유 찬"이라 되어 있다. 하지만 원대에 수찬된 《송사(宋史)》 권206 〈예문지(藝文志)·자류(子類)·소설류(小說類)〉에는 "왕인유 《옥당한화》 3권"이라 되어 있다. 이상의 저록을 살펴보면, 《옥당한화》의 원서는 본래 10권이었으며 송대까지는 원서가 전해졌지만, 원대에는 상당 부분이 망실되고 3권만 남았으며, 그 이후로 완전히 망실된 것으로 보인다. 한편 명대 초횡(焦竑)의 《국사경적지(國史經籍志)》 권3 〈사류·잡사〉에 "《옥당한화》 10권 후한 왕인유"이라 저록되어 있는데, 이는 《통지》의 저록을 전재(轉載)한 것으로 보인다. 《국사경적지》 권6 〈부록(附錄)·규류(糾繆)·정초예문략(鄭樵藝文略)〉에서 "《옥당한화》는 〈잡사〉와 〈소설〉 두 곳에서 나온다(《玉堂閑話》雜史·小說兩出)"라고 하면서 잘못이라고 지적했는데, 이를 통해 《국사경적지》가 《통지》의 저록을 살펴보고 따랐음을 알 수 있다. 《국사경적지》에서 언급한 "〈소설〉에서 나온다"고 한 것은 실제로는 《옥당한화》가 아니라 《속옥당한화》다.

그 밖에 남송 정초의 《통지》 권68 〈예문략·제자류(諸子類)·소설(小說)〉에 "《속(續)옥당한화》1권 왕인유 찬"이라는 저록과 《송소흥비서성속편도사고궐서목(宋紹興秘書省續編到四庫闕書目)》 권2 〈자류·소설〉에 "왕인유 《속옥당한화》1권"이라는 저록이 보인다. 이를 통해 왕인유는 《옥당한화》의 속서로 《속옥당한화》를 찬했음을 알 수 있지만, 현재는 일문조차 전하지 않는다.

한편 남송 오증(吳曾)의 《능개재만록(能改齋漫錄)》 권14 〈기문유대(記文類對)·소실소포(訴失蔬圃)〉에는 고사 처음에 "국초범질《옥당한화》운(國初范質《玉堂閑話》云)"이라는 기록이 있는데, 〈소실소포〉는 〈번우〉(제159조) 고사다. "국초"는 송나라 초를 말한다. 또한 남송 이원강(李元綱)의 《후덕록(厚德錄)》 권2에 〈하씨〉(제85조) 고사가 수록되어 있는데, 그 출처를 "범자《옥당한화》(范資《玉堂閑話》)"라고 기록했다. "범자"는 "범질"의 오기로 보인다. 이 두 기록은 《옥당한화》의 찬자가 범질이라는 논란의 실마리를 제공했다. 범질(911~964)은 오대와 북송 초의 대신으로, 후당(後唐)·후진(後晉)·후한(後漢)·후주(後周)·북송의 다섯 조대에서 벼슬했다. 후당 장흥(長興) 4년(933)에 진사에 급제해 호부시랑(戶部侍郎)을 지냈다. 후진 때는 한림학사(翰林學士)·지제고(知制誥)를 지냈고, 후한 때는 중서사인(中書舍人)·호부시랑을 지냈으며, 후주 광순(廣順) 원년(951)에는 중서시랑(中書侍郎)·동평장사(同平章事)로 재상에 오르고 참지추밀(參知樞密)을 겸했다. 송 태조 조광윤(趙匡胤)을 천자로 옹립하는 데 힘썼으며, 태조가 즉위한 뒤 재상에 임명되었다. 범질도 후진 때 한림학사를 지냈으므로《옥당한화》를 지었을 가능성은 있지만, 그가《옥당한화》를 지었다는 기록이 사지(史志)나 목록서(目錄書)에 전혀 보이지 않는다. 두 번이나 재상을 지낸 고관임에도 그의 저작에《옥당한화》가 보이지 않는 것에서 그가《옥당한화》의 찬자라는 설은 신빙성이 없어 보인다. 반면에 왕인유는 전촉·후당·후한에서 한림학사와 한림학사승지를 계속 지냈고, 사지나 목록서에 그의 저작으로《옥당한화》가 분명히 저록되어 있으므로,《옥당한화》의 찬자는 왕인유가 타당한 것으로 판단한다.

현재 남아 있는《옥당한화》의 일문은 총 183조인데, 그 소재처는 다음과 같다.

○《태평광기(太平廣記)》[북송 이방(李昉) 등 찬, 명(明) 담개(談愷) 각본] : 163조 수록.

○《태평광기상절(太平廣記詳節)》(조선 간본) : 32조 수록. 〈번중 육축〉(제22조), 〈야고아〉(제23조), 〈호

왕〉(제24조) 3조는 현재 전해지는《태평광기》의 가장 이른 판본인 담개 각본에 수록되어 있지 않아서 자료 가치가 매우 높다. 이는《태평광기상절》이 송본(宋本)《태평광기》를 저본으로 했음을 시사한다. 또한 〈최육〉(제71조)은《태평광기》에도 실려 있지만, 출처가 빠져 있고 전체적으로 탈자(脫字)가 많아 정확한 내용을 파악하기 어렵다. 반면에《태평광기상절》에 수록된 고사는 문장이 완전하고 출처가 분명히 밝혀져 있다.

○《자치통감고이(資治通鑑考異)》[북송 사마광(司馬光) 찬] : 1조 수록.

○《유설(類說)》[남송 증조(曾慥) 찬] : 24조 집록.

○《해록쇄사(海錄碎事)》[남송 섭정규(葉廷珪) 찬] : 1조 수록.

○《감주집(紺珠集)》[남송 주승비(朱勝非) 찬] : 3조 집록.

○《능개재만록(能改齋漫錄)》[남송 오증(吳曾) 찬] : 2조 수록.

○《후덕록(厚德錄)》[남송 이원강(李元綱) 찬] : 1조 수록.

○《금수만화곡전집(錦繡萬花谷前集)》[남송 무명씨 찬] : 1조 수록.

○ 《죽장시화(竹莊詩話)》[남송 하문(何汶) 찬 : 1조 수록

○ 《이재시아편(履齋示兒編)》[남송 손혁(孫奕) 찬 : 1조 수록.

○ 《사문유취후집(事文類聚後集)》[남송 축목(祝穆) 찬 : 1조 수록.

○ 《당시기사(唐詩紀事)》[남송 계유공(計有功) 찬 : 1조 수록.

○ 《세시광기(歲時廣記)》[남송 진원정(陳元靚) 찬 : 2조 수록.

○ 《설부(說郛)》[원 말 명 초 도종의(陶宗儀) 찬 : 9조 집록.

○ 《영락대전(永樂大典)》[명 영락제 칙찬] : 2조 수록.

○ 《연감유함(淵鑑類函)》[청 강희제 칙찬] : 1조 수록.

○ 《경적일문(經籍佚文)》[청 왕인준(王仁俊) 찬 : 3조 집록. 찬자의 안어(案語)에서 "내가 두씨[두문란(杜文瀾)]의 《고요언》권58에서 언급한 바를 살펴보았는데, 《설부》권48에 열거된 《옥당한화》를 살펴보니 이 3조가 기재되어 있지 않았기에 지금 《태평광기》에 의거해 집록한다(俊案杜氏《古謠諺》五十八曰, 案《說郛》卷四十八列《玉堂閒話》, 未載此三條, 今据《廣記》錄之)"라고 했다.

현대에 《옥당한화》의 일문을 집록한 저작은 다음과 같다.

○ 천상쥔(陳尙君) 집록본 : 《오대사서휘편(五代史書彙編)》[항저우출판사(杭州出版社), 2004] 제4책에 수록. 총 5권에 182조를 집록했지만, 〈장씨〉(제147조)를 두 조로 나누었기 때문에 실제로는 181조다. 《태평광기상절》에 수록된 〈최육〉(제71조)은 빠져 있다.

○ 푸샹밍(蒲向明) 집록본 : 《옥당한화평주(玉堂閑話評注)》[중궈뎬잉출판사(中國電影出版社), 2007]. 총 6집(輯)에 186조를 집록했지만, 〈장씨〉(제147조)를 두 조로 나누고, 〈안진경〉(제1조)과 《유설》에 집록된 〈안노공시해(顏魯公尸解)〉가 중복되고, 〈이수란〉(제87조)과 《유설》에 집록된 〈장미시(薔薇詩)〉가 중복되고, 《태평광기상절》에 근거해서 집록한 〈이행수(李行修)〉는 출처가 《속정명록(續定命錄)》으로 착오가 분명하므로 실제로는 182조다. 《감주집》에 수록된 〈방읍〉 1조를 추가했지만, 《태평광기상절》에 수록된 〈최육〉(제71조)은 빠져 있다.

이상의 일문 소재처와 집록본에 〈최육〉(제71조) 1조를 추가하면 《옥당한화》의 일문은 총 183조가 된다. 이를 표로 정리하면 다음과 같다.

《옥당한화》의 내용 특성과 문헌적 가치

	태평광기	태평광기 상절	자치통감 강목	유설	해동 세사	감주집	능개 재만록	후덕록	금수 만화곡	죽창 시화	이제 시어편	시문 유취	당시 기사	세시 광기	설부	연락 대전	연감 유함	경적 일문	천성진 집록본	무성명 집록본
1 안진경	○																		○	○
2 이옹창	○																		○	○
3 권사	○																		○	○
4 조 성인	○																		○	○
5 법본	○																		○	○
6 위빈 조자	○																		○	○
7 해옥	○													○					○	○
8 서명사	○														○				○	○
9 이언광	○																		○	○
10 후온	○																		○	○
11 마진절 비	○														○				○	○
12 우악시	○																		○	○
13 유자연	○																		○	○
14 성공	○																		○	○
15 진 고조	○																		○	○
16 순악	○																		○	○
17 대사연	○																		○	○

무성암 집복보	천상진 집복보	경적 일만	연간 유함	열란 대진	설부	세시 광기	당시 기사	시문 유취	이재 시아면	축장 시화	금수 만화국	후덕 독	능개 제만독	감주집	해독 새사	유설	자치통감 교이	대평광기 상절	대평광기		
O	O																		O	장전	18
O	O																		O	제주민	19
O	O	O																	O	진성 마조	20
O	O																		O	예승	21
O	O																	O		반축 육축	22
O	O																	O		아고아	23
O	O																	O		훈왕	24
O	O																		O	반축	25
O	O																		O	상유한	26
O	O																		O	방자운	27
O	O																		O	두몽지	28
O	O	O																	O	하생	29
O	O																		O	음근 문자	30
O	O																		O	반부	31
O	O																	O	O	관영 영녀	32
O	O																		O	왕휘	33
O	O																		O	배도	34
O	O																		O	반총도	35
O	O																		O	장치웅	36

	태평광기	태평광기 상절	지치통감 고이	유설	해록 쇄사	감주집	능개 재만록	후덕 록	금수 만화곡	축장 시화	이재 시아편	사문 유취	당시 기사	세시 광기	설부	영락 대전	연감 유함	경직 일문	천중기 집록본	무성암 집록본
37 왕은	○																		○	○
38 유승귀	○	○																	○	○
39 설치자	○																		○	○
40 김종주	○	○																○	○	○
41 정창도	○																		○	○
42 안현동	○															○			○	○
43 고연	○																		○	○
44 장존	○																		○	○
45 촌부	○	○																	○	○
46 왕재	○																		○	○
47 단성식	○																		○	○
48 기름 서생	○								○										○	○
49 진숙	○			○									○						○	○
50 왕인유 1	○																		○	○
51 왕인유 2	○			○															○	○
52 여귀진	○																		○	○
53 고평	○																		○	○
54 전영자	○																		○	○
55 우구	○																		○	○

		대영 광기	대평 광기 성질	자치 통감 고이	유설	해록 쇄사	감주집	능개 재만록	후덕 록	금수 만화곡	축장 시화	이재 시이편	시문 유취	당시 기사	세시 광기	설부	영락 대전	연감 유함	경적 일문	천상진 집록본	무상명 집록본
56	안수	○																		○	○
57	신광손	○																		○	○
58	전승조	○																		○	○
59	사독	○																		○	○
60	정손	○																		○	○
61	진양관	○																		○	○
62	비호 여자	○																		○	○
63	대안사	○	○																	○	○
64	이연소	○	○																	○	○
65	배우인	○	○																	○	○
66	부조자	○																		○	○
67	사마도	○																		○	○
68	이임위	○																		○	○
69	진나자	○	○																	○	○
70	정군	○	○																	○	○
71	최약	○	○																	○	○
72	홍	○	○												○						
73	군목	○														○				○	○
74	장함광	○																		○	○

무성영 접촉부	천성연 접촉부	경작 일반	연감 야함	영락 대전	설부	세시 광기	당시 기사	사문 유취	이재 시아편	축장 시화	금수 만화록	후덕 록	능개 재만록	김주집	해록 쇄사	유설	자치 통감 고이	태평 광기 상절	태평 광기		
○	○																		○	도륜	75
○	○				○														○	시마	76
○	○																		○	조사서왕	77
○	○													○		○			○	경박사류	78
○	○																		○	최비	79
○	○																	○	○	조사관	80
○	○																	○	○	인도진	81
○	○																	○	○	주복 치	82
○	○																	○	○	가자 부	83
○	○											○							○	하지 부인	84
○	○																		○	하씨	85
○	○																	○	○	진기정	86
○	○																		○	이수린	87
○	○			○	○											○			○	진 소주	88
○	○																		○	원계겸 1	89
○	○																		○	소연후 1	90
○	○																	○	○	목노수의 소아	91

	무성명 집록본	친상전 집록본	경작 임문	연감 유함	영락 대전	설부	세시 광기	당시 기사	시문 유취	이재 시아편	죽장 시화	금수 만화곡	후덕 록	능개 재만록	감주집	해록 세사	유설	자치 통감 고이	대평 광기 상절	대평 광기
92 작인걸사	○	○																		○
93 김세부	○	○																		○
94 방사	○	○																		○
95 목야피	○	○																		○
96 유혼	○	○																		○
97 최연사	○	○																		○
98 소연휴 2	○	○																		○
99 하사량	○	○																		○
100 양감	○	○																		○
101 원계겸 2	○	○																		○
102 빈주 사인	○	○																		○
103 왕은	○	○																		○
104 사언장	○	○																		○
105 송상사	○	○																	○	○
106 두종	○	○																		○
107 구양찬	○	○															○			○
108 동기인	○	○																		○
109 왕수정	○	○																		○
110 장종	○	○																		○

	태평광기	태평광기 성절	자치통감고이	유설	해록쇄사	감주집	능개재만록	후덕록	금수만화록	죽장시화	이재시아편	사문유취	당시기사	세시광기	설부	영락대전	연감유함	경적일문	천성령 집록본	무성령 집록본
111 종묘직	O																		O	O
112 무족 부인	O																		O	O
113 백항아	O																		O	O
114 남중 행자	O																		O	O
115 김주 여자	O																		O	O
116 현종 성용	O																		O	O
117 여산 여자	O	O																	O	O
118 최사물	O																		O	O
119 이복	O																		O	O
120 신문위	O																		O	O
121 법문사	O																		O	O
122 상소봉	O			O											O				O	O
123 맥적산	O																		O	O
124 두신란	O																		O	O
125 대축로	O			O															O	O
126 누택	O																		O	O
127 구신탁	O																		O	O
128 의춘 군민	O	O																	O	O
129 변백단수	O																		O	O

	대명광기	대명광기생절	자치통감고이	유설	해록쇄사	감주집	능개재만록	후덕록	금수만화곡	죽장시화	이재시아편	시문유취	당시기사	세시광기	설부	영락대전	연감유함	경적일문	천상천집보	무성명집보
130 죽실	○																		○	○
131 운호	○																		○	○
132 계도	○																		○	○
133 상산도	○			○															○	○
134 외행언	○																		○	○
135 중소	○																		○	○
136 식중의	○																		○	○
137 원계겸 3	○	○																	○	○
138 안갑	○																		○	○
139 사주 군인	○																		○	○
140 양	○																		○	○
141 민부	○																		○	○
142 선선장	○	○												○					○	○
143 구선선	○																		○	○
144 주한빈	○																		○	○
145 유존질	○																		○	○
146 서탄	○																		○	○
147 장씨	○																		○	○
148 고수	○																		○	○

	무성의 잡록	천성진 잡록	경영 일문	연강 유함	영란 대전	설부	세시 광기	당시 기사	시문 유취	이제 시아편	축장 시화	금수 만화곡	후덕 록	능개 재만록	김주집	해록 쇄사	유설	자치 통감 고이	태평 광기 상절	태평 광기
149 구단혈	○	○																		○
150 벼락	○	○															○		○	○
151 노인 포인	○	○							○	○							○		○	○
152 햇	○	○																	○	○
153 최점	○	○															○			○
154 노주	○	○																		○
155 수와	○	○																		○
156 중사	○	○		○																○
157 남화	○	○																		○
158 신라	○	○																	○	○
159 반안	○	○																	○	○
160 남주	○	○																	○	○
161 풍속	○	○																		○
162 맑음	○	○				○								○					○	○
163 진무 자진	○	○																		○
164 설창사	○	○																		○
165 강의성	○	○																		○
166 재파	○	○																		
167 여마구	○	○													○		○			

	대동광기	대동광기 성질	자치통감고이	유설	해동역사	감주집	능개재만록	후덕록	금수만화곡	죽창사화	이재시어편	사문유취	당시기사	세시광기	설부	영락대전	연감유함	경적일문	천상신집록본	무성집록본
168 취임종증				O															O	O
169 어사대 고사				O															O	O
170 중별도				O															O	O
171 함조산							O												O	O
172 우장				O															O	O
173 점수한				O															O	O
174 점수중시				O															O	O
175 차차여복두분개				O										O					O	O
176 검서청				O															O	O
177 화정				O															O	O
178 사군				O															O	O
179 가대				O															O	O
180 광왕 전옥			O																O	O
181 감당도					O														O	O
182 외효구						O													O	O
183 방응										O										O
합계	163	32	1	24	1	3	2	1	1	1	1	1	1	2	9	2	1	3	181	182

《옥당한화》는 당나라 말과 오대의 격변하는 시대를 살았던 왕인유가 옥당, 즉 한림원에서 한림학사와 한림학사승지로 있을 때 직접 목격하고 전해 들은 이야기를 기록한 야사와 일화가 주를 이룬다. 한림원은 당나라 말에 '금서(禁署)'가 되어 엄격히 통제되었는데, 한림원의 관리들은 근무 시간 외에 한가할 때 답답함을 풀고자 동료들과 함께 흥미로운 이야기를 나누면서 즐겼다. 오대에 이르러 한림원의 통제가 다소 느슨해지자 옥당에서의 이러한 담소가 학사들의 '가사(嘉事 : 멋진 일)'로 여겨졌으며, 이후로 이러한 기풍이 더욱 성행했다. 이러한 환경에서 나온 《옥당한화》의 내용 특성과 함께 문헌적 가치를 정리해 보면 다음과 같다.

첫째, 《옥당한화》에는 총 12조〈〈야고아〉(제23조), 〈호왕〉(제24조), 〈왕인유1〉(제50조), 〈왕인유2〉(제51조), 〈도류〉(제75조), 〈복야피〉(제95조), 〈맥적산〉(제123조), 〈두산관〉(제124조), 〈대죽로〉(제125조), 〈변백단수〉(제129조), 〈범질〉(제150조), 〈외효궁〉(제182조)]에 걸쳐 왕인유가 직접 목격하거나 경험한 일이 기록되어 있다. 이는 《옥당한화》가 단순히 전해 들은 이야기를 수집한 것이 아니라 구체적인 사실에 근거했음을 말해 주는 것으로, 기록의 신빙성을 높이는 효과가 크다.

둘째, 《옥당한화》는 문학적으로 다양한 가치를 지니고 있다. '옥당'이라는 명칭을 서명으로 사용한 것은 당나라 말부터 시작되었는데, 일찍이 한림학사와 재상을 지낸 정전(鄭畋)이 처음으로 자신의 문집을 《옥당집(玉堂集)》이라 명명했다. 그 후로 오대 왕인유의 《옥당한화》를 거쳐 남송 왕응린(王應麟)의 《옥당유고(玉堂類稿)》, 주필대(周必大)의 《옥당유고》·《옥당잡기(玉堂雜記)》, 원대 왕운(王惲)의 《옥당가화(玉堂嘉話)》, 우문공량(宇文公諒)의 《옥당만고(玉堂漫稿)》, 무명씨의 《옥당시화(玉堂詩話)》, 명대 초횡(焦竑)의 《옥당총어(玉堂叢語)》, 육심(陸深)의 《옥당만필(玉堂漫筆)》, 양사총(楊士聰)의 《옥당회기(玉堂薈記)》, 매탄생(梅誕生)의 《옥당자휘(玉堂字彙)》, 청대 왕사횡(汪士鋐)의 《옥당장고(玉堂掌故)》, 무명씨의 《옥당난화(玉堂暖話)》 등 일련의 이른바 '옥당 문학'이 활발히 이어졌다. 《옥당한화》는 바로 이러한 옥당 문학의 원류로서 중요한 의미를 지닌다.

《옥당한화》의 고사는 후대 문학 작품의 창작에 좋은 소재를 제공했다. 배도가 자신에게 바쳐진 황아라는 여인을 본래 결혼하기로 한 남편에게 돌려보낸 〈배도〉(제34조)는 명대 풍몽룡(馮夢龍)의 《고금소설(古今小說)》[즉, 《유세명언(喩世明言)》] 권9 〈배진공의환원배(裴晉公義還原配)〉의 바탕이 되었고, 갈종주의 휘하 병사가 전쟁에서 공을 세우자 자신의 애첩을 그에게 시집보낸 〈갈종주〉(제40조)는 《고금소설》 권6 〈갈영공생유농주아(葛令公生遺弄珠兒)〉의 소재로 활용되었다. 또한 거짓으로 자백한 범인 대신에 자신이 진범이라고 당당히 밝혀 억울한 사건을 바로잡은 〈발총도〉(제35조), 유숭귀가 살인 사건의 진범을 기발한 계책으로 찾아낸 〈유숭귀〉(제38조), 머리가 사라진 살인 사건의 실마리를 풀어내 진범을 찾아낸 〈살처자〉(제39조)는 송대 이후로 성행한 공안 소설(公案小說)과 공안희(公案戲)의 선구가 되었다.

《옥당한화》는 당·오대의 시가를 연구하는 데 귀중한 자료를 보존하고 있다. 〈이용창〉(제2조)에 나오는 〈영고사(詠鼓詞)〉·〈제다릉현문(題茶陵縣門)〉·〈제주루벽(題酒樓壁)〉·〈제유유관진군전후(題遊帷觀眞君殿後)〉 4수의 시는 《전당시(全唐詩)》 권861에 수록되었고, 〈진숙〉(제49조)에 나오는 진숙의 시는 《전당시》 권597과 《당시기사(唐詩紀事)》 권66에 수록되었으며, 〈진양관〉(제61조)에 나오는 손악의 시는 《전당시》 권688에 수록되었고, 〈이수란〉(제87조)에 나오는 〈장미시〉는 《전당시》 권805와 《당시기사》 권78에 수록되었고, 〈장수중 시〉(제174조)에 나오는 〈호접시〉는 《전당시》 권866에 수록되었다. 또한 〈진성 파초〉(제20조)·〈빈부〉(제31조)·〈갈종주〉(제40조)에 나오는 민간의 노래 3수는 명대 두문란(杜文瀾)의 《고요언(古謠諺)》 권58에 수록되었다.

그 밖에 깎아지른 절벽에 불상을 안치한 수많은 감실과 까마득히 높고 험준한 '천당'까지의 등반을 사실적으로 묘사하고 왕인유 자신의 감상을 기록한 〈맥적산〉(제123조)은 한 편의 훌륭한 유기문(遊記文)으로서 손색이 없다. 또한 《옥당한화》에는 왕인유가 직접 듣거나 전해 들은 많은 민간 고사가 보존되어 있어서 당·오대의 민간 문학을 연구하는 데에도 좋은 자료를 제공하고 있다.

셋째, 《옥당한화》는 당·오대에 실존했던 제왕을 비롯해 고관과 문인에 관한 많은 일화를 수록해 '보사지궐(補史之闕)'로서의 가치를 지니고 있다. 예를 들어 안진경의 충절과 지모(智謀)의 행적을 묘사한 〈안진경〉(제1조)은 《구당서》 권128과 《신당서》 권153의 〈안진경전〉의 기록을 보충할 수 있고, 전란으로 인해 헤어진 강의성 부자가 우여곡절 끝에 다시 만나게 된 〈강의성〉(제165조)은 《신오대사》 권27 〈강의성전〉의 기록을 보충할 수 있다. 요나라 태종 야율덕광이 죽자 소금으로 그의 시체를 보존해 운구한 〈제파〉(166조)는 《구오대사》 권137 〈외국열전〉, 《신오대사》 권72 〈사이부록(四夷附錄)〉, 《요사(遼史)》 권4 〈태종기(太宗紀)〉의 관련 기록과 대조해서 보충할 수 있다. 또한 후량 태조 주온의 형 주전욱이 주온의 제위 찬탈을 통렬히 꾸짖은 〈광왕 전욱〉(제180조)은 사마광의 《자치통감고이(資治通鑑考異)》 권28 〈후량기 상(後梁紀上)·태조개평원년(太祖開平元年)〉의 "사월주전욱책제멸당사직(四月朱全昱責帝滅唐社稷: 4월에 주전욱이 황제가 당나라의 사직을 멸망시킨 것을 질책하다)"이라는 구절에서 인용해 그 사료적 가치를 인정받았다. 그 밖에《옥당한화》에 기록된 여러 고관과 문인들의 행적은《구당서》·《신당서》·《구오대사》·《신오대사》등 정사(正史)의 열전 기록과 상호 보완하거나 이동(異同)을 고찰할 수 있어서 그 사료적 가치가 비교적 높다.

한편《옥당한화》에는 부녀자에 관한 고사도 수록되어 있는데, 그중에서 〈왕은〉(제37조)·〈가자 부〉(제83조)·〈하지 부인〉(제84조)에서는 열부(烈婦)의 형상을, 〈촌부〉(제45조)와 〈추복 처〉(제82조)에서는 지부(智婦)의 형상을, 〈하씨〉(제85조)에서는 현부(賢婦)의 형상을, 〈왕 재〉(제46조)와 〈백항아〉(제113조)에서는 용부(勇婦)의 형상을, 〈진기장〉(제86조)에서는 투부(妬婦)의 형상을, 〈무족 부인〉(제112조)과 〈장씨〉(제147조)에서는 악부(惡婦)의 형상을 각각 묘사해 칭송과 비난의 대상이 되는 부녀 형상을 그려 냄으로써, 세상에 권계(勸誡)를 드리우고자 했다. 이는《구당서》·《신당서》나《송사》와는 달리 '열녀전'을 설정하지 않은《구오대사》와《신오대사》의 '열녀전'을 구성하는 데 유용한 자료가 될 수 있다.

넷째,《옥당한화》를 통해 당시 진롱[秦隴, 지금의 산시성(陝西省)·간쑤성 지역]과 파촉(巴蜀, 지금의 쓰촨성 지역)의 자연환경과 사회 풍습 등을 엿볼 수 있다.《옥당한화》에는 찬자 왕인유의 고향인 천수[天水, 진주(秦州)] 지역에 관한 고사

20여 조가 실려 있어 전체적으로 큰 비중을 차지한다. 〈권사〉(제3조)·〈이언광〉(제9조)·〈유약시〉(제12조)·〈유자연〉(제13조)·〈진성 파초〉(제20조)·〈번중 육축〉(제22조)·〈촌부〉(제45조)·〈왕 재〉(제46조)·〈도류〉(제75조)·〈안도진〉(제81조)·〈하지 부인〉(제84조)·〈진기장〉(제86조)·〈동가원〉(제108조)·〈맥적산〉(제123조)·〈죽실〉(제130조)·〈왕행언〉(제134조)·〈중소소〉(제135조)·〈석종의〉(제136조)·〈설창서〉(제164조)·〈겁서식창〉(제176조)·〈외효궁〉(제182조) 등이 이에 해당하는데, 천수를 중심으로 한 진롱 지역의 산천과 풍물 및 민간 풍습 등을 비교적 사실적으로 기록했다. 또한 〈대죽로〉(제125조)에서는 지금의 산시성(陝西省) 한중(漢中)에서 쓰촨성 청두(成都)에 이르는 미창고도(米倉古道)의 험준함을 실감 나게 묘사했으며, 〈남주〉(제160조)에서는 말이나 나귀를 탈 수 없어 나무 덩굴을 붙잡고 기어가거나 사람이 메는 대바구니에 앉아 가는 촉도(蜀道)의 험난함을 구체적으로 묘사하고 송아지 결장에 들어 있는 가는 똥으로 만든 양념과 '마충과증(麻蟲裹蒸)'이라는 토속 음식을 소개했다. 한편 〈죽실〉과 〈겁서식창〉에서는 심한 기근으로 굶주린 백성이 대나무 열매를 따 먹거나 쥐가 감춰 둔 곡식을 찾아 연명하는 처참한 상황을 기록했으며, 〈종사〉(제156조)에서는 누리 떼가 몇 년 동안 창궐해 들판에 아무것도 남지 않아 수많은 백성이 굶어 죽은 상황을 기록했다. 〈종사〉

에서 묘사한 누리 떼의 피해는 후진 천복(天福) 7년(942)과 8년(943)에 발생한 일로, 《구오대사》 권80 〈진서(晉書)·고조기(高祖紀)〉와 권81 〈진서·소제기(少帝紀)〉에도 기록되어 있다. 이러한 고사를 통해 당시의 지리 환경과 생태 환경을 알 수 있으며, 나아가 해당 지역의 인문 지리를 이해하는 데 많은 도움을 준다.

마지막으로 조선 시대 정약용(丁若鏞)은 《흠흠신서(欽欽新書)》 권1 〈경사요의(經史要義) 3·유시도부(留屍盜婦)〉에서 《옥당한화》의 〈살처자〉(제39조) 고사를 인용해 관리들이 형사 사건을 처리할 때 참고할 사례로 제시함으로써, 그 문헌적 가치를 중요하게 여겼음을 알 수 있다.

이 책은 《태평광기(太平廣記)》와 조선 간본 《태평광기상절(太平廣記詳節)》을 비롯해 북송부터 청대까지 여러 전적에 산재되어 있는 《옥당한화》의 일문을 집록해 183조로 확정하고, 우리말로 옮기고 주석을 달았다. 아울러 교감이 필요한 원문에 한해 해당 부분에 교감문을 붙였다. [부록]에는 〈왕인유전(王仁裕傳)〉과 〈역대(歷代) 저록(著錄)〉을 첨부했다. 현대 집록본으로는 《오대사서휘편(五代史書彙編)》[항저우출판사(杭州出版社), 2004] 제4책에 수록된 천상쥔(陳尙君) 집록본과 《옥당한화평주(玉堂閑話評注)》[중귀뎬잉출판사(中國電影出版社), 2007]의 푸샹밍(蒲向明) 집록본을 참고했다. 국내는 물론이고 중국을 비롯한 해외에서도 《옥당한화》에 대한 번역이 아직까지 나오지 않고 있는 상황에서 이 책은 국내외 초역이자 완역으로서의 의미를 지닌다고 하겠다.

지은이에 대해

 《옥당한화(玉堂閑話)》의 찬자 왕인유(王仁裕, 880~956)는 오대(五代)의 문인으로, 자는 덕련(德輦)이고 천수[天水, 지금의 간쑤성(甘肅省) 톈수이시(天水市)] 사람이다. 젊었을 때는 글을 알지 못했고 사냥을 일삼다가 스물다섯 살에야 비로소 공부를 시작해, 문장으로 진롱[秦隴, 지금의 산시성(陝西省)·간쑤성 지역] 지역에 이름이 알려졌다. 당나라 말에 진주절도판관(秦州節度判官)이 되었으며, 진주가 전촉(前蜀)에 편입되자 중서사인(中書舍人)과 한림학사(翰林學士)를 지냈다. 그 후로 후당(後唐)에서는 진주절도판관·도관낭중(都官郞中)·한림학사를 지냈고, 후진(後晉)에서는 사봉좌사낭중(司封左司郞中)·간의대부(諫議大夫)를 지냈으며, 후한(後漢)에서는 한림학사승지(翰林學士承旨)·호부상서(戶部尙書)·병부상서(兵部尙書)·태자소보(太子少保)를 지냈다. 후주(後周) 세종(世宗) 현덕(顯德) 3년(956)에 77세로 생을 마쳤고, 태자소사(太子少師)에 추증되었다.

 왕인유는 시문(詩文)에 능했고 음률에 밝았으며, 화응(和凝)과 함께 오대 때 문장으로 이름이 알려졌다. 필기 저작으로 《옥당한화》 외에 《개원천보유사(開元天寶遺事)》와 《당말견문록(唐末見聞錄)》 등을 찬했으며, 시문집으로 《서강집(西江集)》 100권을 찬했지만 망실되어 전하지 않는다. 그의 전(傳)은 《신오대사(新五代史)》 권57 〈잡전(雜傳)〉에 실려 있다.

옮긴이에 대해

　김장환(金長煥)은 연세대학교 중어중문학과 교수로 재직 중이다. 연세대학교 중문과를 졸업한 뒤 서울대학교에서 〈세설신어연구(世說新語硏究)〉로 석사 학위를 받았고, 연세대학교에서 〈위진남북조지인소설연구(魏晉南北朝志人小說硏究)〉로 박사 학위를 받았다. 강원대학교 중문과 교수, 미국 하버드 대학교 옌칭 연구소(Harvard-Yenching Institute) 객원교수(2004~2005), 같은 대학교 페어뱅크 센터(Fairbank Center for Chinese Studies) 객원교수(2011~2012)를 지냈다. 전공 분야는 중국 문언 소설과 필기 문헌이다.

　그동안 쓴 책으로《중국 문학의 흐름》,《중국 문학의 향기》,《중국 문학의 향연》,《중국 문언 단편 소설선》,《유의경(劉義慶)과 세설신어(世說新語)》,《위진세어 집석 연구(魏晉世語輯釋硏究)》,《동아시아 이야기 보고의 탄생-태평광기》 등이 있고, 옮긴 책으로는《중국 연극사》,《중국 유서 개설(中國類書槪說)》,《중국 역대 필기(中國歷代筆記)》,《세상의 참신한 이야기-세설신어》(전 3권),《세설신어보(世說新語補)》(전 4권),《세설신어 성휘운분(世說新語姓彙韻

分)》(전 3권),《태평광기(太平廣記)》(전 21권),《태평광기상절(太平廣記詳節)》(전 8권),《봉신연의(封神演義)》(전 9권),《당척언(唐摭言)》(전 2권),《열선전(列仙傳)》,《서경잡기(西京雜記)》,《고사전(高士傳)》,《어림(語林)》,《곽자(郭子)》,《속설(俗說)》,《담수(談藪)》,《소설(小說)》,《계안록(啓顔錄)》,《신선전(神仙傳)》,《옥호빙(玉壺氷)》,《열이전(列異傳)》,《제해기(齊諧記)·속제해기(續齊諧記)》,《선험기(宣驗記)》,《술이기(述異記)》,《소림(笑林)·투기(妬記)》,《고금주(古今注)》,《중화고금주(中華古今注)》,《원혼지(冤魂志)》,《이원(異苑)》,《원화기(原化記)》,《위진세어(魏晉世語)》,《조야첨재(朝野僉載)》(전 2권),《개원천보유사(開元天寶遺事)》,《소씨문견록(邵氏聞見錄)》(전 2권) 등이 있으며, 중국 문언 소설과 필기 문헌에 관한 여러 편의 연구 논문이 있다.

옥당한화

지은이 왕인유
옮긴이 김장환
펴낸이 박영률

초판 1쇄 펴낸날 2023년 10월 5일

지식을만드는지식
출판등록 제313-2007-000166호(2007년 8월 17일)
02880 서울시 성북구 성북로 5-11
전화 (02) 7474 001, 팩스 (02) 736 5047
commbooks@commbooks.com
www.commbooks.com

ⓒ 김장환, 2023

지식을만드는지식은
커뮤니케이션북스(주)의 고전 출판 브랜드입니다.
이 책은 저작권자와 계약해 발행했으므로, 본사의 서면 허락 없이는
어떠한 형태나 수단으로도 이 책의 내용을 이용할 수 없습니다.

ISBN 979-11-288-2654-2 94820

책값은 뒤표지에 있습니다.